BESTSELLER

Shelby Van Pelt nació y creció en la región del Pacífico Noroeste de Estados Unidos. En la actualidad vive a las afueras de Chicago con su familia. Esta es su primera novela.

Biblioteca

SHELBY VAN PELT

Criaturas luminosas

Traducción de
Toni Hill

DEBOLS!LLO

Papel certificado por el Forest Stewardship Council®

Título original: *Remarkably Bright Creatures*

Primera edición en Debolsillo: ènero de 2025
Segunda reimpresión: mayo de 2026

© 2022, Shelby Van Pelt
© 2023, 2025, Penguin Random House Grupo Editorial, S. A. U.
Travessera de Gràcia, 47-49. 08021 Barcelona
© 2023, Toni Hill, por la traducción
Diseño de la cubierta: Adaptación de la cubierta original de David Mann
para Bloomsbury / Penguin Random House Grupo Editorial
Imagen de la cubierta: © Shutterstock

Printed in Spain – Impreso en España

ISBN: 978-84-663-7508-5
Depósito legal: B-19.215-2024

Compuesto en Fotoletra, S. A.
Impreso en QP Print

P 3 7 5 0 8 5

Para Anna

Día 1.299 de cautiverio

La oscuridad me sienta bien.

Todas las tardes aguardo el clic que apaga las luces del techo y que deja únicamente el resplandor del acuario principal. No llega a ser perfecto, pero se le acerca bastante.

Semioscuridad, como la que reina poco antes de tocar el fondo del mar. Allí vivía yo antes de que me capturaran y me encarcelaran. Pese a que no lo recuerdo, aún puedo sentir las corrientes indómitas del frío mar abierto. La oscuridad me recorre la sangre.

Os preguntaréis quién soy. Me llamo Marcellus, aunque la mayoría de los humanos no me llaman así. Lo más habitual es que me llamen «ese bicho». Por ejemplo: «Mira a ese bicho, está allí, se le ven los tentáculos por detrás de la roca».

Soy un pulpo gigante del Pacífico. Lo sé por la placa que cuelga en la pared próxima a mi lugar de encierro.

Sé lo que estáis pensando. Sí, sé leer. Sé hacer muchas cosas que no os imagináis.

La placa deja constancia de otros hechos: de mi tamaño y mi dieta favorita, y de dónde viviría de no estar preso aquí. Menciona mi talento intelectual y mi aguda inteligencia, que por alguna razón resulta una sorpresa para los humanos: «Los pulpos son unas criaturas increíblemente brillantes», reza el texto. Advierte a los humanos de mi habilidad para el camuflaje, les dice que me busquen con atención por si me he disfrazado para confundirme con la arena.

La placa no revela que me llamo Marcellus. Pero el humano llamado Terry, el que dirige este acuario, a veces se lo cuenta a los visitantes que se congregan cerca del tanque. «¿Lo veis allí atrás? Él es Marcellus. Es un tipo especial».

Un tipo especial. Y tanto.

Fue la hija menor de Terry la que me bautizó. Marcellus McCalamar es mi nombre completo. Y sí, es bastante absurdo. Induce a muchos humanos a pensar que soy un calamar, lo cual supone un insulto de la peor especie.

Os preguntaréis cómo debéis llamarme. Bueno, eso lo dejo a vuestro arbitrio. Quizá terminéis llamándome «ese bicho», como el resto. Espero que no, pero tampoco os lo tendría en cuenta. Al fin y al cabo, no sois más que humanos.

Debo advertiros que el tiempo que vamos a pasar juntos puede ser breve. La placa da un último dato: la vida media de un pulpo gigante del Pacífico. Cuatro años.

Mi esperanza de vida: cuatro años. Es decir, 1.460 días.

Me trajeron aquí cuando era muy joven. Moriré aquí, en esta pecera. Como mucho, me quedan ciento sesenta días de encarcelamiento.

UNA CICATRIZ DEL TAMAÑO
DE UN DÓLAR DE PLATA

Tova Sullivan se prepara para la batalla. Cuando se agacha para observar al enemigo, del bolsillo trasero le asoma, cual pluma de canario, un guante amarillo de plástico.

Chicle.

—Por el amor de Dios.

Frota esa masa rosada con la bayeta. Hilos gomosos se pegan a la superficie de la bayeta, pringándola.

Tova nunca ha entendido para qué sirve el chicle. Para colmo, la gente lo pierde de vista con mucha frecuencia. Quizá este mascador de chicle estuviera hablando sin parar, y el chicle simplemente salió de su boca, empujado por el torrente de palabras superfluas.

Se agacha a arrancar el borde de esa porquería con la uña, pero no se despega de la baldosa. Todo porque alguien no quiso tomarse la molestia de recorrer los tres metros que lo separaban de la papelera. En una ocasión, cuando Erik era pequeño, Tova lo pilló aplastando un trozo de chicle debajo de una mesa. Fue la última vez que se lo compró, aunque la manera en que se gastaba la paga semanal cuando llegó a la adolescencia quedó, como muchas otras cosas, fuera de su control.

Va a necesitar armamento especializado. Un cúter, tal vez. Lo que lleva en el carro no le servirá.

Cuando se incorpora, la espalda le cruje. El sonido resuena

por la curva del pasillo vacío, bañado por la habitual luz azulada, mientras se dirige al armario de mantenimiento. Nadie la culparía por limitarse a pasar la fregona por encima del chicle, claro. A sus setenta años, nadie espera que realice una limpieza a fondo. Pero, al menos, debe intentarlo.

Además, eso le da algo que hacer.

Tova es la empleada más antigua del Acuario de Sowell Bay. Todas las noches friega los suelos, limpia los cristales y vacía las papeleras. Cada dos semanas recoge un talón al portador en la sala de descanso. Catorce dólares la hora, menos los impuestos y deducciones de rigor.

El cheque se guarda en una vieja caja de zapatos que tiene en la parte alta de la nevera, cerrada. Los fondos se acumulan en una cuenta que no usa de la Caja de Ahorros de Sowell Bay.

Se encamina ahora hacia el armario de mantenimiento, a un paso rápido que resultaría sorprendente para los estándares de cualquiera, pero que es francamente alucinante para una diminuta mujer mayor con la espalda curvada y huesos de pájaro. Gotas de lluvia caen sobre la claraboya, iluminada por el resplandor de la luz de seguridad del viejo muelle cercano. Las gotas plateadas resbalan por el vidrio, dibujando lazos de agua bajo el cielo nebuloso. La gente no para de repetir que ha sido un junio horrible. A Tova no le molesta el mal tiempo, aunque estaría bien que la lluvia cesase lo suficiente para que se le secase el jardín. El cortacésped se atasca con el barro.

Con su forma de dónut, con un gran tanque de agua en el centro y otros más pequeños a su alrededor, el acuario con cúpula en el techo no es especialmente grande ni impresionante, lo cual resulta bastante adecuado para un lugar como Sowell Bay, que tampoco es que sea ninguna de las dos cosas. Desde el lugar donde se ha producido el encuentro entre Tova y el chicle, esta debe recorrer todo el diámetro del espacio para alcanzar el armario de mantenimiento. Las zapatillas blancas crujen por la zona que ya ha limpiado, dejando marcas en el reluciente suelo de baldosas. Volverá a fregarlo, sin duda.

Se detiene en la hornacina hueca, donde se halla la estatua de bronce a tamaño real de un león marino del Pacífico. Algunas zonas de la espalda y la calva, gastadas por décadas de niños que se encaraman encima o lo acarician, solo sirven para acentuar su realismo. En la chimenea de la casa de Tova luce una foto de Erik, de cuando tenía once o doce años, montado a lomos de la estatua, sonriente, con una mano alzada como si se dispusiera a echar el lazo. Un cowboy marino.

Esa foto es una de las últimas en las que se le ve infantil y despreocupado. Tova guarda las fotos de Erik en orden cronológico: un montaje que atestigua su transformación de bebé sin dientes en apuesto adolescente, más alto que su padre, vestido con una cazadora de cuero. Prendiéndose una flor en la solapa. Encima de un podio improvisado en las rocosas orillas del estrecho de Puget, de aguas de un profundo color azul, con el trofeo de la regata juvenil. Tova toca la cabeza fría del león al pasar y sofoca la necesidad de saber qué aspecto habría tenido Erik ahora.

Sigue adelante, como debe ser, por el pasillo en penumbra. Se detiene ante el tanque de los peces sol.

—Buenas noches, queridos.

A continuación están los cangrejos japoneses.

—Saludos, amores. ¿Cómo te va? —pregunta al charrasco de nariz afilada.

Las anguilas lobo no son precisamente sus favoritas, pero Tova las saluda de lejos. Hay que guardar las formas, a pesar de que le recuerdan a esas películas de terror a las que se aficionó Will, su difunto marido, cuando las náuseas de la quimio no lo dejaban dormir. La anguila lobo más grande sale de la caverna rocosa, con la boca cerrada en ese rictus característico en su especie. Dientes afilados que suben desde la mandíbula inferior como si fueran pequeñas agujas. Las cosas como son, bonita no es. Pero, en realidad, la apariencia no lo es todo, ¿verdad? Tova le sonríe, a pesar de que el animal nunca podría devolverle la sonrisa ni queriendo con una cara como esa.

La siguiente pecera es la favorita de Tova. Se acerca al vidrio.

—Bueno, caballero, ¿cómo has pasado el día?

Tarda un poco en encontrarlo: un destello anaranjado detrás de la roca. Visible, pero por error, como un infante torpe que jugara al escondite: la coleta de una niña que surge de detrás del sofá o un pie que asoma de debajo de la cama.

—¿Esta noche estamos de mal humor?

Da un paso atrás y espera; el pulpo gigante del Pacífico no se mueve. Ella se imagina lo que ocurre durante el día: gente golpeando el vidrio con los nudillos, enfadándose cuando no consiguen ver nada. Ya nadie practica la paciencia.

—No te culpo. Ahí atrás parece acogedor.

El brazo anaranjado tiembla, el cuerpo permanece oculto.

El chicle se defiende con valor del cúter de Tova, pero se trata de una batalla perdida.

Cuando Tova tira la masa seca a la basura, esta emite un rumor satisfactorio al caer sobre el plástico.

Luego friega. Por segunda vez.

El aire se llena del olor a vinagre con un punto de limón que emerge de las baldosas húmedas. Mucho mejor que aquella solución horrible que usaban cuando empezó Tova, una basura de color verde brillante que le escocía en la nariz. Había protestado desde el principio. Por un lado, la mareaba, y, por otro, dejaba unas marcas feísimas en el suelo. Y lo que tal vez fuera lo peor de todo: olía a la habitación de hospital de Will, a su enfermedad, aunque esa parte de la queja Tova se la guardó para sí misma.

Los armarios de la limpieza estaban abarrotados de garrafas de esa basura verde, pero Terry, el director del acuario, terminó por encogerse de hombros y le dijo que podía usar lo que le pareciera mejor siempre y cuando lo trajese ella misma. Tova accedió sin dudarlo. De manera que todas las noches se trae un frasquito de vinagre y la botella de aceite de limón.

Le queda más basura por recoger. Vacía las papeleras del vestíbulo, la que hay a las puertas de los servicios, y acaba en la sala de descanso, con sus interminables migas en la encimera. No entra dentro de sus obligaciones, ya que se ocupa de ello un equipo profesional de Elland que viene cada dos semanas, pero Tova siempre pasa el trapo por la base de la cafetera, una antigualla, y dentro del plato del microondas, que huele a espaguetis. Hoy, sin embargo, se encuentra con elementos de mayor enjundia: cartones de tetra-brik en el suelo. Tres, para ser exactos.

—Vaya por Dios —dice ella, regañando a la sala vacía. Primero el chicle y ahora esto.

Recoge los cartones y los mete en la basura, que, extrañamente, ha sido desplazada varios metros de su lugar habitual. Después de verter el contenido en la bolsa grande, la devuelve a su sitio correcto.

Junto a la papelera hay una mesita para comer. Tova endereza las sillas. Entonces lo ve.

Algo. Ahí debajo.

Un montículo de color marrón anaranjado, metido en un rincón. ¿Un suéter? Mackenzie, la jovencita agradable que trabaja en la venta de entradas, a menudo se deja uno en el respaldo de la silla. Tova se arrodilla, lista para cogerlo y colocarlo en el cubículo de Mackenzie. Pero entonces el montículo se mueve.

Se mueve un tentáculo.

—¡Por el amor de Dios!

El ojo del pulpo se materializa en algún lugar de esa masa

de carne. La pupila marmórea se amplía, luego estrecha el párpado. Con aire de reproche.

Tova parpadea, insegura de poder fiarse de lo que ven sus ojos. ¿Cómo es posible que el pulpo gigante del Pacífico haya salido de su pecera?

El brazo vuelve a moverse. La criatura está enredada en el barullo de cables. ¿Cuántas veces ha maldecido ella esos cables? No hay manera de barrer como Dios manda.

—Estás atascado —murmura ella, y el pulpo levanta su gran cabeza bulbosa al tiempo que estira uno de los brazos, alrededor del cual se aprecian varias vueltas de un cable fino que parece un cargador de teléfono. La criatura se estira con más fuerza y el cable se tensa, atrapando aún más su carne. Erik tuvo un juguete parecido, de una tienda de artículos de broma. Un cilindro pequeño de tela: se trataba de meter los dedos índice de las manos y luego intentar sacarlos. Cuanto más tirabas, más apretaba.

Ella se acerca. A modo de respuesta, el pulpo da un golpe en el suelo con uno de sus brazos, como si quisiera decir: «Retroceda, señora».

—Vale, vale —susurra ella, y sale de debajo de la mesa.

Se incorpora y enciende la luz del techo, que baña el cuarto con su resplandor fluorescente, y se dispone a agacharse de nuevo, esta vez más despacio. Pero entonces, como suele pasarle, le cruje la espalda.

Al oírlo, el pulpo vuelve a azotar el suelo, empujando una de las sillas con una fuerza alarmante. La silla resbala por el suelo y termina en la pared contraria.

Debajo de la mesa, el ojo inconcebiblemente claro de la criatura brilla.

Decidida, Tova se arrastra hacia ella, intentando controlar el temblor de las manos. ¿Cuántas veces ha pasado por delante de la placa que hay colgada junto al tanque del pulpo gigante del Pacífico? No recuerda haber leído nunca que sean peligrosos para los humanos.

Está a unos tres metros. Él parece encogerse y su color se ha vuelto pálido. ¿Los pulpos tienen dientes?

—Amigo mío —dice ella—, me voy a acercar a desconectar el cable.

Mira a su alrededor y descubre cuál de los cables es el origen de la desgracia. Está a su alcance.

El ojo del pulpo sigue sus movimientos con suma atención.

—No te haré daño, querido.

Uno de los brazos libres palmea el suelo como lo haría el rabo de un gato doméstico.

Cuando desenchufa el cable, el pulpo se echa hacia atrás. Tova también da un respingo. Espera verlo avanzar por la pared hacia la puerta, en la dirección que parecía querer tomar.

Pero en cambio él se le acerca.

Uno de sus brazos se desplaza hacia ella, como si fuera una serpiente. En cuestión de segundos, se le enrolla en el antebrazo, gira en torno a su codo y su bíceps como si lo hiciera en torno al palo de una bandera. Ella es capaz de sentir cada una de las ventosas pegándose a su piel. Intenta apartar el brazo, en un acto reflejo, pero el pulpo se aferra con más fuerza, hasta un punto casi incómodo. Pero su ojo raro despide un brillo juguetón, como el de un niño travieso.

Los cartones del suelo. La papelera desplazada. Todo cobra sentido.

Un instante después, él la suelta. Tova contempla con incredulidad cómo el pulpo sale por la puerta de la sala de descanso, apoyándose en la parte más gruesa de sus ocho patas. El manto parece arrastrarse tras él y su palidez ha aumentado; le cuesta moverse. Ella se apresura a ir tras él, pero, cuando llega al vestíbulo, no se aprecia ni rastro del pulpo.

Tova se lleva una mano a la cara. Está perdiendo facultades. Sí, es eso. Así empiezan estas cosas, ¿no? ¿Teniendo alucinaciones con pulpos?

Años atrás fue testigo de cómo su madre perdía la cabeza.

Todo empezó con olvidos ocasionales, fechas y nombres conocidos que de repente le fallaban. Pero Tova no olvida los números de teléfono ni tiene que hacer esfuerzos para recordar los nombres. Se mira el brazo, que está cubierto de círculos pequeños. Las marcas de las ventosas.

Medio mareada, finaliza las tareas nocturnas, y luego, como siempre, da la última vuelta al espacio para dar las buenas noches.

«Buenas noches, peces sol, anguilas, cangrejos japoneses, charrasco de nariz afilada. Buenas noches, anémonas, caballitos y estrellas de mar».

Dobla la esquina y prosigue.

«Buenas noches, atún, platijas y rayas. Buenas noches, medusas y pepinos de mar. Buenas noches, tiburones, angelitos». Tova siempre ha sentido una gran empatía hacia los tiburones, que no paran de moverse en el tanque. Comprende esa incapacidad para dejar de moverse, que te falte el aliento si lo haces.

Ahí está el pulpo, de nuevo oculto detrás de la roca. Sobresale un trozo de carne. Su naranja es más vívido ahora, en comparación con el aspecto que tenía en la sala, pero sigue estando más pálido de lo habitual. Bueno, quizá le sirva de lección. Debería quedarse quieto. ¿Cómo diablos se las ha apañado para salir? Ella observa el agua agitada, busca por debajo de la tapa, pero nada parece fuera de sitio.

—Trasto —le dice ella, moviendo la cabeza. Se detiene un momento de más delante de su pecera antes de dar por terminada la noche.

El coche amarillo de Tova enciende las luces de posición en cuanto ella mete la llave en el contacto, una característica a la que aún no se ha acostumbrado. Sus amigas, el grupo de señoras que quedan para comer y que se llaman afectuosamente las Jefas del Ganchillo, la convencieron de que necesitaba un coche nuevo cuando empezó a trabajar. Arguyeron que era un tema de seguridad: no podía conducir de noche un vehículo antiguo. Le dieron la lata con el tema durante semanas.

A veces es más fácil resignarse a ceder.

Tras meter el frasco de vinagre y la botella de aceite de limón en el maletero, como siempre, porque, por mucho que Terry le insista en que puede dejarlos en el armario de la limpieza, una nunca sabe cuándo va a necesitar un poco de limón o de vinagre, ella contempla el muelle. A estas horas está vacío, los pescadores vespertinos ya se han ido hace rato. El viejo muelle del ferry yace frente al acuario como una especie de máquina herrumbrosa. Sus patas frágiles están cubiertas de percebes. Con la marea alta, los percebes arrastran trozos de algas, que luego, cuando baja el agua, se secan sobre la superficie tiñéndola de un matiz negro verdoso.

Ella cruza las gastadas placas de madera. Como siempre, el viejo parquímetro está a treinta y ocho pasos de su plaza de aparcamiento.

Tova vuelve a mirar a su alrededor por si ve a alguien agazapado en las largas sombras. Apoya la mano en el vidrio del parquímetro, que presenta una raja en diagonal que recuerda a una cicatriz que cruzase un rostro.

Luego se dirige hacia el muelle, a su banco de siempre. Está húmedo de agua salada y manchado de excrementos de gaviota. Se sienta y se sube la manga para ver las extrañas marcas del brazo, medio esperando que ya hayan desaparecido. Pero están allí. Recorre con el dedo la más grande, justo en torno a su muñeca. Tiene el tamaño de un dólar de plata. ¿Cuánto tiempo seguirá allí? ¿Se convertirá en un cardenal? Se le amorata la piel con facilidad estos días, y la marca está cogiendo un color marrón, como el de una llaga. Quizá no se le vaya nunca. Una cicatriz del tamaño de un dólar de plata.

La niebla se ha disipado, arrastrada hacia el interior por el viento, exiliada a las colinas. Al sur, hay un barco de carga anclado. El cascarón bajo por las filas de contenedores de a bordo que recuerdan a las piezas de construcción de un niño. La luna se refleja en el agua, como si un millar de velas flotasen en la superficie. Tova cierra los ojos e imagina a Erik bajo el agua, encendiéndole velas a ella. Erik, su único hijo.

Día 1.300 de cautiverio

Cangrejos, almejas, gambas, vieiras, berberechos, abalón, pescado, huevas de pescado. Esta es la dieta de un pulpo gigante del Pacífico, según indica la placa que hay al lado de mi pecera.

El mar debe de ser un bufet delicioso. Todas esas exquisiteces al alcance de mi brazo.

Pero ¿qué ofrecen aquí? Caballa, rodaballo y, sobre todo, arenque. Arenques, arenques y más arenques. Son unas criaturas asquerosas, unos pececitos de lo más desagradable. Estoy seguro de que su abundancia por aquí obedece a su bajo precio. A los tiburones del tanque principal se les premia su sosería con mero fresco mientras que a mí me sirven arenque descongelado. A veces incluso medio congelado. Es por eso por lo que debo tomar el asunto en mis brazos cuando anhelo la sublime textura de la ostra fresca, cuando añoro sentir el crujido de un cangrejo en mi boca, cuando muero por la carne dulce y fresca de un pepino de mar.

A veces, mis carceleros, cuando intentan lograr que colabore en un examen médico o chantajearme para que me embarque en uno de sus juegos, me lanzan alguna miserable vieira. Y, muy de vez en cuando, Terry me regala un mejillón o dos solo porque quiere.

Claro que he cazado cangrejos, almejas, gambas, vieiras, berberechos y abalones en muchas ocasiones. Solo tengo que preocuparme de conseguirlos fuera de horario. Las huevas de pescado son un aperitivo ideal, tanto en términos de placer gastronómico como de valor nutricional.

Podría añadirse aquí una tercera lista, que consistiría en cosas que encantan a los humanos, pero que cualquier ser de inteligencia superior consideraría absolutamente inadecuadas para el consumo. Por ejemplo: todo lo que sale de la máquina de *vending* del vestíbulo.

Pero esta noche llegó hasta mí otro olor fascinante. Dulce, salado, sabroso. Encontré su origen en la papelera, unos restos metidos en una bandejita de plástico blanco.

Fuera lo que fuese, se me antojó delicioso. Pero, si no llego a tener suerte, esa escapada podría haber supuesto mi final.

Fue la señora de la limpieza. Ella me salvó.

LAS GALLETITAS DE LA FALSEDAD

Hubo una vez siete Jefas del Ganchillo. Ahora solo quedan cuatro. Cada pocos años aparece un nuevo hueco en la mesa.

—¡Madre mía, Tova!

Mary Ann Minetti deja la tetera sobre el mantel sin perder de vista el brazo de Tova. La tetera está recubierta por una funda de punto monísima de color amarillo, con toda seguridad una labor que alguien tejió en el pasado, cuando las Jefas del Ganchillo tejían de verdad en sus almuerzos semanales. La funda de la tetera hace juego con el pasador de pedrería que Mary Ann lleva en la sien para recoger sus rizos indómitos.

Janice Kim mira el brazo de Tova mientras se llena la taza.

—¿No será una alergia?

Una nube de vapor de té oolong le empaña las gafas redondas, y ella se las quita para limpiarlas con el borde de su camiseta, que, a juicio de Tova, debe de pertenecer al hijo de Janice, Timothy, porque le va al menos tres tallas grande y lleva impreso el logo del centro comercial coreano de Seattle donde Timothy montó un restaurante años atrás.

—¿Esta marca? —dice Tova al tiempo que baja la manga del suéter—. Eso no es nada.

—Deberías ir a que te lo miraran.

Barb Vanderhoof echa el tercer terrón de azúcar en el té. Se ha peinado el corto cabello gris en forma de púas engominadas:

es uno de sus estilos favoritos de los últimos tiempos. Cuando estrenó este aspecto, hizo la broma de que era una Barbie moderna, lo cual hizo reír a las Jefas del Ganchillo. No por vez primera, Tova se imagina apoyando el dedo en uno de los picos de la cabeza de su amiga. ¿Le pincharía, como pasa con los erizos del acuario, o se hundiría al tacto?

—No es nada —repite Tova. El calor le llega a las puntas de las orejas.

—Deja que te cuente. —Barb da un sorbo al té y prosigue—: ¿Conoces a mi Andie? Tuvo una erupción cutánea cuando vino el año pasado por Pascua. Ojo, que no llegué a verla, le salió en un lugar íntimo..., ya me entiendes. Pero no se trataba de una de esas erupciones que te salen por comportarte indecentemente, que quede claro. No, era simplemente una erupción. En fin, le dije que fuera a ver a mi dermatólogo. Es maravilloso. Pero mi Andie es más tozuda que una mula, ya lo sabéis. Y la erupción fue empeorando, y...

Janice interrumpe a Barb.

—Tova, ¿quieres que Peter te recomiende a alguien?

El marido de Janice, Peter Kim, está jubilado pero sigue siendo alguien en la comunidad médica.

—No me hace falta un médico. —Tova fuerza una sonrisa débil—. Fue un incidente sin importancia en el trabajo.

—¡En el trabajo!

—¡Un incidente!

—¿Qué pasó?

Tova toma aire. Aún siente el tentáculo enrollado en la muñeca. Las marcas se habían ido disipando por la noche, pero aún eran lo bastante oscuras como para resultar visibles. Vuelve a bajarse la manga.

¿Debería contárselo?

—Un accidente con el equipo de limpieza —dice por fin.

Alrededor de la mesa, tres pares de ojos la miran con extrañeza.

Mary Ann limpia una mancha imaginaria del mantel con una de las servilletas del servicio de té.

—Ese trabajo que tienes, Tova... La última vez que estuve en el acuario casi vomito la comida por el olor. ¿Cómo lo aguantas?

Tova coge una galleta de chocolate de la bandeja que Mary Ann llevó antes a la mesa. Mary Ann calienta las galletas en el horno antes de que lleguen las señoras. Siempre comenta que una no puede tomar el té sin mordisquear algún dulce casero. Las galletas salen de un paquete que Mary Ann compró en Shop-Way. Todas las Jefas del Ganchillo lo saben.

—Serás boba. Claro que huele —dice Janice—. Pero ahora en serio, Tova, ¿estás bien? Una faena tan física, a tu edad. ¿Por qué tienes que trabajar?

Barb se cruza de brazos.

—Yo trabajé en el St. Ann durante un tiempo, después de la muerte de Rick. Para pasar el rato. Me pidieron que me ocupara de toda la oficina, ya lo sabéis.

—Archivabas —murmura Mary Ann—. Lo único que hiciste fue archivar.

—Y lo dejaste porque no podían mantenerlo ordenado a tu gusto —dice Janice con voz seca—. Pero ese no es el tema: ¿acaso estabas fregando suelos de rodillas?

Mary Ann toma la palabra.

—Tova, supongo que sabes que si necesitas ayuda...

—¿Ayuda?

—Sí, ayuda. No sé cómo manejó Will las finanzas.

Tova se envara.

—Gracias, pero no necesito nada.

—Bueno, que lo sepas. —Los labios de Mary Ann quedan cosidos.

—No es el caso —responde Tova en voz baja.

Y es la verdad. El dinero que tiene en el banco cubriría sus modestas necesidades más que de sobra. No necesita caridad, ni de Mary Ann ni de nadie. Además, no le parece un tema adecuado. Todo por unas marquitas en el brazo.

Después de levantarse de la mesa, Tova deja la taza y se apoya en la encimera. La ventana que hay sobre la pila da al jardín de Mary Ann; sus rododendros tiemblan bajo el cielo gris. Los tiernos pétalos de color magenta parecen estremecerse cuando una brisa eriza las ramas y Tova desearía poder meterlos de nuevo en sus respectivos capullos. El aire es inusualmente frío para mediados de junio. No hay duda de que el verano se está haciendo de rogar este año.

En el alféizar de la ventana, Mary Ann ha dispuesto toda una colección de símbolos religiosos: angelitos de cristal con caras de querubín, velas, un pequeño ejército de cruces brillantes de plata de distintos tamaños, alineadas como soldados. Mary Ann debe de limpiarlas todos los días para tenerlas tan relucientes.

Janice le da un golpecito en el hombro.

—¿Tova? ¿La Tierra llamando a Tova?

Tova no puede evitar sonreír. El tonillo de voz de Janice le hace pensar que ha estado viendo telecomedias de nuevo.

—Por favor, no te enfades. Mary Ann no quería ofenderte. Solo estamos preocupadas.

—Gracias, pero estoy bien. —Tova le da una palmadita en la mano.

Janice enarca una de sus depiladísimas cejas para dirigir a Tova de nuevo a la mesa. Es obvio que entiende lo mucho que esta desea cambiar de tema porque lanza un sabroso anzuelo para desviar la conversación.

—Dinos, Barb, ¿qué tal están las chicas?

—Oh, ¿no os lo he contado? —Barb hace una pausa melodramática. Nadie ha tenido que pedirle nunca dos veces que relate las vidas de sus hijas y sus nietos—. Andie tenía que venir con las niñas para las vacaciones de verano. Pero ha habido un cambio de planes. Eso es exactamente lo que dijo: un cambio de planes.

Janice se limpia las gafas con una de las servilletas bordadas de Mary Ann.

—¿En serio, Barb?

—¡No han venido desde Acción de Gracias! En Navidad, ella y Mark se llevaron a las niñas a Las Vegas. ¿Podéis creerlo? ¿Quién se va de vacaciones a Las Vegas? —Barb pronuncia ambas palabras, Las y Vegas, con la misma fuerza y el mismo asco, exactamente igual que si dijera «leche agria».

Janice y Mary Ann menean la cabeza al unísono, y Tova coge otra galleta. Las tres mujeres asienten mientras Barb se lanza a contar una historia sobre la familia de su hija, que vive en Seattle, a solo dos horas, pero que, dada la escasa frecuencia con que los ve, bien podría estar en otro hemisferio.

—Le dije que esperaba poder abrazar a mis nietecitas pronto. ¡Solo el Señor sabe cuánto tiempo me queda!

Janice suspira.

—Ya vale, Barb.

—Disculpadme un momento. —La silla de Tova araña el suelo.

Tal y como se deduce de su nombre, las Jefas del Ganchillo empezaron como un club de aficionadas al punto. Hace veinticinco años, un puñado de mujeres de Sowell Bay se reunieron para devanar madejas. Con el tiempo, se convertiría en un refugio del que escapar de unos hogares vacíos, huecos amargos dejados por unos hijos que se habían hecho mayores y se habían independizado. Fue por esta razón, entre otras, que Tova se resistió al principio a unirse a ellas. En su hueco no había alivio, solo amargura; en ese momento, llevaba cinco años sin la presencia de Erik. Las heridas estaban tan tiernas por aquel entonces que costaba poco arrancar las costras y provocar que sangrasen de nuevo.

El grifo del aseo pequeño de Mary Ann emite un quejido

cuando Tova lo abre. Las quejas de las demás no han cambiado mucho a lo largo de los años. Primero fue «Qué pena que la universidad quede tan lejos» y «Qué lástima que solo nos llame el domingo por la tarde». Ahora ha llegado el turno de los nietos y biznietos. Esas mujeres siempre han llevado la maternidad como un emblema colgado del pecho, pero Tova mantiene la suya dentro, hundida en las tripas como una antigua bala. Privada.

En un principio, la desaparición de Erik se trató como un caso de fuga. La última persona en verlo fue uno de los trabajadores del muelle que hacía el turno del ferry de las once, el último de la noche, y no apreció nada extraño en él. Luego, Erik debía cerrar con llave la caseta de los tiques, algo que siempre hacía, cumpliendo con su deber. Estaba tan orgulloso de que le confiasen la llave; al fin y al cabo, no era más que un empleo de verano. El sheriff dijo que encontraron la taquilla abierta, con la recaudación del día dentro. La mochila de Erik estaba tirada debajo de la silla, junto con el radiocasete portátil, los auriculares e incluso la cartera. Antes de que descartasen la posibilidad de un crimen, el sheriff especuló con la teoría de que, tal vez, Erik había decidido irse durante un breve periodo de tiempo, con la intención de regresar.

¿Por qué iba a dejar la taquilla sola mientras estaba de servicio? Tova no lo ha entendido nunca. Will siempre tuvo la teoría de que había una chica implicada, pero jamás se encontró la menor pista que señalara a una chica, ni tampoco a un chico. Sus amigos insistían en que no salía con nadie. Si Erik hubiera estado saliendo con alguien, el mundo entero se habría enterado. Erik era un chaval muy popular.

Una semana más tarde encontraron el barco: un viejo y oxidado Sun Cat que nadie había echado de menos y que solía estar anclado en el diminuto puerto deportivo que había al lado del muelle del ferry. Apareció con la cuerda del ancla cortada. Las huellas de Erik estaban en el timón. Las pruebas eran frágiles, pero todo apuntaba a que el chico se había quitado la vida, según el sheriff.

Según los vecinos.

Según los periódicos.

Según dijo todo el mundo.

Tova nunca lo ha creído. Ni por un instante.

Se seca la cara, parpadeando ante su reflejo en el espejo del aseo. Las Jefas del Ganchillo han sido sus amigas durante años, y a veces aún se siente como si fuera una pieza equivocada que se coló en el puzle incorrecto.

Tova retira la taza de la pila, se sirve más té oolong recién hecho y se reincorpora a su sitio y a la conversación. Esta versa ahora sobre el vecino de Mary Ann, que ha demandado a su ortopeda después de una operación mal hecha. Las damas coinciden en que el cirujano debe pagar por ello. Luego llega el momento de admirar las fotos del pequeño yorkshire de Janice, Rolo, que a menudo acude a las reuniones metido en el bolso de su dueña. Hoy, Rolo está en casa con indigestión.

—Pobre Rolo —comenta Mary Ann—. ¿Crees que habrá comido algo en mal estado?

—Deberías dejar de alimentarlo con comida humana —dice Janice—. Rick siempre le daba las sobras a nuestra Sully a mis espaldas. Pero yo lo descubría siempre. ¡Oh, esa mierda hedionda!

—¡Barbara! —exclama Mary Ann con los ojos muy abiertos. Janice y Tova se echan a reír.

—Bueno, perdonad la expresión, pero esa perra podía apestar una habitación entera. Que en paz descanse. —Barb une las palmas de las manos, como si rezara.

Tova sabe lo mucho que Barb quería a su golden retriever, Sully. Quizá más de lo que había querido a su difunto esposo, Rick. Y, el año pasado, con pocos meses de diferencia, los había perdido a ambos. Tova a veces se pregunta si no será mejor así, pasar juntas todas las desgracias que te tocan, para hacer buen uso de la tristeza existente. Acabar con ellas de una tacada. Tova sabía que en esas simas de desesperación se tocaba fondo. Una vez que el alma estaba totalmente empapada en pena, cualquier añadido tan solo resbalaba por encima, como hacía el sirope de arce en las tortitas del sábado por la mañana siempre que Erik tenía permiso para echarlo.

A las tres de la tarde, las Jefas del Ganchillo recogen sus respectivas chaquetas y sus bolsos de los respaldos de las sillas. Mary Ann consigue estar un momento a solas con Tova.

—Haznos saber si necesitas ayuda, por favor.

Mary Ann apoya su mano en la de Tova, y la piel italiana olivácea de la otra mujer se ve joven y suave, en comparación. Los genes escandinavos de Tova, tan amables en su juventud, se habían vuelto contra ella con la edad. A los cuarenta, su cabello de color maíz era gris. A los cincuenta, las arrugas de la cara parecían talladas en arcilla. Ahora, cuando a veces se ve a sí misma reflejada en un escaparate, aprecia que los hombros han empezado a hundírsele. Se pregunta cómo este cuerpo puede ser el suyo.

—Te prometo que no necesito ayuda.

—Si ese trabajo se vuelve demasiado duro, lo dejarás. ¿Verdad?

—Desde luego.

—De acuerdo. —Mary Ann no parece muy convencida.

—Gracias por el té, Mary Ann. —Tova se pone la chaqueta y sonríe en dirección a las otras—. Que tengáis una buena tarde, como siempre.

Tova palmea el salpicadero y presiona el acelerador, como si así animara al coche a emprender el largo ascenso. El vehículo gime mientras sube.

La casa de Mary Ann se asienta en el fondo de un gran valle que antaño no era más que una sucesión de campos de narcisos. Tova recuerda pasar entre ellos, cuando era pequeña, sentada junto a su hermano mayor, Lars, en el asiento trasero del Packard familiar. Papá al volante, mamá a su lado con la ventanilla abierta y sujetándose el pañuelo bajo la barbilla para que no volase con el viento. Tova bajaba la ventanilla y sacaba el cuello tanto como podía. El valle olía a estiércol dulce. Miles de pececitos amarillos flotaban en un mar de sol.

Actualmente el valle es una red suburbana. Cada par de años, el condado se plantea la remodelación del tramo que serpentea por la colina. Mary Ann no para de escribir cartas al consejo sobre el tema, arguyendo que es demasiado empinado y que presenta un gran riesgo de deslizamiento.

—Pero no es demasiado empinado para nosotros —dice Tova cuando el coche llega a la cima.

Al otro lado, una mancha de sol brilla en el agua, mostrándose a través de una grieta entre las nubes. Luego, como si unas cuerdas de marioneta la movieran, la grieta se abre, dotando al estrecho de Puget de un baño de luz.

—Vaya, qué espectáculo —dice Tova al tiempo que baja la visera del coche. Deslumbrada, gira a la derecha por Sound View Drive, que recorre la cima de la montaña por encima del agua. Hacia su hogar.

¡El sol, por fin! Tiene que podar las plantas, y durante semanas el tiempo húmedo y frío, impropio incluso para los estándares del noroeste del Pacífico, ha disipado sus ganas de trabajar al aire libre. Con la idea de hacer algo productivo, Tova aumenta la velocidad. Quizá le dé tiempo a terminar todo el lecho de flores antes de la cena.

Pasa por casa a tomar un vaso de agua antes de salir al jardín trasero, y se detiene a pulsar el botón rojo del contestador. Esa máquina está siempre llena de bobadas, de gente empeñada en venderle algo, pero lo primero que hace siempre es escuchar los mensajes. ¿Cómo puede funcionar una persona con una luz roja parpadeante de fondo?

El primer mensaje es de alguien que solicita una donación. Borrar.

El segundo es claramente un timo. ¿Quién es tan tonto como para llamar y facilitar un número de cuenta bancaria? Borrar.

El tercer mensaje es un error. Voces de fondo, luego un clic. Llamadas con el culo, las llama Janice. Un riesgo derivado de la ridícula manía de llevar los móviles en los bolsillos. Borrar.

El cuarto empieza con una larga pausa. Tova está a punto de darle al botón de borrar cuando oye una voz femenina. «¿Tova Sullivan?». La mujer carraspea. «Soy Maureen Cochran, ¿me recuerda? ¿De la residencia de ancianos de Charter Village?».

El vaso de Tova choca con la encimera.

«Me temo que la llamo para darle una mala noticia...».

Con un gesto rápido, Tova aprieta el botón que para la máquina. No le hace falta oír nada más. Es un mensaje que lleva tiempo esperando.

Su hermano, Lars.

Día 1.301 de cautiverio

Os voy a explicar cómo lo hago.

Cerca del extremo superior del lugar donde me tienen encerrado hay un boquete en el vidrio por donde entra la bomba de agua. Hay un hueco entre la carcasa de la bomba y el vidrio, lo bastante amplio para poder introducir el tentáculo y desenroscar la carcasa. La bomba se queda flotando en el tanque, creando un hueco. Un hueco reducido. Del tamaño de dos o tres dedos humanos.

Diréis que eso es diminuto, que soy demasiado grande para caber por ahí.

Es verdad, pero no me cuesta nada adaptar el cuerpo para pasar por el hueco. Esa es la parte fácil.

Me deslizo por el cristal hacia la sala de bombeo que queda detrás del tanque. Aquí empieza el reto. Los minutos cuentan, como decís vosotros. Una vez me encuentro fuera del tanque, debo sumergirme de nuevo antes de que transcurran dieciocho minutos si no quiero experimentar las Consecuencias. Dieciocho minutos son los que puedo sobrevivir fuera del agua. Este hecho no consta en ningún lugar de la placa, claro. Lo he calculado por mi cuenta.

Sobre el suelo frío de hormigón, debo escoger entre permanecer en la sala de bombeo o cruzar la puerta. Cada opción tiene sus pros y sus contras.

Si decido quedarme dentro, disfruto de un fácil acceso a los tanques que rodean al mío. Por desgracia, dichos tanques tienen para mí una atracción limitada. Las anguilas lobo quedan descartadas por razones que deberían ser obvias. ¡Esos dientes! Las ortigas del Pacífico son demasiado picantes; los gusanos de panza amarilla parecen hechos de goma. Los mejillones de la bahía son bastante insulsos, desde el punto de vista de su sabor, y, aunque los pepinos de mar son deliciosos, tengo que contenerme. Si como demasiados, corro el riesgo de llamar la atención de Terry sobre mis actividades.

En cambio, si opto por salir por la puerta, tengo a mis pies el vestíbulo y el tanque principal. Un menú más surtido. Pero tiene su precio. Para empezar, debo invertir varios minutos en el proceso de abrir la puerta para salir. Luego, dado que la puerta pesa y no se queda abierta, debo dedicar otra cantidad de minutos a reabrirla cuando regreso.

«¿Por qué no la trabas con algo?».

Vale, claro.

Lo hice una vez. Con la banqueta que hay debajo de mi tanque. Con esos minutos extra de libertad, me apropié de un cubo de trozos de rodaballo que Terry había dejado bajo el pestillo del tanque principal. (Es de suponer que dichos trozos de rodaballo debían servir de desayuno para los tiburones a la mañana siguiente. Pero esos tiburones atontados apenas distinguen el día de la noche. No tengo nada que reprocharme por ello).

Bajo el espejismo de tener tiempo libre, disfruté de una velada casi agradable. Quizá la más divertida que he pasado desde que me encerraron. Pero, a mi regreso, descubrí algo que, a día de hoy, aún no puedo entender: por alguna razón, la banqueta no había logrado sostener la puerta.

Lección: no puedo fiarme de trabar la puerta.

Para cuando conseguí abrirla, mis fuerzas flaqueaban. Las Consecuencias me afectaban de lleno.

Solo podía mover los miembros con lentitud y tenía la visión borrosa. El manto me pesaba y se desplomaba hacia el suelo. En medio del horror, vi que mi carne había palidecido hasta adoptar un tono átono de un gris marronoso.

Mientras me deslizaba por la sala de la bomba, ya no sentía el suelo frío. No percibía temperatura alguna en ninguna superficie. De algún modo, mis ventosas torpes me ayudaron a subir por el vidrio.

Metí los tentáculos y el manto por el hueco. Sin embargo, a medio camino me detuve, flotando en la superficie. Los tentáculos estaban completamente agarrotados, no tenían sensibilidad alguna.

Por un instante me planteé esa posibilidad. La nada era algo. ¿Qué podía esperarme en el otro lado de la vida?

Cuando me sumergí en el agua, volví en mí. Mi visión se agudizó al hallarse en su hábitat habitual. Enrollé un tentáculo a la bomba para devolverla a su sitio, dejando el hueco cerrado. Mi carne recuperó el color mientras metía un brazo por la grieta para enroscar el cierre de la carcasa. El manto flotaba en el agua fría mientras yo nadaba, fuerte y rápido, hacia mi guarida de detrás de la roca. Mis tripas, saciadas de rodaballo, me provocaban un dolorcillo agradable.

Más tarde, mientras descansaba en la guarida, mis tres corazones latieron con intensidad. El pulso acelerado debido a la sensación de alivio. Un instinto básico impulsado por una victoria sorpresa frente a la muerte. Supongo que es lo mismo que debe de sentir un berberecho cuando consigue enterrarse en la arena y escapar de mis fauces. Superar las dificultades, lo llamáis los humanos.

Las Consecuencias. No es la única vez que las he experimentado. Ha habido otros momentos en los que he puesto a prueba los límites de mi libertad. Pero nunca he intentado ganar esos minutos de más trabando la puerta.

Me parece obvio que no hace falta comentar que Terry no

sabe nada del hueco. Soy el único que sabe de su existencia. Y, dado que me gustaría que las cosas siguieran así, os doy las gracias por adelantado por vuestra discreción.

Vosotros preguntasteis. Yo respondí.

Así es como lo hago.

EL PARQUE MÓVIL WELINA
ES PARA LOS AMANTES

El sol inclemente que atraviesa el parabrisas hace parpadear a Cameron Cassmore. Joder, debería haber pillado las gafas de sol. Le toca mover el culo resacoso hasta Welina a una hora indecente para un sábado…, ¡las nueve de la mañana! Tiene la boca tan seca que coge una de las latas que Brad guarda en la camioneta y le da un trago. Una de esas asquerosas bebidas energéticas. Con un gruñido, escupe por la ventanilla y se seca la boca con la manga de la camisa, luego estruja la lata y la lanza sobre el asiento del copiloto.

—¿Que tienes que ocuparte de qué? —Brad había parpadeado, con ojos somnolientos, cuando Cameron le dijo que necesitaba la camioneta. Este había dormido en el sofá de Brad y Elizabeth, después de tocar en el épico concierto de metal experimental de Moth Sausage que se había celebrado en el Dell's Saloon la noche anterior.

—De una clemátide —le había dicho Cameron. A juzgar por la voz aterrada de su tía Jeanne por teléfono, parecía que el inútil de su casero le estaba dando otra vez la vara con el tema de las enredaderas. La última vez el casero había amenazado con desahuciarla por culpa de esa enredadera.

—¿Qué coño es una clemátide? —Brad esbozó una media sonrisa—. Suena un poco a guarrilla.

—Es una planta, idiota.

Cameron no se había molestado en añadir que era una herbácea perenne trepadora que daba flores, miembro de la familia de las ranunculáceas. Originaria de China y Japón, fue introducida en Europa occidental durante la era victoriana, y aclamada por su capacidad de trepar por los enrejados.

¿Por qué es capaz de recordar esta clase de mierdas? Ojalá pudiera enjuagarse el cerebro y eliminar todo ese conocimiento inútil que lo embota. Ya en la autopista que va directa al parque de caravanas de la tía Jeanne, Cameron acelera, baja todas las ventanillas y enciende un cigarrillo, algo que ya no hace nunca, solo cuando se siente hecho una mierda; y esta mañana se siente exactamente como una mierda caliente y humeante. El humo sale por la ventanilla y se desvanece sobre los llanos polvorientos de Merced Valley.

Las margaritas oscilan por la brisa en el jardín de la tía Jeanne. También tiene unos enormes arbustos llenos de flores blancas, algo que recuerda a un velo con luz parpadeante, y la dichosa fuente de agua que gasta seis pilas alcalinas de tipo D. Lo sabe porque tiene la impresión de que ella le pide que se las cambie cada vez que se acerca por allí.

Y las ranas. Hay ranas por todas partes. Ranitas de piedra con musgo en las grietas, macetas con forma de rana, una manga de viento con la bandera estadounidense que cuelga de un oxidado gancho metálico que muestra a tres ranas sonrientes vestidas con los colores patrióticos de rigor, rojo, blanco y azul.

Ranas de temporada.

Si el Parque Móvil Welina otorgara un premio al mejor jardín, la tía Jeanne aspiraría sin duda a él. Y lo ganaría. Pero lo más extraño de ese jardín inmaculado es el intenso contraste que manifiesta con el desastre del interior de la caravana que Cameron conoce bien.

Los escalones del porche crujen bajo sus botas de trabajo.

En la manilla de la puerta hay un trozo de papel. Él le echa un vistazo: es un *flier* del Campeonato de Bingo del Parque de Caravanas Welina. Lo arruga y se lo guarda en el bolsillo. La tía Jeanne no irá a algo así ni de coña. El lugar es horroroso en su conjunto. Incluso el nombre. Welina. Significa «bienvenido» en hawaiano. Pero está claro que esto no es Hawái.

Está a punto de llamar al timbre, que también tiene forma de rana, claro, cuando oye unos gritos que proceden de detrás de la caravana.

—Si esa vieja loca de Sissy Baker se ocupase de sus asuntos, nadie tendría estas ideas absurdas, ¿no crees?

La voz de la tía Jeanne llega cargada de amenaza, y Cameron la imagina vestida con su sudadera gris favorita, con los brazos en jarras y el ceño fruncido. No puede evitar una sonrisa mientras rodea la caravana en dirección a ella.

—Jeanne, intenta entenderlo, por favor. —El casero habla en voz baja, en tono condescendiente. Jimmy Delmonico. Un inútil de primera, desde luego—. Los demás residentes temen que aparezcan serpientes. Estoy seguro de que lo entiendes.

—¡Aquí no hay serpientes! ¿Y quién eres tú para decirme lo que debo o no hacer con mi arbusto?

—Existen reglas, Jeanne.

Cameron se acerca al patio trasero. Delmonico contempla a la tía Jeanne, quien de hecho lleva puesta esa sudadera gris. Con la cara roja, agarra una rama de las densas y suaves enredaderas que cubren el enrejado que hay junto a la parte de atrás de la caravana. El bastón de su tía, con el mango en forma de pelota de tenis de un verde desvaído, está apoyado en un lado.

—¡Cammy!

La tía Jeanne es la única persona del planeta a quien le permite llamarlo así.

Él trota hacia ellos, luego le sonríe y le da un abrazo rápido. Huele a café rancio, como de costumbre. Luego se vuelve hacia Delmonico, con la cara inexpresiva, y le dice:

—¿Cuál es el problema?

La tía Jeanne coge el bastón y apunta con él hacia el casero.

—¡Cammy, dile que no hay serpientes en mi clemátide! Quiere que la arranque. Todo porque Sissy Baker dijo que vio algo. Todo el mundo sabe que ese viejo murciélago no ve tres en un burro.

—Ya la has oído. Aquí no hay serpientes —dice Cameron con firmeza, llevando la vista hacia la enredadera, que se ha puesto enorme y frondosa desde la última vez que estuvo aquí. ¿Cuánto tiempo ha pasado? ¿Un mes?

Delmonico se pellizca el puente de la nariz.

—También me alegro de verte, Cameron.

—El placer es todo mío.

—Mira, todo esto obedece al reglamento del Parque Móvil Welina —explica Delmonico con un suspiro—. Cuando un residente presenta una queja, me corresponde emprender una investigación. Y la señora Baker afirma que vio una serpiente. Asegura que la vio justo en la planta, con sus ojos amarillos parpadeando.

Cameron suelta una carcajada.

—Es obvio que miente.

—Obviamente —corea la tía Jeanne, pero lanza una mirada de reojo hacia la enredadera.

—¿En serio? —Delmonico se cruza de brazos—. La señora Baker forma parte de esta comunidad desde hace años.

—Sissy Baker suelta más mierda que una hamburguesa de mojón.

—¡Cammy! —La tía Jeanne le da una palmada en el brazo, a modo de reproche por su lenguaje. Lo cual tiene su gracia viniendo de la mujer que le ponía ejemplos como «G de gilipollas» cuando aprendía el abecedario.

—¿Perdona? —Delmonico se pone bien las gafas.

—Las serpientes no parpadean. —Cameron levanta la vista al cielo—. No pueden. No tienen párpados. Búscalo.

El casero abre la boca y luego la cierra.

—Caso cerrado. No hay serpientes. —Cameron se cruza de brazos, y los suyos abultan al menos el doble de los de Delmonico. Ha entrenado mucho el bíceps en el gimnasio últimamente.

Delmonico da la impresión de tener ganas de irse. Mirándose los zapatos, rezonga:

—Si es verdad eso de los párpados de las serpientes... Hay ordenanzas. Echadle la culpa al condado si queréis, pero cuando alguien informa de que puede existir una plaga en una de mis propiedades...

—¡Ya te he dicho que no hay serpientes! —La tía Jeanne levanta las manos de golpe. El bastón cae en la hierba—. Ya has oído a mi sobrino. ¡No tienen párpados! Lo que pasa es que Sissy Baker tiene envidia de mi jardín.

—Venga, Jeanne. —Delmonico extiende una mano—. Todos sabemos que tienes un jardín precioso.

—Sissy Baker es una mentirosa... ¡y una cegata!

—Sea como sea, existen códigos de seguridad. Si algo crea una situación de riesgo...

Cameron da un paso hacia él.

—Creo que nadie quiere una situación de riesgo. —Se trata de un farol, realmente. Cameron odia pelear. Pero esa gamba ridícula no tiene por qué saberlo.

Delmonico, con una expresión de sorpresa casi cómica, se palpa el bolsillo y saca de él el teléfono con gran ostentación.

—Perdona, tengo que contestar.

Cameron sonríe entre dientes. El viejo truco de la llamada de teléfono. Menudo idiota.

—Córtala un poco, ¿vale, Jeanne? —grita él, ya de espaldas, mientras toma el sendero de grava que lleva a la carretera.

Cameron dedica casi una hora a podar la clemátide, siguiendo las exigentes instrucciones de la tía Jeanne mientras está encaramado a la escalera. «Un poco más allí. ¡No, no tanto! Corta por la izquierda. No, por la derecha. ¡No, izquierda!». La tía Jeanne va metiendo los tallos y las flores púrpura cortados en una gran bolsa de basura.

—¿Es verdad eso que has dicho de las serpientes, Cammy?

—Claro que sí. —Él baja de la escalera.

La tía Jeanne frunce el ceño.

—Así que no hay serpientes en mi clemátide, ¿verdad?

Cameron la mira de reojo mientras se quita los guantes.

—¿Has visto alguna serpiente en la clemátide?

—Hummm…, ¿no?

—Pues ya tienes la respuesta.

La tía Jeanne sonríe mientras abre la puerta trasera y aparta un montón de periódicos con la punta del bastón.

—Quédate un rato, cariño. ¿Quieres café? ¿Té? ¿Whisky?

—¿Whisky? ¿En serio? —No son ni las diez de la mañana. El estómago de Cameron da un vuelco ante la mera mención del alcohol. Se agacha para cruzar la puerta y parpadea, ajustando los ojos a la oscuridad del interior, y suelta un suspiro de alivio al comprobar el estado del lugar. Está mal, claro, pero no peor que la última vez. Durante un tiempo la basura parecía reproducirse como un puñado de conejos cachondos.

—Café solo, pues —dice ella con un guiño—. Te estás haciendo viejo, Cammy. ¡Se acabó la diversión!

Él rezonga algo sobre el exceso de diversión de la noche pasada y la tía Jeanne asiente con aire divertido. Está claro que adivina que a él le está costando todo mucho esta mañana. Quizá sea verdad que la edad no perdona. Los treinta le han sentado como el culo.

Ella desplaza el follón de cajas y de papeles que hay en su diminuta cocina para encontrar la cafetera. Cameron coge el libro barato que hay encima de un montón de trastos que amenaza con enterrar su pequeño escritorio de mimbre; bajo todo ese lío se oye el rumor de un viejo ordenador de sobremesa. El libro es una novela romántica, una de esas con un tipo musculoso y descamisado en la cubierta. Lo devuelve a su sitio y con ello provoca que un montón de cosas se caigan sobre la alfombra.

¿Cuándo le dio por ahí? Por coleccionar, como ella lo llama. Nunca fue así cuando él era un niño. A veces, Cameron pasa por delante de su antiguo barrio, allá en Modesto, por la casita de dos habitaciones donde ella lo crio. Esa casa estuvo siempre limpia. Hace unos años, ella la vendió para poder sufragar los costes de las facturas médicas del verano anterior. Al parecer, recibir un golpe en el aparcamiento del Dell's Saloon cuesta una fortuna, y no puede decirse que ni siquiera fuera culpa de la pobre tía Jeanne. Unos gilipollas de fuera de la ciudad estaban montando follón y ella solo intentó calmar los ánimos. Por alguna razón, se llevó un puñetazo en la sien y acabó tendida en el suelo. Una contusión grave, una cadera rota, meses de terapia física y ocupacional. Cameron dejó un empleo decente con una empresa de restauración, uno que podía haberle supuesto un aprendizaje, para cuidarla: dormía en el sofá para recordarle que tomara las medicinas y la llevaba a las visitas con el neurólogo de Stockton. Todas las tardes, se encontraba con el cartero en el porche, con cuidado para que ella no lo oyera. Los ridículos ahorros de Cameron aplacaron a los acreedores durante poco tiempo.

Cuando la tía Jeanne vendió la casa acababa de cumplir los cincuenta y dos, la edad requerida para residir en Welina. Por razones que aún desconciertan a Cameron, en lugar de buscarse un piso normal, ella decidió emplear el dinero que le sobraba en comprar una caravana y mudarse aquí. ¿Fue entonces cuando empezó a recoger cosas? ¿Es el ambiente del parque de caravanas lo que la empujó a ello?

Sin dejar de murmurar que Sissy Baker se la tiene jurada desde aquel malentendido en el bufet de Welina (Cameron no pregunta por los detalles), deja dos tazas llenas de humeante café en la mesita y le invita con un gesto a sentarse a su lado en el sofá.

—¿Y cómo va el trabajo?

Cameron se encoge de hombros.

—Te han vuelto a echar, ¿no es verdad?

Él no responde.

La tía Jeanne entorna los ojos.

—¡Cammy! Sabes que tuve que tirar de los hilos en la oficina del condado para meterte en ese proyecto.

La tía Jeanne aún trabaja media jornada en la recepción de la oficina del condado. Lleva años allí y, como es de suponer, conoce a todo el mundo. Y sí, el proyecto era importante. Un parque de oficinas en las afueras de la ciudad. Pero no importó: diez miserables minutos de retraso en su segundo día y el imbécil del capataz le dijo que se largara. ¿Fue acaso culpa de Cameron que el hombre tuviera cero capacidad de empatía?

—Tampoco te pedí que movieras ningún hilo —murmura él antes de explicar lo sucedido.

—Así que la jodiste. A lo grande. ¿Y ahora qué?

Cameron hace un puchero con la boca. La tía Jeanne debería ponerse de su lado. Un silencio tenso se instala entre ambos; ella da un sorbo al café. Su taza está cubierta de ranas bailarinas y lleva una inscripción en brillantes letras rojas: «¿Quién soltó a las ranas?». Él menea la cabeza e intenta cambiar de tema.

—Me gusta la bandera nueva. La de fuera.

—¿De verdad? —A ella se le ilumina un poco la cara—. La saqué de uno de esos catálogos. Compra por correo.

Cameron asiente, sin la menor sorpresa.

—¿Cómo está Katie? —pregunta ella.

—Katie está bien —dice Cameron con voz débil. En realidad, no ha visto a su novia desde que se despidieron con un beso cuando ella se iba a trabajar ayer por la mañana. Se suponía que asistiría al concierto de Moth Sausage, pero al parecer estaba demasiado cansada para salir. Y él acabó más tarde de lo previsto y durmiendo en casa de Brad. Pero, por supuesto, ella está bien. Katie es la clase de chica que nunca tiene problemas, siempre está bien.

—Esa chica te conviene.

—Sí, es fantástica.

—Solo quiero que seas feliz.

—Soy feliz.

—Y tampoco estaría mal que pudieras conservar un trabajo durante más de dos días.

«Genial, ya estamos otra vez». Cameron cierra los ojos y se pasa una mano por la cara. Le pican los ojos. Debería beber un poco de agua.

—Eres tan listo, Cammy. Tan jodidamente listo...

Él se levanta del sofá y mira por la ventana. Después de un segundo muy largo, dice:

—Pero no te pagan solo por ser listo, ya lo sabes.

—Bueno, en tu caso, deberían hacerlo. —Ella palmea el asiento del sofá y Cameron vuelve a hundirse en él y apoya la cabeza, resacosa, en su hombro. Adora a la tía Jeanne, por supuesto. Pero ella no le entiende.

Nadie de la familia sabe de dónde viene la inteligencia de Cameron. Y, por familia, se refiere a sí mismo y a la tía Jeanne. Esa es toda su familia.

Apenas recuerda la cara de su madre. Él tenía nueve años cuando la tía Jeanne lo recogió en el piso de su madre después de que esta le hubiera dicho que preparara la mochila para irse a pasar el fin de semana con su tía. En sí mismo, esto no era nada inusual. A menudo se quedaba a dormir una noche allí. Pero esta vez su madre nunca fue a buscarlo. La recuerda despidiéndose de él con un abrazo, mientras las lágrimas le formaban ríos de maquillaje en la cara. Recuerda con claridad los pronunciados huesos de sus brazos.

El fin de semana se convirtió en una semana entera, y luego en un mes. En un año.

En algún lugar de este espacio atestado de curiosidades, la tía Jeanne guarda esas pequeñas piezas de cerámica que su madre coleccionaba cuando era niña. Tienen forma de corazones, de estrellas, de animales. Algunas llevan su nombre grabado: Daphne Ann Cassmore. De vez en cuando, la tía Jeanne le pregunta si le gustaría tenerlas y siempre le dice que no. ¿Por qué iba a querer esos viejos recuerdos si ella no logró mantenerse limpia el tiempo suficiente para ser su madre?

Al menos Cameron sabe de quién heredó el gen del desastre.

La tía Jeanne solicitó la custodia en los tribunales, que se la concedieron sin la menor oposición. Recuerda que la trabajadora social murmuró que sería mucho mejor que Cameron siguiera con la familia en lugar de «entrar en el sistema».

Una década mayor que Daphne, la tía Jeanne nunca se casó ni tuvo hijos propios. Siempre dijo que Cameron era una bendición inesperada.

Con la tía Jeanne, tuvo una buena infancia. Ella nunca era exactamente como las madres de sus amigos. ¿Cómo olvidar el Halloween en el que se presentó al desfile escolar con un disfraz casero de Marge Simpson, el año en que él iba vestido de Bart? Pero, de algún modo, funcionaba.

A Cameron se le daba bien el colegio. Allí fue donde conoció a Elizabeth, y luego a Brad. Es un chico muy adaptado, decía de él a veces la gente, para venir de donde viene.

¿Y su padre? Es posible que Cameron hubiera sacado la inteligencia de allí.

Si entrábamos en la figura paterna, todo era posible. Ni él ni la tía Jeanne tenían la menor idea de quién podía ser. Cuando Cameron era niño, antes de que él supiera cómo se hacen los niños y el hecho de que se necesitaba, como mínimo, un donante de esperma, él estaba seguro de que simplemente no tenía padre alguno.

«Sabiendo la chusma con la que se relacionaba tu madre, estás mucho mejor sin él», es la respuesta de la tía Jeanne cuando surge el tema. Pero Cameron siempre lo ha dudado. Está seguro de que su madre estaba limpia cuando él nació. Ha visto las fotos, el suave peinado de esa joven que le empuja en un columpio del parque. Las drogas, los problemas, llegaron después. Cameron está seguro de ello.

Llegaron por su culpa.

La tía Jeanne se dispone a levantarse.

—¿Más café, cariño?

—Quédate sentada. Yo iré a por él —dice él, sacudiéndose el dolor de cabeza. Se abre paso entre los trastos en dirección a la cocina.

Mientras sirve otras dos tazas de café recién hecho, la tía Jeanne grita desde el sofá:

—Por cierto, ¿cómo está Elizabeth Burnett? Sale de cuentas a finales del verano, ¿no? Me crucé con su madre en la gasolinera hace unos días, pero no tuvimos tiempo de charlar demasiado.

—Sí, está a punto de parir. Pero está bien. Tanto ella como Brad, los dos están bien.

La leche dibuja hilos blancos cuando Cameron la echa en el café.

—Siempre fue una chica encantadora. Aún no entiendo por qué escogió a Brad en lugar de a ti.

—¡Tía Jeanne! —gruñe Cameron. Debe de habérselo explicado un millón de veces: nunca tuvo esa clase de relación con Elizabeth.

—Bueno, solo es un comentario.

Cameron, Brad y Elizabeth fueron grandes amigos desde la infancia; los tres mosqueteros. Ahora dos de ellos están casados y a punto de tener un hijo. A Cameron no se le escapa que el bebé va a ocupar su lugar como tercer vértice de Brad y Elizabeth.

—Ahora que lo dices, debería irme. Brad necesita la camioneta a la hora de comer.

—¡Oh! Solo una cosa más, antes de que te vayas.

La tía Jeanne se apoya en el bastón para levantarse, con esfuerzo, del sofá. Cameron intenta ayudarla, pero ella lo aparta.

Durante lo que a él se le antoja una década, la tía Jeanne revuelve los trastos de la otra habitación. Mientras tanto, él no se resiste a la tentación de curiosear entre el montón de papeles que hay en la mesa. Una antigua factura de la luz (pagada, por suerte), una página arrancada del *TV Guide* (¿aún se publica eso?) y una pila de hojas de diagnóstico del ambulatorio local, con una receta grapada en la página superior. Mierda, temas personales. Pero antes de que pueda dejar de leer, distingue algo que le sonroja las mejillas. Eso no puede estar bien.

¿La tía Jeanne? ¿Clamidia?

Oye el avance del bastón hacia el salón. Cameron intenta devolverlo todo a su sitio, pero, para su horror, parte de la montaña de papeles cae el suelo, dejándolo con la hoja en la mano. La sostiene con las puntas de los dedos, como si fuera el papel el que estuviera infectado. Como si la enfermedad se contagiara por el papel.

—Ah, eso. —Ella se encoge de hombros, sin darle importancia—. Corre por el parque.

A Cameron se le revuelven las tripas. Traga saliva y dice:

—Bueno, no es ninguna broma, tía Jeanne. Me alegro de que fueras al médico.

—Claro que fui.

—Y quizá deberías pensar en usar... protección. —¿De verdad está manteniendo esta conversación?

—Bueno, yo soy una defensora de las gomas, pero a Wally Perkins no...

—Ya vale. Siento haber preguntado.

Ella se ríe.

—Te está bien empleado por cotillear.

—Tú ganas.

—En fin. Esto. —Empuja con el pie una caja que Cameron no había visto hasta entonces—. Son cosas de tu madre. He pensado que a lo mejor las querrías.

Cameron se pone de pie.

—No, gracias —dice, sin dignarse a mirar la caja por segunda vez.

Día 1.302 de cautiverio

Peso exactamente veintisiete kilos y doscientos gramos. Soy un chicarrón.

Como siempre, el examen empezó con el cubo. La doctora Santiago retiró la tapa del tanque y bajó el gran cubo amarillo que estaba lleno hasta los bordes. Contenía siete vieiras. La doctora Santiago me palpó el manto con su red, aunque no hacía falta. Por vieiras frescas, yo habría entrado de buena gana.

La anestesia fue filtrándose por mi piel. Mis miembros se paralizaron. Se me cerraron los ojos.

Mi primera experiencia con el cubo sucedió hace mucho tiempo. En el día treinta y tres de mi cautiverio. En aquel entonces me alarmé. Pero he aprendido a disfrutar del cubo. Con él llega una sensación de nada absoluta, que, en muchos sentidos, es más agradable que las sensaciones habituales.

Mis brazos cayeron sobre el suelo mientras la doctora Santiago me llevaba a la mesa. Me dobló para colocarme en la balanza de plástico.

—¡Guau, grandullón! —exclamó.

—¿Cuánto? —dijo Terry, tocándome con sus grandes manos oscuras, que siempre saben a caballa.

—Kilo y medio desde el mes pasado —respondió la doctora Santiago—. ¿Le habéis cambiado la dieta?

—No que yo sepa, pero lo comprobaré de nuevo —repuso Terry.

—Hazlo, por favor. Este aumento es bastante anormal, por expresarlo de una manera suave.

¿Qué puedo decir? Al fin y al cabo, soy un tipo especial.

UN JUNIO TRISTE

Esta noche hay un chico nuevo embolsando en el Shop-Way.

Tova no dice nada cuando mete los tarros de mermelada de naranja amarga y de fresa en la bolsa, uno al lado del otro. Hacen un ruido inquietante cuando el chico echa el resto de productos encima: café en grano, uvas verdes, guisantes congelados, un tarro de miel con forma de oso y una caja de pañuelos de papel. Son de esos suaves y que llevan loción. Los caros. Tova empezó a comprarlos para Will cuando estaba ingresado en el hospital, ya que los de allí parecían de papel de lija. Ahora se ha acostumbrado ya demasiado a ellos para sustituirlos por otros más baratos.

—No necesitas enseñármela, cielo —dice Ethan Mack cuando Tova le muestra su tarjeta de fidelidad. El cajero es un tipo charlatán que tiene un fuerte acento escocés y que resulta ser el dueño de la tienda. Se lleva un nudillo calloso contra la sien y sonríe—: Está todo aquí. Ya tenía tu número de tarjeta pulsado desde que te vi entrar por la puerta.

—Gracias, Ethan.

—No hay de qué. —Le entrega el recibo con una sonrisa levemente torcida, pero a fin de cuentas amable.

Tova comprueba que hayan aplicado el descuento a las mermeladas. Aquí está: segunda unidad a mitad de precio. No debería haberlo dudado: Ethan maneja el barco con destreza.

El Shop-Way ha mejorado mucho desde que él se mudó a la ciudad y lo compró, hace ya varios años. No tardará mucho en adiestrar al chico del embolsado. Ella guarda el recibo en su bolso.

—Menudo mes de junio, ¿eh? —Ethan se repantiga en la silla y cruza los brazos a la altura de la barriga. Son más de las diez de la noche: las cajas están vacías y el chico nuevo se ha desplazado al banco que hay junto al mostrador de platos preparados.

—Ha estado lloviznando todo el mes —coincide Tova.

—Ya me conoces, cielo. Soy como un gran pato. Me resbala por la espalda. Pero maldita sea si no estoy a punto de olvidar cómo era el sol.

—Sí, ya.

Ethan se pone a guardar las copias de los recibos en pulcras cajitas blancas; su mirada se posa en la marca circular que ella tiene en la muñeca, un moretón que apenas si ha desaparecido aunque ya han pasado días desde que el pulpo la agarró por allí. Él carraspea.

—Lamento mucho lo de tu hermano, Tova.

Ella baja la cabeza sin decir nada. Él continúa hablando.

—Si necesitas cualquier cosa, ya lo sabes.

Tova lo mira a los ojos. Hace años que conoce a Ethan y sabe que no es de los que hacen ascos a los rumores. Ella nunca se ha cruzado con un hombre de sesenta y pico que disfrute tanto con los cotilleos. De manera que debe de estar al tanto de cuánto se habían distanciado ella y su hermano.

—Lars y yo no teníamos una relación muy estrecha —dice entonces en un tono muy sereno.

¿La habían tenido alguna vez? Tova está segura de que sí. Cuando eran niños, sin duda. En su juventud, bastante. En su boda con Will, Lars estuvo al lado del novio, los dos vestidos con sendos trajes grises. En el banquete, Lars pronunció un discurso encantador que humedeció los ojos de todos los asistentes, incluso los de su estoico padre. Durante años, Tova y Will pasaron todas las Nocheviejas en la casa que Lars tenía en Ballard, disfrutando del budín de arroz y tocando la flauta a medianoche mientras el pequeño Erik dormía en el sofá, bajo una manta de ganchillo.

Pero las cosas cambiaron después de la muerte de Erik. De vez en cuando, alguna de las Jefas del Ganchillo tantea a Tova, preguntándole qué pasó entre ella y Lars, y esta dice «En realidad, nada», y no falta a la verdad. Fue una cosa gradual. No hubo una discusión, ni se produjeron gritos o momentos de tensión. Una Nochevieja, Lars llamó a Tova para informarla de que él y Denise tenían otros planes. Denise, su esposa, al menos durante un tiempo. Cuando iban a cenar a casa de Tova, Denise se dedicaba a rondar por la cocina mientras Tova fregaba los platos y le insistía en que podía «contar con ella» si alguna vez necesitaba «hablar». Y cuando Tova comunicó a Lars que se sentía incómoda, este le dijo que «tampoco es un crimen que se preocupe por ti, aunque no la conozcas bien».

Después de aquel cambio en Nochevieja, hubo un almuerzo de Pascua pospuesto, un cumpleaños cancelado, una reunión familiar navideña que nunca pasó del «Tendríamos que vernos». Los años se convirtieron en décadas y los hermanos fueron volviéndose unos extraños el uno para el otro.

Ethan juguetea con la llavecita de plata que cuelga del cajón de la caja registradora. Su voz es suave cuando dice:

—Aun así, la familia es la familia. —Sonríe, y deja caer su corpachón en la silla giratoria que tiene al lado de la caja. Tova sabe que la silla le ayuda para sus dolores de espalda. No es la clase de cotilleo que busca, desde luego, pero a veces una no puede evitar enterarse. A las Jefas del Ganchillo les gusta charlar sobre estas cosas.

Tova suspira. «La familia es la familia». Sabe que Ethan no tiene mala fe, pero menuda expresión más ridícula. Claro que la familia es la familia; ¿qué otra cosa va a ser? Lars era su último pariente vivo. Su familia, pese a que llevaba años sin hablar con él.

—Debo irme —dice ella finalmente—. Tengo los pies molidos del trabajo.

—¡Claro! Tu turno en el acuario. —Ethan parece agradecido por el cambio de tema—. Saluda a las vieiras de mi parte.

Tova asiente con seriedad.

—Les daré recuerdos.

—Diles que su vida está muy bien en comparación con las de sus primas que tengo allí, en la nevera del pescado. —Ethan mueve la cabeza hacia la zona de pescado fresco que hay al fondo de la tienda, que, con contadas excepciones de producto local, solo ofrece pescado y marisco congelados. Apoya los brazos en el mostrador de la caja con una mirada chispeante en los ojos.

Tova se sonroja, ya que comprende un segundo demasiado tarde que él solo estaba de guasa. Esas vieiras en frío, círculos de blanco translúcido...; al menos Sowell Bay es demasiado provinciano para que las tiendas vendan pulpo. Levanta la bolsa de la compra y, como era previsible, el contenido se desplaza hacia un lado y los tarros de mermelada chocan de nuevo.

A veces resulta que solo hay un modo correcto de hacer las cosas.

Con una mirada severa hacia el chico del embolsado, que ahora está recostado en el banco de la comida preparada, absorto en su teléfono, Tova deja la bolsa en el suelo y mueve la mermelada de naranja amarga al otro lado de las uvas. Tal y como se debería haber hecho desde el principio.

Ethan la sigue con la mirada. Luego se levanta y grita:

—¡Tanner! ¿Ya has repuesto la sección de lácteos?

El chaval se guarda el móvil en el bolsillo y se dirige hacia la parte trasera de la tienda.

Tova esconde una sonrisa ante lo satisfecho que Ethan parece estar consigo mismo. Cuando él se percata de ello, se pasa la mano por su corta y descuidada barba, que ya es casi blanca pero mantiene un punto rojizo. No tardará en dejársela crecer de cara a las vacaciones. Ethan Mack está muy convincente en su papel de Santa Claus escocés. Todos los sábados de diciembre ocupa una silla en el centro cívico vestido con un traje de poliéster y se hace fotos con los críos del pueblo, e incluso con algún perrito que otro. Janice lleva a Rolo a ver a Santa todos los años.

—Los chavales necesitan alguien que les guíe de vez en cuando —dice Ethan—. Bueno, supongo que no solo ellos.

—Supongo que no. —Tova coge la bolsa y se vuelve hacia la puerta.

—Si necesitas algo...

—Gracias, Ethan. Te lo agradezco.

—Conduce con cuidado, cielo —grita él cuando ella ya está saliendo de la tienda.

Ya en casa, Tova se desabrocha las zapatillas y pone el canal cuatro en la tele. Las noticias de las once solo son tolerables en el canal cuatro. Craig Moreno, Carla Ketchum y la meteoróloga Joan Jennison. Las del canal siete son puro amarillismo, ¿y quién soporta a ese idiota de Foster Wallace del canal trece? El canal cuatro es la única opción sensata.

La sintonía del programa se expande por la cocina, donde Tova vacía la bolsa de la compra. No ha comprado mucho; tiene la nevera llena de platos cocinados que las Jefas del Ganchillo y otros amables vecinos han ido dejando en su porche para consolarla por la muerte de Lars.

—¡Por Dios santo! —exclama mientras se agacha ante aquella nevera rebosante e intenta encontrar un hueco para las uvas junto a una inmensa cazuela de gratinado de jamón y queso que Mary Ann le llevó ayer.

Un ruido seco, como un arañazo, la sobresalta. Se incorpora de golpe.

Procede del porche. ¿No será otra cazuela? Y menos a estas horas... Cruza la salita, ante un televisor que emite en ese momento el anuncio de un seguro de vida. La puerta principal sigue entreabierta, no la cerró al entrar, así que echa un vistazo a través de la mirilla, esperando encontrar otra ofrenda en la alfombrilla, pero no ve nada. Ni tampoco hay ningún coche cerca.

La puerta cruje cuando ella la abre del todo.

—¿Hola?

Oye más arañazos. ¿Será un mapache? ¿Una rata?

—¿Quién anda ahí?

Ve un par de ojos amarillos. Y luego oye un maullido lastimero.

Tova exhala el aire sin haber sido consciente de que lo estaba reteniendo. Hay gatos callejeros por todo el barrio, pero nunca había visto a este, de color gris, que ahora está sentado en su porche como un rey en su trono. El gato parpadea y la mira a los ojos.

—¿Y bien? —Ella frunce el ceño y agita una mano—. ¡Fuera de aquí!

El gato inclina la cabeza.

—¡He dicho que fuera!

El gato bosteza.

Tova se planta las manos en las caderas, y el gato se acerca y desliza su cuerpecillo entre sus pies. Ella puede notar todos los huesos del animal cuando este le roza los tobillos.

Suelta una carcajada.

—Bueno, tengo gratinado de jamón. ¿Te apetece?

El maullido del gato adopta un tono agudo. Desesperado.

—Vale. Pero como te pille usando mis parterres como retrete...

Tova retrocede, dejando a Gato, como ha decidido llamarlo, en la puerta, mirando hacia el interior.

Después de volver con un plato lleno, se sienta a mirar cómo

Gato devora la mezcla de jamón dulce, patata y queso. Cuando le devuelva el plato a Mary Ann, se guardará bien de decirle quién se lo ha comido.

—Habría sido una pena que se echara a perder, así que me alegro de compartirlo —le confiesa a Gato. Y lo dice en serio. ¿Cuánta comida creen sus amigas que puede consumir? Tova toma nota mental de que debe recoger el plato al día siguiente y vuelve adentro sin olvidarse de cerrar la puerta.

De la salita llega el rumor de las noticias, que han continuado después de los anuncios.

«Bueno, Carla, lo que sé es que estoy listo para disfrutar de un poco de verano aquí en Seattle», dice Craig Moreno entre risas.

«¡Yo también lo estoy, Craig!». Carla Ketchum tiene una risa cristalina. A continuación, apoyará el antebrazo en la mesa y sonreirá a la cámara antes de volverse hacia su colega. Va vestida de azul, ya que parece creer que es un color que le sienta bien. Y, como ha llovido hoy, su cabello rubio estará ondulado, en lugar de domado en un corte bob. Por supuesto, Tova no lo ve desde la cocina, pero está segura de todo ello.

«¡Veremos qué nos cuenta Joan! Después de la publicidad».

Ahora la cámara enfocará a Craig Moreno. Su tono ascenderá un poco al pronunciar el nombre de Joan. Es algo que empezó hace unas cuantas semanas. Seguramente cuando él y la chica del tiempo empezaron a tener relaciones.

Tova no se queda a oír el avance meteorológico. No le hace falta: nubes y lluvias. Un junio triste.

POR UNA CHICA

Aunque no diría que no a un poco de sol, a Ethan Mack no le molestan las noches de niebla. Se forman halos en torno a las farolas, la sirena de un ferry suena desde algún rincón brumoso. El frío de medianoche se le cuela por el cuello de la camisa cuando se sienta en el banco que hay delante del Shop-Way a fumar en pipa.

Si nos ponemos estrictos, esto no está permitido. Siguiendo las normas, los empleados del Shop-Way deben marcar sus ausencias para fumar. Por supuesto, Ethan es quien redactó el reglamento, aunque, no obstante, intenta no ponerse por encima de las normas. Pero ahora ya solo están él y Tanner, y el chaval, que tampoco es el más listo del mundo, se encuentra al fondo de la tienda.

Ver a Tova alejarse en la oscuridad siempre lo pone nervioso. Según su radar policial, las calles están siempre llenas de lunáticos a estas horas. ¿Por qué viene a comprar tan tarde?

Han pasado dos años desde que empezó a frecuentar la tienda a última hora. Desde que Ethan empezó a plancharse el cuello de la camisa antes de entrar en su turno. Con la intención de arreglarse un poco más. De verse más presentable.

Inhala el calor de la pipa hasta que le llena los pulmones y luego exhala. El humo se funde en la niebla.

La niebla le recuerda su hogar: Kilberry, en el estrecho de Jura, al oeste de Escocia. Sigue siendo su casa, aunque ya lleva cuarenta años en Estados Unidos. Han pasado cuarenta años desde que lio el petate y abandonó su puesto en los muelles de Kennacraig. Cuarenta años desde que persiguió a su última chica.

Todo se había venido abajo con Cindy. El plan ya era un desastre de entrada: liarse con una norteamericana durante las vacaciones, fundirse sus ahorros en un billete de Heathrow al JFK. Aún recuerda cómo las islas iban menguando a través de la ventanilla del avión.

Tanner asoma su cabeza de cordero por la puerta. Si se percata de que Ethan está faltando a las reglas, no da ninguna señal de ello. Ese chico no es ningún genio.

—¿Quiere que reponga toda la zona de refrigerados?

—Pues claro. ¿Para qué te crees que te pago?

Tanner rezonga algo mientras vuelve adentro. Ethan sacude la cabeza. Los chicos de hoy…

En los setenta, Nueva York estaba en pleno apogeo, y Ethan y Cindy no tardaron en trazar grandes planes. Cindy vació el piso de Brooklyn para comprarse una vieja furgoneta Volkswagen, y con ella se lanzaron a recorrer el país: la vastedad del paisaje le voló la cabeza a Ethan. Pennsylvania, Indiana, Nebraska, Nevada. En cualquiera de ellos habría cabido toda Escocia.

Cuando volvieron a encontrar el mar, Ethan respiró aliviado. Permanecieron varias semanas en la costa del norte de California, haciendo el amor a la sombra de las secuoyas, antes de reemprender el camino hacia el norte a través de la autopista del Pacífico Norte. En una desvencijada capilla cercana a la frontera con Oregón, él y Cindy formalizaron su unión.

Semanas más tarde, en Aberdeen, Washington, la transmisión de la furgoneta se rindió por fin. Ethan intentó arreglarla, pero el vehículo no quiso tirar. La que sí se fue a la mañana siguiente fue Cindy.

Y ahí se acabó la historia.

A Ethan le gustó Aberdeen. Nunca había estado en el lugar homónimo que hay en la costa norte de Escocia, pero al menos el nombre le resultaba familiar. Cielos bajos y grises. Población industriosa y brusca. Consiguió un empleo de estibador. Encontró una cama en una pensión. Se tomaba el té al amanecer, mientras contemplaba a la niebla acariciar los mástiles de los barcos.

El sindicato lo trató bien, y se retiró con una modesta pensión al cumplir los cincuenta y cinco. Más por necesidad que por gusto, se trasladó al interior, más cerca de la ciudad y de los fisioterapeutas que necesitaba para cuidar de su espalda después de años de cargar troncos en barcos. Pero la jubilación lo ponía nervioso. Había un turno libre en el Shop-Way y al dueño no le importó comprar una silla ergonómica para la caja. Él se lo pensó dos veces y decidió utilizar sus ahorros para comprar la tienda.

Ahora, diez años después, ya no necesita el dinero, al menos no exactamente. La pensión del sindicato le cubre el alquiler, la comida y la gasolina para la furgoneta. Pero el extra de la tienda le permite comprar vinilos de colección y alguna botella de buen whisky de vez en cuando. Islay de verdad, no esa mierda de las Highlands.

Los faros centellean en el asfalto húmedo cuando un coche se introduce en el aparcamiento. Ethan apaga la pipa y vuelve al interior.

Se sienta ante la caja mientras una pareja joven, chico y chica, entran cogidos del brazo; van tan juntos que se diría que se mueven como si fueran una sola persona. Oscilan por los pasillos, riéndose cuando chocan contra el estante de las patatas fritas y los refrescos. Pagan con tarjeta. Salen a toda prisa a la carretera inundando el escaparate de luz blanca.

«Idiotas. Se van a cargar a alguien». Alguien como la hermana de Ethan, Mariah, que fue atropellada por un camión cuando apenas tenía diez años. Unos pescadores que volvían del pub. «El mundo está lleno de idiotas».

La idea de Tova conduciendo por esa carretera lo desasosiega. Desearía poder pasar por su casa para asegurarse de que el coche está aparcado allí. Quizá aún tendría las luces encendidas.

Pero no. Ya se arruinó una vez, por una chica.

Día 1.306 de cautiverio

Se me da muy bien guardar secretos.

Diréis que no tengo más remedio. ¿A quién podría contárselos? Mis opciones son escasas.

Aunque puedo comunicarme con los otros presos, las conversaciones con ellos pocas veces merecen la pena. Mentes simples, sistemas nerviosos básicos. Lo único que los mueve es la supervivencia, y tal vez sean unos expertos en ella, pero ninguna otra criatura de por aquí posee una inteligencia como la mía.

Me siento solo. Quizá lo estaría menos si tuviera a alguien con quien compartir mis secretos.

Hay secretos por todas partes. Algunos humanos están llenos de ellos. ¿Cómo lo hacen para no explotar? Parece ser una lacra de la especie humana, su pobrísima habilidad para comunicarse. No es que la cosa sea mucho mejor en las otras especies, la verdad, pero incluso un arenque es capaz de darse cuenta de que el banco de peces del que forma parte está girando y actuar en consecuencia para seguirlo. ¿Por qué los hombres no usan sus millones de palabras para decirse simplemente lo que desean los unos a los otros?

Al mar también se le da bien guardar secretos.

Hay uno en concreto, del fondo del mar, que aún llevo conmigo.

LAS VÍBORAS PEQUEÑAS
SON ESPECIALMENTE LETALES

La caja permanece en la encimera de la cocina de Cameron, intacta, durante tres días.

La misma tía Jeanne la había sacado de la caravana. «Tírala si quieres, pero al menos échale un vistazo primero», le había dicho. «La familia es importante».

Cameron había elevado la mirada al cielo. «Familia». Pero, cuando a esa mujer se le mete algo entre ceja y ceja, discutir no tiene ningún sentido. De manera que la caja viajó a su casa con él. Ahora, Cameron la contempla desde el sofá mientras se plantea apagar el programa deportivo para ver qué contiene. Tal vez haya algo que pueda empeñar. Katie necesitará su mitad del dinero del alquiler de julio en poco tiempo.

Quizá después de comer.

Espera, atento al rumor del microondas, que hace girar el envase de noodles. Un magnetrón que genera unas ondas de alta densidad y las conduce a un ventilador, provocando que las moléculas se aticen las unas a las otras. A quien se le ocurre algo así, ¿piensa también en cómo venderlo? Quienquiera que sea el tipo, seguro que está nadando en una bañera de oro rodeado de supermodelos. La vida es injusta.

Ding.

Cameron retira el envase humeante, y lo está llevando de camino al sofá, con cuidado para no verter nada, cuando la puerta del piso se abre de golpe. El sobresalto le hace derramarse parte del líquido hirviente en la mano.

—¡Joder!

—¡Cam! ¿Estás bien? —Katie suelta la bolsa del trabajo y corre hacia él.

—Estoy bien —murmura él. ¿Qué está haciendo ella en casa un martes a mediodía? Claro que ella podría hacerle la misma pregunta. Cameron intenta recordar. ¿Le había dicho a Katie que trabajaba hoy? ¿Se lo había preguntado ella?

—Espera un momento —dice Katie. Se dirige a la cocina; la falda gris realza su culito perfecto. Trabaja en la recepción del Holiday Inn de la autopista. Por suerte, ha tenido turno de mañana últimamente. A él ya se le habría caído el pelo si ella aún trabajase por las noches.

Katie se apresura a volver con dos trapos húmedos.

—Gracias —dice Cameron cuando le da uno. El frescor supone un agradable alivio en la mano. Ella usa el otro para limpiar el líquido que se ha derramado en el suelo.

—Hoy llegas temprano —dice él al tiempo que se agacha para ayudarla, intentando que el comentario suene natural.

—Tengo hora con el dentista esta tarde. ¿Te acuerdas? Te lo comenté la semana pasada.

—Ah, sí. Claro. —Cameron asiente: a su mente acude un recuerdo difuso.

—Lo que no me suena es que mencionases que hoy tenías el día libre.

Mirando a Cam con los ojos entornados, Katie recoge con los dedos un fideo que se había quedado en la alfombra y lo echa en el trapo.

—Eh, sí. Hoy tengo fiesta. —Pero no añade: y también mañana, y pasado mañana, y el otro.

—Qué raro que te hayan dado un día libre tan pronto. Solo llevas tres semanas.

—Es que es un festivo. —Mierda, ¿por qué ha dicho eso?

Ella se yergue.

—¿Un festivo?

—Sí. —La mentira viene sola—. El patrón de los albañiles. Todos tenemos fiesta hoy. —En serio, ¿qué puede contarle? ¿La verdad? Es solo cuestión de tiempo. Los días que tarde en encontrar otro curro. Luego se acabará el problema.

—El patrón de los albañiles.

—Exacto.

—¿Todos hacen fiesta hoy?

—Todos.

—Pues es raro que los del tejado de los vecinos sigan trabajando, ¿no?

Cameron abre la boca, pero el eco de la taladradora procedente del tejado del edificio contiguo acalla cualquier palabra.

Katie se ha puesto pálida.

—Te han echado de nuevo.

—A ver, técnicamente…

—¿Qué pasó?

—Bueno, resulta que…

—¿Cuándo pensabas contármelo? —le interrumpe ella.

—Estoy intentando hacerlo ahora, ¡pero no me dejas!

—¿Sabes una cosa? Ya da igual. —Coge la bolsa del trabajo y avanza con paso firme hacia la puerta—. No tengo tiempo para esto. Voy a llegar tarde al dentista y estoy harta de conceder oportunidades.

Oportunidades. Si la vida llevara un recuento de las oportunidades, a Cameron le debería unas cuantas. ¿Acaso Katie puede imaginar lo que fue tener una madre adicta? ¿Qué sabe Katie sobre este odio que lo corroe por dentro y que nunca desaparece?

Katie, cuyos padres le compraron el primer coche cuando terminó el instituto. Katie, con la faldita gris y esos dientes tan bien puestos y tan blancos, que ahora mismo están siendo pulidos por un dentista capullo. Le regalarán un cepillo de dientes a la salida y ella lo tirará, sin desenvolver, en el cajón del mueble del cuarto de baño porque solo usa cepillos eléctricos.

Está tumbado en el sofá, viendo una peli de acción barata, cuando ella vuelve. Se le ocurre que se ha demorado mucho. Han pasado horas, ya casi ha anochecido. Mucho más de lo que debería durar una cita con el dentista. Quizá tenía un montón de caries o algo así. Una endodoncia. A la tía Jeanne le hicieron una el año pasado y estuvo quejándose del dolor durante una semana. La idea de la perfecta Katie con la boca abierta y sometida a la tortura de una afilada lima le resulta ligeramente satisfactoria, y eso lo hace sentirse como un capullo.

—Eh —la llama él, a la espera de oír un suspiro lastimero que signifique que sigue mosqueada, pero menos. Él se disculpará, ella fruncirá el ceño, pero no lo hará en serio, y luego él le posará la mano en la pierna y ella se reclinará contra él, y así permanecerán los dos, abrazados, mientras terminan de ver esta estúpida película antes de meterse en la cama para disfrutar de una buena sesión de sexo de reconciliación.

Pero Katie no responde. En su lugar, se va directa al dormitorio. Él esboza una media sonrisa. ¿Vamos al grano?

Luego oye el primer golpe. ¿Qué co...? Tiene que investigar qué pasa.

Cuando entra en el cuarto, Cameron alcanza a ver cómo una de sus botas de trabajo sale volando por encima de la barandilla del balcón iluminado por la luna y aterriza sobre el pequeño parterre cuadrado de césped.

Bum.

Su compañera cae en la acera y da un par de vueltas sobre las baldosas bordeadas de musgo, con los cordones colgando.

—¡Katie! ¿No podemos hablar?

Ella no contesta.

—Mira, lo siento. Debería habértelo dicho.

De nuevo, silencio.

Fiu.

Una gorra de béisbol voladora le acaricia la oreja. Su gorra preferida de los Niners. Ya basta. Sí, debería haberle contado que lo habían despedido. ¿Pero de verdad no pueden hablarlo durante un segundo antes de que ella tire por el balcón todas sus pertenencias?

—Katie —dice él en voz baja. Como si se enfrentara a un animal salvaje, él opta por intentar tranquilizarla apoyando una mano en su hombro.

—No me toques —murmura Katie apartándose. Saca un par de calzoncillos de la cómoda y hace con ellos un moñigo antes de intentar lanzarlos balcón abajo. Pero el gesto no llega a tener la fuerza suficiente. La ropa interior se desdobla y cae con suavidad en el suelo del dormitorio.

Él se agacha a recogerlos.

—¿Podemos hablar un minuto?

—Ya no aguanto más, Cam.

Por primera vez desde que se fue a la cita con el dentista, ella lo mira a la cara. Sus ojos arden como las hogueras que solían encender a la sombra del Jeep cuando se iban de acampada al desierto. Pero eran otros tiempos. Los acreedores se llevaron el Jeep hace meses. Cameron estaba a punto de llamar al banco para cumplir con el pago acordado. Jura que iba a hacerlo, pero no, enviaron a esos idiotas y se lo llevaron, sin darle una segunda oportunidad. Otra que le deben en su recuento de oportunidades.

—Te juro que pensaba contártelo. Y no fue culpa mía.

—Claro que no tuviste la culpa. Nunca la tienes, ¿no?

—¡No! —El alivio que le invade ante esa súbita muestra de empatía dura poco. Era puro sarcasmo, claro. Las mejillas le arden—. A ver, es complicado. —Lo está echando, claro. Cameron también se echaría a sí mismo a patadas.

Katie cierra los ojos.

—Cameron, no es complicado. Te lo explicaré de la forma más sencilla posible para que tu cerebro adolescente pueda entenderlo. Esto. Se. Acabó.

—Pero tengo dinero para el alquiler —insiste él, pensando en la misteriosa caja de la tía Jeanne. Hay una nota de desespero en su voz. Sigue a Katie del dormitorio a la cocina, aún con los calzoncillos en la mano.

—¡Esto no tiene nada que ver con el alquiler! Tiene que ver con tu incapacidad de actuar como un ser humano honesto.

Ella coge la caja misteriosa de la encimera y se dispone a llevarla hacia el dormitorio. Hacia el balcón. Sorprendentemente, él nota que se le tensan las tripas.

—Ya lo cojo yo.

—Vale, como prefieras. Solo vete.

Ella suelta la caja y esta cae con fuerza sobre la alfombra. Su cara está distinta, el fuego de sus ojos se ha desvanecido. Parece cansada.

—¿Quieres que me marche ahora mismo? —gruñe Cameron. No puede hablar en serio.

—No, el sábado que viene. He tirado tus cosas por la ventana para entretenerme. —Ella suelta un suspiro de exasperación—. Claro que ahora. Ya.

—¿Y adónde se supone que debo ir?

—No es problema mío. —Ella suelta una carcajada amarga—. No es que me importe, pero algún día tendrás que hacerte mayor, ¿sabes?

La caja resulta ser un asiento razonablemente cómodo. Mejor que el suelo sin duda. En la oscuridad, y con sus cosas apiladas a su lado, Cameron espera que Brad vaya a recogerlo.

Espera y espera. Durante una hora.

Justo ahora tenía que quedarse sin coche.

Por fin, los faros doblan la esquina.

—¿Qué coño ha pasado? —Brad da un portazo al coche al salir.

—¿Qué coño te ha pasado a ti? ¿Por qué has tardado tanto?

—A ver, un momento. ¿Te parece buena excusa el hecho de que estuviera dormido? Porque son casi las once de un martes. —Brad empieza a echar las cosas de Cameron en el maletero de la furgoneta—. Algunos trabajamos mañana, ¿sabes?

—Que te follen.

Brad exhibe una sonrisa.

—¿Demasiado pronto para bromear? Lo siento.

—Me da lo mismo. ¿Podemos irnos de una vez?

Al meter una bolsa de basura llena de ropa en el maletero, lleva la vista al balcón: Katie tiene aún la puerta abierta y la luz del cuarto encendida, así que debe de estar observando la escena. Lanza una última mirada hacia el piso antes de acomodar el estuche con la guitarra encima del montón y de cerrar el maletero con un sonoro crujido metálico.

—Venga, vámonos —dice Brad al tiempo que abre la puerta del copiloto.

—Gracias —murmura Cameron, quien se sienta con la caja sobre el regazo.

La casa de Brad y Elizabeth se encuentra en las afueras de la ciudad, una zona donde las urbanizaciones brotaron como champiñones de la noche a la mañana. Innecesarias columnas de yeso, falsas fachadas de obra vista y garajes de cuatro plazas. Asquerosamente burgués. Los padres de Elizabeth les dieron un buen puñado de pasta para la entrada cuando se casaron, hace unos años. Eso debe de ser agradable.

Pero Cameron no se queja sobre nada de eso durante los quince minutos que dura el trayecto hasta allí desde su antiguo piso. Su antiguo piso. Ahora es de Katie. Su nombre es el único que consta en el contrato. Cuando él se mudó, ella le anduvo atosigando para que llamara al casero y arreglara los papeles, porque Katie es de las que siempre siguen las reglas. Pero después de un tiempo lo dejó por imposible. O quizá pensó que no merecía la pena.

—¿Qué hay en la caja? —pregunta Brad, cortando sus pensamientos.

—Víboras bebé —responde Cameron con toda la seriedad del mundo—. Por docenas. Espero que a Elizabeth le gusten las serpientes.

Media hora más tarde, Brad deja un posavasos en la mesa antes de darle a Cameron su jarra de cerveza mientras este termina de explicarle lo sucedido.

—A lo mejor se le pasa —dice Brad, y bosteza—. Dale un par de días.

Cameron levanta la vista.

—Tiró mis cosas a la calle, en plan escena de una peli romántica de tarde. Todos mis bienes.

Brad mira de reojo las cosas que se apilan en el rincón.

—¿Ahí están todos tus bienes?

—Bueno, no lo decía en sentido literal. Ya me entiendes.

Cameron frunce el ceño. ¿Qué hay de su Xbox, que sigue debajo de la tele de Katie? Casi dejó su cuenta al descubierto para comprar ese trasto en cuanto salió al mercado. Pero que se lo quede Katie si quiere. Ni de coña piensa ir a pedírselo.

Quizá ese par de bolsas y la caja de contenido dudoso sean en verdad todos sus bienes.

La mirada de Cameron se posa en el gran ventanal con vistas a la bahía del salón de Brad.

—No todos podemos vivir en un McCasoplón, ya sabes. —Pretendía ser una broma, pero las palabras salen cargadas de ácido. Intenta calmar el tono—. Lo que quiero decir es que algunos somos partidarios del minimalismo.

Brad enarca una ceja, contempla a Cameron durante unos largos segundos y luego alza la jarra.

—Bueno, brindemos por los nuevos comienzos.

—Gracias por acogerme un día más. Te debo una.

Cameron entrechoca su copa con la de su amigo, la cerveza se desborda y acaba manchando la mesa. Al instante, casi por ensalmo, aparece Brad con un trozo de papel de cocina y se pone a secar la mesa.

—Me debes unas diez. Y hay un sobrecoste por llegadas nocturnas. —Brad sonríe, pero hay una expresión seria en sus ojos—. Y ya sé que no necesito recordártelo, pero como estropees algún mueble vas a tener que pagarlo.

Cameron asiente con la cabeza. Oyó el mismo sermón la semana pasada, cuando se quedó a dormir después del concierto. Elizabeth acaba de renovar el mobiliario del salón, y, al parecer, usarlo para las actividades que le son propias, como sentarse y tomar algo, es un tema sensible. Antes, cuando pasaba alguna noche allí, dormía en la habitación de invitados, pero ahora ya ha sido remodelada para acoger al bebé. Justo el mes pasado Cameron arregló la pared de placas de yeso del baño, a cambio de un pago en pizza, después de que Brad se la cargara cuando intentaba colocar unos estantes ridículos. Cameron podría arreglar paredes de yeso incluso dormido, y de hecho lo hizo en una ocasión. O medio dormido, vaya. O eso dijo el capataz de esa obra antes de ponerlo de patitas en la calle.

—Y, en serio, Cam —continúa Brad—, te doy dos noches. Ni una más.

—Recibido.

—¿Adónde piensas ir? —Brad dobla el pedazo de papel de cocina empapado en cerveza y lo deposita con cuidado en el borde de la mesa.

Cameron apoya un pie sobre la rodilla y se pone a enrollar el cordón de la zapatilla con un dedo.

—¿Tal vez a uno de esos pisos nuevos del centro?

Brad suspira.

—Cam...

—¿Qué? Tengo un colega que trabajó en ellos. Dice que están chulos por dentro.

Cameron se imagina sentado en un amplio sillón de piel, hundiendo los dedos de los pies en una mullida alfombra. Necesitará un televisor de pantalla plana, claro, de cincuenta pulgadas al menos. Lo colgará en la pared y llevará los cables por detrás para que no se vean.

Brad se inclina hacia delante con las manos entrelazadas.

—Nadie te va a alquilar uno de esos, tío.

—¿Por qué no?

—Joder, tío, estás en el paro.

—No es verdad. Es solo una pausa entre un proyecto y otro.

—¡Siempre estás entre un proyecto y otro!

—La industria de la construcción es cíclica. —Cameron se yergue y en la voz se advierte un tono mordaz. ¿Qué sabrá Brad de lo que es un trabajo de verdad, un trabajo físico? Si se pasa el día removiendo papeles en una oficina inmunda del servicio eléctrico municipal.

Antaño Brad hablaba de largarse de allí, de irse a San Francisco o a otro lugar. Pero ahora ya no se irá y Cameron sabe el porqué. Sus padres están aquí, al igual que los de Elizabeth, y los cuatro van a convertirse en abuelos. Todo el clan se reúne para cenar los domingos por la noche. Seguro que ahora come jamón glaseado a la miel o mierdas así. ¿Por qué iban a marcharse? Cameron se pregunta si existe algún tipo de lazo que une a los hijos de las familias normales. Uno que a él siempre lo deja fuera.

—Cam, ¿cuál es tu calificación de crédito?

Cameron vacila. La verdad es que no tiene ni idea. Podría congelarse el infierno antes de que se decidiera a comprobarlo. Cuando se compró el Jeep, hace ya años, estaba por los seiscientos, pero eso fue antes de tomar algunas decisiones cuestionables. Con una sonrisa sarcástica, responde:

—Unos ciento veinte.

Brad menea la cabeza.

—Eso será tu récord de la bolera, pero te aseguro que no tiene nada que ver con tu calificación de crédito.

—Bueno, ¿qué voy a decir? Soy un hacha con los bolos.

—Sin duda.

Cameron pasa los dedos por una serie de agujeritos que hay en el lateral de la zapatilla. Probablemente obra del perro de Katie, un perrito minúsculo con una gran afición a todos los tipos de zapatos, y sobre todo a los suyos. El perro es tan insoportable que Katie lo envió a vivir con sus padres, pero estos lo llevan de visita cada vez que van a ver a su hija. Al menos ahora se ha librado de esa basura de bicho.

—¿Por qué no vuelves a estudiar? —sugiere Brad, y no por primera vez—. Sácate un grado medio al menos.

Cameron suelta un gruñido a modo de respuesta. Brad debería ser lo bastante listo para saber que estudiar requiere un dinero del que Cameron no dispone. Pero de repente Cameron tiene una idea. Una de las buenas.

—¿Te acuerdas del piso que hay encima del Dell's?

Brad asiente. Todos los parroquianos de ese agujero saben de ese lugar. A veces bromean con que el viejo Al, el encargado del bar, podría sacarse un pico alquilándolo como picadero por horas.

—La otra noche oí que Al decía que estaba vacío —continúa Cameron—. A lo mejor me lo alquila.

—Es posible que antes te haga saldar tu cuenta. Pero podría ser.

—Se lo preguntaré la semana que viene, cuando vayamos a tocar.

Brad carraspea.

—¿La semana que viene?

—Vale. Me acercaré hasta allí mañana.

—Genial —contesta Brad. Luego baja la mirada—. Por cierto, hay algo que debo decirte. Quería esperar a que estuviéramos todos juntos, pero...

—¿Pero qué? —Cameron frunce el ceño—. Suéltalo.

—Vale. La actuación de Moth Sausage de la semana que viene va a ser... la última para mí.

—¿Qué? —Cameron tiene la sensación de que algo le ha golpeado en el pecho.

—Sí, dejo el grupo. —Brad intenta sonreír—. Ahora que el bebé está a punto de llegar, Elizabeth y yo pensamos que es mejor que...

—Eres el cantante —le interrumpe Cameron—. No puedes dejarnos.

—Lo siento. —Brad da la impresión de estar menguando en la silla—. ¿Puedes no contárselo aún a los chicos? De verdad que quería esperar a que estuviésemos todos juntos.

Cameron se pone en pie y se acerca a la ventana.

—Las cosas serán diferentes cuando nazca el bebé —prosigue Brad.

Cameron observa el jardín delantero de Brad y Elizabeth, sus lucecitas relucientes, el césped bien cortado, el sendero de piedras. Para su sorpresa, se le forma un nudo en la garganta. Claro que Brad tenía que abandonar Moth Sausage cuando llegase el bebé. Debería haberlo visto venir.

—Lo entiendo —termina por decir.

—Seguiré yendo a las actuaciones.

Cameron se traga un bufido. No habrá más actuaciones de Moth Sausage sin Brad.

—Elizabeth también irá conmigo. Quizá podamos llevar al bebé. —Brad deja escapar un largo suspiro—. De verdad que lo siento.

—No pasa nada. —Cameron regresa al sofá y empieza a quitar los cojines de decoración, preocupándose de dejarlos bien colocados—. Es tarde. Debería dormir.

—Sí, claro. —Brad espera unos instantes antes de ponerse a recoger los vasos vacíos—. Espera, te hacen falta sábanas —dice antes de desaparecer por el pasillo.

¿Sábanas? ¿Para un sofá? ¿Desde cuándo?

Un minuto más tarde, Brad reaparece con un juego de sábanas por estrenar, aún metidas en su funda, y se lo lanza a Cameron. Tienen un estampado de rayas moradas y blancas, y Cameron está seguro de que fueron elección de Elizabeth. El morado siempre ha sido su color favorito.

Brad sigue rondando por allí como un maldito mosquito.

—¿Te echo una mano?

—No. —Cameron le brinda una sonrisa tensa—. Buenas noches.

—Vale. Esto…, buenas noches. —Desde la cocina, Brad grita—: No dejes escapar a esas viboritas.

Cameron no contesta.

Día 1.307 de cautiverio

Los humanos tienen pocas cualidades redentoras, pero sus huellas dactilares son obras de arte en miniatura.

Se me dan bien las huellas. Diréis que se trata de un positivo efecto colateral del hecho de estar con humanos todo el día, con sus mocos trémulos y sus axilas húmedas, con esas palmas pegajosas que apestan a loción floral y a restos de helado.

Pero por la noche, cuando se cierran las puertas y se bajan las luces, dejan tras de sí un intrincado y alucinante mural en el vidrio del tanque donde vivo.

A veces dedico bastante tiempo a mirarlas, a estudiarlas. Son pequeñas obras de arte con forma ovalada. Trazo visualmente las rayas que van de fuera hacia dentro y luego de nuevo hacia fuera. Cada huella es única. Las recuerdo todas.

Las huellas son como llaves, con su forma específica.

También recuerdo todas las llaves.

DIENTES APIÑADOS

—¿La señora Sullivan?

Tova está abriendo el maletero, lista para empezar su turno, cuando un hombre bajito con un sobre de color manila en la mano trota hacia ella por el aparcamiento del Acuario de Sowell Bay, abriéndose paso entre el típico puñado de vehículos que pertenecen a los pescadores vespertinos y a los últimos *runners* del día. A Tova le había pasado inadvertido el desconocido sedán gris del que acaba de apearse este individuo.

—¿Tova Sullivan? —grita él, cada vez más cerca.

Ella cierra el maletero con fuerza.

—¿En qué puedo ayudarle?

—¡Me alegro de encontrarla por fin! —dice él, jadeante. Mientras recupera el aliento, le brinda una sonrisa que es demasiado grande para su cara y que le muestra una boca llena de enormes dientes blancos. A Tova le recuerda a los percebes blanqueados que se aferran a las rocas cubiertas de algas que hay a orillas del estrecho—. No es usted una dama fácil de localizar, créame.

—¿Disculpe?

—Su dirección ha vuelto loco a mi GPS, y el teléfono de su casa no permite dejar mensajes. Pensé que iba a necesitar a un detective privado.

El calor asciende por el cuello de Tova ante la posibilidad de que haya dejado que el contestador se llene de mensajes sin borrarlos, y aumenta ante el hecho de que la acusación es básicamente cierta. Pero su voz se mantiene tranquila cuando dice:

—¿Un detective?

—Sucede más a menudo de lo que creería. —Él menea la cabeza y luego extiende una mano hacia ella—. Bruce LaRue. Soy el abogado que maneja la herencia de Lars Lindgren.

—Encantada de conocerlo.

—En primer lugar, permítame decirle que la acompaño en el sentimiento. —Su tono no suena especialmente triste.

—No teníamos una relación muy estrecha —explica Tova. Una vez más.

—Ya… En este caso no le robaré mucho tiempo, pero necesitaba entregarle esto. —Le tiende el sobre—. Su hermano tenía algunas pertenencias personales, como probablemente sabrá.

—Señor LaRue, ignoro por completo lo que tenía o no tenía mi hermano. —Ella desliza un dedo para abrir el sobre y echa un vistazo a su contenido. Es un documento, una especie de lista, bajo el membrete de Charter Village.

—Bueno, pues ahora ya lo sabe. Deberemos reunirnos en algún momento para resolver los temas monetarios, pero, de momento, ahí tiene una lista de sus bienes. Son solo unos cuantos objetos personales.

—Ya veo. —Tova se mete el sobre debajo del brazo.

—Puede llamarlos y decirles cuándo le irá bien pasarse para recogerlo todo.

—¿Pasarme? Charter Village se encuentra en Bellingham. Eso está a una hora de distancia.

LaRue se encoge de hombros.

—Mire, puede ir a por ello o no hacerlo. Si nadie aparece, acabarán tirándolo.

«Si nadie aparece». Hasta donde Tova sabe, Lars nunca volvió a casarse después de la ruptura con Denise, pero ella siempre ha supuesto que debía de tener alguna novia. Una amiga íntima, al menos. ¿No es esa una de las razones que llevan a la gente a mudarse a esos hogares? ¿La vida social? Pero de lo que dice este tal LaRue se deduce que nadie se había hecho cargo de las cosas de Lars. Que, tal vez, nadie se había hecho cargo de él tampoco. ¿Había muerto con la única compañía de una enfermera aburrida? ¿Una asistente que contara las horas hasta el final del turno?

—Iré —dice en voz baja.

—Perfecto. Pues con esto he terminado mi trabajo aquí, de momento. Seguiremos en contacto. —LaRue vuelve a brindarle su sonrisa—. ¿Alguna pregunta?

Por la mente de Tova circula un buen número de preguntas, pero la única que formula en voz alta es:

—¿Cómo ha dado conmigo precisamente aquí?

—Ah, gracias a ese cajero tan simpático del supermercado de la colina. Me paré a tomar un café, después de haber fracasado en mi intento de encontrarla en la dirección que tenía, y cuando nos pusimos a charlar comentó que usted andaría por aquí. Un tipo majo. Tiene un acento muy fuerte, como si fuera alemán...

Tova suelta un suspiro. Ethan.

Por puro azar el acuario está bastante decente esta noche. No hay chicle seco con el que batallar. Nada de restos pringosos en la basura. Ni horrores indescriptibles en los servicios.

Y, por suerte, todo el mundo parece estar metido en su pecera correspondiente.

—Te estoy viendo ahí atrás.

El vidrio frontal del pulpo está cubierto de huellas grasientas, que Tova limpia con ayuda del limpiacristales y de un trapo mientras la criatura la observa desde uno de los rincones superiores. Ya está acostumbrada a encontrar esta pecera vacía, y a verlo con sus vecinos, los pepinos de mar, que parecen ser su aperitivo favorito. Tova no puede decir que lo apruebe, pero el hecho la hace sonreír. Es un secreto entre los dos.

Él estira los brazos y flota hacia el vidrio frontal, sin dejar de mirarla.

—¿No tenemos hambre esta noche?

Él parpadea.

—Una hora. De autopista —rezonga ella, acercándose para eliminar una mancha resistente en el vidrio—. No me gusta conducir por la autopista, ¿sabes?

En un movimiento pausado, casi prehistórico, el pulpo apoya un brazo en el interior del tanque y acerca el cuerpo. Sus ventosas, cuando se enganchan al vidrio por dentro, presentan esta noche un tono entre azul y morado.

Ella sacude el trapo.

—Y tampoco me gustan esos centros. Asilos, residencias de ancianos…, es todo lo mismo, ¿no? Siempre huelen a enfermo.

Con el ojo brillando cual mármol sobrenatural, el pulpo sigue todos y cada uno de los movimientos de Tova mientras esta dobla el trapo y lo guarda.

Tova se apoya en el carrito.

—Lars nunca fue un hombre ordenado. Y ahora me ha dejado una última cosa de la que ocuparme, incluso después de muerto. Su vida fue siempre un poco caótica. Pero te diré que no fue esa la razón por la que dejamos de hablarnos. No, no fue por eso.

Ella se reprende a sí misma. ¿A qué viene esto de ponerse a hablarle al pulpo? Una cosa es saludar a todas las criaturas del lugar, porque les tiene cariño, y otra esto que hace ahora. Esto es hablar. Pero que la maten si esa criatura no da la impresión de estar escuchándola de verdad.

De todas las cosas imposibles…

En fin, no hubo ninguna razón. «Nada, en verdad».

—Bien, buenas noches, señor. —Tova dedica al pulpo un gesto cordial y luego se aleja.

En la pecera de los caballitos de mar encuentra un papel pegado al vidrio. Tova reconoce la letra de Terry: «¡APAREA-MIENTO! DEJADLES ESPACIO».

—Oh. —Tova se lleva una mano al pecho y observa el interior por los lados del papel. «¿Ya vuelve a ser esa época del año?».

El año pasado Terry celebró una pequeña fiesta de «pre-nacimiento» para todo el personal, los ocho miembros que lo componen, cuando los caballitos de mar se reprodujeron. Mackenzie se quedó después de su turno para hinchar los globos y pintar un cartel que rezaba: «¡A POR ELLO, VAQUEROS!». La doctora Santiago, la veterinaria, se había presentado con una tarta que decía, en letras glaseadas: «¡TRES HURRAS POR LOS BEBÉS DE HIPOCAMPO!».

Por norma general, Tova evita las fiestas, pero esa tarta le había despertado la curiosidad. Durante su segundo año en el instituto, Erik hizo un trabajo en forma de carteles sobre el hipocampo del cerebro humano para subir la nota de biología. Dedicó todo un panel a la etimología del término, a su origen griego, al significado compartido con el término científico que denomina al género de los caballitos de mar y a su conexión mitológica con los monstruos marinos. «Quizá todos tengamos monstruos marinos habitando en nuestros cerebros», bromeó Erik mientras añadía notas al cartón en la mesa del comedor.

En fin, si Terry y Mackenzie habían planeado repetir el evento, este debía de estar aún en pañales. Tova no ha oído nada al respecto, aunque está segura de que nunca la excluirían de algo así. No de manera deliberada.

Y, si al final se produce esa celebración, ella verá los resultados posteriores. Sería absurdo intentar ocultárselo. Eso es lo que las Jefas del Ganchillo le dijeron el año pasado, cuando ella se lo comentó.

Quizá sea la única persona de la tierra que opina que los bebés de hipocampo son más emocionantes que los humanos.

Ethan está limpiando la caja registradora cuando ella entra. Su rostro resplandece al verla.

—¡Tova!

Las cestas de la compra se apilan ordenadamente junto a las revistas, pero Tova no se detiene ante ellas, ni ante los carritos, sino que va directamente hasta la caja. No ha ido allí a comprar.

—Buenas noches, Ethan.

La cara de él se sonroja. En unos segundos está tan roja como su barba.

—He recibido una visita en mi lugar de trabajo. ¿Sabes algo de eso?

—Ah, el tipo de los dientes apiñados. —Cabizbajo, Ethan dobla el trapo y se lo guarda en el bolsillo del delantal—. No se lo habría dicho si él no hubiera dejado claro que era algo importante. La herencia de tu hermano y tal.

Tova chasquea la lengua.

—Exacto. ¿Es eso lo que te contó?

—Bueno, sí. ¿Quién no querría una herencia?

Tova suspira. ¿Existe algún drama local en el que Ethan no esté dispuesto a meter baza? En tono altivo, prosigue:

—Al parecer, mi hermano dejó algunos efectos personales en la residencia de ancianos donde falleció. Estoy segura de que no es nada valioso, pero ahora debo ir a buscarlos.

Ethan parece auténticamente contrito, el arrepentimiento le nubla sus grandes ojos verdes.

—Vaya por Dios, Tova. Lo siento mucho.

—Está al menos a una hora de coche.

—Vaya, menudo inconveniente —dice él mientras se arranca un callo del pulgar.

Tova mira al suelo. No tiene por costumbre pedir ayuda, pero Ethan había sonado muy sincero cuando se ofreció, y la idea de pasar dos horas en la autopista la incomoda mucho.

—Me gustaría aceptar tu ofrecimiento.

—¿Mi ofrecimiento? —Ethan levanta la vista, y su voz parece más alegre.

—Dijiste que contara contigo si necesitaba algo. Pues bien, ahora hay algo.

—Lo que sea, querida. ¿Qué necesitas?

Tova contiene el aliento.

—Que alguien me lleve a Bellingham.

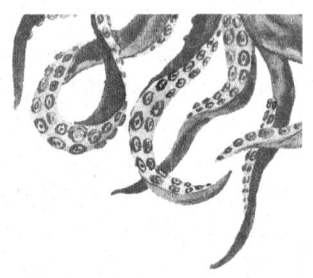

Día 1.308 de cautiverio

Los caballitos de mar ya están otra vez dale que te pego.

Los humanos muestran su sorpresa y emoción, como si esto fuera algo nuevo. Os aseguro que no lo es. Los caballitos de mar se reproducen cada año en la misma época. Durante mi cautiverio he sido testigo de cuatro de esos ciclos.

Habrá centenares de larvas de caballito de mar. Tal vez miles. Empiezan siendo una nube de huevas y, en unos cuantos días, se transforman en un montón de miembros débiles que no guardan el menor parecido con sus padres. De hecho, más bien recuerdan a una versión pequeña de los gusanos de mar que llenan la arena del tanque principal.

Es fascinante que una criatura recién nacida pueda ser tan distinta a sus padres.

Obviamente, con los humanos no sucede lo mismo. Los he observado en todos los periodos de su vida y son, siempre, indefectiblemente humanos. A pesar de que el bebé humano esté indefenso y necesite a sus padres para moverse, nadie podría confundirlo con otra cosa. Los humanos crecen de pequeño a grande, y luego, a veces, cuando se acercan al final de su ciclo vital, vuelven a menguar, pero siempre tienen cuatro miembros, veinte dedos y dos ojos en la parte frontal de la cabeza.

Su dependencia de los padres se prolonga mucho más de lo habitual. Sin duda tiene sentido que los niños pequeños requieran ayuda en el desempeño de las tareas más básicas: comer, beber, orinar, defecar. Su corta estatura y la torpeza de sus extremidades dificultan estas actividades. Pero, extrañamente, a medida que ganan independencia física, su lucha continúa. Recurren a sus madres o padres a la menor necesidad: un cordón desatado, un tetrabrik cerrado, un conflicto menor con otro niño.

Los humanos jóvenes no sobrevivirían en el fondo del mar.

Ignoro cómo se reproduce un pulpo gigante del Pacífico. ¿Qué aspecto tendrían mis huevas? ¿Somos de los que vamos cambiando de forma, como los caballitos de mar, o hechos con molde como los humanos? Supongo que ya no lo averiguaré.

Mañana habrá mucha gente por aquí. Es posible que Terry acceda a prolongar el horario para acomodar a todo ese montón de humanos que quieren presenciar la reproducción de los caballitos de mar. Estos intrusos pasarán por delante de mi tanque sin mostrar el menor interés por nada que no sea lo que han venido a ver.

De vez en cuando alguno se detiene aquí. Con estos siempre pongo en práctica el mismo juego. Extiendo los brazos y los dejo flotar en la corriente artificial de la bomba de agua. Apoyo los tentáculos en el vidrio uno por uno, y el humano se acerca. Luego acerco el manto a la parte frontal del tanque y lo miro a los ojos. El humano llama a sus compañeros para que me vean. En cuanto oigo sus pasos aproximándose, me oculto rápidamente detrás de mi roca, dejando solo el rastro de un torbellino de agua.

¡Qué predecibles sois los humanos!

Con una excepción. La señora mayor que friega el suelo no entra en el juego. En su lugar, me habla. Conversamos…

FINALES FELICES

Por enésima vez, los pensamientos de Ethan van hacia las Jefas del Ganchillo. Cualquiera de esas señoras podría haber llevado a Tova hasta Bellingham. Seguro que están al tanto de lo poco que le gusta conducir por la autopista. En cambio, ella se lo pidió a él.

Esta mañana se ha levantado una hora antes para tener tiempo de ducharse y recortarse la barba, de asearse como es debido. Todo el mundo sabe que a Tova le gustan las cosas limpias y bien hechas. Como estaba en pie al amanecer, se ha tomado una taza de té de más, y quizá eso explique que sus dedos no puedan parar de tamborilear sobre el volante como si estuviera aporreando un piano.

—¿Te encuentras bien? —pregunta Tova, una vez más, desde el asiento del copiloto. Deja el lápiz con el que rellenaba el crucigrama del periódico, y el periódico mismo, sobre su regazo y recoge una mota de polvo del asiento. Él piensa que debería haberse levantado a las cinco en lugar de a las seis, y así habría tenido tiempo para adecentar también la furgoneta.

—Sí, muy bien. ¿Por qué lo preguntas?

En la cara de Tova se dibuja una sonrisa.

—Dedos de abeja.

—¿Dedos de qué?

—Dedos de abeja. Ya sabes, no paran quietos. Es lo que solía decirle a Erik cuando no podía dejar de moverlos.

Sorprendido ante la mención de ese nombre, Ethan respira hondo e intenta calmarse.

—Dedos de abeja. Muy ocurrente. —Pergeña mentalmente una excusa para explicar la agitación echándole la culpa a la cantidad de cafeína de esta mañana, pero cuando vuelve a mirarla de reojo ve que de nuevo está concentrada en el crucigrama: tiene el lápiz apoyado en la barbilla mientras contempla el periódico doblado.

Nada, ese ya no le sirve. Hace un esfuerzo por recordar el resto de los temas de conversación que pensó durante parte de la noche anterior, pero por alguna razón no se le ocurre ninguno. Los únicos que le vienen a la mente están fuera de lugar: su difunto hermano, su difunto marido, su difunto hijo. Vaya. Sigue sorprendido de que ella pronunciara el nombre de Erik hace un momento, pero está claro que la cosa ha terminado ahí.

Lo que le sale en cambio es algo completamente ridículo.

—¿En qué andas? —Resulta obvio que está resolviendo el crucigrama.

Ella frunce el ceño.

—En el crucigrama de ayer. Me temo que voy con retraso.

—¿Con retraso? —Se ríe—. ¿Quieres decir que haces una de esas cosas todos los días?

—Claro. Hay un crucigrama diario. Y lo resuelvo diariamente.

—Y... si te saltas un día, ¿lo recuperas?

El lápiz casi rasga el papel cuando ella rellena de repente unas cuantas casillas.

—Por supuesto.

La residencia de ancianos de Charter Village está ubicada en medio de una serie de colinas ondulantes por las que cruza una serpenteante carretera. Mientras se dirigen al edificio principal, ven varios aparcamientos menores, con carteles en cada uno de ellos. CENTRO DE MEMORIA. PISTAS DE TENIS. CUIDADOS INTENSIVOS. CLUB SOCIAL. El sitio tiene de todo. Por fin, uno de esos carteles apunta hacia la RECEPCIÓN, y Ethan reduce la marcha. Suelta un ligero silbido de admiración cuando toma la rotonda y pasa por delante de unas columnas de ladrillo revestidas de hiedra. El sitio es de lo más pijo. Parece un internado o una universidad privada, no un asilo para que los ancianos vengan a jugar al tenis antes de fallecer.

—¿Hemos llegado, querida?

Tova muestra una expresión impenetrable.

—Sí, eso parece.

Ethan para el motor y le dedica una mirada curiosa.

—¿No habías estado nunca aquí?

—No.

Él se contiene para no soltar otro silbido. Tova había comentado que Lars vivió aquí durante una década. ¿De verdad no había ido a verlo ni siquiera una vez?

Ella coge su bolso y guarda el periódico en su interior.

—¿Vamos?

—Sí. —Ethan baja de la furgoneta y corre hacia el otro lado con la esperanza de llegar a tiempo para abrirle la puerta, pero para cuando lo alcanza ella ya está andando hacia el imponente edificio.

Durante la primera media hora Ethan espera en la zona de recepción, y los minutos se le hacen eternos. Las sillas de piel son notablemente mullidas, pero el material de lectura es un asco. *National Geographic*, *AARP The Magazine* y un puñado de listados viejos de Wall Street. ¿No podrían optar por algo medio interesante, como *Rolling Stone* o incluso *People*? Los cotilleos sobre los famosos siempre han sido el placer culpable de Ethan. Sus dedos de abeja vuelven y tamborilean con impaciencia sobre la mesita de café. Se levanta a inspeccionar la mesa de bebidas que hay en un rincón del vestíbulo, que inexplicablemente ofrece café pero no té. ¿Tanta piel y tanta hiedra y no son capaces de tener una bolsita de Earl Grey? ¡Menuda mierda!

Saca un vasito de plástico del montón y se sirve un descafeinado de todos modos, solo porque es gratis. No es que le guste mucho el café. Cuando tenía diecinueve años, trabajó para el zoo infantil de Glasgow, limpiando la jaula de los elefantes. En una ocasión, un par de individuos que trabajaban allí recogieron las heces y las prensaron en un exprimidor de fruta. Lo que salió se parecía mucho... al café. Nada ha sido igual desde entonces, desde luego no el café.

Cuando Tova se dirigía al interior del edificio, él insistió en que se tomase su tiempo para revisar los enseres de su hermano, pero ahora cae en la cuenta de que no tiene ni idea de cuánto puede durar eso. ¿Le tocará esperar todo el día? Debería haberse traído un libro.

Desde el mostrador se oye un rumor de voces. Al parecer hay un grupo listo para efectuar una visita a las instalaciones.

La mujer que dirige la visita, vestida con un traje gris y con el pelo ambarino recogido en una coleta, se dirige a los reunidos en un tono claro y seguro de sí mismo.

—Bienvenidos a Charter Village, donde somos especialistas en finales felices.

Ethan casi escupe el café. ¿Finales felices? ¿A quién se le habrá ocurrido eso?

Traje Gris lo mira con aire de reproche.

—¿Señor?

—¿Sí? —Ethan se enjuga unas gotas de la barbilla con la manga.

—¿Viene usted con nosotros?

—¿Yo? —Mira hacia su espalda, como si pudiera haber otro señor detrás de él. Luego se encoge de hombros—. Bueno, ¿por qué no? Me ayudará a pasar el rato.

—Pues entonces únase al grupo —le dice ella con una sonrisa educada.

Ethan debe admitirlo: los residentes parecen felices. Quizá ese ridículo eslogan tenga su fundamento.

Hay una sala de billares, una cafetería provista de un surtidísimo bufet, incluso una piscina y un jacuzzi. Los residentes pueden pedir servicio de habitaciones, y las camas se hacen todos los días con sábanas de seiscientos hilos. Hacia el final de la visita, Ethan se descubre medio convencido para mudarse allí. Como si pudiera permitírselo. La pensión del sindicato no daría para mucho en un sitio así.

Cuando Tova sale una hora más tarde, con una caja en las manos, Ethan se levanta de un salto de la cómoda silla de piel de recepción.

—¿Todo bien, querida?

—Muy bien. —Se la ve tan pequeña con aquel abrigo morado, y la caja aún la hace parecer más frágil.

Esta vez sí que llega antes a la puerta del coche. La abre caballerosamente y se aparta para que ella pueda entrar, un gesto que ella agradece con educación. Luego coge la caja y encuentra un espacio para colocarla en la parte trasera del vehículo. Pero también hay algo más. Un reluciente folleto con la foto del centro y las pistas de tenis. Y con un tipo de cabellos plateados que levanta una raqueta.

Mientras Tova se pone el cinturón, él echa otro vistazo.

No es solo un folleto. Es un conjunto de material informativo. Una carpeta de Charter Village con aquel lema horrendo: «¡Especialistas en finales felices!».

Hay una hoja de papel que sobresale de la carpeta.

Una solicitud de admisión.

Día 1.309 de cautiverio

A los humanos os encantan las galletas. Supongo que ya sabéis a qué alimento me refiero...

Una cosa circular, del tamaño de una concha. Algunas llevan incrustados trocitos más oscuros, otras están pintadas o espolvoreadas con algo blanco. Las galletas pueden ser blandas y silenciosas, y moverse sin hacer ruido por las mandíbulas humanas. Las galletas pueden ser crujientes y escandalosas, romperse en pedazos al ser mordidas, derramar migas por las barbillas que acaban formando parte de los desechos que luego Tova, esa señora mayor, debe barrer. He observado muchas galletas durante mi cautiverio. Las venden por paquetes en la máquina que hay cerca de la entrada principal.

Imaginad, pues, mi confusión ante el comentario que hizo la doctora Santiago a principios de esta semana.

—¿Qué te voy a contar, Terry? —La doctora Santiago se encogió de hombros y alzó las manos al techo—. He visto muchos pulpos, pero a vosotros os ha tocado la galleta de la suerte.

Discutían sobre lo que denominaban el rompecabezas: una caja de plástico transparente con un pestillo en la tapa; dentro, un cangrejo. Terry lo introdujo en el tanque, y él y la doctora Santiago se agacharon para mirar a través del vidrio. Sin pensármelo dos veces, cogí la caja, abrí el cierre y me comí el cangrejo.

Era un cangrejo rojo, en pleno proceso de mudar de caparazón. Blandito y jugoso. Lo engullí de un mordisco.

Eso no les gustó a ninguno de los dos. Fruncieron el ceño y discutieron. Entendí que habían previsto que tardaría más en abrir la caja.

Soy una galleta de la suerte. Bueno, supongo que se referían a que soy inteligente. Todos los pulpos lo somos. Yo recuerdo todas las caras humanas que se detienen a mirarme. Los patrones no tienen secretos para mí. Sé qué sombra se reflejará en la pared superior cada amanecer, y cómo irá cambiando a medida que avanza la estación.

Cuando me decido a oír, lo oigo todo. Puedo adivinar cuándo baja la marea, fuera de los muros de mi cárcel, basándome en el tono del agua chocando contra las rocas. Cuando me decido a ver, tengo una visión precisa. Puedo adivinar qué humano en concreto ha tocado el vidrio del tanque en función de las huellas dactilares que ha dejado. Aprender a leer sus letras y palabras no me costó mucho.

Sé usar herramientas. Sé resolver rompecabezas.

Ninguno de los otros presos presenta tales habilidades.

Mis neuronas, distribuidas por los ocho brazos, alcanzan el medio billón. En ocasiones me he preguntado si no tendría más inteligencia en un solo tentáculo que la que tiene un humano en todo su cráneo.

Galleta de la suerte.

Seré listo, pero no soy algo que se vende envuelto en la máquina.

Menuda manera de hablar de mí.

OLVIDEMOS MARRAKECH

McCasoplón está demasiado tranquilo. No se oyen pisadas en el techo procedentes del piso de arriba. El parpadeo rojo del móvil de Cameron indica que está a punto de quedarse sin batería. Rebusca en el fondo de la mochila para sacar el cable, pero sabe que se quedó conectado en el enchufe de la mesita de noche de Katie. Casi es capaz de verlo allí. Abandonado, dejándolo literalmente aislado.

Tal vez Brad o Elizabeth tengan alguno de sobra. Se mete en la cocina y se dedica a abrir cajones haciendo el menor ruido posible. Cubertería de plata dispuesta en filas perfectas, una zona llena de manoplas para el horno. ¿Quién necesita tantas? ¿Acaso cocinan para una unidad de infantería? La mayoría llevan sus iniciales bordadas. Elizabeth y Bradley Burnett: EBB. Se los imagina con ellas puestas, agitándolas para saludarle mientras se alejan en el mar, dejándolo a él solo en la orilla.

—¡Eh! —dice una voz desde el pasillo.

—¡Elizabeth! —Cameron quiere cerrar el cajón de golpe, pero este lo hace al estilo de estos muebles modernos, despacio y sin hacer ruido, como si se burlase de él.

—No pretendía asustarte. —Ella sonríe, con un vaso vacío en la mano. La otra se apoya en la barriga, intentando estirar una bata de color azul pálido—. Me he levantado para beber, lo que significa que tendré que mear de nuevo dentro de una hora. Mi vejiga es del tamaño de una habichuela estos días.

Ella enciende la luz, va hacia la nevera y coloca el vaso debajo del dispensador de agua.

—Aún no me creo que vayáis a tener un hijo —dice Cameron.

Brad y Elizabeth llevan tres años casados, y él fue el padrino de bodas, por supuesto, pero aun así... se le hace raro. Elizabeth fue su mejor amiga desde la guardería, y Brad era un buen tipo, pero siempre se movió en la periferia de su grupo de amigos. Ella no le hizo mucho caso durante el instituto, pero, por alguna razón, empezaron a salir unos años más tarde. Luego se casaron y ahora, el bebé.

—¿Un hijo? Creía que era un empacho. —En los ojos de Elizabeth aparece un brillo travieso—. ¿Qué haces levantado a estas horas, por cierto?

—Se me ha muerto el teléfono. —Le muestra el móvil agonizante—. ¿Tenéis algún cargador que os sobre?

Elizabeth señala con un gesto y dice:

—Mira en el cajón de encima de la basura.

—Gracias. —De él saca un cable perfectamente enrollado.

Sonriente, Elizabeth se sienta en uno de los taburetes de barra que hay junto a la encimera alta y da un gran trago a su vaso de agua.

—Siento lo tuyo con Katie.

Él se acomoda en el taburete contiguo.

—Yo lo jodí todo.

—Eso parece.

—Gracias por tu compasión, Flor de Liz.

—Siempre tuya, Cameltropic —dice ella con una sonrisa, devolviéndole el apodo que usaban en la infancia—. Bueno, ¿y ahora qué?

Cameron tira de un hilo que cuelga de la manga de su vieja sudadera favorita y deposita el trocito verde en la encimera.

—Buscaré un sitio. Quizá el apartamento que hay encima del Dell's.

—¿En el Dell's? ¡Qué horror! —Elizabeth arruga la nariz—. Puedes encontrar algo mejor. Además, ¿quién quiere al tío Cam oliendo a cerveza rancia cuando venga a ver al bebé?

Cameron deja caer la cabeza, la apoya en el frío granito de la encimera antes de levantar la vista de nuevo.

—No es que me sobren las opciones ahora mismo.

Elizabeth extiende la mano y recoge el hilo arrancado.

—Esta sudadera también es un horror, por cierto. Brad tiró la suya hace siglos.

—¿Qué? ¿Por qué? No es que sea exactamente el uniforme oficial de los Moth Sausage, pero toda la banda las tiene. Desde hace años. Siempre pensamos que las estamparíamos.

—¿Cuándo la lavaste por última vez?

—La semana pasada —dice Cameron con un bufido—. No soy un cerdo.

—Pues sigue siendo un horror. Se cae a pedazos. Y nunca entenderé por qué escogisteis ese color de caca de perro.

—¡Es verde ala de mosca! ¡Por la *moth* de Moth Sausage!

Elizabeth lo observa durante unos segundos eternos.

—¿Por qué no… viajas, o algo? —dice en voz baja—. ¿Qué te retiene aquí?

Él parpadea.

—¿Adónde iba a ir?

—San Francisco. Londres, Bangkok, Marrakech.

—Ah, claro. Utilizaré mis puntos. Daré la vuelta al mundo.

—Vale, olvidemos Marrakech. —Ella baja la voz—. Para ser sincera, no tengo muy claro dónde está. El nombre apareció en *La rueda de la fortuna* de anoche.

—En Marruecos —responde Cameron de manera casi automática. No es precisamente un lugar que haya visitado ni tenga intención de visitar.

—Muy bien, sabelotodo. Tal vez lo habría aprendido si Brad y yo no nos hubiéramos quedado dormidos en el sofá mientras echaban el programa.

Cameron pone los ojos en blanco.

—Recuérdame que no me case nunca.

—Si lo haces será una auténtica sorpresa. —Ella menea la cabeza y luego, con un escalofrío, desliza un brazo por debajo de su inmensa barriga—. Hora de regresar a la cama. La buena noticia es que ya tengo que volver a mear —dice mientras atraviesa la cocina y deja el vaso en la pila—. Gracias por la charla. Dos pájaros de un tiro.

—De nada. —Él se dirige al salón con el cargador en la mano—. Hasta mañana.

—Hasta mañana.

Ella apaga la luz y desaparece por el pasillo.

Una hora.

Dos.

Tres.

La luz azulada de la pantalla del móvil baña la cara de Cameron. Katie había pasado por la fase de prohibir los teléfonos en el dormitorio porque leyó un artículo sobre la adicción que provocaba la luz. Te fastidiaba las ondas cerebrales o algo así. Él siempre había pensado que era una tontería, pero ahora le escuecen los ojos por el brillo y nota el cerebro embotado.

Nada nuevo en las redes sociales de Katie, claro. Las ha revisado varias veces. No lo ha bloqueado. Aún. Su dedo índice se detiene sobre el nombre de ella. Solo tiene que apoyarlo para hacer la llamada. Pero lo más probable es que esté dormida, debe de dormir mejor que nunca ahora que él ya no está.

Él nunca había pertenecido a ese lugar. Nunca fue su casa. Debe dejarlo atrás.

Entra en una aplicación de pisos de alquiler y va mirando las fotos de unos espacios con ventanales soleados y muebles relucientes. Todos tienen un bol de fruta fresca en la cocina, dos naranjas, un plátano solitario y un puñado de manzanas de un intenso color rojo. Es exactamente el mismo en todas las fotos. Como si lo fueran trasladando de un piso a otro. ¿Quién se lleva la fruta cuando terminan la sesión de fotos? ¿Y quién come manzanas rojas? Sería mejor marketing mostrar una pizza recién hecha y un pack de seis cervezas.

Esos apartamentos llenos de fruta no son para él. Con el piso de encima del Dell's le basta y le sobra. Pero el viejo Al no es ningún idiota. Pedirá una fianza. Ha llegado el momento de abrir la caja y comprobar si su difunta madre le dejó algo que merezca la pena empeñar.

Mientras la saca del salón, una luz de seguridad parpadea fuera, en el jardín delantero. Cameron se queda paralizado, pero se trata solo de un mapache. El más gordo que ha visto en su vida. Incluso los roedores viven bien por aquí. Casi espera que ese bicho se acerque a la ventana para preguntarle qué diantre está haciendo a estas horas, como un padre de mediana edad.

La caja emite toda una serie de rumores cuando la empuja con el pie descalzo. Él se deja caer en el sofá, y, en cuanto levanta la primera tapa, tiene un ataque de tos por la capa de polvo que se eleva de la caja. El médico de la tía Jeanne siempre le echa la culpa de la tos crónica a los cigarrillos, pero la porquería que hay en esa caravana debe de tener su parte de responsabilidad. Ahora que ha pensado en ello, siente unas enormes ganas de fumar. Debería dejarlo, en serio. Pero coge la caja, se mete el último paquete de tabaco en el bolsillo del chándal y sale al exterior.

Va sacando el contenido de la caja y depositándolo sobre la mesa del jardín, bajo la luz de la luna. La intriga es sorprendentemente emocionante. Quizá esos *realities* que tratan de trasteros y arcones de los años de la guerra tengan su aquel, al fin y al cabo.

Pero la emoción dura poco. Aquí no hay nada.

Un estuche con pintalabios horteras a medio usar.

Una carpeta llena de hojas manuscritas que recuerdan a las redacciones del instituto. Un coñazo sin ningún valor.

Una entrada para un concierto, Whitesnake en el Seattle Center Coliseum, del 14 de agosto de 1988. Por completo inútil, y la prueba de un gusto musical francamente cuestionable, la verdad.

Cerca de un millón de horquillas, o como se llamen esas cosas con las que las chicas se sujetan las coletas.

Un puñado de viejas cintas de casete. En su mayor parte, unos grupos de mierda. Otras vírgenes, para grabar. Podrían tener su interés, pero ¿quién dispone de un radiocasete a día de hoy? En cualquier caso, su valor de reventa es cero.

Cameron da una calada al cigarrillo. Menuda decepción más inmensa. ¿A santo de qué la tía Jeanne se había empeñado en darle toda esa mierda? Nada consigue conjurar ni siquiera un ápice de sentimiento hacia su madre. Y lo que es más importante, nada va a reportarle ni un céntimo.

Coge la caja vacía y de ella cae un pequeño saquito negro. Joyas. ¡Bingo! Cuatro pulseras, siete collares, dos estuches vacíos, una cadena de plata rota. Nada de diamantes, por desgracia, pero alguna parece de oro auténtico. Bueno para ser empeñado, al menos.

Estira el saquito para asegurarse de que lo ha sacado todo y nota que no es así. Hay algo atascado al fondo. Lo sacude hasta que consigue despegarlo. Es un papel enrollado... pero pesa demasiado para ser solo un papel enrollado. No, es una vieja fotografía arrugada, doblada alrededor de un gran y grueso anillo de graduación. Se lo acerca a la cara para leer la inscripción.

INSTITUTO DE SOWELL BAY, PROMOCIÓN DE 1989.

Alisa la foto, e incluso en esa semipenumbra reconoce a su madre, en versión adolescente, sonriendo, abrazada a un hombre que le resulta un completo desconocido.

BUGATTIS Y RUBIAS

Antes de que Will enfermase, Tova solía preparar pícnics para dos: queso, fruta, a veces una botella de vino tinto con dos vasos de plástico. Paseaban por Hamilton Park, y, si había marea baja, se sentaban en la playa, protegidos por el espigón. Enterraban los pies descalzos en la áspera arena y dejaban que la espuma del mar les lamiera los tobillos.

Tova carga con su bolsa hasta una zona vacía. La denominación de parque siempre le ha venido un poco grande a esta extensión estrecha de hierba seca, las dos mesas de pícnic gastadas por el tiempo y la fuente que nunca funciona.

Ahora, Tova viene para estar a solas con sus pensamientos, cuando necesita un respiro de la soledad de su casa. Cuando ni siquiera la televisión puede atravesar el manto de silencio insoportable.

La superficie de la mesa está sorprendentemente caliente al tacto, quema bajo el diáfano cielo azul que muestra la súbita llegada del verano. Abre el periódico y busca el crucigrama, sacude las migas. La marea está baja y el agua, tranquila, acaricia la playa de manera indolente. En cuestión de minutos Tova se arrepiente de no haberse traído un sombrero; hace tanto calor que el sol le quema en la coronilla.

—Veamos —dice dirigiéndose al crucigrama. Ya ha rellenado la mitad, lo hizo por la mañana mientras tomaba café. Lo retoma con la definición: «Seis letras: Harry de Blondie».

Pasa el lápiz por la definición. El grupo Blondie. Le compró a Erik un casete suyo un año por Navidad. Él debía de tener unos diez años, así que quizá era el 79 o el 80. Lo puso sin parar durante meses, hasta que la cinta se rompió. Tova recuerda la tapa: una rubia de labios muy rojos embutida en un vestido de lentejuelas. No se imagina que esa chica se llamara Harry, así que tal vez la pista vaya por otro lado.

Tova pasa a otra.

La siguiente definición dice: «Tres letras: lo ganarás con el sudor de tu frente». No tiene que pensar mucho: «P A N».

El rumor de una bicicleta interrumpe la concentración de Tova en la siguiente definición: «Seis letras: fabricante italiano de Bugattis». Luego oye dos clics, procedentes de los pedales. Las zapatillas de bici obligan al hombre a caminar con torpeza mientras se dirige a la fuente. Es alto y delgado, pero sus andares recuerdan a los de un pingüino.

—Me temo que no le va a servir de nada —dice Tova.

—¿Qué? —El hombre se vuelve hacia ella como si estuviera sorprendido de verla allí.

—La fuente. No funciona.

—Oh. Vaya, gracias.

Tova observa de reojo cómo el hombre acerca la boca al caño. Abre el grifo y suelta una maldición.

—El ayuntamiento debería arreglarla —rezonga él. Se quita las gafas de sol y mira hacia el estrecho con aire especulativo, como planteándose si el agua del mar está en verdad tan mala.

Tova saca una botella de agua cerrada del fondo de la bolsa. Siempre lleva una a mano, por si acaso.

—¿Quiere un poco?

Él levanta la mano.

—Oh, no, por favor.

—No sea tonto. Insisto.

—Vale, pues muchas gracias. —Los tacos del calzado del hombre hunden la hierba. Abre la botella y bebe, engulléndola entera en cuestión de segundos—. Gracias. Aquí arriba hace más calor de lo que pensaba.

—Desde luego. Por fin ha llegado el verano.

Él deja las gafas de sol en la mesa y se sienta enfrente de ella.

—Vaya. No sabía que siguiera habiendo gente que resuelve crucigramas. —Se inclina sobre el periódico, con el cuello girado para verlo bien.

A regañadientes, Tova rota el periódico de manera que queda de frente a los dos. Lo observan juntos. En algún lugar por encima del agua, una gaviota grazna, rasgando el silencio. Tova controla un estremecimiento cuando una gota de sudor del hombre cae en el papel, manchándole la columna de anuncios.

—Ettore —dice él de repente.

—¿Perdón?

—Ettore. Seis letras, fabricante de coches. Ettore Bugatti —dice el hombre con una sonrisa—. Una pasada de coches.

Tova escribe con el lápiz las letras. La palabra encaja.

—Gracias —le dice.

—Ah, y esa es Debbie. Debbie Harry, de Blondie.

Claro. Tova chasquea la lengua, regañándose mientras escribe. Cuando termina de poner la palabra, el hombre alza la palma para que la de ella la choque. Tova vacila, luego estampa su manita contra la de él, grande y húmeda.

Un gesto tonto que, sin embargo, la hace sonreír.

—Jo, cómo me gustaba Debbie Harry en su día —dice él con una carcajada y los ojos chispeantes.

Tova asiente.

—Sí, mi hijo también era muy fan.

El hombre la mira y sus ojos se hacen más grandes.

—Joder —susurra él.

—¿Disculpe?

—Usted es la madre de Erik Sullivan.

Tova se yergue.

—Así es.

—Vaya… —dice el hombre en voz baja.

—¿Y usted es…? —Tova se siente obligada a preguntar esto en concreto en lugar de todas las otras cosas que amenazan con salir por su boca, la interminable letanía de ¿lo conociste?, ¿estuviste allí?, ¿qué sabes?

—Soy Adam Wright. Fui al colegio con Erik. Tuvimos algunas clases juntos en el último año, antes de que…

—Antes de que muriera. —Tova termina la frase.

—Sí. Lo…, lo siento mucho. —Vuelve hacia su bici—. Debería ir tirando. Gracias por el agua.

La cadena de la bici cruje al moverse.

Durante un buen rato, Tova permanece sentada a la mesa de pícnic con el crucigrama a medias, repasando todas las preguntas que debería haberle hecho. Obligándose a respirar.

Adam Wright… ¿Fue uno de los que asistió al funeral? ¿Participó en la vigilia con velas que celebraron en el campo de fútbol del colegio?

En casa la espera la colada. Es miércoles, y eso significa cambiar las sábanas y lavarlas junto con las toallas.

Bien doblado y colocado encima de la lavadora está el albornoz de franela que se llevó de Charter Village la semana pasada. La enfermera le había dicho que Lars lo llevó durante años. Tova desearía haberlo dejado allí. ¿Para qué quería ella el viejo albornoz de su hermano? ¿No podían limitarse a lavarlo y regalárselo a otra persona? ¿Donarlo a alguna ONG? ¿Hacer trapos con él, que es lo que Tova hacía con su propia ropa cuando ya era demasiado vieja?

«A mucha gente le gustan esta clase de recuerdos», dijo la enfermera al ver que Tova vacilaba.

Así que ahora lo tiene en casa, como recordatorio de que Tova no es como la mayoría de la gente.

La semana pasada se había sentado con unas tijeras en la mano dispuesta a convertirlo en trapos, pero luego cambió de idea diciéndose que tenía los cajones llenos de trapos.

La colección de efectos personales de Lars incluía también unas cuantas fotografías. Algunas muy viejas: retazos de la infancia que ambos habían compartido. Tova las guardó en una de las cajas de fotos que almacenaba en la buhardilla, metidas entre sus propios álbumes.

Otras eran relativamente nuevas y mostraban caras que Tova no reconocía. Retazos de la vida que había llevado Lars después de su distanciamiento con ella. Adultos de mediana edad sonriendo en una fiesta, un grupo de ciclistas detenido delante de una cascada. Era un Lars al que no había conocido. Estas las tiró a la basura.

Quedó una foto que no entraba en ninguna de las dos categorías. Mostraba a Lars con un Erik adolescente a bordo de una barca, sentados uno al lado del otro. Las piernas bronceadas de ambos colgando por la borda contrastaban con el blanco brillante del casco.

Fue Lars quien le enseñó a navegar. Le explicó todos los trucos, todas las soluciones posibles ante los problemas náuticos con que podía encontrarse. Por ejemplo, cómo cortar la cuerda del ancla.

Mirar esa foto le dolía. Tova estuvo a punto de tirarla a la basura, pero en el último momento se detuvo y la enterró al fondo del cajón de la cocina donde guardaba las manoplas y los paños, aunque ese tampoco era su lugar.

Día 1.311 de cautiverio

Si hay un tema de conversación del que los humanos nunca se cansan es el estado de su entorno exterior. Por mucho que lo discuten, su incredulidad resulta…, bueno, increíble. Esa frase insoportable: «¿Has visto qué tiempo hace?», ¿cuántas veces la habré oído? Mil novecientas diez, para ser exactos. Una vez y media por día, de media. Que alguien vuelva a hablarme de la inteligencia de los humanos. Si ni siquiera logran entender los eventos meteorológicos más previsibles.

Imaginaos si a mí me diera por acercarme a mis vecinas, las medusas, y, mientras sacudo el manto con incredulidad, soltara un comentario del tipo: ¿habéis visto la cantidad de burbujas que hay hoy en el agua? Sonaría como un completo imbécil.

(Claro que también sería una imbecilidad porque las medusas no me contestarían. No pueden comunicarse a ese nivel. Ni son capaces de aprender. Creedme, lo he intentado).

Sol, lluvia, nubes, niebla, granizo, aguanieve, nieve. Los humanos llevan cientos de milenios recorriendo la tierra sobre sus dos patas. Uno diría que ya lo han visto todo.

Hoy, en sus frentes brillaba un sudor salado. Algunos usaban los folletos de la entrada para abanicarse. Casi todos llevaban atuendos cortos que dejaban a la luz las piernas casi enteras y chanclas que les chocaban con la planta del pie a cada paso que daban.

Pero seguían empecinados en repetir la misma cantinela sobre el calor. ¿Has visto qué tiempo hace? Diecisiete veces, hoy.

Ha cambiado la estación. Lleva tiempo anunciándose, con periodos de luz más largos y noches más cortas. Pronto llegará el día más largo del año. El solsticio de verano, lo llaman los humanos.

Mi último solsticio de verano.

NADA PERMANECE HUNDIDO
PARA SIEMPRE

La tarde del día siguiente Tova se encuentra sentada debajo de un secador al lado de Barbara Vanderhoof en el salón de belleza Colette, que lleva instalado con su puerta pintada de rosa en el mismo edificio del centro de Sowell Bay desde hace casi cincuenta años. La misma Colette ronda los setenta, como las Jefas del Ganchillo, pero se niega a jubilarse y ceder el salón a las estilistas más jóvenes que ha contratado a lo largo de esos años.

Por suerte. Aunque Tova no puede considerarse una mujer presumida, le gusta darse ese capricho. Y no confiaría en nadie más que en Colette para que le arreglara el pelo como es debido. Unos minutos antes observó a Colette recortar el cabello de Barb con habilidad y delicadeza. La verdad es que es la mejor peluquera de los alrededores.

—Tova, cielo, ¿cómo te va? —Barb se inclina tanto como le permite el casco del secador, enfatizando más de la cuenta el verbo de la frase. Como si quisiera prevenir cualquier intento de Tova de fingir que todo va bien. A Barbara siempre se le ha dado bien ir al grano, una cualidad que Tova no puede hacer otra cosa que admirar.

Pero Tova también se enorgullece de no ceder a presión alguna.

—Bastante bien —contesta con sinceridad.

—Lars era un buen hombre.

Barb se quita las gafas, que se quedan colgando de la cadenita de perlas que se las sujeta al cuello, y se seca el rabillo de los ojos con la punta del pañuelo. Tova tiene que hacer esfuerzos para no reírse. No es la primera vez que ve a Barbara entrometerse en tragedias ajenas. Barb y Lars se habían visto a lo sumo un puñado de veces, y de eso hace mucho tiempo, antes de que ella y su hermano empezaran a distanciarse.

—Tuvo una muerte tranquila —dice Tova con contundencia, sin añadir que se trata de una información de tercera mano. Pero la mujer de Charter Village la había cogido con fuerza del brazo mientras le aseguraba que Lars no había sufrido en ningún momento.

—Morir en paz es una bendición —comenta Barb, tocándose el pecho.

—Y el centro estaba muy bien.

—¿Sí? —Barb inclina la cabeza. Este dato es nuevo para ella. Tova no había mencionado su viaje a Bellingham a las Jefas del Ganchillo, y parece que, por una vez, Ethan Mack ha logrado tener la boca cerrada mientras cobra en la caja del Shop-Way.

—Sí. Fui a recoger sus efectos personales. No es que hubiera gran cosa. Pero el lugar estaba limpio y bien organizado.

—¿Dónde estaba?

—Charter Village. Más allá de Bellingham.

—¡Oh! —Barb vuelve a ponerse las gafas y busca en la revista que tiene sobre su regazo—. ¿Te refieres a este lugar?

Le enseña un anuncio a página completa que muestra una foto de las instalaciones de Charter Village, ese césped artificialmente verde bajo un cielo despejado.

—Exacto. Ese.

Barb se acerca la página a los ojos, intentando leer la letra menuda.

—¡Mira! Aquí dice que tienen una piscina con agua de mar. Y un cine.

—¿En serio? —dice Tova sin mirarlo.

—¡Y un spa!

—La verdad es que era más bonito de lo que me esperaba —admite Tova.

Barb cierra la revista con un suspiro de rechazo.

—Aun así. Mi Andie nunca me metería en uno de esos centros...

—Por supuesto que no. —Tova asiente, en sus labios hay algo que podría ser una sonrisa o una mueca.

Barb se abanica con la revista. El secador da mucho calor.

—Bueno. —Tova coge un viejo ejemplar del *Reader's Digest* de la mesita y finge leer el índice. Por supuesto, ya estaba al tanto de lo de la piscina de agua salada, el cine y el spa. Los folletos que cogió en Charter Village están en la mesita de centro de su casa. Ya los ha leído tres veces.

—¿Lista, Tova? —La aguda voz de Colette atraviesa el salón. Tova se sube esa especie de casco espacial y coge el bolso, deseándole un buen día a Barbara Vanderhoof antes de ir a que le terminen el peinado.

Esa noche, en el acuario, la luz del despacho de Terry está encendida. Tova asoma la cabeza por la puerta para saludar.

—¡Eh, Tova! —Terry la hace pasar.

Sobre los papeles de su mesa hay un envase blanco de comida con dos palillos que sobresalen como antenas. Tova sabe que contenía arroz frito con verduras del único restaurante chino de la zona, en Elland. El mismo tipo de envase que sacó al pulpo de su encierro aquella noche.

—Buenas noches, Terry. —Tova inclina la cabeza.

—Pasa y siéntate —dice él señalando con la cabeza una silla al otro lado de su mesa. Coge una galleta de la suerte envuelta en plástico—. ¿Quieres una? Siempre me dan al menos dos, a veces tres o cuatro. No sé a cuánta gente esperan que dé de comer con esa cajita de arroz frito.

Tova sonríe, pero permanece en la puerta, sin sentarse.

—Muy amable, Terry, pero no, gracias.

—Tú misma.

Él se encoge de hombros y tira el envoltorio sobre la mesa. El estado de ese escritorio, con sus montañas de papeles sin orden alguno por todas partes, siempre pone nerviosa a Tova. Cuando entra más tarde con el carrito de la limpieza, vacía la papelera y quita el polvo a las tres fotos enmarcadas que hay detrás de la mesa. La hija de Terry, cuando era muy pequeña, montada en un columpio. Terry abrazando por los hombros a una señora mayor: su madre, de piel oscura, con una corona de rizos negros y la misma sonrisa ancha de Terry; una brisa invisible agita la manga de la toga de Terry, del birrete cuelga una borla en tonos púrpura y oro. Junto a la foto está el título que celebraban: Terrance Bailey, licenciado en biología marina *summa cum laude* por la Universidad de Washington.

Esta clase de foto no está en la chimenea de casa de Tova. Erik habría empezado la universidad en otoño si esa noche de verano no hubiera existido.

Terry coge los palillos y extrae un poco de arroz con una habilidad que a ella se le antoja impresionantemente natural para un chico que le consta que se crio en una barca de pesca en Jamaica. Los jóvenes lo aprenden todo con gran facilidad. Cuando se lo ha tragado, él dice:

—Lamento lo de tu hermano.

—Gracias —contesta Tova en voz baja.

Terry se seca los dedos en una fina servilleta de papel.

—Ethan me lo comentó.

—Claro —responde Tova. Debe de ser todo un desafío para Ethan encontrar temas de conversación mientras cobra en la caja. Dios sabe que ella odiaría ese trabajo y verse obligada a mantener conversaciones banales durante todo el día.

—En cualquier caso, me alegro de que hayamos coincidido, Tova. Tengo que pedirte un favor.

—¿Sí? —Tova levanta la vista, agradecida por el rápido cambio de tema. Por fin hay alguien que no se empeña en pasarse horas dando el pésame de rigor.

—¿Crees que podrías limpiar los cristales delanteros esta noche? Solo por dentro.

—Desde luego —responde ella, y luego añade—: Estaré encantada de hacerlo.

Lo dice en serio. Los amplios ventanales del vestíbulo van acumulando suciedad, y en ese momento nada la haría más feliz que rociarlos de limpiacristales y pasarles el paño hasta que no quede ni rastro de porquería en ellos.

—Quiero que esa parte se vea bien cuando lleguen los clientes del fin de semana. —Terry se pasa una mano por la cara, se le ve agotado—. Si no puedes repasar todos los suelos, no te preocupes, ¿vale? Ya lo haremos la semana que viene.

El Cuatro de Julio es siempre el fin de semana con más visitas del acuario. En los mejores tiempos de Sowell Bay, el ayuntamiento solía montar un festival frente al mar. Hoy en día solo está más lleno de lo habitual.

Tova se pone los guantes de goma. Piensa hacer las salas de las bombas de agua y también los ventanales. Saldrá un poco tarde, pero a ella eso no le ha importado nunca.

—Eres nuestro salvavidas, Tova. —Terry le brinda una sonrisa de agradecimiento.

—Así me entretengo. —Ella le devuelve la sonrisa.

Terry remueve los papeles que tiene esparcidos en la mesa y algo plateado llama la atención de Tova. Es una abrazadera de aspecto sólido, con una barra del grosor del dedo índice de Terry al menos. Este la levanta sin darse cuenta y luego la posa de nuevo en la mesa, como si fuera un pisapapeles.

Pero Tova presiente que no es precisamente eso.

—¿Puedo preguntar para qué es esto? —Tova se apoya en el quicio de la puerta mientras una sensación de náuseas le sube desde el estómago.

Terry suelta un suspiro.

—Creo que Marcellus ha estado haciendo trastadas otra vez.

—¿Marcellus?

—El PGP.

Tova tarda un momento en dilucidar el acrónimo. Pulpo gigante del Pacífico. Y tiene nombre. ¿Cómo es que ella lo ignoraba?

—Ya veo —dice Tova en voz baja.

—No sé cómo lo hace. Pero me faltan seis pepinos de mar este mes. —Terry vuelve a coger la abrazadera y la sostiene en la mano como si estuviera calculando su peso—. Creo que se cuela por ese pequeño hueco. Debo coger un pedazo de madera para colocarlo en la parte trasera del tanque antes de poder usar esto.

Tova vacila. ¿Debería llevarse los envases de arroz frito de la sala de descanso? Posa los ojos en la abrazadera, que ahora vuelve a estar encima de la mesa, entre los cientos de papeles de Terry.

—No sé cómo un pulpo logra salir de un tanque cerrado —dice por fin.

Y, técnicamente, no miente. Ignora cómo lo hace.

—Bueno, algo se cuece en ese tanque, aunque sea en agua fría. —Terry sonríe, como disculpándose por el chiste malo, y mira el reloj—. Eh, aún me da tiempo de pasar por la tienda de informática si me marcho ahora. —Cierra el portátil y empieza a recoger sus cosas—. Ten cuidado de no resbalar en el suelo húmedo, ¿vale, Tova?

Terry siempre le recuerda que sea prudente. Teme que se caiga, se rompa la cadera y denuncie al acuario, o eso dicen las Jefas del Ganchillo. Tova no se imagina en la tesitura de denunciar a nadie, y menos aún a este sitio, pero ya no se molesta en corregir a sus amigas. Además, siempre va con cuidado. Will solía decir que su segundo nombre debía ser Cautela.

Responde con sinceridad:

—Tranquilo, siempre lo tengo.

—Hola, amigo —le dice ella al pulpo.

Al oír su voz, este se despliega desde detrás de la roca, una explosión de naranja, amarillo y blanco. Le guiña un ojo mientras se acerca al vidrio. Tova repara en que tiene mejor color esta noche. Brilla más.

—¿Hoy no tienes ganas de aventuras? —pregunta ella sonriendo.

Él lleva un tentáculo hacia el vidrio, su manto bulboso se contrae fugazmente, como si exhalase un suspiro, aunque eso sea imposible. Luego, con un gesto veloz, se dirige a la parte trasera del tanque, con el ojo fijo en ella, y recorre el borde del hueco diminuto con la punta de un tentáculo.

—Ni se te ocurra, míster. Terry te tiene calado —le regaña Tova, y sale por la puerta que lleva al acceso trasero a todos los tanques que hay en este sector de pared. Cuando entra en la minúscula y húmeda habitación, espera encontrarse a la criatura en mitad de su escapada, pero para su sorpresa él sigue metido en el tanque.

—Aunque, bien mirado, quizá deberías disfrutar de una última noche de libertad —dice ella recordando la gran abrazadera de la mesa de Terry.

El pulpo acerca la cara al vidrio trasero y extiende los brazos hacia arriba, como si fuera un niño que pide ser llevado en brazos.

—Quieres darme la mano... —dice ella pensativa.

Los brazos del pulpo se agitan en el agua.

—Bueno, supongo que debe de ser eso.

Arrastra una de las sillas que hay dispuestas en torno a la larga mesa de metal y se encarama sobre ella, alcanza la altura necesaria para quitar la tapa de la parte trasera del tanque.

Mientras descorre el pestillo, cae en la cuenta de que el pulpo puede estar aprovechándose de ella. Haciéndole que saque la tapa para escapar.

Decide arriesgarse. Levanta la tapa.

Ahora él flota con languidez, con los ocho brazos extendidos a su alrededor como si fuera una estrella alienígena. Luego saca uno del agua. Tova extiende la mano, aún cubierta de marcas circulares de la última vez, y él se enrosca en torno a ella, como si la oliese. El extremo del tentáculo le alcanza el cuello y le da un golpecito en la barbilla.

Ella se atreve a tocarle el manto, a acariciarlo como haría con un perrito.

—Hola, Marcellus. Así te llaman, ¿no?

De repente, con el brazo aún enroscado en el de ella, da un fuerte tirón. A Tova le falla el equilibrio encima de la silla y por un momento teme que intente arrastrarla al interior del tanque.

Se inclina hacia delante hasta casi tocar el agua con la nariz, tiene los ojos muy cerca del de él, esa pupila sobrenatural de un azul tan oscuro que parece negro, de mármol iridiscente. Se observan durante lo que parece una eternidad y Tova se da cuenta de que otro brazo se ha abierto paso hasta su otro hombro, para acariciarle su pelo recién peinado.

Tova se ríe.

—No me despeines. He ido a la peluquería esta mañana.

Entonces él la suelta y desaparece detrás de la roca. Sorprendida, Tova mira a su alrededor. ¿Habrá oído algo? Ella se toca el cuello, nota la humedad que ha dejado el tentáculo.

Él reaparece, moviéndose hacia la superficie. Lleva algo gris en la punta de uno de los brazos. Lo extiende hacia ella. Como si fuera una ofrenda.

La llave de su casa. La misma que perdió el año pasado.

Día 1.319 de cautiverio

La encontré en el suelo, cerca de donde guarda sus cosas mientras limpia. No debería haberla cogido, pero no pude resistirme. Había algo familiar en ella.

Después de volver al tanque, la guardé en mi cueva junto con todo lo demás. Hay un lugar, una profundísima grieta en una de las rocas, al que no llegan ni los limpiadores de tanques más minuciosos. Aquí es donde entierro mis tesoros.

Os preguntaréis qué clase de tesoros conforman mi colección. Bueno, ¿por dónde empezar? Tres canicas de mármol, dos superhéroes de plástico, un solitario de esmeralda. Cuatro tarjetas de crédito y un carnet de conducir. Un pasador de pedrería. Un diente humano. ¿A qué viene esa cara de asco? Yo no se lo extraje. Su propietario se lo arrancó en un viaje escolar y luego lo perdió.

¿Qué más? Pendientes…, muchos pendientes sueltos, nunca el par completo. Tres pulseras. Dos objetos cuyo nombre humano desconozco. Supongo que son… ¿enchufes? Los humanos se los meten a los niños pequeños en los orificios para tranquilizarlos.

Mi colección ha aumentado considerablemente en el transcurso del cautiverio, y me he vuelto más exigente. Los primeros días recogí un montón de monedas, pero ahora ya me parecen vulgares y las dejo donde están, a no ser que sean muy diferentes de las otras. Monedas extranjeras, como las llamáis los humanos.

A lo largo de los años me he encontrado con muchas llaves, claro, y al final han acabado cayendo en la misma categoría que las monedas. Como norma, no me las quedo.

Pero, como ya dije, esta en concreto se me antojó intrigante, y supe que debía cogerla, aunque no entendí por qué era especial hasta más tarde, esa misma noche, cuando deslicé la punta del brazo sobre sus bordes. Ya había encontrado esta llave antes. O, al menos, otra exactamente igual.

Supongo que, en cierto sentido, las llaves no son como las huellas dactilares. Las llaves pueden copiarse.

Tuve una copia de esta en mi poder cuando era muy joven. Antes de que me capturasen. Estaba prendida de una anilla circular en el fondo del mar, sumergida entre lo que solo puede calificarse como unos restos humanos. No carne y huesos, claro, ya que eso nunca dura mucho, pero sí la suela de goma de una zapatilla, un cordón de vinilo. Varios botones de plástico, como si fueran de una camisa. Todo ello oculto bajo un montículo rocoso y preservado allí. Debía de pertenecer a la persona por la que ella llora.

Estos son los secretos del mar. Daría cualquier cosa por explorarlos de nuevo. Si pudiera viajar en el tiempo, lo recogería todo: la suela de la zapatilla, el cordón, los botones y la llave gemela. Se lo daría todo a ella.

Lamento su pérdida. Devolverle esta llave es lo menos que puedo hacer.

NO ES UNA ESTRELLA DE CINE, PERO PODRÍA SER UN PIRATA

A las nueve de la mañana Cameron empuja la puerta principal del Dell's Saloon, casi esperando encontrarla cerrada. Sin embargo, la puerta cede sin problemas. Él parpadea, ajustando los ojos a la escasa luz.

El viejo Al, el encargado, asoma la cabeza por el fondo.

—Cameron —dice en un tono de ligera sorpresa. Tiene una voz potente que parece sacada de una peli sobre la mafia, con un acento tan italiano y tan de Brooklyn que suena fuera de lugar aquí, en el centro de California.

—Hola, tío.

Cameron se sienta en uno de los taburetes. En la esquina trasera, ahora cubierta de cajas de botellas de licor, se encuentra el diminuto escenario donde toca Moth Sausage. O tocaba, mejor dicho, antes de que a Brad le diera por cargarse el grupo. En un estante cercano a la mesa de billar hay una radio vieja, con las antenas retorcidas en dirección a la única y mugrienta ventana del local. Está encendida, se oyen las voces de un hombre y de una mujer que discuten sobre los tipos de interés, la reserva federal o cualquier otro tema igual de coñazo.

—¿Lo de siempre? —El viejo Al deja caer una servilleta de cóctel sobre la barra.

—No, no he venido para eso. —Cameron carraspea—. Tengo una propuesta para ti. Una propuesta inmobiliaria.

El viejo Al se apoya en la pila y se cruza de brazos al tiempo que enarca una ceja.

—El piso de arriba… —Cameron se sienta más erguido—. El que está vacío.

—Sí, ¿qué pasa con él?

—Quiero alquilarlo. Ya lo he organizado todo. Tendré el dinero del alquiler del primer mes la semana que viene, y…

El viejo Al levanta una mano.

—Para el carro, Cam. No estoy interesado.

—¡Pero aún no has oído el resto!

—No albergo el menor interés en hacer de casero.

—¡No tienes por qué serlo! Ya me apañaré yo. Ni siquiera te enterarás de que estoy aquí.

—Lo siento.

—¡Pero está vacío!

—Y así deseo que siga.

—¿Cuánto quieres por él? —Cameron extrae el saquito negro del bolsillo de la sudadera y vierte todas las joyas encima de la barra—. Puedo pagarte. ¿Ves?

La mirada del viejo Al se posa en el amasijo de joyas por un momento, luego menea la cabeza al tiempo que coge un trapo gris de la pila.

—¿Qué has hecho? ¿Asaltar la casa de unos viejos?

Cameron suelta un bufido.

—Solo necesito un lugar para un par de meses. Por favor.

—Lo siento, chaval.

—Venga, Al, sabes que no te defraudaré.

—Seamos serios, Cameron. Podría escribir la siguiente gran novela americana en el dorso de la lista de todo lo que me debes. Y aún no me has pagado por esa mesa que rompiste el año pasado cuando te dio por montar aquel numerito y saltar del escenario como un tigre.

Cameron da un respingo.

—Fue una performance.

—Fue vandalismo puro y duro, que tuve a bien perdonar porque a la gente parece gustarle el ruido que hacéis y porque tu tía es una buena amiga. Pero todo tiene un límite. Mira, en esta ciudad te salen apartamentos cutres de alquiler de debajo de las piedras. ¿Por qué no te llevas las joyas de la familia a cualquiera de ellos?

—Bueno, porque... —Cameron deja la explicación en el aire, como si fuera obvio que su crédito personal presenta varios problemas.

—Pues tú mismo. —El viejo Al se encoge de hombros mientras pasa el paño por la barra haciendo círculos, parando de vez en cuando para escurrirlo. Por fin se detiene y arroja el paño al interior de la pila—. Esas cosas son de tu vieja, ¿no?

—Sí.

—¿Te las dio tu tía?

—Ajá.

El encargado coge la pulsera dorada y la mira con atención.

—Esto no es del todo malo. —Luego coge el anillo con la inscripción del instituto de Sowell Bay, promoción de 1989 y dice—: ¡Vaya, mira esto! Ya nadie compra estos anillos de graduación, ¿verdad?

Cameron se encoge de hombros. ¿Cómo va a saberlo? Él nunca se graduó, un detalle del que el viejo Al debe de estar al tanto.

—Sowell Bay. Esto anda por Washington, ¿no?

—Creo que sí —dice Cameron. Lo sabe a ciencia cierta, porque lo buscó en Google, claro. ¿Y qué? Hasta donde él sabe, ese anillo debía de ser una baratija que su madre robó para costearse sus malos hábitos. El tipo de la foto quizá fuera su cómplice.

—¿Sabes? Recuerdo cuando Jeanne fue hasta allí a por ella.

—¿A por quién?

—A por tu madre.

—¿De qué hablas?

—¿Tu tía no te lo ha contado?

—¿El qué? —Cameron deja la servilleta que ha estado arrugando entre los dedos encima de la barra.

El viejo Al suelta un suspiro.

—La verdad es que lo único que supe de Daphne es que era la hermana rebelde de Jeanne. Pero, si la memoria no me falla, se escapó de casa cuando estaba en el instituto. Se fue a Washington, vete a saber por qué. Allí se metió en líos. Jeanne tuvo que ausentarse del trabajo para ir a buscarla y traerla a casa. La recuerdo aquí una noche, comentándolo.

—Oh. —Es lo único que Cameron acierta a decir. Nota el cerebro embotado.

—En fin. —El viejo Al sostiene el anillo en la palma de la mano y lo sacude como si estuviera calculando su peso—. Quizá se lo regaló un novio. Yo le compré uno a mi novia del último año. —Una lenta sonrisa se extiende por su cara—. Lo llevaba colgado al cuello de una cadenita y le caía justo en el escote, al principio del canalillo.

Cameron se siente morir de vergüenza.

—Por lo que sé, igual sigue ahí. Nunca me lo devolvió cuando rompimos —dice Al con un bufido gigante.

La puerta se abre con un crujido y un triángulo de luz polvorienta entra en el local a la vez que lo hacen un par de tipos de avanzada edad. Cameron los conoce de vista. La parroquia de día. Saludan a Cameron con un gesto antes de acomodarse a unos taburetes de distancia.

Sin decir palabra, el viejo Al abre dos tercios y los desliza sobre la barra. Levanta un tercero y se lo ofrece a Cameron.

—¿Quieres uno? —Luego añade, con una voz levemente más suave—: Invita la casa.

—Claro. Gracias.

El viejo Al le brinda su mirada culpable, como si una cerveza de dos dólares compensara el hecho de ponerse tan pesado en lo de no alquilarle el apartamento vacío. Entonces se acerca a la radio y tira del cable, que luego se enrolla en el puño. Un momento después, la máquina de música de la esquina se enciende y por los altavoces sale el rasgueo de una guitarra. Al parecer, la parroquia de día prefiere la música country, y Dell's ya está oficialmente abierto al público.

Cameron se traga la cerveza helada de un sorbo largo y coge el anillo de la barra antes de irse.

La promoción de 1989 del instituto de Sowell Bay tiene una presencia sorprendentemente sólida en las redes, algo que Cameron relaciona con el hecho de que se acerca la reunión que suele hacerse de exalumnos a los treinta años de terminar los estudios allí. Treinta años, los mismos que él. Su madre debió de quedarse embarazada ese mismo verano en que todos estos chicos se graduaban.

El anillo que le regaló un novio. ¿Cuál de esos gilipollas la dejó preñada?

Alguien se ha tomado la molestia de escanear y subir un buen puñado de fotos a la página de la reunión. Da la impresión de haber subido el puto anuario al completo. Los viejos tienen demasiado tiempo libre. Cameron va bajando la página y mirando las imágenes granuladas, deteniéndose de vez en cuando si ve rizos castaños como los de su madre, aunque en realidad está buscando a otra persona. El chico que está con ella en la foto arrugada que tiene en la encimera de la cocina.

Observa con detenimiento el anillo. Para su sorpresa hay una palabra grabada en el interior. EELS. Menudo nombre: «anguilas» en inglés. ¿Las Anguilas del instituto de Sowell Bay? Bueno, como mascota es una elección rara, pero tiene sentido si están cerca del mar. Resulta raro que las páginas del anuario no mencionen el tema, pero es de suponer que quedaría rarísimo.

Sigue mirando las fotos. Imágenes al azar de chicos en instalaciones añejas, mirando a la cámara con aquellos peinados cardados y las ropas horteras de los años ochenta. Algo le llama la atención: una foto de su madre que no ha visto antes, en un paseo marítimo abarrotado, abrazada al mismo tipo. Él mira hacia un lado y el cabello de ella, que revolotea al viento, le tapa la cara, como si estuviera besándola en la mejilla. Pero es él, no hay duda.

Con los dedos súbitamente agarrotados, agranda la foto. Hay un pie escrito: «Daphne Cassmore y Simon Brinks».

—Bingo. Simon Brinks. —Las palabras parecen arrastrarse como un susurro por las cuerdas vocales.

Abre enseguida una nueva ventana y teclea ese nombre.

La búsqueda ofrece varias páginas que consiguen formar una imagen clara: una que dibuja a un próspero constructor de Seattle que además posee un club nocturno. Hay un artículo sobre el chalet donde pasa las vacaciones en el *Seattle Times*. Una foto en la que exhibe su puto Ferrari.

El tipo es un pez gordo. Un pez grande, gordo y extremadamente rico.

Cameron suelta una carcajada y aprieta el puño.

Simon Brinks. Cameron deambula hacia el salón, se sienta en el flamante sofá de Brad y Elizabeth y contempla la foto que estaba doblada sobre el anillo. ¿Podría tratarse de su verdadero padre? Es solo una foto, pero es más de lo que ha tenido en toda su vida. Observa la imagen de su madre, su sonrisa ingenua, su cabello al viento. Es alta y delgada, por supuesto, casi más alta que Brinks, y eso que él tiene una altura bastante decente. Pero Cameron no puede dejar de fijarse en las mejillas de su madre, sonrosadas y saludables, blanditas como las de un bebé. No se corresponde con la Daphne Cassmore de sus recuerdos, a quien solo consigue recordar esquelética y macilenta.

Contempla el fondo de la foto: un parterre rebosante de flores. Narcisos y tulipanes. Debieron de tomarla en abril. Podría ser marzo, podría ser mayo, pero, viendo esas cosas en flor, él se inclina a pensar que fue en abril.

Cameron nació el 2 de febrero. Echa cuentas. ¿Estaría él ya en esa foto?

En estado embrionario, claro.

—Hola —dice Elizabeth desde el pasillo—. ¿Cómo ha ido en el Dell's?

Cameron se levanta y la sigue a la cocina; le relata su fracaso a la hora de convencer al viejo Al de que le alquilara el piso vacío y el descubrimiento de Simon Brinks y su Ferrari.

—¿Estás seguro de que es tu padre?

Elizabeth se pone a cortar un pimiento rojo en dados. Para las fajitas. Lo hace a toda velocidad, sin molestarse en mirar un cuchillo que cae alarmantemente cerca de sus dedos con cada corte. Cameron mataría por tener una habilidad así.

—¿Quién podría ser si no? —Cameron le muestra la foto—. Mírales las caras y dime que estos dos no follaban.

Elizabeth enarca una ceja.

—Bueno, mucha gente folla. Eso no prueba nada.

—Pero los números salen. Encajan a la perfección.

—¿Se parece a ti en algo?

Cameron mira la foto con atención.

—Es difícil de decir con ese peinado ochentero.

—¿No te has pasado la tarde buscándolo en internet?

—Sí, pero ahora tiene pinta de tipo maduro. Pinta de padre.

—Claro, como si todos los padres tuvieran el mismo aspecto... —dice Elizabeth en tono irónico.

—Pero ese es el tema. ¿Qué más da? Quiero decir que si él se cree que es mi padre...

—No puedes abordar a un tipo cualquiera solo porque estaba en una foto con tu madre. —Elizabeth echa los pimientos a una sartén y estos chisporrotean al sentir el aceite caliente—. Además, ¿no te gustaría saber si es él de verdad? ¿No quieres tener también alguna relación con él?

—Las relaciones están sobrevaloradas. —Coge un trocito de pimiento que se había quedado en la tabla y se lo mete en la boca. Sorprende lo dulce que es su sabor.

—¿Y entonces...? ¿Cuál es el plan exactamente? ¿Piensas ir a Washington a buscarlo?

—Joder, claro. ¿Por qué no? —Cameron espera que se tome la pregunta como retórica porque en realidad hay miles de razones por las que no hacerlo. Para empezar, ¿cómo va a llegar hasta allí? No ve a Brad ofreciéndole su furgoneta para un viaje tan largo.

—Bueno, será toda una aventura.

—Sí.

Elizabeth abre la nevera y se agacha con dificultad para sacar un blíster de pavo, luego lo abre y lo echa en la sartén.

—Si no estuviera incubando a esta cría alienígena, Brad y yo te acompañaríamos fijo. —Saltea los pimientos y el pavo, haciendo que la carne emita ese silbido característico—. ¿Recuerdas cuando éramos muy pequeños y nos inventábamos historias sobre tu padre? En serio, creíamos que sería una especie de pirata, o una estrella de cine, o algo así. ¡Por Dios, qué ridiculez!

—Simon Brinks no es una estrella de cine, eso seguro, pero podría ser un pirata. En cualquier caso, me da igual. Puede seguir siendo un misterio siempre que acceda a pagar los dieciocho años atrasados de pensión que me debe.

—Bueno, y si no sale bien, he oído que Seattle es precioso.

—Sí, claro —dice Cameron con un asentimiento de cabeza. Precioso. Lleno de árboles. ¿A quién le importa? El oeste de Washington es la zona más húmeda de Norteamérica y Simon Brinks va a significar una lluvia de pasta.

Elizabeth saca una jarra de limonada de la nevera y sirve dos vasos, empuja uno hacia él antes de levantar el otro en un brindis.

—Bueno, Cameltropic. Por los misterios sin resolver.

—Por los misterios sin resolver. —Chocan sus vasos.

La última noche en California Cameron la pasa despierto, bañado en la fría luz de la pantalla de su móvil.

Ha necesitado solo dos clics para descargar una app de viajes de la que ha oído hablar y que garantiza billetes a precios de saldo. Pero funciona. El vuelo de JoyJet en dirección a Seattle sale del aeropuerto de Sacramento a las cinco de la mañana, es decir, dentro de tres horas. Llegará a tiempo si se marcha…, bueno, ahora mismo.

Con rapidez vacía todo el macuto verde encima de la cama y revuelve el contenido; luego mete todos los calzoncillos de que dispone, junto con el resto de la ropa y el saquito con las joyas.

En cuanto tiene la bolsa lista, vuelve a la pantalla del móvil. Cruza los dedos mientras introduce los dígitos de su tarjeta de crédito y le da al botón de comprar billete.

Si Simon Brinks es realmente el padre de Cameron, pagará por cada precioso segundo de paternidad de los que se ha librado en los últimos treinta años.

LA HISTORIA TÉCNICAMENTE CIERTA

Un estropajo con bicarbonato de sodio elimina la mayor parte del óxido de la llave. Para sorpresa de Tova, y a pesar de todos los avatares que ha pasado ese pedazo de metal, encaja con suavidad en su puerta principal. Devuelve la original al lugar del llavero que le corresponde, luego saca la copia, que siempre se ha atascado un poco y la tira a la basura.

Acaba de sentarse con su café matutino y el crucigrama cuando un ruido suave en el porche la interrumpe. Las lumbares le crujen cuando se levanta de la silla, y, con una mano apoyada en la parte baja de la espalda, se acerca a la puerta; llega a tiempo de ver a Gato atravesando un agujero de la puerta de malla. ¿Cuándo se soltó esa parte? Otra reparación menor a tener en cuenta. Se acumulan constantemente desde que Will no está. Quizá podría arreglarla con pegamento.

Podría ir a la droguería a comprarlo. Sería la misma adonde había ido Terry a comprar la tabla de madera para la abrazadera. La misma abrazadera que había acabado en la basura con un ruido sordo cuando ella la tiró.

Gato se sienta en medio de la salita, con la cola enrollada en la base de su delgado cuerpecillo, y le guiña un ojo, como si le preguntara qué está haciendo ella aquí. El mundo al revés.

¿Qué les ha dado a los animales con los pequeños huecos últimamente?

—Está bien, vente conmigo. El desayuno se toma en la cocina. Me temo que el servicio de porche ha sido cancelado.

Esa noche, en el acuario, sus pasos resuenan en el vestíbulo vacío. Empieza a preparar sus cosas, como siempre.

—Hola, guapos —les dice a los peces ángel cuando se dirige al armario de la limpieza, y luego saluda con afecto a los peces sol, a los cangrejos japoneses, al charrasco de nariz afilada y a las horribles anguilas lobo. Prepara la mezcla de limón con vinagre y saca el cubo y la fregona al pasillo. Así lo tendrá listo cuando vuelva.

Marcellus está escondido detrás de la roca, como de costumbre. Ella asoma la cabeza a la sala de bombeo y siente un alivio instantáneo al no ver ningún cierre adicional en su tanque. Una oleada de culpabilidad la invade. ¿Acaso Terry piensa que no sabe dónde dejó la abrazadera?

A su cabeza vuelve la imagen de Gato en su casa, tumbado en su sofá; allí lo había dejado cuando salió. Sin pensarlo demasiado, había llegado a la conclusión de no reparar la malla de la puerta, al menos de momento.

¿Por qué no dejar que los animalitos tengan sus huecos? Tova ríe en voz alta. El borboteo de las bombas de agua parece asentir.

Saca un viejo taburete escalera y se sube a él con cuidado, luego desliza la tapa de la parte trasera del tanque. Desde arriba, a vista de pájaro, apunta la barbilla hacia la corriente que provoca la bomba de agua mecánica. Luego se arremanga el suéter y pasea un dedo por la superficie, mientras se pregunta si la longitud de su brazo alcanzaría para tocar al pulpo en su escondite. Tampoco es que piense intentarlo. Los escondites deberían ser sagrados.

Pero no debería haberse planteado medidas tan drásticas, porque es él quien aparece flotando y se dirige hacia arriba, con el ojo fijo en ella. Uno de sus brazos va atrás y adelante, y Tova imagina que la está saludando. Mete la mano entera y contiene la respiración, ya sea por el agua fría o por la absurdidad de su gesto, o quizá por las dos cosas. Casi al instante, el pulpo reacciona: dos de sus tentáculos le rodean la muñeca y el antebrazo de esa forma tan especial que hace que su mano parezca pesar de una manera rara.

—Buenas noches, Marcellus —dice ella en tono formal—. ¿Cómo ha ido el día?

El pulpo aprieta un poco más, pero lo hace con una gentileza que Tova interpreta como una respuesta amable. Una especie de «Muy bien, gracias por preguntar».

—Parece que no te has metido en líos —continúa Tova asintiendo con la cabeza. Tiene buen color. No hay restos entre los cables de la sala de descanso—. Buen chico —añade, arrepintiéndose de ello casi al instante. Eso es lo que le dice Mary Ann a Rolo cuando se sienta para que le den una galleta.

Si Marcellus se ofende, no lo demuestra. La punta del brazo se aferra a la parte anterior del codo de Tova, luego se desliza hacia el otro lado y acaricia el codo en sí mismo, como si intentase dilucidar la mecánica de esos huesos. Qué rara debe de antojársele la anatomía de una mujer mayor, todo cuencas y huesos frágiles. Toca la piel que le cuelga en el tríceps, cada vez más flácida por la fuerza de la gravedad.

—Piel y huesos. Eso es lo que las Jefas del Ganchillo dicen de mí cuando creen que no las oigo. —Tova menea la cabeza—. Somos amigas desde hace décadas, ¿sabes? Solíamos quedar para comer todos los martes, pero ahora lo hemos dejado en martes alternos. Cuando Will estaba vivo y me veía salir para reunirme con ellas, se reía y me decía: «No sé cómo aguantas a ese hatajo de gallinas».

El pulpo parpadea.

—Pueden ser unas cotillas tremendas. Pero son mis amigas...

Tova deja la frase en el aire, permitiendo que las palabras queden sofocadas por los rumores y borboteos de las bombas de agua. Qué rara suena su voz ahí, matizada por el aire húmedo. Qué dirían las Jefas del Ganchillo si la vieran ahora. El hatajo de gallinas tendría para un día entero de cotilleo con esto y Tova no se lo echaría en cara. ¿Qué está haciendo ahí, contándole su vida a esta extraña criatura?

Sin soltarle la muñeca, el pulpo recorre la marca de nacimiento que ella tiene en el antebrazo, la misma que odiaba cuando era joven y presumida. Por aquel entonces destacaba en su piel suave y pálida, tres marcas visibles, del tamaño de una judía cada una. Ahora, entre las arrugas y las manchas, apenas se ve. Pero el pulpo parece encontrarla interesante, sin embargo, ya que vuelve a tocarla.

—Erik solía llamarla el lunar de Mickey Mouse. —Tova no puede evitar sonreír—. Creo que estaba celoso. Decía que también quería uno. En una ocasión, cuando tenía unos cinco años, cogió un rotulador y se pintó uno igual que este en el brazo. —Baja la voz—. También utilizó el rotulador para decorar el sofá. Las marcas nunca se fueron del todo.

El pulpo parpadea de nuevo.

—¡Oh, me enfadé tanto ese día! Pero te diré la verdad, cuando años después Will y yo nos deshicimos de ese sofá…

Tova asiente, como si la frase debiera tener la decencia de terminarse sola. Y no añade que lo escondió en el cuarto de baño mientras los hombres de la tienda de muebles se llevaban otras cosas. Cada resto de Erik suponía una nueva pérdida, incluso los que eran fruto de sus travesuras.

—Murió a los dieciocho años. Fue aquí, de hecho. Bueno, ahí afuera.

Inclina la cabeza hacia el extremo de la sala, donde está la pequeña ventana que da al estrecho de Puget, ahora oscurecido por la noche. ¿Marcellus se había acercado hasta allí alguna vez para mirar hacia el exterior? ¿La vista del mar le reportaría algún consuelo? ¿O supondría una bofetada en plena cara el ver su hábitat natural tan cerca y, a la vez, tan lejos? Tova se acuerda de su antigua vecina, la señora Sorenson, que a veces sacaba la jaula de los periquitos al porche cuando hacía buen tiempo. La señora Sorenson decía que les gustaba oír los cantos de los pájaros libres, y eso hacía que Tova se sintiera extrañamente triste.

Pero Marcellus no le sigue la mirada hacia aquel ventanuco oscuro. Quizá ni siquiera sabe que existe. Su ojo sigue fijo en Tova.

—Se ahogó una noche —continúa ella—. En un barquito. Iba solo. —Se mueve en el taburete para aliviar el dolor que siente en la cadera mala—. La búsqueda duró semanas, pero al final encontraron el ancla. La cadena había sido cortada. —Se detiene para tomar aire—. Siguieron buscando su cuerpo, aunque estoy segura de que para entonces ya debía de estar hecho pedazos. En el fondo del océano nada dura mucho.

El pulpo desvía su ojo por un momento, como si aceptara una parte de culpa en nombre de su especie, por su posición en la cadena alimenticia.

—Dijeron que tuvo que ser cosa suya. Sin más explicaciones. —La voz de Tova se vuelve ronca—. Sin embargo, siempre me ha parecido tan raro... Erik era feliz. Bueno, tenía dieciocho años, así que vete a saber qué le rondaba por la cabeza... Y sí, está también lo de la discusión que tuvimos. Fue una tontería. Él y sus amigos estaban jugando al fútbol con una pelota dentro de casa y se cargaron uno de mis caballos de Dalecarlia. Mi favorito. Era antiguo, frágil... Mi madre lo trajo de Suecia. Le rompieron una pata.

Tova se yergue encima del taburete.

—En cualquier caso, también estaba enfadado conmigo porque le obligué a coger ese empleo en la taquilla. Pero ¿qué iba a hacer? ¿Dejar a un adolescente holgazanear todo el verano?

Esa tendencia a holgazanear era un rasgo que Erik había

heredado de Will. Los dos podían pasarse horas en el sótano, viendo fútbol, béisbol, o cualquier otro deporte que incluyera una pelota. Después llegaba Tova, con la aspiradora, y eliminaba todos los trocitos de patatas fritas que se metían en las rendijas del sofá y pasaba un paño por los rodales que dejaban las latas en la mesita. Will siguió haciendo lo mismo incluso después de la muerte de Erik: se sentaba en su cojín mientras el de su hijo permanecía vacío. Holgazaneando como siempre, como si nada hubiera ocurrido. Tova lo encontraba irritante.

Mantenerlo ocupado era mucho más sano.

—Cualquier padre razonable habría insistido en que su hijo cogiera un empleo de verano —continúa ella con un ligero temblor en la voz—. Claro que si hubiera sabido lo que iba a pasar...

Sin pensar mucho en ello, mete la mano libre en el bolsillo del delantal, saca el trapo y empieza a frotar las marcas de cal blanca que se alinean en el borde de goma negra del tanque. Le cuesta, pero termina logrando su objetivo. El pulpo mantiene su agarre en el otro brazo, aunque el ojo le brilla con una perplejidad que Tova interpreta como: «¿Qué diantre hace, señora?».

Ella sofoca una carcajada.

—Es que no puedo evitarlo.

No alcanza a limpiar ese reborde sucio en el extremo más alejado del tanque. Hace oscilar el peso al extender el brazo, y, de repente, el taburete se tambalea bajo sus pies. En un momento los tentáculos del pulpo se deslizan por sus dedos y ella se desploma contra el duro suelo.

—¡Vaya por Dios! —murmura mientras hace un repaso mental de las partes de su cuerpo. El tobillo izquierdo le molesta, pero parece sostenerla cuando se levanta. Recoge el trapo de debajo del tanque. El pulpo la mira desde detrás de la roca, donde debe de haberse recluido, asustado por el estrépito—. Estoy bien —dice ella con un suspiro de alivio. Todo está intacto.

Todo excepto el taburete.

Yace a un lado, mezclado con un montón de trastos que hay cerca de la bomba. Debió de salir disparado al moverse ella. Ahora el peldaño superior aparece colgando, prendido solo de un lado.

—Por el amor de Dios —rezonga ella, y va cojeando a recogerlo. Intenta colocar el peldaño en su sitio, pero claramente le falta algo. Busca por el suelo algún tornillo, o algo parecido, entrecerrando los ojos bajo aquella luz azulada. Luego se pone las gafas, que lleva en el bolsillo del delantal, y vuelve a mirar. Nada.

Intenta de nuevo colocarlo, esta vez con más empeño, pero no sirve de nada. ¿Cómo se lo explicará a Terry? Ella no debería ir encaramándose a los taburetes y aún menos en los de la sala de bombeo. Por un fugaz instante se plantea la posibilidad de eliminar las pruebas y meter el taburete roto en la basura. O, mejor aún, hacerlo desaparecer de la escena del crimen. Llevarlo a casa y sacarlo el día de la recogida de muebles. Pero ¿y si Terry pasara por casualidad por su casa y lo viera allí? El corazón se le acelera al pensarlo.

—No, no puedo hacer eso —dice con firmeza. Y no puede. Tova Sullivan no es mentirosa. Tendrá que contárselo.

Quizá Terry prescinda de sus servicios. Quizá llegue a la conclusión de que, a su edad, corren un riesgo demasiado alto. Ella no se lo echará en cara.

Oye un rumor a su espalda, y, cuando se vuelve a mirar, ve que el pulpo tiene medio cuerpo fuera del tanque.

Tova se queda paralizada, fascinada.

—Terry tenía razón —susurra al ver que la criatura estira uno de sus gruesos brazos y, de una manera que parece desafiar las leyes de la física, lo introduce por el hueco estrecho que hay entre la bomba y la tapa. Parece imposible. El hueco no tiene más de cuatro centímetros. Cuando consigue metamorfosear el enorme manto, que tiene el tamaño de un melón maduro, hasta que este adopta una forma casi líquida y lo introduce en el mismo hueco, Tova se percata de que está conteniendo la respiración.

Exhala el aire cuando él baja por la pared, luego resbala por el suelo y se mete debajo de uno de los armarios, desapareciendo de su vista por completo. Cuando no reaparece enseguida, Tova se pregunta si tiene intención de regresar. Quizá quiera huir para siempre. Traga saliva, sorprendida ante lo mucho que le molesta esa idea. Como si hubiera esperado que al menos se despidiera de ella.

—Oh, estás aquí —exclama cuando lo ve aparecer, momentos más tarde. Mirándola a los ojos, él se arrastra hacia ella y, con uno de sus brazos doblados, deposita un pequeño objeto plateado en la punta de su zapatilla.

Tova da un respingo. Es un tornillo. El que le falta al peldaño.

—Gracias —le dice, pero para entonces él ya está volviendo al tanque.

A la mañana siguiente, cuando Tova se despierta y se calza las zapatillas, vuelve a caerse al suelo.

—¿Qué diablos...? —Parpadea. El tobillo izquierdo. Solo cuando ve que tiene el pie amoratado cae en la cuenta de que le está doliendo.

Al segundo intento de levantarse, ya está preparada. Cojeando, avanza por el pasillo hasta la cocina y se sirve el café.

Aguanta hasta la hora de comer antes de ni siquiera plantearse llamar al doctor Remy.

A media tarde se convence de sacar la agenda de teléfonos que guarda en la consola del estudio. Se sienta en el antiguo lado de Will en el sofá, con la pierna apoyada en la mesita y una bolsa de guisantes helados en el tobillo, y busca entre las páginas. Luego deja la agenda a su lado en el cojín y enciende la tele.

Son casi las cinco cuando por fin se decide a llamar. El consultorio del doctor Remy cierra a las cinco.

—Médicos Asociados Snohomish. —La voz suena molesta.

Tova se imagina a Gretchen, la recepcionista, apoyada en la mesa, con el auricular entre el hombro y la oreja mientras sostiene la chaqueta y el bolso que ya había cogido para irse. Quizá no debería haber llamado. Pero el tobillo se ha hinchado hasta adoptar el color y el tamaño de una ciruela, y, por mucho que deteste admitirlo, tal vez necesite atención médica. Le da el nombre y la fecha de nacimiento, y le expone someramente lo ocurrido, omitiendo que el accidente sucedió en su lugar de trabajo. Y, desde luego, tampoco menciona que pasó mientras charlaba con un pulpo gigante del Pacífico. Se limita a decir que se cayó de un taburete mientras limpiaba, lo cual es técnicamente cierto.

—Qué mala suerte, señora Sullivan. —La voz de Gretchen se suaviza—. Espere un momento, voy a ver si encuentro al doctor Remy.

La deja con un hilo musical, una pieza con ecos de jazz que debe de considerarse relajante.

Cuando vuelve, la recepcionista habla en un tono más clínico.

—El doctor dice que, si de momento el dolor no es insoportable, la verá mañana a primera hora. Le reservo visita a las ocho. También dice que mantenga el pie en alto y que no lo apoye al andar.

—Desde luego —dice Tova.

—Señora Sullivan, eso significa que nada de ir a fregar el acuario esta noche.

Tova abre la boca para protestar y luego la cierra de golpe. ¿Qué le importa a Gretchen su empleo? Primero el sermón de Ethan mientras le cobraba la compra y ahora esto. ¿Acaso nadie en Sowell Bay es capaz de ocuparse de sus propios asuntos?

—Bien. Hasta mañana.

Tova cuelga, y a continuación marca otro número.

Tamborilea con los dedos sobre el cojín mientras espera que Terry conteste. ¿Habrá notado ya la presencia del taburete roto? Ella había conseguido meter el tornillo, pero al parecer hacía falta alguna otra cosa para que quedara sujeto, así que el peldaño superior seguía torcido. Ella pensaba llevarse la caja de herramientas de Will esa noche para repararlo del todo, pero ahora ¿quién sabe cuándo podrá hacerlo?

Y los suelos, claro. ¿Quién los fregará esta noche? ¿Lo hará alguien?

¿Marcellus se extrañará de su ausencia? Al fin y al cabo entendió la importancia de buscar el tornillo. Algo que aún maravilla a Tova.

—¿Tova? —dice Terry—. ¿Qué pasa?

Con un profundo suspiro, ella le relata la misma historia, técnicamente cierta, que le contó a Gretchen.

Es la primera vez en su vida que faltará al trabajo.

¿LLEVAS EQUIPAJE?

Cameron contempla la cinta, a la espera de ver aparecer su macuto verde. Debería ser fácil distinguirlo entre el montón de maletas negras y grises, pero pasados un par de minutos opta por sentarse en un banco cercano. Se imagina que su macuto será el último.

Con un ojo en la cinta, saca el teléfono y revisa la lista de hostales. Hay uno a escasos kilómetros de Sowell Bay. Y es ahí donde piensa emprender la búsqueda, claro. Según el registro de propiedades que encontró mientras esperaba a embarcar, Simon Brinks posee tres propiedades en la zona. Amplía la foto de una habitación de uno de los hostales. No es que se trate de un espacio moderno con moqueta mullida y televisor de pantalla plana, ni siquiera del apartamento mugriento de encima del bar, pero se ve razonablemente limpio y es lo bastante barato para permitirle quedarse allí unas cuantas semanas a costa del dinero que sacará de empeñar las joyas.

Hablando de eso, ¿dónde está su macuto? El anillo de graduación está en su bolsillo, pero el resto de las joyas está metido en él. La cinta sigue escupiendo maletas, aunque ya de manera esporádica. Se imagina a los trabajadores con los chalecos de color naranja introduciendo los últimos equipajes que había en la bodega del avión en uno de esos carros que se usan como transporte en las pistas. Qué sistema más terrible. Menuda ineficacia y qué montón de intermediarios. Un millón de oportunidades de que las cosas se tuerzan.

—Esperando, ¿eh?

Un individuo de su edad que lleva gafas de montura al aire se desploma en el otro extremo del banco y desenvuelve un sándwich; se lo lleva a la boca, y no se molesta en cerrarla mientras mastica. El olor a pastrami con especias revuelve el estómago de Cameron. ¿Quién puede comer pastrami a las ocho de la mañana?

—Seguro que saldrá —dice Cameron.

—No eres un pasajero habitual de JoyJet, ¿verdad? —El comedor de pastrami suelta una carcajada. En su boca se aprecian restos de pepinillos y de lechuga—. Créeme, son famosos por ello. Tenemos más posibilidades de hacer un pleno en Las Vegas que de que salgan las maletas por esa cinta.

Cameron toma aire, listo para explicar que una firma de capital privado de primer orden acaba de realizar una valoración multimillonaria de la aerolínea y que corren rumores de que esta va a salir a bolsa, y que, incluso cuando eres una aerolínea de bajo coste, no sueles llegar hasta ahí si te dedicas a perder los equipajes de los clientes. Pero entonces la cinta se para en seco.

—Mierda —murmura Cameron.

La bolsa con las joyas. ¿Por qué no la subió al avión? Ahora se encuentra en algún lugar entre Sacramento y Seattle, o, más probablemente aún, metida en la taquilla de algún empleado del aeropuerto. Apoya la cabeza en las manos y suelta un gemido.

—¿Ves? Te lo dije —comenta Pastrami Especiado señalando hacia la cinta, que se ha convertido en una serpiente muerta—. Venga, vayamos a hacer la reclamación pertinente.

Cameron observa la fila de gente que se ha formado a las puertas de la diminuta oficina que hay al fondo de la zona de recogida de equipajes. Por supuesto, la letra pequeña del recibo de maletas especifica que la compañía no abonará la pérdida de objetos valiosos que viajaran en el equipaje facturado. Lo había leído por encima cuando le insistieron en que facturara el macuto porque no cabía en los compartimentos superiores del avión. Él se había encogido de hombros ante la posibilidad de que esos requisitos pudieran aplicársele. Estaban pensados para otra gente. Cameron Cassmore no posee objetos valiosos.

Cuando llega a la oficina de equipajes perdidos, la cola alcanza las veinte personas. Pastrami Especiado se apoya en la pared sin dejar de comer. El olor sigue flotando.

—Soy Elliot, por cierto.

—Encantado de conocerte. —Cameron finge concentrarse en el teléfono, como si tuviera algún asunto de vital importancia entre manos.

—Bueno, técnicamente no nos hemos conocido. Te he dicho cómo me llamo, pero tú no me has dicho tu nombre.

¿Este tipo no tiene nada mejor que hacer?

—Cameron.

—Cameron. Un placer conocerte. —Levanta el insufrible sándwich—. ¿Tienes hambre? No me importa compartirlo.

—No, gracias. No soy muy fan del pastrami.

Elliot abre mucho los ojos.

—¡Pero esto no es pastrami! Es un Ñamwich.

—¿Un qué?

—¡Un Ñamwich! Ya sabes, de ñame, rollo vegano. De ese sitio de Capitol Hill. Abrieron un puesto en el aeropuerto el año pasado.

Cameron contempla aquella mezcla aceitosa, llena de finas lonchas de... algo.

—¿Me estás diciendo que eso está hecho de batata?

—¡Sí! ¡El Reuben que hacen está de muerte! ¿Seguro que no quieres un poco?

—Paso. —Cameron reprime un bufido. Esos hípsters de Seattle, siempre cumpliendo con las expectativas.

—¿Estás seguro? Tengo otra mitad aquí, y no la he tocado.

—Vale —accede Cameron, más para terminar la conversación que por otra cosa, aunque también para apaciguar a la vocecilla que, desde el fondo de la mente, le recuerda que no está en posición de rechazar comidas gratis.

Elliot sonríe.

—Te encantará.

Mientras muerde el sándwich, Cameron devuelve su atención al móvil. Katie ha subido un selfi con su perro y con el hashtag Solterayconperro. Está a punto de soltar una risa amarga, pero queda suavizada por el crujido placentero que está extendiéndose por su boca. ¿Ñame? ¿En serio? Pues... no está malo.

Asiente con la cabeza en dirección a Elliot y le dice:

—Gracias, tío. Es bastante decente.

—Espera hasta que llegues a la salsa francesa.

La fila se mueve con lentitud. Por fin, Elliot estruja el envoltorio aceitoso y lo lanza hacia una papelera cercana: encesta sin tan siquiera tocar el borde, lo cual molesta a Cameron más de lo normal. Luego, Elliot se vuelve hacia él.

—Da la impresión de que no eres de por aquí, ¿no? ¿Viajas por trabajo? ¿Vacaciones?

—Asuntos familiares.

—Oh, genial. Yo vuelvo a casa. Estuve en California para asistir al entierro de mi abuela.

Una abuela muerta. Vaya.

—Te acompaño en el sentimiento —murmura Cameron.

—Si te digo la verdad, era bastante mala persona, pero a los nietos nos adoraba —dice Elliot con voz sorprendentemente suave—. Nos malcriaba como solo pueden hacerlo los abuelos, ¿sabes?

—Sí, claro —dice Cameron al tiempo que arroja la parte de su envoltorio a la basura. Claro que él nunca tuvo un abuelo propio. El abuelo de Elizabeth solía pellizcarle las mejillas y darle caramelos cuando coincidían en casa de ella. Los caramelos eran demasiado pringosos, demasiado dulces, el pellizco casi dolía, y el hombre olía a rancio, a una mezcla de meados secos y Voltarén. Elizabeth decía que el asilo donde vivía era prácticamente un depósito de cadáveres.

—En todo caso, supongo que ahora descansa en paz. —Una sonrisa triste se extiende por la cara de Elliot. Cameron baja la cabeza, sintiéndose de nuevo como un intruso que espía las experiencias típicas de los humanos, un extraño que contempla una normalidad que siempre queda fuera de su alcance. Perder a los abuelos, preocuparse por los objetos de valor de la maleta: experiencias que pertenecen a otra clase de personas.

Elliot se saca las gafas y se las limpia con el faldón de la camisa mientras la cola sigue avanzando.

—Tu familia estará emocionada por verte de nuevo. ¿Están en Seattle?

—No, en Sowell Bay. Mi padre. —En la lengua de Cameron, la palabra suena seca y pringosa, como los caramelos del abuelo de Elizabeth.

—Perfecto. Pasar un tiempo con tu viejo siempre es agradable.

—Algo así.

—Y Sowell Bay es bonito. Francamente chulo.

—Eso me han dicho.

Elliot inclina la cabeza.

—¿No has estado nunca allí?

—No. Mi padre acaba de mudarse... —Cameron se permite esbozar una breve sonrisa, sorprendido ante la facilidad con que le sale esta mentira.

—Veamos —dice Elliot—: Sowell Bay. Antaño era muy turístico, pero ahora ha decaído mucho. Creo que aún tiene un acuario abierto. Deberías ir a verlo.

—Claro, gracias —contesta Cameron, aunque obviamente no tiene la menor intención de perder el tiempo viendo peces cuando lo que debe hacer es encontrar a Simon Brinks.

La fila sigue avanzando con extrema lentitud. La oficina de

equipajes perdidos de JoyJet debe de estar manejada por un equipo de caracoles y de babosas. Se vuelve hacia Elliot y le pregunta:

—Ya has pasado por esto antes, ¿no? ¿Cuánto tiempo crees que nos tocará esperar?

Elliot se encoge de hombros.

—Suelen ser bastante rápidos. ¿Dos o tres horas, tal vez?

—¿Tres horas? Me tomas el pelo.

—Bueno, tanto pagas tanto tienes, ¿no?

La tía Jeanne responde al tercer timbrazo.

—¿Sí? —dice, resoplando casi sin aliento.

—¿Te encuentras bien? —Cameron se tapa el otro oído con un dedo para sofocar el parloteo escandaloso de un grupo de turistas, que por alguna extraña razón ha decidido que debe congregarse a seis centímetros de él en este extremo remoto de la zona de recogida de equipajes.

—¿Cammy? ¿Eres tú?

—Sí. —Él se aleja de los turistas—. ¿Qué hacías? ¿Por qué jadeas?

Una imagen súbita de Wally Perkins aparece en el cerebro de Cameron. Se estremece, listo para colgar el teléfono.

—Estoy ordenando el dormitorio de invitados —responde su tía.

—Eso es todo un proyecto.

—Bueno, supuse que necesitarías un lugar donde quedarte. —Se abre un momento de silencio—. Me ha llegado lo tuyo con Katie.

—Las noticias vuelan.

Cameron se muerde una uña. Él y la tía Jeanne tienen pendiente una conversación importante sobre por qué ella nunca le contó que su madre vivía en otro puto estado cuando fue concebido. El lugar donde está ahora no es el idóneo, y encima la mujer se está tomando toda una serie de molestias por él... En fin, tendrá que contarle dónde se encuentra, al menos. No hay elección.

—Tía Jeanne, nunca podría quedarme en... —Se corta antes de que la frase se termine sola. Nunca podría quedarse en esa minicaravana llena de mierda. Pese a todos sus líos, eso es algo que siempre ha logrado evitar.

Si solo fuera eso lo que necesitara.

En el otro extremo de la línea, un crujido seguido de una especie de silbido de vapor le indica que la tía Jeanne está sirviéndose un café y, luego, que deposita la taza en el platito.

—Lo sé, lo sé. Nunca podrías vivir aquí conmigo —dice ella—. Pero, Cammy, vamos a ver, tampoco es que tengas ningún otro plan.

—¡En realidad, sí! —Por un instante Cameron se plantea revelarle todo el plan maestro. Pero no es el momento ni el lugar—. Tengo un plan. Sin embargo...

—¿Qué pasa?

—Necesito ayuda. Una ayuda realmente pequeña —dice Cameron, cuya sonrisa es casi una mueca.

El suspiro de la tía Jeanne atraviesa toda la costa oeste.

—¿Qué ha pasado ahora?

¿Por dónde empezar? Esto de largarse y luego llamar para pedir dinero es un nuevo hito en sus hazañas. No es mejor que la fracasada de su madre. Pero no tiene ninguna otra opción. Desde el otro lado del pasillo, Elliot sale de la oficina de equipajes perdidos y camina hacia él, agitando una mano alegremente mientras arrastra una maleta gris con la otra. Cabrón con suerte.

—Cammy, ¿qué ha sucedido? —insiste la tía Jeanne.

A través de un altavoz que hay en el techo, una grabación con voz de mujer repite a todas horas la letanía de no dejar desatendidos el equipaje y las pertenencias personales. Qué absurda ironía.

Él coge aire y luego, tan rápido como puede, explica el descubrimiento del anillo y de la foto, la compra repentina del billete y el plan del hostal.

Después de un silencio en absoluto tranquilo, la tía Jeanne dice con suavidad:

—Oh, Cammy, debería habértelo contado.

—No pasa nada. Pero ahora viene la guinda de todo este pastel —dice él, usando una de las frases hechas preferidas de su tía—. La aerolínea ha extraviado mi equipaje.

La advertencia grabada resuena sobre su cabeza de nuevo.

—¿Puedes hablar más alto? ¡No te oigo!

—¡Me han perdido la maleta! —No pretendía gritar tanto. Varios de los turistas vuelven la cabeza hacia él, y el grupo se aleja, escandalizado.

La tía Jeanne hace chasquear la lengua.

—¿Y qué pasa? ¿Necesitas calcetines y calzoncillos?

—No es solo eso. Me quedan... unos cuatro dólares en total.

—¿Qué has hecho con las joyas que te di? Estaba segura de que ya las habrías empeñado.

—Las joyas estaban en la maleta.

La línea se queda en silencio durante unos largos momentos, y luego la tía Jeanne vuelve a suspirar.

—Para ser tan listo, a veces te comportas como un bobo redomado.

Elliot aún despide un leve aroma a pimiento y mostaza mientras guía a Cameron por el puente que separa la terminal del aparcamiento azul y le formula interminables preguntas, impertérrito por las monosilábicas respuestas de su acompañante. ¿De verdad JoyJet no tenía ni idea de dónde había ido a parar su maleta? No. ¿Y adónde pensaba ir él? Por ahí. ¿Cómo pensaba llegar hasta ahí? En bus. Por suerte, Elliot no sacó el tema de cómo pretendía pagar Cameron todo eso, porque no habría habido modo de resumir el préstamo de dos mil dólares que había recibido de su tía en una frase corta.

La tía Jeanne había insistido en que no se trataba de un préstamo, y Cameron lo entendió como que no podía contarse con que él lo devolviera. Uf. Pero JoyJet no puede tener su macuto en el limbo eternamente. Empeñará las joyas y devolverá el dinero a la cuenta de ahorros de la tía Jeanne antes de que llegue la fecha en que ella debe pagarse el crucero. La tía Jeanne lleva ahorrando desde hace años para pagarse un crucero por Alaska, su viaje soñado. Debe abonar el último plazo a finales de agosto y zarpar en septiembre. Cameron está decidido a vender sus órganos para saldar su deuda antes de permitir que se quede sin viaje por su culpa.

—¿Quieres que te lleve? Podría hacerlo —se ofrece Elliot por centésima vez.

—No, estoy bien.

—Sowell Bay queda bastante lejos. Te pasarás todo el día y la noche en autobús.

—Acamparé en el arcén de la carretera —dice Cameron con brusquedad.

—¡Oye! —Elliot se apresura para alcanzarlo—. Se me ha ocurrido una idea rara.

¿Más rara que el sucedáneo de pastrami a base de batata? Cameron lo mira por encima del hombro.

—¿Cuál?

—Tengo un colega que quiere vender una autocaravana. Es vieja, pero todavía tira. Si se la compras tendrás un método de transporte y un lugar donde dormir.

Cameron frunce el ceño. En realidad no es que sea tan mala idea. Pero… ¿una autocaravana? Seguro que cuesta más de lo que podría pagar. Saca el móvil del bolsillo y comprueba la app de su banco: aquí están los dos mil dólares. En el concepto aparece un emoji sonriente seguido por una advertencia: «No te lo gastes en 💩».

¿Cuándo aprendió la tía Jeanne a usar emojis? ¿Consideraría la camper como una mierda? Probablemente. Más por satisfacer su curiosidad que por otra cosa, Cameron pregunta:

—¿Cuánto pide por ella?

—No estoy muy seguro. ¿Un par de miles?

—¿Crees que se conformaría con mil quinientos?

—Diría que puedo convencerlo de eso —afirma Elliot con una sonrisa.

TULLIDO PERO FIEL

Al atardecer, la playa pública de Sowell Bay está llena de cangrejos de roca. Un verano, siendo Erik pequeño, los Sullivan iban dando un paseo después de cenar cuando Erik encontró uno que, por algún azar cruel del destino, había perdido las patas traseras de uno de sus lados. El niño insistió en llevárselo a casa, claro. Lo llamó Eddie Octópata, porque conservaba solo ocho miembros de los diez que debía tener. Durante unas cuantas semanas, Erik y Will contemplaron al pobre Eddie deambular con torpeza por una urna de vidrio llena de grava del patio. Tova guardaba las mondas de patatas y de calabacín para la cena de Eddie Octópata, y en un par de ocasiones Will se acercó a la tienda de animales de Elland para comprar camarones en salmuera, que el cangrejo devoró con gran satisfacción.

Para ser un cangrejo, Eddie sobrevivió mucho tiempo, pero una mañana Tova lo encontró paralizado y medio hundido, con los ojillos inequívoca y eternamente pausados. Will cogió el cadáver con los dedos dispuesto a arrojarlo al jardín cuando Erik salió del dormitorio presa del pánico e insistió en un entierro de verdad. El niño se tiró al suelo, se agarró a la pierna de su padre y se quedó allí, como uno de esos hippies que se encadenan al tronco de un árbol para protestar contra las injusticias del mundo.

La lápida casera de Eddie aún permanece en el jardín, bajo los densos helechos. RIP EDDIE OCTÓPATA, TULLIDO PERO FIEL.

Tova nunca había empatizado tanto con el pobre cangrejo como ahora, mientras se mueve por la cocina con el pie izquierdo metido en este ridículo molde de plástico con forma de bota. Seis semanas, había dicho el doctor Remy. Seis semanas perdidas en las que no podrá arrancar los dientes de león de los lechos de ruibarbos. Seis semanas exasperantes en las que sus suelos de madera se llenarán de polvo. Seis semanas insoportables en las que los suelos del acuario quedarán en las manos de cualquiera que Terry haya podido encontrar para ocupar su puesto.

—Tú tienes cuatro patas —le señala a Gato mientras se sirve el café—. ¿Quizá podrías prestarme una?

Gato se lame la pezuña a modo de respuesta.

Antes de que ella pueda dar el primer sorbo, suena el timbre.

—Oh, por favor —exclama ella mientras se dirige a la puerta.

—¡Tova! —La voz aguda y clara de Janice atraviesa la ventana—. Siento venir así, sin avisar. ¿Estás en casa?

Tova descorre el pestillo a regañadientes.

—Qué bien —dice Janice, que entra con una cazuela. Su voz suena atípicamente contrita cuando afirma—: Te perdiste la reunión de las Jefas del Ganchillo de esta semana.

—Sí. He estado indispuesta.

Janice suelta un bufido.

—¡Más bien sí! —Vuelve a hablar con ese tono de sitcom televisiva—. ¿Qué te ha pasado? ¿Te caíste en el trabajo? Eso es lo que dijo Ethan, el del Shop-Way.

Deja el plato en la encimera de Tova.

Tova nota que sus mejillas palidecen. ¿Ethan? ¿Cómo lo ha sabido?

—Que conste que no lo digo por nada —continúa Janice al tiempo que levanta una mano con aire defensivo—, pero, si necesitas un abogado, conozco al tipo adecuado. —Busca la agenda en el bolso—. Tengo aquí su número.

—Janice, por favor. No es más que un esguince.

—Un esguince grave. —Janice contempla la bota. Luego se quita el sedoso fular rosa y lo cuelga, junto con el bolso, del respaldo de una de las sillas de la cocina. Rezongando entre dientes, coge la cazuelita, la lleva a la nevera y empieza a recolocar las cosas para lograr hacerle un hueco.

—Ponlo en el estante de abajo —murmura Tova.

—¡Ajá! Ya está. —Janice se frota las manos—. Lo ha hecho Barb para ti. Creo que dijo que era un puré de patatas y puerros, o algo así. No paraba de hablar de la receta y de que la había encontrado en internet.

—Qué amable. —Tova cojea hacia la cafetera—. ¿Te hago un café?

—No, tú te sientas y pones ese pie en alto. —Janice se planta delante de ella y le obstruye el paso—. Yo haré el café.

El café de Janice tiende a ser bastante flojo, pero Tova obedece, aunque no deja de observar las medidas de agua y de café que usa su amiga.

—¿Hay que darle de comer a ese gato? —Janice se baja las gafas redondas para mirar con escepticismo a Gato, que, en un gesto de solidaridad, ha aparcado debajo de la silla donde está Tova.

—Gracias, pero ya ha desayunado —dice Tova. Y entonces, antes de que a Janice se le ocurra ponerse a cocinar, añade—: Y yo también.

Gato se pone de lado y les muestra una barriguita redonda que antes no tenía. Los efluvios de la cazuelita lo han animado y parece contento. Simpatía interesada, piensa Tova con cariño.

—Vale, tranquila. Solo intento ayudar. —Janice coloca dos tazas humeantes en la mesa y se sienta—. ¿Te ha visto el doctor Remy?

—Por supuesto —responde Tova con un suspiro.

—¿Y?

—Ya te lo he dicho. Es un esguince.

—¿Cuánto tiempo estarás sin ir a trabajar?

—Unas cuantas semanas —contesta Tova con sinceridad. Se abstiene de mencionar que el doctor Remy le ordenó una densitometría ósea y le advirtió que, dada su edad, quizá no fuera aconsejable que siguiera trabajando. Ella se aferra al quizá. No hay nada decidido. Así pues, ¿para qué comentarlo?

—Unas cuantas semanas —repite Janice sin dejar de mirar la bota con ojos escépticos—. En cualquier caso, me he acercado hasta aquí por algo. Aparte de para asegurarme de que seguías…, bueno, viva.

—Claro. —Tova bebe un sorbo valorativo del café preparado por Janice. Podría haberle añadido otra cucharadita de café en grano, pero es decente.

—He venido por dos razones, en realidad.

Tova asiente, expectante.

—Vale, lo primero que tengo que decirte. Si hubieras estado en nuestra reunión del martes pasado, te habrías enterado de la gran noticia de Mary Ann, pero, como no estabas…

—¿De qué se trata?

—Se va a vivir con su hija.

—¿Con Laura? ¿En Spokane?

—Exactamente —confirma Janice.

—¿Cuándo?

—Antes de septiembre. Pone su casa a la venta.

Tova asiente despacio.

—Ya veo.

Janice se quita las gafas redondas, coge una servilleta de papel del rollo que hay en la mesa de la cocina y procede a limpiar los cristales. Mirando de reojo a Tova, prosigue:

—Estará mejor allí. Las escaleras de su casa son empinadas, ya lo sabes, y con la lavadora en el sótano…

—Sí, es un buen esfuerzo —admite Tova. La lavadora del sótano fue la causa de la caída que sufrió Mary Ann el pasado otoño, aunque tuvo la suerte de salir del paso con apenas unos puntos—. Es maravilloso que Laura la acoja en su casa. Y Spokane... será todo un cambio.

—Sí, así es. —Janice vuelve a ponerse las gafas—. Estamos planeando un almuerzo especial para la despedida. Supongo que lo haremos dentro de unas semanas, dependiendo de lo rápidas que se muevan las cosas, pero contamos contigo, ¿no?

—Claro. No me lo perdería ni aunque tuviera que ir a la pata coja —dice Tova, y habla en serio.

—Bien. —Janice levanta la vista, la expresión de su cara es impenetrable—. Bueno, cuando Mary Ann se haya marchado, solo quedaremos tres Jefas del Ganchillo. En algún momento quizá podríamos plantearnos cuál es nuestro plan a largo plazo.

Tova respira hondo, intentando imaginar cómo funcionará el grupo con solo Barb, Janice y ella misma. Sin Mary Ann y sus galletas de supermercado calentadas en el horno. Llevan décadas reuniéndose. Quedar con las Jefas del Ganchillo es ya toda una costumbre.

—Es algo que tendremos que discutir las tres. —Janice se levanta y se echa el fular sobre los hombros. El ruido de la silla contra el suelo hace que Gato, que en apariencia se había dormido, levante la cabeza y abra un ojo con desconfianza—. Será mejor que me vaya. Timothy va a llevarme a comer al restaurante mexicano nuevo que han abierto en Elland.

—Qué buen plan —dice Tova mientras acompaña a Janice hasta la puerta principal. El hijo de Janice la lleva a comer fuera a todas horas. Los imagina hundiendo los nachos en un bol compartido de guacamole.

—Ah, casi se me olvida la segunda cosa. —Con una carcajada corta, Janice se da media vuelta y saca un teléfono móvil del bolso—. Aquí lo tienes. Esto es tuyo.

Tova entrecierra los ojos.

—Yo no tengo teléfono móvil.

—Ahora sí. —Janice extiende el aparato hacia ella—. Es el

viejo móvil de Timothy, nada del otro mundo. Pero te servirá en caso de emergencia. —Sus ojos se posan en la bota de Tova sin el menor reparo.

Tova aprieta la mandíbula.

—¿Cuántas veces he dicho que no necesito un trasto de estos? Hay un teléfono que funciona perfectamente en la salita. No necesito llevar uno dentro del bolso a todas horas.

—Lo necesitas si vas a vivir sola aquí, Tova. Y también si vuelves a trabajar sola en el acuario, sea cuando sea. ¿Y si volvieras a caerte? Lo hemos hablado. Todas estamos de acuerdo. Necesitas un móvil.

Después de una larga pausa, Tova abre la mano y deja que Janice le entregue el móvil.

—Gracias —dice en voz baja.

—Estupendo. —Janice sonríe—. Le diré a Timothy que te llame para explicarte cuatro cosas básicas. Y te tendré al día en el tema de la despedida de Mary Ann. Mientras tanto, si necesitas cualquier cosa…

—Claro. —Tova corre el pestillo en cuanto Janice pasa por la puerta.

La cena será el puré de patatas y puerros. Barb no es célebre por su talento culinario, pero el plato desprende un aroma delicioso y el gratinado que Tova distingue a través del horno es perfecto. En cualquier caso, supone un buen cambio de su pollo con arroz habitual. Debe mandarle a Barbara una nota de agradecimiento.

El temporizador suena. Tova se agacha para sacar el plato humeante del horno. Ya lo tiene casi fuera, apoyada con cuidado sobre el pie bueno, cuando algo dentro del bolsillo la ataca.

¡Ring!

La cazuelita cae al suelo, esparciendo a su alrededor aceite y queso. ¡Ring! Tova da un paso hacia la encimera sobre el suelo pringoso y la bota resbala, enviándola de culo al suelo por segunda vez en una semana.

¡Ring, ring, ring!

Saca del bolsillo el maldito chisme, su minúscula pantalla anuncia una llamada entrante. Con la mandíbula apretada, lo tira al aire.

¿Por qué la gente no se ocupará de sus propios asuntos de una maldita vez?

Pero ahora debe incorporarse, y eso va a ser todo un reto. Cada vez que intenta ponerse de pie, resbala sobre el suelo. El teléfono descansa panza arriba, como una cucaracha plateada, en el otro extremo de la cocina. Tampoco sabría hacerlo funcionar si lo tuviera más cerca. Por fin, logra izarse hacia una de las sillas de la estancia.

—Por el amor de Dios —murmura al tiempo que arranca un montón de pedazos de papel de cocina para limpiarse las manos del puré de patata con puerros.

Pollo con arroz para cenar. Comido en la salita, con el plato apoyado sobre su regazo. Tal y como lo hacía Will las noches en que había partido.

—Vaya, míranos. Qué bajo hemos caído, ¿eh, Gato?

Le acaricia la frente suave antes de coger el mando y poner las noticias.

Los bustos parlantes hablan sobre el mercado de acciones y sobre el tiempo, pero Tova no consigue concentrarse en ellos. Sus pensamientos vuelan hacia la gran noticia de Mary Ann. El principio del final de Mary Ann, la primera frase de su último capítulo. Incapaz de seguir viviendo sola. Dependiente como un niño. Al menos su hija Laura ha tenido el buen criterio de llevársela a su casa en lugar de ingresarla en una de esas residencias.

Las hijas de Barbara se ocuparían de ella, en Seattle. ¿Y

Janice? Ella y Peter ya viven en la planta baja de la casa de Timothy, a la sombra de la ocupada vida de este y de su esposa. Todo el mundo tiene que ir a algún lugar en algún momento.

La media de vida de los hombres es varios años más corta que la de las mujeres, y Tova siempre ha pensado que esto era una injusticia silenciosa. La muerte de Will fue relativamente rápida, al menos para él. El cáncer, las hospitalizaciones, los tratamientos: todo eso fue horrible, pero ni mucho menos tanto como el papeleo, las reclamaciones al seguro, los preparativos. Tova se había pasado horas sentada a la mesa de la cocina, hasta bien entrada la noche, haciendo todo lo posible para arreglarlo todo. ¿Quién le devolvería el favor cuando le llegara el momento? ¿O toda esa carga de papeleo simplemente caería en un hueco sin herederos?

Deja el bol de pollo con arroz en la mesita del café (sobre un posavasos, claro) y se encamina hacia la chimenea, arrastrando la bota de plástico sobre la alfombra. Pasa una mano por los suaves rincones de madera de cedro, pulidos y barnizados por su padre. Los huesos de esta casa habían sido cortados por su hacha, artesanía del viejo mundo, una obra sólida y sueca pensada para resistir durante siglos. ¿Cuánto tiempo más aguantará hasta que algo acentúe los rescoldos de su fragilidad? ¿Las escaleras estrechas, el camino de entrada irregular? ¿Una cazuelita díscola, un suelo manchado de puré de patatas?

¿La encontrarán en el suelo de la cocina? ¿Llamarán a una ambulancia para llevarla al hospital? ¿Quién rellenará los formularios de ingreso pertinentes? Y eso será solo el principio.

A menos que...

La publicidad que cogió en Charter Village.

Tal vez haya llegado el momento de rellenar el formulario.

EL ESPECIAL DE LA CASA

Cameron no es un experto en autocaravanas, pero está bastante seguro de que esta es un pedazo de chatarra.

Se oye el traqueteo del motor y el quejido de algún cable suelto mientras avanza por la I-5. El colega de Elliot le había avisado de que la conducción era un poco dura, e incluso había señalado el cable de repuesto, que seguía en su envoltorio dentro de la guantera. Al menos Cameron lo había convencido de que rebajara el precio a mil doscientos pavos.

Quizá sea una mierda con ruedas, pero poseer un vehículo lo hace sentir bien. Aunque en verdad lo haya pagado el préstamo a fondo perdido de la tía Jeanne.

Ahora, tras haber gastado seis de los ochocientos dólares que le quedan en un café latte carísimo, Cameron sigue por la autopista, a dos horas al norte de Seattle, acercándose a su objetivo. El asiento del conductor está recubierto de una tela mohosa y áspera de color marrón, que consigue provocarle picor en la espalda incluso a través de la camisa. El colchón de la parte de atrás no está en mejores condiciones en términos de comodidad y de olor. La pasada noche apenas había conseguido dormir aparcado en el extremo más alejado de un aparcamiento de camiones en una zona vagamente industrial del sur de Seattle. Aún daba vueltas sobre el colchón cuando oyó el rumor de unas ruedas cercanas y se incorporó para mirar por la minúscula ventana de la autocaravana: era un coche de policía, su silueta era inconfundible en la luz nocturna. Pasó al asiento del conductor y salió cagando leches de allí.

No es que fuera una gran primera noche en Washington. Pero hoy es un nuevo día. Treinta y dos kilómetros hasta Sowell Bay, según el último panel de la carretera. Treinta y dos kilómetros hasta Simon Brinks. ¿Cuánto tiempo le durarán los ochocientos dólares? Deberían durar un poco, sobre todo ahora que no tiene que preocuparse del alojamiento. Hasta que encuentre al viejo Brinks o le llegue el macuto. Ochocientos pavos es una cifra razonable.

Los limpiaparabrisas de la autocaravana no logran despejar la llovizna del cristal, así que él se inclina hacia delante, intentando seguir la húmeda calzada de la autopista. Entonces, unas luces de freno tiñen de rojo el salpicadero, y pisa el pedal para detenerse cuando el atasco se materializa ante él. Al menos los frenos funcionan. Tamborilea con los dedos sobre el volante mientras avanza despacio, con tiempo para observar el guardarraíl mohoso y el arcén lleno de arbustos. Todo es muy verde por aquí. Y el bosque, esos inmensos árboles verdes, tan cerca unos de otros que mirarlos le hace sentir casi incómodo, como si tuviera claustrofobia en su nombre.

Dieciséis kilómetros, luego nueve, luego tres. Llegando por la autopista, el cartel de BIENVENIDOS A SOWELL BAY se ve antiguo y oxidado. Se dirige directamente a la dirección donde se hallan las oficinas de Simon Brinks, que resulta ser un espacio indescriptible en un pequeño centro comercial de la autopista. Construcciones Brinks, Inc., reza la placa. Cameron tiene un mal presentimiento al ver el aparcamiento vacío. Como era de prever, la puerta está cerrada.

Bueno, todavía es temprano. Quizá la gente de Brinks sea poco matutina. Cameron tampoco es muy fan de madrugar, la verdad. Está claro que lo ha heredado de su padre.

¿Y ahora qué? ¿Pasarse por el acuario tal vez? Quizá alguien de allí sepa algo del horario de las oficinas de Construcciones Brinks.

Hilos de moho corren por el techo metálico en forma de cúpula, salpicado por montículos de musgo y excrementos de pájaros. Las gaviotas lo sobrevuelan cuando él cruza el aparcamiento, que también está extrañamente vacío. Al empujar la puerta y encontrársela cerrada, Cameron lo entiende todo.

—Abren al mediodía —murmura él, leyendo el rótulo. Por supuesto. ¿Qué le pasa a este sitio? Parece estar medio dormido o incluso medio muerto. Contempla el paseo del espigón. Si Cameron no supiera la verdad, el olor lo llevaría a pensar que hay una fosa séptica. Pero se trata solo de las algas que hay en las rocas. Sulfuro, como los huevos podridos. El mar no para de chocar contra el rompeolas.

Falta una hora para el mediodía. Un lapso de tiempo francamente pesado. Demasiado tarde para desayunar y demasiado temprano para comer, pero un buen momento para tomar un café. Había una cafetería en lo alto de la carretera principal.

La autocaravana casi se cala dos veces de camino a la cima de la colina. Cuando finalmente llega arriba y echa el freno de mano, Cameron deja escapar un suspiro de alivio.

La cafetería se halla al lado de un colmado pequeño, que parece estar desierto. Cruzar la puerta es como dar un salto en el tiempo. Tras unos instantes, se oye algo al fondo de los estrechos pasillos. Cameron casi espera ver aparecer a un personaje de la tele en blanco y negro.

En su lugar, lo que ve es a un tipo entrado en años con barba rojiza. Lleva un delantal del Shop-Way atado sobre su prominente barriga y los fuertes brazos cargados de paquetes de ramen que, en apariencia, ha estado colocando.

—Buenos días —le dice—. ¿Necesita ayuda?

—¿Hay café? Pensé que era un restaurante…

—La cafetería está allí delante. Sígame. —Deja los paquetes de ramen en el suelo.

—Puedo esperar —dice Cameron mirando la pila de paquetes—. No tengo ninguna prisa.

Barbarroja se vuelve hacia él y dice:

—Tonterías. Llamaré a Tanner. —Y, sin perder un segundo, vocifera—: ¡Tanner!

De algún lugar del laberinto de atestados y estrechos pasillos surge un adolescente hosco, también con el delantal verde del Shop-Way, que se acerca a ellos arrastrando los pies.

—Ah, estás aquí —dice Barbarroja mientras enciende las luces de la cafetería. Junto con el aroma a lejía se percibe otro de comida rancia. Como a pimiento y cebolla. Hamburguesas. A Cameron le recuerda el viejo y lóbrego apartamento donde vivía antes de mudarse con Katie: desde el recibidor adivinabas lo que estaban cocinando los vecinos.

Tanner le entrega una hoja plastificada.

—Ahí tiene la carta —dice Barbarroja aunque no hace falta—. El chico le tomará el pedido en cuanto haya tenido tiempo de mirarla.

Cameron echa un vistazo. Al parecer el perro de algún cliente, o quizá un bebé, le arrancó de un mordisco una de las esquinas.

—Un café solo ya me vale —dice, a pesar de que le rugen las tripas.

—Tanner, hazle un especial —ordena Barbarroja, y, antes de que Cameron pueda objetar nada, el chico asiente como un robot y se pone a ello.

En algún lugar de una cocina invisible, choca una sartén y la maquinaria parece ponerse en marcha. Barbarroja se inclina sobre él y le dice con tono cómplice:

—Sándwich de pastrami en pan de centeno.

¿Por qué le ha dado a la gente por el pastrami? Espera que este no sea a base de batata.

—De acuerdo —accede Cameron, dubitativo.

—Invita la casa. Tanner está muy verde aún. He intentado

meterlo en la cocina, pero no conseguimos muchas víctimas por aquí estos días. —Barbarroja sonríe y se desliza en el banco de plástico enfrente de él mientras se pasa una mano por esa bombilla pecosa que tiene por cabeza—. ¿Te molesta si te acompaño?

Cameron se encoge de hombros.

—Siempre hago un esfuerzo extra con los forasteros. Me gusta darles la bienvenida. —Barbarroja le guiña un ojo.

—¿Cómo lo ha sabido?

—Conozco a todos los de por aquí —comenta el otro, con una carcajada—. ¿De dónde eres?

—California.

Barbarroja emite un silbido tenue.

—California. No me digas que eres uno de esos capullos ricos que se pasan la vida comprando y vendiendo casas. Ya sabes, un especulador.

Cameron deja escapar una carcajada ronca ante la idea de que él pudiera poseer una sola vivienda.

—Ya, no. He venido a buscar a la... familia.

El tipo inclina la calva cabeza.

—¿Sí? Fíjate que pensé que tu aspecto me era familiar.

Cameron da un respingo. ¿Por qué no había pensado en este enfoque enseguida? Barbarroja debe de rondar los sesenta años, de manera que es más viejo que su padre pero tampoco tanto, no más de una década. Y parece ser el tipo de persona pesada que conoce a todo el mundo, él mismo lo ha dicho.

—Sí —dice Cameron—. Busco a mi padre, en realidad.

—¿Cómo se llama?

—Simon Brinks. ¿Lo conoces?

Los ojos de Barbarroja se abren mucho al oír ese nombre.

—No, en persona no, lo siento.

De la cocina emerge un ritmo de bajo, una canción que Cameron ha oído un millón de veces pero cuyo nombre no puede recordar. ¿Esto forma parte de pasar de los treinta? ¿Te quedas fuera de juego con los gustos musicales de los jóvenes? En el último concierto de Moth Sausage había notado que el público era bastante raro. ¿Se habían convertido ya en un grupo de rock clásico?

Bueno, eso ya no importa.

Barbarroja frunce el ceño ante la música.

—Le diré que baje eso. —Se dispone a levantarse.

Cameron levanta una mano, sintiendo una oleada de simpatía por el pobre Tanner.

—Está bien. No me molesta.

—¡Vosotros, los chavales, llamáis música a todo! —exclama Barbarroja meneando la cabeza.

—Bueno, no me parece tan malo. Y teniendo en cuenta que soy el guitarrista de Moth Sausage, algo sé de música. —Lamenta las palabras en cuanto las ha pronunciado. Menuda idiotez acaba de soltar.

—¿Moth Sausage? ¿Los Moth Sausage de verdad?

—¿Nos… conoces? —pregunta Cameron boquiabierto. Su último single apenas había cosechado un centenar de descargas, y ellos habían asumido que se trataba de su clientela habitual del Dell's, pero quizá Barbarroja fuera uno de ellos. Brad se cagará encima cuando se entere de que alguien escucha a los Moth Sausage a más de mil quinientos kilómetros de distancia. Tal vez llegue a rogar a Cameron su reingreso en el grupo.

Barbarroja asiente con seriedad.

—Soy un gran fan.

—Vaya —exclama Cameron, que se ha quedado sin palabras por una vez.

—Eh, no pongas esa cara. Ahora me siento fatal. —Las mejillas de Barbarroja se sonrojan hasta emular a su barba—. Te estaba tomando el pelo.

—Ah —dice Cameron súbitamente avergonzado.

—O sea que no lo decías en broma. ¿Qué clase de nombre es Moth Sausage?

Uno definitivamente idiota.

Tanner aparece en el lateral.

—El especial de la casa. —Con un suspiro que no revela el menor interés, sirve un plato ovalado llenado hasta los topes de patatas fritas. En algún lugar debajo de ellas se supone que está el sándwich. El olor es delicioso.

—¿Y? —Barbarroja mira a Tanner.

—¿Y... que lo disfrute?

—¿Qué hay del café?

Cameron levanta la mano.

—Está perfecto así.

—No está perfecto. —La nariz de Barbarroja se inflama de indignación—. Nuestro cliente pidió un café solo, ¿no es así? ¡Ponte a ello! —Luego se vuelve hacia Cameron—. Lo siento.

Tanner arrastra los pies hacia la cocina, es de suponer que para preparar una taza de café. Cameron reza en silencio para que el crío no escupa en él.

—Bueno, la casa invitará al café también. Te dejo disfrutar de la comida. —Barbarroja se levanta del banco—. Y buena suerte en lo de encontrar a tu viejo.

Al salir de la tienda, Cameron entrecierra los ojos deslumbrado por la luz grisácea del cielo. ¿Cómo puede estar a la vez nublado y despedir un blanco cegador? Busca en el bolsillo hasta encontrar las Ray-Ban, y quizá por eso no nota nada raro con la autocaravana hasta que ha recorrido la mitad del camino hacia ella.

Está hundida por un lado.

—No, no, no —exclama Cameron. Rodea el vehículo a toda prisa para encontrar exactamente lo que se temía: la rueda trasera del lado del copiloto está deshinchada—. ¡Mierda! —grita, al tiempo que le propina una fuerte patada a la llanta, lo que le provoca un buen dolor en el dedo gordo.

Tembloroso, se sienta en el asfalto. El dinero que le queda no durará mucho después de pagar una grúa y un neumático nuevo. Vuelve a mirar el teléfono, a ver si JoyJet ha dado alguna información sobre su equipaje. Lo único que encuentra es un mensaje de texto de Elizabeth. «¿Cómo va todo, Cameltropic?».

—Fatal. Peor que fatal —rezonga él para sí mismo. Luego, humillado, ve a Barbarroja plantado delante de la tienda con la mano puesta en la frente a modo de visera y la barba rojiza flotando al viento.

—Parece que necesitas que alguien te eche una mano, ¿eh? —Barbarroja cruza el aparcamiento hacia él. Se detiene frente a Cameron y le tiende una mano, literalmente—. Por cierto, me llamo Ethan.

—Gracias, tío. —Cameron le estrecha la mano y lo sigue de vuelta hacia el interior de la tienda.

Día 1.322 de cautiverio

Me gustan las huellas, pero esto ya es demasiado.

Hace tres días que ella no viene a limpiar. El vidrio se ha puesto espeso y manchado. Los suelos están sucios y llenos de pisadas. No está bien.

Sabéis que tengo tres corazones, ¿no? Esto debe de pareceros raro, teniendo en cuenta que los humanos y muchas otras especies solo tienen uno. Ojalá pudiera adjudicarme un grado más alto de espiritualidad en función de mis múltiples cámaras vasculares, pero la verdad es que dos de mis corazones sirven solo para controlar los pulmones y las branquias. El otro, conocido como el corazón orgánico, pone en marcha todo lo demás.

Estoy acostumbrado a que el corazón orgánico se pare de vez en cuando. Se cierra mientras nado. Esa es una de las razones por las que evito el gran tanque principal: hay que nadar demasiado. Arrastrarme causa menos estrés a mi sistema circulatorio, pero en el tanque principal, aunque lleno de exquisiteces, patrullan los tiburones. Nadar durante largo rato me agota, de manera que podrías decir que estoy hecho para vivir en una cajita.

Los humanos dicen a veces que el corazón les ha dado un vuelco para expresar sorpresa, impacto o terror. Esto me confundió al principio porque mi corazón da vuelcos, y muchos, cada vez que nado. Pero cuando la mujer de la limpieza se cayó del taburete, yo no estaba nadando. Y aun así se paró de golpe.

Espero que se cure, y no solo por cómo están los vidrios.

LOS LEOTARDOS VERDES

Fue un miércoles, la noche en que murió Erik.

En la época de 1989, el miércoles por la tarde significaba jazzgym en el Centro Cívico de Sowell Bay, y Tova procuraba no perderse ninguna clase. Debajo del pantalón de deporte llevaba unos leotardos de color verde esmeralda que acariciaban su esbelta cintura a los treinta y nueve años. Will adoraba esos leotardos; siempre decía que iban a juego con sus ojos.

Ese miércoles en concreto, ella llegó a casa y empezó a quitarse la ropa de deporte, preparándose para tomar un baño como solía hacer, pero Will la interceptó. Los últimos rayos de sol se filtraban por la ventana del dormitorio, bañando su encuentro amoroso de una luz cálida. «Piénsalo», había dicho Will, sonriendo mientras ambos yacían sobre las sábanas con la colcha hecha un rebujo al final de la cama, «pronto tendremos la casa para nosotros solos todo el tiempo».

Erik habría empezado a estudiar en la Universidad de Washington aquel otoño. ¿Dónde estaba esa tarde? Tova aún lo ignora. La policía se lo preguntó repetidas veces, pero lo único que pudo decirles es que debía de estar por ahí con sus amigos. Erik siempre estaba con sus amigos, como es natural; tenía dieciocho años. Tova había dejado de prestar atención a los detalles de su vida social hacía un par de años. Era un buen chico. Un chico estupendo.

Los leotardos verdes no llegaron al cubo de la ropa sucia

aquel miércoles. En su lugar, permanecieron sobre el brazo de la butaca Charleston del cuarto de Tova y Will, justo donde él los había dejado después de quitárselos a su mujer. Cuando la policía de Sowell Bay llegó a la casa de los Sullivan, a primera hora del día siguiente, después de que Will y Tova hubieran denunciado que Erik no había regresado tras su turno nocturno en la taquilla del ferry, los leotardos verdes seguían ahí, una mancha en lo que era una habitación impoluta. Una parte no oficial del atestado.

Tova se recuerda mirándolos mientras los inspectores hablaban. Seguía sin pensar que podía ser verdad. Erik estaba en casa de algún amigo. Durmiendo en el sofá de alguien. Se había olvidado de llamar. Los buenos chicos también hacían cosas así de vez en cuando, ¿no? Incluso los chicos estupendos.

En algún momento alguien llevó los leotardos al cesto de la ropa sucia. Y Tova debió de lavarlos, porque era la que siempre se encargaba de la colada. Desde luego no lo hizo Will. Pero ella no lo recuerda. Cayó en una especie de vacío, como tantas otras cosas, cuando se confirmó la desaparición de Erik y fue declarado muerto.

La butaca Charleston sigue ahí, aunque Tova la hizo tapizar años después. Escogió una tela con un estampado de cachemira, en tonos verdes y azules, que se suponía que era alegre. Pero de algún modo, y a pesar de la funda nueva, la butaca siempre parecía cómplice.

Será lo primero que se llevará cuando se marche.

Tova nunca tuvo la intención de pasar su vida adulta en la casa donde había crecido. Pero, en realidad, pocas cosas en su vida salieron tal y como las había planeado. Ella solo tenía seis años cuando papá construyó la casa de tres pisos.

La planta central era donde vivían. La planta baja, enterrada en la colina, era un sótano para almacenar manzanas, nabos y latas de pescado a la sosa. El piso superior era una buhardilla para los baúles de su madre.

Los baúles estaban llenos de cosas que los padres de Tova no soportaron dejar en Suecia: antigüedades que no encajaban en su nueva vida en Norteamérica. Sábanas bordadas; algunas piezas de porcelana china heredadas por la línea materna; cajas y figuritas de madera, pintadas con esmero en rojos, azules y amarillos. Las tardes de lluvia, Tova y Lars trepaban por la escalera de mano que llevaba a la buhardilla y jugaban bajo esas vigas desnudas. Hacían meriendas sobre mantelitos de encaje con caballos de Dalecarlia como invitados y servían el té en tazas de loza desportilladas.

Luego, un verano, unos años más tarde, su padre decidió que había llegado el momento de reemplazar la escalera de mano por una de verdad. Recurrió a dos de sus trabajadores para que le ayudasen. Trabajaron de la mañana a la noche. Ya entonces, la salud de su padre empezaba a flaquear. Tova lo recuerda descansando en una silla del recibidor mientras los operarios más jóvenes clavaban los clavos en las placas de cedro.

Cuando la escalera quedó construida, esos mismos operarios adecentaron las vigas y pulieron los suelos. Entretanto, papá se dedicó a los detalles para el entretenimiento: construyó una casa de muñecas para una esquina y una mesa sólida para la otra. Hizo dos sillas de madera, talló unos motivos florales en las patas y una fila de estrellas en los respaldos.

Una vez terminado, entró mamá con la escoba. Papá sacudió las telarañas que habían cubierto una alfombra que había estado enrollada y la extendió en el centro del espacio. Todos, Tova, Lars, mamá, papá y los dos operarios, se plantaron en la alfombra a admirar el resultado. La luz intentaba atravesar el sucio cristal de la ventana triangular y mamá atacó con un paño empapado en vinagre hasta que lo hizo brillar.

—Chicos, ahora por fin tenéis un sitio donde jugar —dijo papá apoyando la mano en el marco de la ventana.

Pero ya no eran unos niños. Lars era un adolescente y Tova tenía dos años menos. Usaron un poco esa buhardilla reconvertida, pero pronto perdieron el interés en los espacios de juego. Tova siempre pensó que había sido un acto de piedad que papá no estuviera entre ellos para ver cómo abandonaban un espacio en el que tanto había trabajado.

En realidad debería haber sido el cuarto de juegos de sus nietos. Pero, claro, Will y ella nunca los tuvieron.

Erik era pequeño cuando Will y Tova se instalaron en la casa para cuidar de la abuela. Tova quería donar los juguetes de bebé de Erik, pero mamá insistió en que los guardara para sus futuros nietos. Así que Tova los encajonó en la buhardilla.

Allí siguieron después de la muerte de Erik. Allí siguen ahora.

Lo único que ha cambiado es la ventana triangular. Will la hizo cambiar. Fue unos años después de la muerte de Erik, y Will sufrió una especie de accidente. Algo provocado por el dolor. A Tova no le gusta pensar en el accidente. No era propio de Will. Pero uno nunca sabe cómo reaccionará al perder un hijo.

Tova, siempre práctica, dijo que la ventana nueva era un buen efecto colateral del accidente. Era más grande, dejaba entrar más luz.

Ahora, mientras cruza la buhardilla, tiene la impresión de que podría atravesar el cristal y caer sobre los árboles del otro lado. Es una habitación preciosa, en verdad. Tiene las mejores vistas del agua.

En una ocasión, ella y Will se reunieron con una agente inmobiliaria, solo por curiosidad.

—Increíble —les había dicho esta—. La casa entera es una pasada. ¡Nunca adivinarías que está aquí!

Eso era cierto. Metida en la colina, al final de un sendero empinado y rocoso salpicado de matas de moras, uno podía pasar por delante sin distinguir que allí había una casa.

La agente inmobiliaria pasó los dedos por la barandilla de

la escalera y elogió el aspecto de las vigas de la buhardilla, pulidas y altas como las de una catedral. De uno de los estantes cogió un coche de juguete al que le faltaba una rueda. El coche de Erik.

—Tendremos que sacar todos estos trastos antes de ponerla a la venta, claro —dijo la mujer.

Decidieron no venderla.

El coche de juguete todavía está allí. Tova lo coge y se lo guarda en el bolsillo de la bata.

Esta vez será distinto.

Tova se acuesta muy tarde esta noche. Gato duerme sobre la colcha, hecho un ovillo, y moviendo el cuerpo al ritmo de su respiración. Ella retira la colcha con cuidado para no despertarlo. Sonríe para sus adentros. Nunca se había imaginado compartiendo cama con un animal, pero se alegra de tenerlo aquí.

Se sumerge en un mundo extraño. Un sueño, tal vez, pero ella no está del todo segura porque se le antoja totalmente frívolo. En el sueño, ella está tumbada en su sólida cama, acunándose con sus brazos; luego los brazos empiezan a crecer, enrollándose en torno a su cuerpo como una mantita de bebé. Los brazos tienen ventosas, un millón de ventosas diminutas, todas ellas pegadas a su piel, y los tentáculos crecen hasta crear una especie de capullo, y todo está tranquilo y a oscuras. Una sensación poderosa la embarga, y tras un momento Tova decide que es un sentimiento de alivio. El capullo es cálido y suave, y ella está sola, felizmente sola. Al final, el sueño la vence.

UN TRABAJO NADA GLAMUROSO

Cameron está sentado ante la mesa de la cocina de Ethan, sin tener muy claro si debe permanecer allí o no. Ethan llamó a un colega suyo que trabaja en una compañía de grúas y, aunque el tipo no pareció entusiasmado ante la perspectiva, remolcó la autocaravana de Cameron hasta la casa de Ethan, sin coste alguno, y la dejó en el camino de entrada. Cameron se lo agradeció un millón de veces. Aún hay que ocuparse del pinchazo, pero al menos no está bloqueado en el aparcamiento del supermercado.

Pero todo eso llevó horas. Ahora son las cinco. Demasiado tarde para volver a Construcciones Brinks, como había planeado.

—¿Estás seguro de que no te molesta que la deje aquí aparcada?

—No, si no haces mucho ruido por la mañana.

—No es que yo sea madrugador exactamente —dice Cameron riéndose. Al menos no tendrá que preocuparse de buscar algún lugar a la sombra donde dormir esta noche. Tras beber otro sorbo de whisky, nota que los hombros se le sueltan un poco. Por primera vez desde su partida de Modesto, se siente casi relajado.

—Si te soy sincero, me alegra tener un poco de compañía.

—Lo mismo digo —contesta Cameron. Y a pesar de que Ethan le ha comentado que no conoce a Simon Brinks, puede resultarle de utilidad. Da la impresión de conocer a todos los de por aquí. ¿Cuántos grados de separación puede haber? Incluso los ricachos como Brinks necesitan comprar leche de vez en cuando.

Una idea surge en la mente de Cameron. Una idea brillante.

—Ethan —empieza.

—¿Sí?

—¿Hace falta alguien en el Shop-Way? —Cameron apoya los brazos en la mesa—. Quiero decir..., ¿me contratarías?

Ethan parece pensarlo durante un momento.

—Sé cómo funciona una caja. —Cameron no ha usado una en su vida, pero tampoco puede ser tan difícil—. Reponer estantes. Limpiar mesas. Lo que sea.

—Bueno, lo siento, pero no hay suficiente trabajo para uno más. —Ethan menea la cabeza—. Tendría que cargarme a Tanner.

Desilusionado, Cameron apura el vaso.

—Vale. No pasa nada.

—Pero, si buscas trabajo, quizá sepa algo. —Ethan le sirve otro whisky. El líquido ambarino despide un olor cálido y apetecible al derramarse en el vaso—. Puedo pasarte el contacto si quieres.

Cameron apoya la barbilla en el puño. Maldita rueda. El amigo de Ethan, el de la grúa, emitió un silbido largo cuando se agachó a examinarla. Comentó algo de una llanta rota, del guardabarros doblado... No pintaba bien. Cuando Cameron se cargó la llanta de su viejo Jeep, la reparación le costó varios cientos de dólares. Sin mencionar que aún no sabe nada del equipaje y que debe devolver el dinero a la tía Jeanne a tiempo para que se pague el crucero. Necesita generar efectivo.

—Es un trabajo de mantenimiento —añade Ethan—. Nada glamuroso.

—No hay problema. —Cameron levanta la cabeza—. ¿Puedes ponernos en contacto?

—En realidad tengo las solicitudes por aquí. Mi amigo me las dio para que las dejara en la barra de la cafetería.

Ethan se levanta y sale de la cocina, gritando que vuelve enseguida por encima del hombro.

Momentos después regresa con una hoja de papel en la mano.

—La rellenaré ahora mismo. —Cameron coge un bolígrafo que hay en la mesa.

Una sonrisa lenta se extiende por la cara de Ethan.

—Bueno, si yo te recomiendo no habrá discusión, chaval. ¿Qué me dices si nos divertimos un poco con esto?

A la mañana siguiente, a las once menos cuarto, Cameron vuelve al acuario. Esta vez la puerta se abre.

Al parecer Ethan ha llamado a su colega a primera hora de esta mañana y luego se ha liado a aporrear la puerta de la autocaravana, sobre las diez, sacando a Cameron de un sueño profundo. Los ojos verdes de Ethan brillaban; no parecía sufrir ningún efecto debido a la noche pasada. Con tono alegre, le dijo a Cameron que estuviera allí una hora más tarde para la entrevista.

—Recuerda, se llama Terry y, aunque es un friki de los peces, es un tipo fantástico —le había explicado Ethan por décima vez, al menos—. Tú relájate, y estoy seguro de que te ofrecerá el empleo hoy mismo.

El hombre que está sentado en la silla de oficina no es lo que Cameron había imaginado al pensar en un friki de los peces. Más bien podría jugar al rugby. Es obvio que se encuentra en mitad de una conversación telefónica, pero le hace un gesto a Cameron para que entre.

—Lo siento —dice solo con los labios antes de retomar la conversación al teléfono.

Cameron se queda en el umbral, atrapado en esa torpe posición de quien no quiere escuchar pero a la vez desea seguir las instrucciones. No conviene empezar una entrevista de trabajo desobedeciendo órdenes.

El friki de los peces baja la voz.

—Mira, Tova, te voy a decir lo mismo que te dije la última vez que llamaste. Si el médico te ha dicho seis semanas, insisto en que te las tomes. —Con el ceño fruncido, su semblante se ensombrece ante la respuesta de quienquiera que esté al otro lado de la línea—. Vale. De acuerdo. En cuatro semanas volvemos a hablar del tema. —Otra pausa—. Sí, por supuesto que me aseguraré de que lo hagan bien.

Pausa.

—Sí, sé que se forma suciedad en torno a las papeleras.

Pausa.

—Sí, me aseguraré de que usen cien por cien algodón. El poliéster raya el vidrio. Lo pillo.

Pausa.

—De acuerdo. Cuídate tú también. —Al decir esto una nota de ternura aparece en su voz, mostrando un acento que podría ser caribeño. No es que Cameron haya estado nunca en el Caribe.

Emitiendo un prolongado suspiro, el friki de los peces cuelga el aparato, menea la cabeza y se levanta para saludarlo con la mano extendida.

—Terry Bailey. Supongo que has venido para la entrevista.

—Sí. —Cameron se yergue, recordando lo que le advirtió Ethan—. Quiero decir, sí, señor. Para el puesto de mantenimiento. —Deja la solicitud rellenada encima de la mesa.

—Bien, bien.

Terry se acomoda en la silla y se dispone a revisar el papel. Cameron también se sienta, súbitamente arrepentido de todo lo que escribió. Ethan y él se habían pimplado casi una botella de whisky entera; Ethan le había asegurado que no importaba lo que pusiera, que su recomendación valía oro puro.

Quizá se habían pasado un poco.

Terry frunce el ceño.

—¿Te ocupaste del mantenimiento de los tanques en el Sea-World?

—Así es —asiente Cameron.

—¿Y formaste parte del grupo que construyó el tanque para los tiburones de Mandalay Bay? ¿En... Las Vegas?

—Sí. —Cameron nota que la boca se le cierra. ¿Han ido demasiado lejos?

La voz de Terry adopta un tono neutro.

—La exhibición de tiburones de Mandalay Bay tuvo lugar en... ¿cuándo fue? ¿1994?

—Sí. Los noventa fueron una gran década, tío. —Cameron se ríe, optando por la despreocupación.

Pero Terry no se lo traga.

—Ni siquiera habías nacido.

Cameron nació en 1990, pero no le parece muy sensato señalar eso ahora. En su lugar, dice:

—Sí, algo de lo que hay ahí escrito podría ser un poco exagerado.

—De acuerdo. Gracias por tu tiempo. Puedes irte.

Cameron levanta la vista, sorprendido ante el desgarro que siente al oír esas palabras.

—Hablo en serio. —La voz de Terry sigue siendo inexpresiva—. Me estás haciendo perder el tiempo.

—¡Espere! —exclama Cameron, horrorizado ante el patetismo del tono de su súplica. Pero esa maldita rueda. Y el crucero de la tía Jeanne. Necesita conseguir dinero en efectivo, y rápido. Señalando la solicitud, continúa—: Vale, nada de esto es verdad.

—No me digas.

—Ethan pensó que lo encontraría gracioso.

Terry suspira.

—Pero, tío, en serio —prosigue Cameron—, estoy en un

mal momento. Sé hacer reparaciones, tareas de mantenimiento, lo que haga falta… Tengo años de experiencia en la construcción. He trabajado en casas de lujo para capullos ricos de California. —No añade que lo han despedido un millón de veces, pero le preocupa que el otro se lo lea en la cara.

Terry se repantiga y cruza los brazos, enarca una ceja. El código universal que indica: bien, ahora te escucho.

Cameron se inclina hacia delante, ansioso.

—He colocado más mármol de Carrara del que usted podría imaginar. Puedo hacer todo lo que necesite. Lo prometo.

Terry contempla la solicitud durante un rato que parece ridículamente largo. Por fin, levanta la vista, con los ojos entrecerrados.

—No me importan ni California ni el mármol de Carrara. Y esta bromita no me hace ninguna gracia.

Cameron observa sus manos, entrelazadas sobre su regazo. Tiene la extraña impresión de hallarse en el despacho del director porque alguien se ha chivado de que vendía cigarrillos bajo las gradas. Es probable que se lo merezca, igual que entonces.

Terry continúa.

—Mira, cuando cursé mi solicitud para estudiar en una universidad de Estados Unidos, los resultados de mis exámenes no eran nada del otro mundo. Pero conocía la vida marina, eso estaba claro. Me crie en una barca de pesca a las afueras de Kingston. —Mueve una montaña de papeles de un lado a otro de la mesa—. Sabía que quería venir aquí a estudiar biología marina, y mucha gente me ayudó para que eso pasara.

Cameron posa la mirada en el diploma enmarcado que hay detrás de la mesa. *Summa cum laude*. Al parecer, Terry es algo más que un friki de los peces. Es una especie de genio marino.

—Así que… ¿quiere darme una oportunidad?

—En realidad no. —Terry lo mira con dureza—. Diría que eres de esa clase de personas que ha tenido oportunidades de sobra. Oportunidades de las que ni siquiera eres consciente. Pero las arrojas por la borda.

Ay.

—En cualquier caso, te daré una oportunidad, pero no porque crea que la mereces. Lo hago como un favor a Ethan. Le di una paliza al póquer hace un tiempo y no para de recordarme que le debo una. —Terry ríe entre dientes.

—Gracias, señor —dice Cameron al tiempo que endereza la espalda—. No lo lamentará.

—¿No quieres saber en qué consiste el trabajo concretamente?

—Pensé que era en mantenimiento. —Seguro que Ethan había mencionado la experiencia de Cameron en la construcción. Se había imaginado a sí mismo reparando tejados y arreglando tuberías.

—Bueno, sí. Cortar carnada. Limpiar cubos. Cosas así.

—De acuerdo. —Carnada. No puede ser tan malo. Y, en cualquier caso, es solo hasta que aparezca el equipaje, o encuentre a Simon Brinks, lo que suceda antes. Por supuesto se abstiene de mencionárselo a Terry.

—Veinte pavos la hora, veinte horas por semana.

El optimismo de Cameron se hunde en cuanto hace los cálculos. Después de descontar los impuestos y la gasolina de la autocaravana, no podrá pagarle a la tía Jeanne hasta finales del verano, incluso contando con el ahorro que supone alimentarse de los productos caducados que Ethan retira de la tienda. Finales del verano es demasiado tarde para el pago del crucero.

—Bueno, yo podría hacer más horas si me las ofrecieran —dice Cameron.

Terry estira los dedos y, tras una breve reflexión, contesta:

—¿Cómo vas de limpieza, chico?

En un acto reflejo, Cameron se mira la camisa, pensando que quizá debería haberla lavado en casa de Ethan. Luego se da cuenta de que Terry quizá se refiera a otra cosa. A sus... antecedentes.

—Bueno, nada grave. Solo tengo un par de avisos por mala conducta. Esa vez en que cerraban el bar y...

Terry menea la cabeza.

—No, lo que te preguntaba es si limpias. En el sentido de si friegas suelos.

—Oh. —Cameron se lo plantea—. Ah, sí, desde luego.

—Entonces puedo darte más horas. Por la noche. Pero esta parte es temporal —añade Terry elevando el dedo índice a modo de advertencia—. Necesito a alguien que sustituya a la señora de la limpieza durante unas cuantas semanas.

—Ningún problema.

—Y quiero que sepas algo, Cameron Cassmore. Ethan Mack quizá no sea muy bueno a la hora de dar consejos para conseguir empleos, pero es un buen amigo mío. Te estoy dando una oportunidad basándome en su palabra.

—Entendido. —Cameron asiente.

—No le dejes en mal lugar.

Mientras espera que Ethan pase a recogerlo, Cameron deambula por el muelle. El sol de mediodía lanza destellos de plata sobre la superficie del agua. Un grupo de remeros envía suaves ondas hacia el espigón.

Palpa con los dedos su llave magnética, que lleva en el bolsillo. Nunca ha tenido un jefe que le haya dado esa muestra de confianza. La saca y toma una foto de ella con el agua de fondo, que luego envía a la tía Jeanne.

Cuando lo está haciendo, entra una llamada. Cameron reconoce el número al instante; lo ha marcado mil veces esta semana. Ha dejado media docena de mensajes de voz. El corazón se le acelera cuando aprieta el botón verde.

—Aquí Cameron —dice, en tono de hombre de negocios.

—Hola. Soy John Hall, de Construcciones Brinks, de la oficina de Sowell Bay. —La voz parece cansada—. Ha dejado varios mensajes. ¿Hay algo que pueda hacer por usted?

—¡Sí! —Cameron respira hondo—. Quiero decir que sí, que me gustaría concertar una cita con el señor Brinks.

—Me temo que eso no es posible en estos momentos.

—¿Por qué no?

—El señor Brinks trabaja desde la oficina de Seattle la mayor parte del tiempo. Le recomiendo que intente hablar con él allí.

—¡Ya lo he intentado! —Como para no intentarlo. Es el número que aparecía en su maldita página web—. Me dijeron que no estaba disponible.

—Bien, entonces supongo que no está disponible. —La voz de John Hall es como la de un robot.

—¡Pero no puede ser que no esté disponible en ningún momento! —Cameron detesta notar cómo lo traiciona su voz, el gemido agudo que se apodera de ella, como cuando le rogó a Katie que no tirara sus cosas por la ventana—. Por favor. Es importante.

Al otro lado de la línea, John Hall está removiendo papeles. A lo lejos suena la sirena de un tren y Cameron puede jurar que oye ese mismo tren, aquí en el muelle. ¿Cómo pueden estar tan cerca y a la vez tan lejos?

Por fin, Hall pregunta:

—¿Quién me ha dicho que era?

—Cameron Cassmore. Soy… pariente suyo.

—Ya veo. Bien, en ese caso… —Se produce una larga pausa antes de que Hall siga hablando, con voz prudente—. Tal vez sepa que, en esta época del año, el señor Brinks suele encontrarse en su casa de veraneo.

—¿Su casa de veraneo? ¿Dónde?

Hall se ríe.

—No puedo darle la dirección. A lo mejor algún otro pariente suyo puede decírsela.

Para cuando Cameron ha procesado la réplica, el otro ha colgado. Se deja caer en un banco, hundido. ¿Cómo coño va a encontrar una mansión de veraneo sin ningún otro dato?

Antes de devolver el móvil al bolsillo, ve la respuesta de la tía Jeanne: un emoji de una botella de champán seguida de un mensaje: «Estoy orgullosa de ti, Cammy».

Día 1.324 de cautiverio

Terry ha efectuado un reemplazo. Ha cambiado a la señora mayor por un modelo más joven, como decís los humanos.

Pasó por delante de mi tanque cuando se dirigía a la entrevista. Hombros pegados a las orejas, manos sudorosas: claramente nervioso. Cuando salía, su paso era fluido, relajado. Pude ver que la entrevista había salido bien.

Algo en sus andares me resultó… familiar. Ojalá hubiera tenido más oportunidades de observarlo, pero salió del edificio demasiado deprisa. Supongo que pronto podré hacerlo. Esta noche, tal vez.

No puede demorarse más. La noche pasada me di una vuelta a ver si los cangrejos de roca ya estaban reproduciéndose, dado que son mucho más deliciosos cuando sus caparazones están blandos. El estado del suelo era francamente penoso. Después de regresar a mi tanque, pasé un buen rato quitándome briznas de polvo de las ventosas.

Espero que el joven empiece a trabajar esta noche. Los cangrejos aún no se están reproduciendo, pero mañana lo harán. No me apetece volver a pasearme por estos suelos tan asquerosos.

En cuanto a la señora de la limpieza anterior, solo puedo deducir que ya no va a volver. La echaré de menos.

PREDILECCIÓN
POR LAS CRIATURAS HERIDAS

Cameron se siente como si alguien le hubiera golpeado la espalda con un bate de béisbol. Cortar cubos enteros llenos de caballa y transportarlos por todo el acuario no es ninguna broma. Las lumbares se le resienten, nota un nudo muy antipático debajo del omoplato izquierdo y una molestia en el cuello cada vez que gira la cabeza hacia la derecha, un gesto que tiene que hacer bastante a menudo porque el retrovisor del asiento del copiloto de la autocaravana está roto.

El colchón tampoco ayuda. Después de varias noches, Cameron ya no pudo soportarlo más. El dueño anterior de la autocaravana debió de usarlo de orinal. El hedor a pis seco era tan fuerte la noche pasada que optó por sacar el colchón a la calle y extenderlo sobre el camino de entrada de la casa de Ethan; prefería dormir sobre las viejas placas de madera. Tampoco podía ser tan malo, había pensado, medio dormido. Pues sí, podía serlo. Se está haciendo viejo. Ya tiene treinta años, al fin y al cabo.

Al menos el neumático y la llanta ya están reparados. Solo le costó setecientos de los ochocientos dólares. Si asume que su macuto no aparecerá por arte de magia, solo tiene que mantenerse con esos últimos cien hasta que cobre el primer cheque del acuario, el próximo viernes. Tres días más.

Nota otro calambre en el cuello al girar de nuevo hacia la derecha para entrar en la zona comercial de Sowell Bay, con su lamentable ristra de tiendas. La oficina del corredor de bienes raíces de la que le habló Ethan está justo en el centro. Aparca delante y pasa por delante de un viejo parquímetro que no parece estar en funcionamiento. Cuando abre la puerta principal, esta suelta un gemido anémico, como el de un juguete con pocas pilas.

—¿En qué puedo ayudarle? —La encargada es una mujer de mediana edad con el pelo teñido de rubio y una cara inexpresiva y poco acogedora.

Cameron se presenta y le explica que está buscando a Simon Brinks.

La encargada se ríe y menea la cabeza.

—Bueno, he visto sus anuncios, pero no puedo decir que lo conozca.

—Se dedica a bienes inmuebles, como usted. ¿No podría ayudarme de alguna manera a ponerme en contacto con él? —Cameron echa un vistazo a la placa que hay en la mesa. JESSICA SNELL—. Me haría un gran favor, Jess.

—Jessica —dice ella con voz neutra.

Él pasea la mirada por la oficina vacía. Hay un calendario de propaganda de un fabricante de ropa de deportes de aventura colgado en la pared, que ya señala el mes de agosto, mostrando la imagen de una figura solitaria en una barca pescando en un lago brumoso. Aún estamos en la segunda semana de julio, y por alguna razón la anticipación que marca el calendario le pone de mal humor.

—Por favor. —Con la más dulce de sus sonrisas, Cameron junta las manos—. De verdad que necesito encontrarlo.

La mujer entrecierra los ojos, y el gesto hace que se le arrugue la cara: su piel fina se adapta a las arrugas con facilidad, como la mano de Cameron en su viejo guante de béisbol. Poniéndose bien las gafas, dice:

—Perdone, ¿quién me ha dicho que era usted?

Él se yergue al repetir su nombre. Tras un instante de vacilación, añade:

—Soy el hijo de Brinks.

—¿Su hijo?

—Probablemente. O, mejor dicho..., tal vez. —Cameron se cuadra para enfatizar la seriedad del tono—. Tengo una buena razón para pensar que es mi padre.

Jessica Snell enarca una ceja.

—Pruebas sólidas. Tengo pruebas sólidas.

—Entonces no entiendo para qué necesita mi ayuda. —La mujer se encoge de hombros—. Pregúntele a alguien de su familia. A su madre, tal vez...

—Mi madre me abandonó cuando tenía nueve años.

—Vaya. Eso es terrible. —Sus ojos se abren un poco más y su mandíbula se suaviza un poco. Anzuelo, sedal, barca. Es el pescador de la imagen y ella es un pececillo que lo espera dentro del lago.

—Y la verdad es que no tengo más familia, ¿sabe? —Al decir esto, Cameron cruza los dedos sin que ella lo vea. Seguro que, dada la situación, la tía Jeanne comprendería esta pequeña distorsión de la verdad.

Jessica Snell asiente con una inconfundible mirada de simpatía en sus ojos.

—Así que, en resumen, nunca conocí a mi padre —continúa Cameron—. Mi madre nos mantuvo alejados.

Bueno, lo hizo, ¿no? En cualquier momento de los nueve años que pasó con Cameron podría haberle contado algo, lo que fuera, sobre su padre. Y, a partir de esos años, pudo haber mantenido el contacto con él. Al menos para arreglar parte del lío que había montado. Al menos para contestar a las preguntas de Cameron. Así que, sí, esto es verdad. Como tantas otras cosas, es culpa de su madre. Y, en un sentido metafórico, es su madre quien los mantuvo alejados. Si ella no hubiera sido el desastre que era, tal vez Simon, o quienquiera que fuese su padre si no era el tipo de la foto, se habría quedado con ellos.

Snell se muerde su fino labio inferior y lanza una mirada rápida a su alrededor, como quien se prepara para cometer una fechoría.

—Ahí va el trato. No pude asistir a la convención regional del año pasado. —Con un bufido, aclara—: Bueno, podría haber ido, estaba apuntada incluso, pero coincidió con un recital de piano de mi hija, y aunque la convención es el evento más importante en este negocio, resulta difícil equilibrar estas cosas, ¿me entiende?

Cameron asiente con firmeza, como si empatizara profundamente con este dilema en concreto. Al bajar la vista, ve un pisapapeles de cerámica en la mesa de Jessica: tiene la forma de una rana grande y de mirada severa. En la base, con letras alegres, se lee: NO NOS HAGAS PERDER EL TIEMPO. La tía Jeanne le daría su aprobación.

La agente inmobiliaria vuelve a colocarse bien las gafas. ¿Por qué no se las ajusta de una vez por todas? No cuesta nada hacerlo con un destornillador pequeño.

—Vale —prosigue ella—. La convención. Yo me la salté, pero Brinks seguro que asistió. Por lo que sé, vive para esas cosas. Si los rumores no mienten, es un fan de las barras libres. —Hace un extraño gesto con el meñique y el pulgar extendidos.

Luchando contra la tentación de pasar la mano por el lomo redondeado de la rana, que está cubierto de una capa de polvo, Cameron vuelve a asentir.

—En fin, enviaron un directorio de todos los asistentes a todos los inscritos. Podría echarle un vistazo.

—En serio, gracias. Significaría mucho para mí. —La sonrisa de Cameron se hace más grande y las mejillas de Snell se sonrojan un poco.

—Tome asiento. Me llevará un minuto buscar el directorio.

Cuando Snell desaparece en un cuarto trasero, Cameron se sienta. En su cabeza empieza a reproducirse una escena: un hombre de cabello gris vestido con un traje a medida saludándolo desde una barra de madera noble y llamando al camarero. «Deberías empezar a disfrutar de la buena vida, hijo», dice el hombre, apoyando el codo en la barra reluciente al tiempo que lo invita a sentarse en el taburete que tiene al lado, forrado de una flamante piel de color borgoña, a diferencia de los que hay en el Dell's, que presentan las marcas indelebles de todos los culos sucios que se han sentado en ellos. El hombre le sonríe con calidez, y al hacerlo se le forma un hoyuelo en la mejilla izquierda, el mismo que tiene Cameron, y él nota una especie de burbujeo en su interior, algo que amenaza con desbordarse, y tarda un momento largo en percatarse de que se trata de un embriagador cóctel de alegría y alivio. Dos vasos se llenan en silencio de un líquido dorado; tal vez sea coñac o algún whisky bueno, como el de casa de Ethan. El licor se precipita sobre grandes cubitos de hielo, y el hombre se dispone a darle una palmada afectuosa en la espalda cuando...

Ding, dong.

Él vuelve la cabeza y se encuentra a una chica, dentro de la oficina pero parada en el umbral de la puerta, con los puños apretados. Lleva el cabello empapado. Está buena, debe de ser la mujer más atractiva que ha visto desde que llegó a Sowell Bay. De alguna manera, su expresión furiosa la hace aún más guapa.

—¡Jess! —grita la chica en un tono plano y exasperado que hace que Cameron piense que no se trata de un hecho aislado. Sin dejar de admirar a la intrusa, se felicita por haber adivinado cómo suelen llamar a la agente inmobiliaria aquellos que tienen confianza con ella.

Él señala el cuarto trasero y dice:

—Está ahí atrás.

—Vale. ¿Tienes alguna idea de cuándo volverá? —Una nota de impaciencia tiñe su voz. Se cruza los brazos sobre el pecho, lo que dispara sus pequeñas pero vistosas tetas hacia el cuello de la camiseta, y en un instante Cameron se descubre removiéndose en la silla, inquieto como un chaval de doce años. Pero, en fin, han pasado ya tres semanas desde que se terminó lo de Katie.

Él aprieta la mandíbula.

—No sé... ¿Enseguida?

—¿Qué está haciendo?

—¿Atendiéndome...? Soy... un cliente.

La chica suelta una carcajada sonora y da un paso hacia él. Huele a crema para el sol.

—¿Tú eres un cliente?

—¿Por qué no iba a serlo?

—Oh, no sé. ¿Tal vez porque Jessica Snell vende mansiones millonarias? Hueles peor que los lavabos del estadio en la última mitad de un partido de los Seahawks. Y, además, tienes algo marrón en la barbilla... Sinceramente espero que sea chocolate.

La mano de Cameron salta como impulsada por un resorte al recordar la barrita recubierta de chocolate que tomó para desayunar. Apenas hay un puto espejo decente en la autocaravana. ¿Cómo iba a saberlo?

—Vale, no he venido a comprar ninguna mansión, pero Jess me está ayudando en algo.

—Lo que tú digas —rezonga ella. Se pasa una mano por el pelo empapado, luego se recoge la cabellera que le cae por la espalda, revelando al hacerlo las tiras de un bikini rosa atadas al cuello.

La chica se vuelve hacia el cuarto trasero y vuelve a gritar:

—¡Jess!

—Por Dios, Avery. —Snell aparece por el pasillo, su cara ha recuperado su ceño malhumorado natural.

Avery no se pierde en preámbulos.

—Te has vuelto a cargar el agua caliente.

—Bajé la temperatura de la caldera.

—¿La bajaste hasta alcanzar temperaturas del ártico?

—Solo intento reducir un poco la factura del gas.

—¡Prefiero dar unos cuantos dólares de más a la compañía que helarme el culo en la ducha!

Chica. Ducha. Cameron intenta conjurar otra imagen, la que sea, literalmente, y acaba pensando en el problema de clamidia del Parque Móvil Welina.

Jessica Snell apoya las manos en las caderas.

—Bueno, la mayoría de la gente no se ducha en su lugar de trabajo.

—Oh, venga ya —dice Avery con una risa irónica—. Sabes que salgo a hacer padelsurf todas las mañanas y que me ducho antes de abrir la tienda. Me he quedado helada.

Jessica Snell mira con altivez a la chica más joven, que, según deduce Cameron, tiene algo que ver con la tienda contigua. Recuerda haber visto una tienda de padelsurf al entrar. Snell toma aire por la nariz antes de decir:

—En ningún lugar del contrato se garantiza un suministro interminable de agua caliente.

—Diría que el contrato también cuenta con que los vecinos sean seres humanos decentes. —Avery dirige una mirada esperanzada hacia Cameron, como si pensara que él puede intervenir heroicamente en beneficio suyo.

Pero en las manos de la agente inmobiliaria está ese papel: un mapa que podría llevarlo en presencia de su padre. Se encoge de hombros sin tomar partido.

Avery observa a Cameron de reojo antes de clavar su mirada en Snell.

—Como quieras. Pagaré la diferencia. Deja la temperatura del agua como estaba. —Y dejando tras de sí un aroma a aceite de coco y provocando que la campanilla de la puerta vuelva a sonar, sale del local dando un portazo.

—Lo siento. —Una sonrisa nerviosa se extiende por la cara de la agente inmobiliaria.

—Tranquila.

—Le traigo buenas noticias. Encontré la dirección de Simon Brinks. —Mientras le entrega la hoja de papel, añade con dulzura—: Buena suerte. Rezaré por usted. Espero que el reencuentro con su padre esté lleno de alegría.

Cameron le da las gracias de nuevo y se guarda el papel en el bolsillo.

—Era chocolate. —Cameron recorre la breve distancia hasta el lugar donde Avery está colocando un anuncio de bocadillos, a las puertas de la tienda para surfistas o lo que sea ese negocio.

—¿Qué? —Ella lo mira de reojo, tapándose el sol con la mano.

—La mancha marrón de la cara. No era mierda. Era chocolate.

—Gracias por la información. —Su voz suena más seca que nunca.

—Bueno, parecías muy interesada en mi estado hace un momento.

—Vale.

Ella se sacude las manos y se dirige hacia la puerta de la tienda, que está abierta. PADELSURF SOWELL BAY, dice el logotipo que está enganchado al escaparate. Cuando la sigue hasta el interior, se encuentra con filas bien puestas de remos en un lado del local, y canoas y kayaks de plástico apoyados en la pared contraria.

—Quería aclarar que no soy ningún chiflado —insiste él. Pero, en honor a la verdad, se está comportando como tal y no parece ser capaz de detenerse. ¡Ese puto colchón! Seguro que apesta a pis. Retrocede un poco, aumentando así la distancia entre él y la parte trasera de los shorts cortísimos de Avery, que le sientan de maravilla.

Ella se da la vuelta para mirarlo con cara inexpresiva.

—¿Puedo hacer algo por ti o...?

—Quizá solo esté curioseando.

—Vale, curiosea lo que quieras. Pero no toques nada.

—¿Qué te crees, que tengo tres años?

Avery sonríe.

—Llevas la cara manchada de chocolate y hueles como si te hubieras meado encima. Blanco y en botella...

—Vale, no tocaré nada. Puedes asegurarle a tu jefe que tus productos no se ensuciarán por mi culpa.

—Yo soy el jefe. —Ella inclina la cabeza—. Es mi negocio.

Cameron abre la boca, pero, para su sorpresa, no es capaz de encontrar una réplica. Esa chica no puede ser mucho mayor que él. Y lo único que él tiene a su nombre es una autocaravana asquerosa, no una tienda entera.

—Mira, conozco a los tíos como tú. —Su voz ha adoptado ahora un tono escéptico, y cruza los brazos en actitud retadora—. No sé qué persigues, pero seguro que has conseguido sacarle un favor a Jess. Lo sé.

—¿Y a ti qué te importa? No es que seáis las mejores vecinas del mundo.

—Me importa porque no soporto a los embaucadores. —Avery lo recorre con la mirada de arriba abajo—. ¿Y quién eres exactamente? No te había visto nunca por aquí.

—Solo intentaba conseguir la ayuda de esa agente inmobiliaria —dice Cameron, y, tras una pausa, añade—: Estoy buscando a mi padre.

—Oh. —La voz de Avery se suaviza un poco y sus brazos se relajan, lo que mejora la vista de su pechito espectacular. Ella toma aliento—. Lo siento. No pretendía ser tan agresiva. He empezado el día con mal pie.

—Conozco la sensación, créeme.

Cameron sonríe y Avery se suaviza algo más, acepta estrecharle la mano mientras él se presenta. Cuando suelta la mano de la chica, la vértebra del cuello cruje de nuevo.

—Uf. ¿Estás bien?

—Sí, creo que sí. Dormí mal anoche.

Lamenta las palabras en cuanto las ha pronunciado. ¿Así se liga a partir de los treinta? ¿Quejándote de dolores de espalda? Por supuesto se abstiene de añadir que el origen de sus males es la autocaravana más mugrienta del mundo. Una luz cálida se cuela por el escaparate mientras el sol sigue escalando hacia su cénit del mediodía. A Cameron se le ocurre que no debería haber recogido el colchón esta mañana, antes de irse; podría haberse secado al calor del día. ¿Por qué nunca se le ocurren estas cosas en el momento adecuado?

—Una contracción en el cuello. Tengo algo para eso. Espera un segundo.

Avery se agacha detrás del mostrador y reaparece un segundo más tarde con un pequeño envase en la mano. Se lo da: es una especie de tarro de crema, con una etiqueta de un brillante color naranja pegada a la tapa. 19,95 dólares.

—Es absolutamente natural —explica ella—. Lo uso cuando una sesión larga en la tabla me deja entumecida.

Cameron nota que se le enarca una sola ceja. Veinte pavos por vaselina orgánica. Fuerza una sonrisa débil.

—Gracias, pero mejor no.

—Invita la casa.

—En serio, está bien.

—¿Quieres hacer el favor de cogerlo? —Una sonrisa de verdad anima las facciones de Avery mientras empuja el tarro hacia él—. Tengo predilección por las criaturas heridas.

Cuando Cameron sale de la tienda, un rato después, lleva el cuello untado de ese bálsamo carísimo y tiene el número de Avery grabado en el móvil.

Ethan está sentado en el porche delantero cuando Cameron aparca en el camino de entrada. Cameron se dirige a la casa, consciente de la sonrisa boba que lleva impresa en la cara.

—Te han llamado por teléfono hace un rato —dice Ethan—. ¿Puede ser que fuera de una línea aérea? Dejaron un número para que les devolvieras la llamada al volver a casa.

—Gracias, Ethan.

A Cameron se le acelera el pulso. Su macuto. Fue buena idea añadir el teléfono de Ethan la última vez que consultó el estado de su reclamación. La batería del móvil le dura apenas dos segundos estos días. Comprarse un móvil nuevo está fuera de sus posibilidades, pero con la bolsa de las joyas de camino y un empleo en perspectiva, le echará un vistazo al modelo nuevo que sacaron esta primavera, el que lleva seis cámaras incorporadas o no sé qué. El que prácticamente es capaz de hacerte la comida.

Aún sonriendo, entra en la autocaravana y marca el número.

—Equipajes perdidos de JoyJet —responde una mujer en un tono que no expresa la menor alegría.

Cameron le da el número de su reclamación y pregunta:

—¿Cuándo me entregarán la maleta?

—Un momento, señor. —Escribe en un teclado durante lo que parece una hora. Las teclas resuenan a través del altavoz: clic, clic, clic. ¿Acaso está escribiendo una novela? Por fin, dice—: Sí, hemos encontrado su equipaje perdido.

—Fantástico. ¿Necesita mi dirección?

—Señor, me temo que su maleta está en Nápoles.

—¿Nápoles, Florida?

—Nápoles, Italia.

—¿Italia? —La voz de Cameron asciende una octava—. ¿JoyJet viaja a Italia?

—Espere un momento, señor… Deje que compruebe una cosa. —El ruido del teclado se vuelve más agresivo ahora—. Ah, ya veo lo que pasó. De alguna manera su maleta fue transferida a uno de nuestros socios europeos. —Suelta un silbido largo—. Vaya, eso es bastante tremendo, incluso para nosotros.

—¿Sí? ¿De verdad lo cree? —Cameron intenta mantener la voz tranquila—. ¿Y cómo lo recupero? Contiene algunas cosas que son... importantes.

—Señor, siempre advertimos a los pasajeros que no facturen nada valioso dentro de sus equipajes.

—¡Pero no me dieron otra opción! —explota Cameron—. Me hicieron medir el equipaje de mano en la puerta de embarque, como a un montón de pasajeros más, porque resulta que sus compartimentos superiores tienen el tamaño de una caja de cerillas. ¿La gente que diseña sus aviones tiene la menor idea de qué aspecto tiene una maleta normal?

Después de una pausa prolongada, la mujer dice:

—Señor, voy a tener que transferir su caso a la oficina de nuestro socio europeo, que le asignará un nuevo número de expediente. Puedo iniciar el papeleo ahora, y luego remitírselo a ellos. Si es tan amable de darme su apellido...

EPITAFIO Y BOLÍGRAFOS

Tova empieza el día temprano. Tiene muchas cosas que hacer.

En primer lugar, conduce hasta el centro y aparca la furgoneta, lo cual no es tarea fácil debido a esa enorme autocaravana que ocupa dos espacios entre la oficina de la inmobiliaria y la tienda de padelsurf de al lado. Bloquea la visión del tráfico, además. No es que haya mucho coche en el centro de Sowell Bay un jueves a las nueve de la mañana, pero todas las precauciones son pocas.

Lanzándole una mirada aviesa a ese vehículo invasor, Tova se encamina a su destino. Jessica Snell inclina la cabeza con curiosidad al verla entrar.

—¿Puedo ayudarla en algo, señora Sullivan?

—Sí, supongo que sí.

Tova recita con calma el discurso que ha estado ensayando y sale de la oficina treinta minutos más tarde con una cita para que la agente realice una visita preliminar a su casa esta misma tarde.

Luego se dirige hacia el banco. La solicitud de Charter Village requiere un cheque de caja y una fotocopia del estado de sus cuentas bancarias. Para asegurarse de que puede pagarlo, piensa Tova. Desearía que aceptasen su palabra de que las finanzas no serán un problema. Sus cuentas en la Caja de Ahorros de Sowell Bay siempre han estado boyantes; la sustanciosa suma que recibió de la herencia de su madre permanece casi intacta. Tova nunca ha necesitado gastar mucho.

Cuando empuja la puerta y entra en la oficina, que huele a tinta fresca y a caramelos de menta, como de costumbre, se le ocurre que Lars debió de usar la mayor parte de la herencia de sus padres para costearse su estancia en Charter Village. Cuando el abogado fue dándole las cifras, apenas quedaban unos cientos de dólares. Hablando en plata, al morir, Lars solo poseía un albornoz. Por un momento, ella titubea. Sin duda el estilo de vida que promueven en Charter Village es bastante derrochador. A ella le resulta ajeno. Pero al menos está limpio. Y Lars vivió allí durante una década. Son muchos pagos mensuales uno tras otro.

—Gracias, Bryan —le dice al hombre que la atiende cuando este le entrega el cheque con una ceja levemente enarcada. Cesar, el padre de Bryan, solía jugar al golf con Will. Se pregunta si Bryan lo llamará luego para hablarle de esta transacción.

Toma la decisión deliberada de no preocuparse por eso. Esas cosas pasarán. La gente hablará. La gente de Sowell Bay siempre habla.

Su siguiente parada es la casa de Janice Kim. El hijo de Janice tiene un escáner fantástico, y, cuando Tova llamó esta mañana para preguntar si podía pasar por allí para usarlo, Janice accedió al instante.

—¿Te mueves con eso? —Janice se baja las gafas y observa con escepticismo la bota de Tova. Tova no es nada propensa a efectuar visitas espontáneas.

—Claro. ¿Por qué lo preguntas? —Tova mantiene la voz tranquila. La solicitud requiere una copia de su carnet de conducir, pero, cuando se lo explica a Janice, no da ningún detalle sobre la naturaleza de ese papeleo.

Janice la ayuda a escanear el carnet y le muestra qué botones de la impresora debe apretar. Cuando han terminado, pregunta:

—¿Quieres quedarte a tomar un café?

Tova ya lo había previsto. Había reservado un hueco para tomar café con Janice en su agenda de hoy.

Una hora más tarde, después de salir de la casa de los Kim, Tova conduce hacia Elland. Se trataría de un trayecto de apenas diez minutos si tomara la interestatal, pero, como de costumbre, Tova prefiere las carreteras secundarias. Pasada media hora llega a la dirección del establecimiento que hace fotos de pasaporte que encontró en las páginas amarillas del condado de Snohomish. En la solicitud se piden dos fotos, y, como nunca se ha sacado el pasaporte, Tova no tiene ninguna.

Una joven que no podría estar más aburrida con su empleo indica a Tova que se ponga delante de una pared blanca y que se quite las gafas, algo a lo que ella obedece sin discutir: las aprieta en la mano y mira a la cámara mientras esta se dispara dos veces.

—Son dieciocho con cincuenta —dice la chica a la vez que le entrega una carterita de cartón con las dos fotos metidas dentro; en ambas está igual de seria.

—¿Dieciocho dólares?

—Con cincuenta centavos.

—¡Madre de Dios! —Tova saca un billete de veinte del monedero. ¿Quién habría dicho que unas fotos tan pequeñas costaran tanto?

Su último recado la lleva de vuelta a la zona norte de Sowell Bay, casi una hora de viaje desde Elland hasta el Fairview Memorial Park. Hace una tarde preciosa, y las puertas están abiertas para dar la bienvenida a los visitantes bajo ese cielo claro y sin nubes. Un sendero cruza el césped del cementerio, no es un trazo recto sino que serpentea entre las lomas. Como si lo hubieran diseñado para hacer que el paseo resultara lo más amable posible. El césped está impoluto, cortado con esmero en torno de las tumbas idénticas.

Se arrodilla en la hierba y recorre con los dedos el grabado de la lápida. La roca pulida y suave le resulta cálida al tacto, sin duda debido al sol caliente de julio. WILLIAM PATRICK SULLIVAN: 1938-2017. MARIDO, PADRE, AMIGO.

Cuando envió el epitafio a la responsable del Fairview Memorial Park, la mujer tuvo el valor de preguntarle si no quería añadir nada más. El coste incluía hasta ciento veinte caracteres, de los que Tova solo había usado la mitad. Pero a veces menos es más. Will era un hombre sencillo.

Al lado de la tumba de Will está la de Erik. Tova no la quería; había sido por insistencia de Will. Siempre la ha molestado que el sepulcro de Erik esté aquí, en este campo verde, cuando su cuerpo nunca abandonó el fondo del mar. Pero aquí está la lápida, con esa inscripción borrosa que reza: ERIK ERNEST SULLIVAN. La persona a la que Will se la encargó ni siquiera se molestó en anotar el nombre de Erik correctamente. Lindgren, el apellido de soltera de Tova, debía aparecer como el segundo nombre de Erik. Siempre ha fantaseado con la posibilidad de robar la lápida y lanzarla desde el final del espigón, pero esas cosas no se hacen, claro.

La tercera lápida de la fila está en blanco, esperándola. La solicitud también plantea una serie de preguntas en torno a este tema. Deseos, preferencias. Tova supone que debe de ser algo complementario con las disposiciones legales. Ella ha dejado claras sus preferencias en sus propios documentos, claro, pero ¿y si alguien se empeña en un servicio religioso? No le cuesta imaginar a Barb haciendo algo así, por ejemplo. Tova debe sacar el tema con ella antes de irse. Un responso está bien, pero ella prefiere que no haya misa.

Se oyen voces por el parque. Se vuelve y ve a la anciana señora Kretch ascendiendo por el sendero. Cielos, esa mujer debe de haber cumplido ya los noventa. Pero parece que los lleva bien, al menos de aspecto. Hoy ha traído consigo a su bisnieta, una chica con pinta de potrillo con unas piernas tan largas y finas como un par de agujas de punto.

—Hola, señora Sullivan —dice la bisnieta al pasar por su lado. La vieja señora Kretch asiente, sus ojos se posan en Tova el tiempo suficiente para transmitirle una mirada conmiserativa.

—Buenos días —responde Tova.

La bisnieta lleva una cesta colgando de su flaquísimo brazo. Se paran a unos pasos y preparan un pícnic. A Tova le llegan los efluvios de un pollo guisado mientras ellas se acomodan. Luego las dos mujeres conversan con su patriarca muerto, sin preocuparse en lo más mínimo de estar dirigiéndose a un montículo recortado y a una fría piedra gris. Una conversación unidireccional con el propio aire.

Tova nunca ha hablado en voz alta frente a la tumba de Will. ¿Para qué iba a hacerlo? El cuerpo agotado y enfermo de su marido, ya convertido en polvo bajo tierra, no puede oírla. La carne cancerosa no puede responder. Nunca ha logrado hacer como Mary Ann Minetti, que conserva las cenizas de su marido en una urna encima de la chimenea y conversa con él todos los días. «Me oye desde el cielo», dice siempre Mary Ann, y Tova se limita a asentir con la cabeza porque, al fin y al cabo, para su amiga supone un consuelo y no le hace daño a nadie. Lo mismo pasa con las Kretch. Entonces ¿por qué la visión de ellas charlando con el difunto como si este estuviera sentado sobre la manta de cuadros rojos y blancos bebiendo limonada con ellas la hace desear volverse invisible?

Pero siempre hay una primera vez para todo. Las Kretch terminan levantándose, y la bisnieta le lanza un adiós cansado mientras se dirigen a la salida, dos siluetas engrandecidas por el sol de la tarde. Tova debería rematar lo que ha venido a hacer. Se concentra en la tumba de Will, se humedece los labios con la lengua y dice en voz alta:

—Voy a vender la casa, cariño.

Acaricia la piedra con un dedo como si hacerlo pudiera llenar sus ojos de lágrimas.

Esa tarde, después de la visita de Jessica Snell y de haberse comido una cazuelita recalentada, Tova se sienta ante la solicitud y ante todos los documentos que precisa.

Diez minutos más tarde vuelve a estar sentada tras el volante. La primera línea de las instrucciones la había hecho salir. «Rellenar con tinta negra, por favor». Así que no le queda más remedio que salir de nuevo a comprar un bolígrafo negro. Tras probar con todos los utensilios de escritura que tenía por casa, ha llegado a la conclusión de que ninguno de ellos contenía tinta negra de verdad. Un ojo atento al detalle tan solo podría calificar de gris oscuro algunas de las muestras.

—¡Tova! Buenas noches, amor —grita Ethan Mack desde la cafetería del Shop-Way, donde está limpiando las mesas.

—Hola, Ethan.

Justo delante de la sección de verduras, hay un estante con material diverso, incluyendo bolígrafos. Ella observa los diferentes tipos. ¿Punta fina o punta gruesa? ¿Rotulador o bolígrafo?

Ethan se guarda el trapo en el bolsillo del delantal y se coloca en su puesto habitual, detrás de la caja.

—¿Cómo va esa pierna mala?

Tova se apoya en un bastón. Es su única concesión.

—Curándose poco a poco, gracias.

—¡Me alegro de oírlo! La medicina moderna es brillante, ¿no crees? ¿Te imaginas viviendo en la época de las cavernas? ¡Te torcías un tobillo y te dejaban tirado para que te comieran los dinosaurios!

Tova enarca una ceja. Ethan no puede hablar en serio. Los dinosaurios nunca coexistieron con la llamada gente de las cavernas, ni con ninguna otra. Los separaban sesenta y cinco millones de años. Pero tal vez Ethan nunca había tenido ocasión de aprenderlo. Como cualquier madre de hijos pequeños, Tova había recibido una detallada educación sobre los dinosaurios cuando Erik era un crío. En algún momento había sacado tantos libros del tema de la biblioteca que esta puso límite a la tarjeta de Tova.

Ethan se remueve con aspecto bonachón.

—En fin. ¿Necesitas que te ayude a encontrar algo?

—Quiero un bolígrafo negro.

—¿Un bolígrafo? ¡No voy a permitir que pagues por un simple bolígrafo! —Se saca uno de detrás de la oreja, que debía de estar oculto debajo de su desordenada mata de pelo rojizo—. Aunque ahora no recuerdo si es azul o negro.

Intenta movilizar la tinta garabateando en un pedazo de papel que tiene al lado de la caja. La concentración le hace asomar la lengua entre los labios.

—Gracias, pero me llevaré estos. Y no me importa pagar por ellos.

Tova deja un paquete de dos bolígrafos en el mostrador de la caja.

El boli de Ethan empieza a cooperar y deja un montón de garabatos en el papel.

—¡Vaya! Este era azul, en realidad. Pero puedes llevártelo de repuesto. ¡Uno nunca tiene bolígrafos de sobra! —exclama al tiempo que se lo da.

Tova se ríe.

—¡Permíteme que disienta! Antes de su muerte, Will solía llevárselos de los restaurantes y sucursales bancarias. Teníamos un cajón repleto de ellos.

—Ja, no me sorprende. Creo que a lo largo de los años alguna vez miré hacia otro lado mientras él cogía uno de los bolígrafos de la cafetería. Solía venir a comerse un sándwich y a leer un rato un par de veces por semana, pero seguro que ya lo sabes.

La sonrisa permanece en los labios de Tova durante un largo instante, como si no estuviera segura de si debe desvanecerse o no. Por fin ella dice, con voz afectuosa:

—Sí, le gustaba salir de casa. Gracias por no llamar a las autoridades para denunciar lo de los bolígrafos.

Ethan sacude una mano.

—Era un buen tipo, Will Sullivan.

—Sí, lo era.

—Bueno, en ese caso... —Algo en la voz de Ethan recuerda a Tova un suflé que ha empezado a hundirse—. Supongo que no necesitarás este.

Se guarda el bolígrafo que le había ofrecido en el bolsillo del delantal.

—Ha sido muy amable por tu parte. Pero el formulario pide concretamente que se use tinta negra.

—¿El formulario? —Ethan se queda inmóvil, y la voz le sale más débil cuando pregunta—: ¿De qué formulario se trata, querida?

—De una solicitud —responde ella sin dar más detalles.

—¡Lo sabía! —Ethan está boquiabierto—. Vas a hacerlo. Vas a mudarte a ese... hogar. Tova, amor, ese sitio. ¡No es... para ti!

—¿Disculpa?

Ethan inspira.

—Lo que quiero decir con eso es que no es lo bastante bueno para ti.

—Charter Village es una de las mejores residencias del estado.

—¡Pero tu hogar está en Sowell Bay!

Para horror de la propia Tova, sus ojos se llenan de lágrimas que escuecen. Cierra la boca con firmeza, intentando sobreponerse al llanto. Por fin, dice:

—Señor Mack, soy una persona práctica y esta es una solución práctica. No soy joven ya. Estoy..., bueno...

Su mirada se posa en la bota. La de Ethan la sigue y Tova podría jurar que, bajo aquella gran barba, le tiembla el mentón. Ella apoya una mano en el brazo pecoso del hombre, el vello le hace cosquillas en la palma. Tiene una piel sorprendentemente cálida.

—No me voy a ir de manera inminente, Ethan. —En realidad, esto es verdad. Vender la casa llevará su tiempo. Y Charter Village tiene que revisar el estado de sus cuentas, las fotos de dieciocho dólares y las solicitudes cumplimentadas con tinta negra.

—Ya —se limita a decir Ethan.

—Y es el mejor plan —añade ella—. ¿Quién cuidará de mí si no?

La pregunta flota en el aire durante unos largos instantes.

—Bueno, se trata de un impreso importante —dice Ethan por fin—. Será mejor que te lleves otra marca de bolígrafos. Esos no valen nada —añade señalando el paquete de dos que había escogido ella. Tras buscar con el dedo en el estante, coge un paquete distinto, con un logotipo más vistoso—. El modelo Cadillac será mejor.

—En ese caso me lo llevo. Gracias.

—No hay de qué, amor.

Ella carraspea.

—¿Cuánto es?

Él sacude la mano.

—Ya te he dicho que no te iba a dejar pagar por un bolígrafo. Regalo de la casa.

—Ni hablar. —Por segunda vez en este día, Tova saca un billete de veinte del monedero—. Luego los cobras y te quedas el cambio. Por la recomendación. Gracias.

—Si quieres agradecérmela, tal vez podrías tomar un té conmigo algún día —le espeta Ethan.

Tova se queda helada.

—¿Té? ¿Aquí? —pregunta mirando hacia la cafetería.

—Bueno, no, aquí no. El té de aquí es una mierda, si te soy sincero. Pero también podríamos tomarlo aquí si lo prefieres. Esa parte aún no la había decidido. —Ethan se muerde el labio inferior y tamborilea con sus dedos gordos sobre la caja registradora—. ¿En algún otro sitio? O quizá en ninguno. No te preocupes. Ha sido una mierda de idea.

—No ha sido una mierda de idea. —Tova se sorprende al oír ese tono coloquial saliendo de su boca. ¿Es así como Janice se contagia del hablar de los actores de las series? Antes de poder evitarlo se oye respondiendo—: Claro que podemos tomar el té algún día. O tal vez un café.

Ethan menea la cabeza.

—Vosotros, los suecos, siempre con el café.

Tova nota que se sonroja y se pregunta si debería devolverle la broma usando el hecho de que él sea escocés, pero, antes de que se le ocurra una respuesta ingeniosa, él le entrega un pedazo de papel, el mismo donde había estado probando antes. Con tinta azul ha escrito su número de teléfono.

—Dame un toque, cielo. Organizaremos algo para… antes de que te vayas.

Tova asiente y luego sale del Shop-Way asombrada de lo difícil que le resulta, de repente, respirar con normalidad.

Ya son más de las diez y la luz del sol ha desaparecido del cielo. De camino a su casa, Tova decide tomar un desvío imprevisto.

El último recado del día.

El aparcamiento del acuario está vacío, a excepción de una autocaravana desvencijada, la misma que estaba aparcada delante de la oficina de Jessica Snell. Quizá el dueño sea pescador. Otea hacia el muelle, en busca de alguna figura con un arpón, pero no hay nadie.

Cojea hasta la puerta y se para antes de entrar. Terry le ha prohibido ir a limpiar, claro, pero en ningún momento le ha dicho expresamente que no use la llave para hacer una visita social. De hecho, cuando ella intentó devolvérsela, él insistió en que se la quedara, lo cual ella interpretó no solo como una prueba de la confianza que tenía en ella sino también como un voto de esperanza en su resistencia. «Antes de que te des cuenta estarás de vuelta», había dicho Terry.

La misma fuerza que la había llevado hoy hasta la tumba de Will la ha traído hasta aquí. Quiere... comunicarse. Transmitirle al pulpo su plan de mudarse a Charter Village. Aunque ni Will ni Marcellus el pulpo puedan entenderla, ambos merecen saberlo. Y, de manera menos urgente, quizá le proporcione una salida al lío en que se ha metido con Ethan Mack y el té. Aunque tal vez debería guardarse eso; a lo mejor, si finge que no ha sucedido, la invitación se desvanecerá en el aire. Casi puede adivinar cómo brillará el ojo inteligente y sabio de Marcellus, cómo aquel brazo lleno de ventosas se meneará, regañándola. Tova chasquea la lengua al pensar en su conducta. Hablar con un ser de otra especie. Es diez veces peor que Mary Ann Minetti y la vieja señora Kretch juntas.

La puerta se abre. Aparte de todo, debe admitir que siente curiosidad por saber cómo se las ha arreglado el lugar, desde un punto de vista higiénico, durante su ausencia.

Contiene la respiración, lista para enfrentarse a suelos sucios y vidrios pringosos, pero, para su sorpresa, las cosas se ven bastante decentes. Ese tipo al que contrató Terry para cubrir su baja lo está haciendo bien. Esto le provoca un leve desengaño, a cuenta de la constatación de que no es indispensable. Pero, en general, se le antoja una buena noticia. En más de una ocasión, la idea de que nadie se ocupara de limpiar el acuario como es debido la ha frenado en sus planes de marcharse. Quizá este tipo pueda quedarse después de que ella se vaya.

Moviéndose con toda la discreción que le permite su bota, rodea el pasillo para dirigirse al tanque del pulpo. No es que sea necesario, ya que es el único ser humano del lugar. Saludados ya sus viejos amigos —los cangrejos japoneses, las anguilas lobo, las medusas y los pepinos de mar—, Tova se detiene un momento en el oscuro corredor que se funde en el aire azul verdoso como volutas de humo. Incluso si pudieran hacerlo, esas criaturas nunca le dirían a nadie que ella estuvo aquí. Será su secreto.

Pasa frente a la estatua del león marino y, como siempre, se para a acariciarle la cabeza, dejándose llevar por la ilusión fugaz de que establece contacto con su hijo al tocar algo que él adoraba tanto.

Acercándose a la entrada trasera del recinto donde reside el pulpo, Tova frunce el ceño. Un brillo fluorescente asoma por debajo de la puerta. Alguien se ha dejado una luz encendida.

Es entonces cuando ahí adentro se produce un estruendo terrible.

LA CONCIENCIA NOS CONVIERTE
A TODOS EN COBARDES

Cameron parpadea. Aturdido, se palpa la sien, que le escuece justo en el punto donde debe de haberse golpeado contra la mesa al caer. Se limpia la mancha de sangre de la camisa y propina a la vieja escalera de mano un puntapié vengativo. Si quisiera, podría denunciar a este sitio y dejarlos pelados. Fallos en la conservación del equipamiento. Accidente laboral. Pero ¿y si alguien le preguntara qué demonios hacía allí atrás exactamente?

—Tú —dice con la vista fija en la criatura mientras se levanta. Esa cosa no se ha movido. Está agachado como una especie de tarántula gigante, después de esconderse en el amasijo de tubos, tarros y recambios de la bomba en el rincón más profundo del estante de encima de los tanques. Se encaramó ahí de alguna manera mientras Cameron intentaba acorralarlo con una escoba, con la que ahora vuelve a amenazarlo—: ¿A ti qué te pasa, tío? Solo intento ayudarte.

El inmenso cuerpo se estremece, como si suspirase. Al menos sigue vivo, aunque probablemente no por mucho tiempo. Los pulpos sobreviven poco tiempo fuera del agua (lo vio en un documental de la tele en uno de esos canales de naturaleza), pero este ha estado en tierra firme durante casi veinte minutos, y eso si contamos solo desde el momento en que Cameron lo descubrió intentando huir por la puerta trasera que él se había dejado abierta.

Alguien debía de haberle advertido que las muestras podían escaparse. ¿Cómo iba a ocurrírsele algo así? Unos tanques seguros deberían ser lo menos que se puede esperar en un acuario turístico. Con sinceridad, la situación lo está poniendo nervioso: piensa en los tiburones que nadan en círculos en el tanque de agua principal del centro, sobre todo ahora que le sangra la cabeza. ¿Los tiburones pueden oler a través del vidrio?

—Venga, colega —le ruega. Con la cabeza dolorida, se ajusta los guantes que se puso después de que la cosa intentara estrangularle la muñeca y acerca la escoba hacia él. Esperando que el pulpo... ¿qué, exactamente? ¿Que se suba por el palo como si fuera el de una unidad de bomberos? Pero no puede permitir que ese idiota terco se muera allí, y al mismo tiempo no tiene la menor intención de tocarlo, ni siquiera con guantes. Parece que quiera matarlo—. Sal de ahí ya. Vuelve a tu tanque.

La cosa mueve un tentáculo, desafiante, empujando un par de finas latas metálicas y derribándolas al suelo. Aterrizan formando un buen estrépito.

Esto va a conllevar el despido de Cameron. ¿Cuántas veces pueden despedirlo a uno en una vida? Debería existir un límite legal.

Oye un ruido a su espalda. Y luego una voz de mujer, temblorosa pero clara.

—¿Hola? ¿Quién anda ahí?

Se vuelve de un salto y casi deja caer la escoba. Hay una mujer menuda en el umbral. Casi diminuta: no debe de medir más de un metro y medio. Es vieja, quizá un poco mayor que la tía Jeanne: unos sesenta y pico largos o setenta. Lleva una blusa morada y el tobillo izquierdo embutido en una bota ortopédica.

—¡Oh! Eh..., hola. Solo estaba...

El bufido severo de la señora le corta el habla. Ha visto a la criatura escondida en el estante.

Cameron se retuerce las manos.

—Sí, solo intentaba…

—Aparta, querido. —Ella lo empuja. Su voz es tranquila y mesurada, sin el menor atisbo de nerviosismo. Con más rapidez de la que él habría imaginado, dada su edad y esa bota que lleva en el pie, se planta en medio de la habitación en tres pasos, y contempla el taburete roto durante un momento meneando la cabeza. Luego, por increíble que parezca, se encarama encima de la mesa. De pie allí arriba, se encuentra casi cara a cara con el pulpo.

—Soy yo, Marcellus.

El pulpo se mueve ligeramente y la observa, parpadeando con ese ojo aterrador. ¿Quién es esta señora? ¿Y cómo ha entrado aquí?

Ella asiente, alentadora.

—No pasa nada. —Extiende la mano y, para sorpresa de Cameron, la criatura extiende a su vez uno de sus brazos y lo enrolla a su muñeca. Ella repite—: No pasa nada. Ahora voy a ayudarte a bajar, ¿vale?

El pulpo asiente con la cabeza.

«A ver, no. No puede ser. ¿Lo ha hecho de verdad?». Cameron se frota los ojos. «¿Estarán echando alucinógenos en las tuberías de este lugar?».

Eso explicaría muchas cosas de esta noche.

Aferrado al brazo de la mujer menuda, el pulpo avanza por el estante. La mujer cojea encima de la mesa, animándolo a seguir. En cuanto la cosa queda justo encima del tanque vacío, ella hace un gesto en dirección a Cameron.

—¿Puedes quitar la tapa?

Él obedece, desliza la tapa trasera y deja el tanque completamente abierto.

—Adentro —susurra la mujer.

La criatura se deja caer en el interior con un ruido sordo y levanta salpicaduras de agua fría. Cameron da una paso atrás, estremecido, y cuando vuelve a mirar el pulpo ya no se ve: solo se aprecia el montón de rocas que conforman su guarida en el fondo del tanque.

La mesa cruje cuando la mujer empieza a bajar de ella. Cameron se acerca rápido, la coge del codo y la ayuda a llegar al suelo.

—Gracias. —Ella se sacude las manos, se coloca bien las gafas y lo mira de arriba abajo—. ¿Te has hecho daño, querido? Habría que ocuparse de ese corte.

La mujer se da la vuelta para coger el bolso que había dejado caer al entrar; rebusca en su interior durante un minuto antes de ofrecerle una tirita.

Cameron la rechaza.

—No es nada.

—Tonterías. Póntela —insiste ella.

Su tono es innegociable, así que él coge la tirita, la desenvuelve y se la coloca en el lado de la cabeza donde se hizo la herida. Menuda pinta. Aunque tampoco es que vaya a ver a nadie más que Ethan esta noche.

—Bien. —Ella asiente con la cabeza. Luego, con voz tranquila, dice—: Esto ya está. ¿Quizá podrías explicarme qué ha pasado aquí?

—¡Yo no hice nada! —Cameron señala el tanque con el dedo índice—. Esa cosa se escapó. Solo intentaba volver a meterla en el agua.

—Se llama Marcellus.

—De acuerdo. Pues Marcellus intentó pirarse. Yo solo quería ayudar.

—¿Atacándole con una escoba?

Él suelta un bufido.

—Bueno, no todos podemos ser el hombre que susurraba a los pulpos o comoquiera que lo llame. Mire, yo solo intenté hacerlo lo mejor que pude. De no haber sido por mí, a estas horas ese pulpo estaría de camino al océano.

—¿Qué quieres decir con eso?

—Quiero decir que cuando lo encontré estaba a punto de salir por la puerta trasera.

La anciana se queda con la boca abierta.

—Por el amor de Dios.

—Sí. —A lo mejor al final no lo despiden. Quizá incluso le den un aumento. Si no llega a ser por él, habrían tenido que sustituir al pulpo al fin y al cabo. ¿Cuánto cuesta un pulpo gigante del Pacífico? No deben de ser baratos.

El tono de la anciana se vuelve severo al decir:

—¿Por qué estaba la puerta trasera abierta?

—¿Porque había salido a tirar la basura? ¿A hacer mi trabajo? Nadie me dijo que la dejara cerrada.

—Ya entiendo.

—Pero no volveré a dejarla abierta de ahora en adelante.

—Sí, buena idea.

Ante estas últimas palabras, Cameron se descubre irguiéndose. ¿Por qué ella le habla como si fuera su jefa? ¿Y qué está haciendo aquí? Será mejor que lo aclare. Lo último que le hace falta es que Terry lo acuse de haber dejado entrar a una anciana en las instalaciones durante su turno. Vuelve a observarla. No debe de pesar más de treinta y seis kilos. No tiene pinta de ladrona. Además, ella y el pulpo comparten algo. Quizá sea una bióloga marina jubilada. O trabaje como voluntaria. Ocupaciones de la tercera edad.

—¿Puedo preguntarle qué está haciendo aquí? —Intenta formular la pregunta con la mayor cortesía posible—. A ver, tiene usted aspecto de ser una persona agradable, pero creo que se supone que soy el único que puede estar aquí a estas horas. Al menos, nadie me informó de lo contrario.

—Dios mío. Claro. Seguro que te he asustado. Lo siento. Soy Tova Sullivan, la señora de la limpieza. —Una sonrisa tensa le dobla los labios cuando señala la bota—. La señora de la limpieza lesionada.

—Oh. Un placer conocerla. —Eso es lo que dice, pero por

dentro está pensando: «Maldita sea». ¿Esta anciana frágil desempeña el mismo trabajo que él apenas puede terminar sin sentirse como si acabara de correr una maratón? Lleva ya dos semanas y le siguen doliendo los pies después de cada turno—. Yo soy Cameron Cassmore, el limpiador actual. O, técnicamente, el limpiador temporal. Lamento lo de su pie. Cuando Terry me contrató, me dijo que pensaba que usted estaría de baja durante unas cuantas semanas.

—Estoy bien. Fue una caída tonta. —Tova mira de reojo el taburete roto—. Me alegra que Terry te encontrase, Cameron. Por lo que he visto, tienes la habilidad adecuada. Y resulta que, por razones que ahora no vienen al caso, quizá esté fuera de mi empleo por más tiempo del que preveía. Tal vez esta será una buena solución.

Cameron se calla mientras procesa la información. Un bolo más largo por aquí no sería el fin del mundo. Después de dos semanas no está más cerca de encontrar a Simon Brinks de lo que lo estaba al llegar. El dato que le había pasado Jessica Snell no le había servido de nada: cuando Cameron llamó, el número estaba desconectado.

—Sí, estaría guay. No es un mal empleo.

—Es un trabajo maravilloso. —Tova sonríe, pero es una sonrisa tensa, como si con ella quisiera contener la tristeza.

Vale, es buena gente, pero nadie en su sano juicio encuentra maravilloso fregar cristales y suelos. Él se remueve, inquieto.

—Así que… ¿usted a veces se pasa por aquí, solo para distraerse?

—Vine a ver a Marcellus. —Ella baja la voz—. Y me consta que es mucho pedir dado que apenas nos conocemos, pero te agradecería que fueras discreto al respecto.

—¿Por qué? —Mierda. Esto va a acabar metiéndolo en líos con Terry después de todo.

Tova respira hondo.

—La verdad es que no tolero la mentira. Pero ¿sabes? Marcellus es una especie de aventurero nocturno, aunque hasta esta noche no me había percatado de sus intenciones de abandonar el edificio. —Ella frunce el ceño—. Esta parte es nueva y problemática. Pero he estado al tanto de sus paseos desde hace tiempo. Es notablemente hábil a la hora de escapar de su encierro.

—Y nadie más lo sabe. —Cameron asiente con la cabeza, empezando a entenderlo todo.

—No con certeza, no. Terry lo sospecha. Si lo supiera con seguridad, sin duda tomaría medidas.

—¿Como clavar la tapa del tanque?

Tova asiente.

—Marcellus se quedaría hecho polvo. Pero lo que me preocupa es algo peor. Marcellus es viejo, Cameron, y un pulpo suelto podría implicar una gran responsabilidad.

¿De verdad está sugiriendo lo que parece sugerir? ¿Terry, el friki de los peces, acabaría con la vida de un animal? Le cuesta creerlo. Pero ¿y si el pulpo sale durante el día y se pone a perseguir a uno de los críos que vienen de visita? Es posible que la mujer esté en lo cierto en lo tocante a la responsabilidad del acuario. Él se cruza de brazos.

—Marcellus es su amigo.

—Sí, supongo que sí.

—Cuando subió a salvarlo, no le tenía ningún miedo.

Tova chasquea la lengua.

—¡Claro que no! Es muy amable.

—Bueno, se portó como un capullo.

—Aprecio que lo digas.

Ella baja la vista al suelo y luego la devuelve hacia él; sus ojos tienen un extraño color gris verdoso.

—¿Y bien? ¿Será nuestro secreto?

Cameron vacila. No le cabe duda de que si Terry descubre que ha sido cómplice de… lo que quiera que sea esto, el empleo se habrá terminado y toda esperanza de devolverle el dinero a la tía Jeanne se habrá acabado al mismo tiempo. ¿Y lo de buscar a Simon Brinks? Maldita ciudad. No puede permitir que lo despidan. Esta vez no.

Pero al mismo tiempo la idea de que esta anciana encantadora pueda perder a su amigo lo hace sentir fatal. Y la manera en que lo había mirado ese pulpo, con aquel ojo raro pero humano, la amenaza de la eutanasia... Opta por encogerse de hombros.

—Vale, será nuestro secreto.

—Gracias. —Ella inclina la cabeza.

Cameron coge la escoba de donde la dejó caer y empuja el taburete hacia la pared para que lo arregle alguien.

—La conciencia nos convierte a todos en cobardes, ¿eh?

Ella se queda inmóvil.

—¿Qué has dicho?

—La conciencia nos convierte a todos en cobardes. —Él nota que empieza a sonrojarse. ¿Cómo se las apaña para soltar estas pedanterías de mierda en cualquier conversación? Se dispone a explicarse—: Es solo una cita tonta de Shakespeare. Pertenece a...

—*Hamlet* —dice ella en voz baja—. Era una de las preferidas de mi hijo.

ESPERA LO INESPERADO

Los recuerdos que guarda Tova de su viaje desde Suecia son más bien difusos. Al fin y al cabo, ella solo tenía siete años por aquel entonces, y Lars, nueve. Un viaje en tren desde Upsala, un rígido adiós a su padre en el hotel de Gotemburgo; él llegó a América en avión, varias semanas antes de que lo hiciera la familia, con el fin de organizar el papeleo y el alojamiento. El hotel tenía gruesas sábanas blancas que olían a lavanda y un televisor en una mesa, que Tova y Lars miraban durante varias horas al día mientras aguardaban la fecha del embarque, y había un restaurante en el vestíbulo que servía pudin de chocolate en copas diminutas: Lars comió tantos un día que terminó con una indigestión y vomitó en las sábanas blancas. Ella recuerda que el barco de vapor Vadstena le recordó a una gran tarta gris cuando lo vio por primera vez en el muelle, adonde los había conducido un taxista aquella mañana radiante de mayo de 1956. Dos meses más tarde llegaban a Portland, Maine, donde vivieron en un piso durante dos años antes de volver a mudarse para instalarse aquí, en el estado de Washington, en Sowell Bay, con la idea de vivir más cerca de unos primos lejanos a los que Tova nunca llegó a conocer. Siempre fueron solo los cuatro.

Esas semanas en el barco son un espacio en blanco en la mente de Tova, lo cual es una lástima porque seguramente ha sido la acción más aventurera que haya emprendido en toda su vida.

Entre los escasos nítidos recuerdos de estar a bordo del Vadstena está la Foca. No se llamaba así, claro, pero fue el apodo que ella y Lars le pusieron a un pasajero con un largo y poblado bigote gris que le caía a ambos lados de la boca como si fueran un par de colmillos.

A la Foca le gustaba jugar a las cartas. Después de cenar en la cubierta, mientras Lars alineaba sus soldaditos de juguete en los asientos de terciopelo rojo, la Foca intentaba convencer a Tova y a su madre de jugar con él al gin rummy. Al principio, mamá dijo que las señoras no participaban en juegos de cartas, pero al final cedió. A la débil luz de las lámparas de cristal, Tova aprendió a jugar al rummy, a los corazones y al veintiuno. A veces, con un guiño travieso, la Foca escogía una carta y la desafiaba a adivinar cuál era; luego le daba la vuelta para demostrarle que se había equivocado antes de sacar del cuello o de la manga de la camisa la carta exacta que ella había citado.

«Espera siempre lo inesperado, niña», decía la Foca, riéndose ante la extrañeza de la pequeña Tova al ser engañada de nuevo.

Ella siente ese mismo malhumor ahora, al ver a este joven recogiendo un par de latas y devolviéndolas al estante sin darse cuenta de que las ha colocado boca abajo. Durante las últimas dos semanas, Barb Vanderhoof, Ethan Mack y otros de su cuerda han estado alimentando los rumores con sus charlas sobre el tipo de California, el sin techo, que ha ocupado su puesto. Pero Cameron lleva las uñas limpias y tiene unos dientes cuidados y blancos. Y, según parece, conoce bien la obra de Shakespeare. Ha prometido guardarle el secreto, y, por alguna razón que ella no consigue descifrar, le parece un chico agradable. Incluso podría llegar a confiar en él.

No es lo que esperaba.

Con la humedad que hay en la sala de bombeo, la tirita se le está despegando y ahora yace caída sobre su sien. Tova se contiene para no acercarse a ponérsela bien. Cuando él se da cuenta de que ella lo está mirando, le lanza una sonrisa compungida.

—Lo siento, le juro que no suelo ir citando a bardos muertos. Ha sido una noche rara. —Parpadea, como si se preguntase si todo esto está sucediendo de veras, una sensación con la que Tova puede simpatizar sin ninguna duda.

Ella posa la mirada en el tanque de Marcellus, donde la superficie del agua se agita con suavidad en torno a la bomba: no hay el menor rastro del pulpo. ¿Qué habría pasado si ella no hubiese llegado?

—Debo admitir que estoy de acuerdo contigo. —Ella carraspea y se yergue—: En cualquier caso, ¿qué te han parecido las condiciones aquí? ¿Terry te ha enseñado? ¿Necesitas… suministros? —El olor acre de esa porquería verde ha empezado a filtrarse. El zumo de vinagre que lleva en la furgoneta podría arreglarlo.

—Vaya, ¿en serio? Pasar el mocho por el suelo no es precisamente física cuántica.

Tova chasquea la lengua.

—Quizá no, pero hay un modo correcto de hacer las cosas.

—¿Estoy haciendo algo mal?

—Bueno, veamos. Ven conmigo, querido. —Tova abre la puerta e indica a Cameron que la siga por el curvo pasillo. Tal y como percibió al entrar, los suelos están decentes, pero en el vidrio de los tanques se aprecian marcas. Tova pasa un dedo por uno—. Debes usar un paño de algodón en los cristales. No de poliéster.

Cameron cruza los brazos en actitud defensiva.

—Yo lo veo bien.

—Pues deberías volver a mirarlos.

—¿Qué es usted? ¿Una especie de experta en limpieza de cristales?

Tova sonríe.

—Son décadas de experiencia.

—Bueno, nadie dijo nada de algodón, poliéster o lo que sea —zanja Cameron con un bufido—. Uso los trapos que hay aquí. ¿Cómo iba a saberlo?

Tiene su parte de razón. Tova habrá de hablar con Terry sobre lo que hay que explicarle al chico si este acaba siendo su sustituto permanente. Se dirige a uno de los cubos de basura y señala el borde.

—Además, ¿ves esto de aquí? La bolsa debe estar bien doblada hacia abajo en los bordes, o se hunde cuando el cubo está lleno. Entonces la basura va directa al fondo y cuesta más de limpiar.

—Oh, por favor. Sé poner una bolsa de basura en un cubo.

—Claramente no sabes. —El tono de Tova se afila—. Ignoro cómo las ponen en California, pero...

—Espere, ¿qué? —la interrumpe Cameron—. ¿Cómo sabía que vengo de California?

—A la gente de Sowell Bay le gusta hablar. —Tova aprieta los labios. Desearía poder retirar el comentario. ¿Cuántas veces ha sido ella misma el objeto de los cotilleos del pueblo?

—Sí, ya me he dado cuenta. —Cameron se calla, y algo le brilla en los ojos—. Estoy seguro de que la máquina de rumores se lo pasaría en grande si se enterara de que ha estado aquí esta noche. Visitando a un pulpo.

Tova abre la boca, y enseguida vuelve a cerrarla con firmeza.

—Tranquila, no se lo contaré a nadie. Se lo he prometido —murmura Cameron. Ella sigue mirándolo con los ojos entornados cuando él sigue hablando—: ¿Algún otro consejo indispensable?

Tova se yergue.

—Sí, una cosa más. El tema de la puerta. Creo que coincidirás conmigo en que permitir que una de las atracciones del acuario casi se escape no entra dentro de lo que se considera aceptable.

Cameron suelta un profundo suspiro mientras pone los ojos en blanco durante apenas unos segundos. El gesto despierta algo en lo más profundo de la memoria de Tova; es casi el mismo que el adolescente Erik solía hacer cuando estaba molesto con ella. Tova vuelve a chasquear la lengua. Jóvenes. Aunque este debe de estar ya en los veinticinco a juzgar por su aspecto, Tova tiene la nítida impresión de que le falta madurar un poco.

—¿Cómo podría alguien echarme la culpa de eso? —exclama Cameron con voz fuerte—. Quizá alguien podría haberme puesto en antecedentes sobre la posibilidad de que a ese pulpo le dé por salir. Y quizá deberían ponerle un cierre en el tanque.

—Marcellus es capaz de abrir los pestillos —afirma Tova—. ¿Cómo crees que salió de la sala de bombeo?

El chico frunce el ceño. Para eso no tiene respuesta. En su lugar, pregunta:

—¿Por qué lo hace?

Tova no responde enseguida. Es una pregunta que se ha hecho a sí misma muchas veces, una para la cual no tiene una respuesta definida. Opta por una conclusión que se le antoja la mejor apuesta:

—Creo que se aburre.

Cameron se encoge de hombros.

—Supongo que debe de ser una mierda tener que pasarte la vida en un tanque pequeño.

—Exactamente —coincide Tova.

—Sobre todo si eres tan listo.

—Marcellus es brillante.

El pánico asoma a los ojos de Cameron.

—¿Qué se supone que debo hacer si vuelve a pasar? Me refiero a si sale. Mientras estoy limpiando.

—Dejarlo en paz, claro —dice Tova, porque no se le ocurre otra respuesta. Tener al chico atizándole con la escoba no servirá de nada.

—Vale. Lo dejo en paz. —Cameron lanza una mirada temerosa hacia el pasillo, como si Marcellus estuviera escondido allí.

Pero a Tova la inquieta algo. Si hubiera dejado al pulpo en paz el día que lo descubrió debajo de la mesa en la sala de descanso, atrapado miserablemente entre los cables, ¿qué habría sido de él? Hasta el intento de abandonar el edificio de esta noche, ella había pensado que Marcellus tenía suficiente sentido común para evitar esta clase de riesgos y mantener sus correrías nocturnas habituales: meterse con los caballitos de mar, rondar el tanque de los pepinos de mar en busca de un aperitivo de medianoche. Un súbito temor la asalta ante su propia incapacidad para prevenirlo, incluso en el caso de que siguiera trabajando allí como de costumbre. Al fin y al cabo, él podía escapar de su encierro en cualquier hora del día o de la noche y ponerse en peligro en un recinto vacío.

Quizá dejar que Marcellus escapase del acuario sería un acto de caridad. Podría hacerle una visita a Erik, en las profundidades del mar, en el fondo del estrecho de Puget. El pensamiento se le antoja brutalmente inadecuado. No puede evitar sonreír.

El chico inclina la cabeza hacia ella.

—¿Qué le hace tanta gracia?

—No es nada.

—Vamos, Tova. Dígalo en alto para que se ría toda la clase.
—Un centelleo burlón asoma a los ojos de Cameron, el de alguien con sentido del humor.

—De veras, no era nada.

—¡Nada es nada! —Cameron le sonríe. Es realmente un tipo encantador cuando no se pone insolente. Erik también era así; ella y Will solían escandalizarse de su actitud, pero al mismo tiempo era tan fácil de querer, una de esas personas de quienes todo el mundo quiere hacerse amigo.

Una idea surge en la mente de Tova.

—Sígueme —le dice al tiempo que se vuelve hacia la sala de bombeo—. Tengo un plan.

—¿Un plan? ¿Para qué?

—Para la próxima vez que te encuentres a Marcellus fuera de su tanque.

—Creía que me había dicho que lo dejara en paz. —Cameron trota detrás de ella—. ¿Va a enseñarme a capturarlo?

Ella se vuelve hacia él.

—No, no exactamente. Voy a enseñarte a que te ganes su amistad.

—¿Su amistad? —Cameron se para en seco—. Me parece improbable. Escila, el monstruo marino, no fue exactamente simpático y cariñoso conmigo cuando nos encontramos antes.

—Espera lo inesperado, querido. —Tova sonríe.

Día 1.329 de cautiverio

La mayor parte de lo que dicen los humanos son tonterías, pero quizá lo más patético de esa basura de discurso sea su tendencia a ensalzar su propia idiotez. Con ello me refiero a afirmaciones absurdas del estilo de: «¡Lo que no sabes no te hará daño!». O, aún peor: «La ignorancia es una bendición».

Teniendo en cuenta mi estatus de preso en este horrendo lugar, podéis objetar a mi reflexión sobre el tema de las bendiciones. ¿Qué va a saber de la alegría un cefalópodo cautivo? Nunca volveré a sentir la emoción de una caza salvaje en mar abierto. Nunca volveré a sumergirme en el brillo plateado de la luna cuando se filtra a través del agua desde un cielo nocturno infinito. Nunca volveré a copular.

Pero poseo conocimientos. La felicidad posible para una criatura como yo radica precisamente en el saber.

Como ya os he contado, soy un gran adepto a aprender. He resuelto fácilmente cualquier prueba que Terry me ha planteado: la caja cerrada con una vieira dentro, el pequeño laberinto de plástico con un mejillón en la salida. «Juegos de niños», como decís los humanos. Luego aprendí a soltar la tapa del tanque y a abrir la puerta de la sala de bombeo. Aprendí a calcular con precisión hasta dónde puedo aventurarme, y durante cuánto tiempo, antes de empezar a sufrir las Consecuencias.

Tal vez no sea una bendición, si es que eso existe, pero con este conocimiento he alcanzado algo que podría llamar satis-facción. O, de manera más precisa, quizá suspensión temporal de la tristeza.

¡Ah, qué suerte ser humano y conseguir la felicidad a través de la simple ignorancia! Aquí, en el reino animal, la ignorancia es peligrosa. El pobre arenque arrojado en el tanque no tiene la menor idea de la presencia de un tiburón que lo acecha. Pre-gúntale al arenque si lo que no sabe no le hará daño.

Pero los humanos también pueden sufrir heridas debido a sus propios olvidos. No son capaces de verlo, pero yo sí. Suce-de a todas horas.

Imaginad, por ejemplo, a un padre y un hijo a los que tuve hace poco justo aquí, delante de mi tanque. El padre da una palmada en la espalda al adolescente mientras charlan de un partido inminente. Está seguro de que su hijo destacará en él y le dice: «Has sacado mi brazo, y yo fui un quarterback de pri-mera división». No sé qué es un quarterback, pero hay algo que sí puedo deciros: el chico no tiene ninguna relación genética con el hombre. El padre es un cornudo. Una de mis palabras humanas favoritas, debo admitirlo.

Instantes más tarde, la madre del chico se une a ellos, y los tres avanzan para admirar al charrasco de nariz afilada de la sala de al lado, ignorantes de la traición que un día quebrará su familia.

Preguntaréis cómo lo sé. Yo observo. Soy muy perceptivo, quizá más de lo que vuestra capacidad os permite reconocer.

Miles de genes moldean la apariencia física de los vástagos, y muchos de ellos son tan evidentes para mí como para voso-tros lo son las letras en una página. Durante mil trescientos veintinueve días de este fatídico cautiverio, he cultivado la ob-servación. En el caso concreto del hijo deportista y el quarter-back cornudo de su padre, la lista de rasgos sería demasiado larga para citarla aquí: la forma de la nariz, el tono de los ojos, la posición exacta del lóbulo de la oreja. La inflexión de la voz, la forma de andar. ¡Ah, la forma de andar! Ese es siempre un rasgo fácil de ver. Los humanos andan de manera más parecida de lo que piensan (aunque no en este caso).

Pero la antigua señora de la limpieza y su sustituto sí lo hacen. Andan igual.

Está también el hoyuelo con forma de corazón que aparece en sus dos mejillas izquierdas, en un punto inusualmente bajo para esa clase de rasgos. Y los reflejos de un dorado verdoso en sus ojos. La falta de oído que demuestran al tararear mientras friegan (bastante molesta, para ser sinceros, aunque el rumor de la bomba lo sofoca, afortunadamente).

«Detalles circunstanciales», diréis con escepticismo. Coincidencia. La herencia trabaja de maneras extrañas. Fijaos en el fenómeno de los dobles: humanos casi idénticos que no guardan ninguna relación nacidos en lugares opuestos del mundo.

Sabéis, como yo, que la mujer no tiene ningún heredero vivo. Sabéis que su único hijo murió hace treinta años. Estáis al tanto, también, de su pena. Una pena que ha dado forma a su vida. Una pena que, de momento, la lleva a recluirse. Y que, al final, podría desembocar en algo peor.

Vuestro escepticismo es comprensible. Parece desafiar a la lógica.

Podría seguir aportando pruebas, aunque ahora debo descansar. Estas comunicaciones me agotan, y esta se está haciendo muy larga.

Pero haríais bien en creerme cuando os digo lo siguiente: el joven varón que desempeña desde hace poco las tareas de limpieza es un descendiente directo de la señora de la limpieza del pie malo.

VOLANTAZO A LA IZQUIERDA, GIRO A LA DERECHA

Una mañana de finales de julio Cameron por fin se topa con una pista prometedora.

El esquivo magnate inmobiliario Simon Brinks pasa los fines de semana del verano en su finca de las islas San Juan, una hermosa villa de aires toscanos ubicada en un acantilado con vistas a un oscuro estrecho. Todo esto según un artículo de una revista antigua que Cameron desenterró de una web poco conocida. En cuanto tuvo la ciudad y la foto, dar con la dirección no le costó demasiado. Se encuentra a dos horas de coche de Sowell Bay.

Esto significaría cuatro horas solo en el coche. Cameron revisa la lista de contactos del teléfono. Su dedo pulgar se detiene sobre el número de Avery.

¿Pegarse ese viaje para saludar a un hombre que quizá fuera su padre biológico podría considerarse una cita rara? Sí. ¿Avery es lo bastante especial como para avenirse a ello? Es posible. Todo parece rondar el cincuenta por ciento de posibilidades con Avery, y, aunque han quedado varias veces para tomar café y una de noche, para cenar, en el pub de Elland, la mitad del tiempo ella aduce problemas de agenda y cancela los encuentros, algo que no acaba de encajar en una mujer soltera. Cosas de la tienda, supone Cameron. ¿Qué sabía él de llevar un negocio? Conteniendo la respiración, pulsa el número.

—Eh, hola. —Ella parece contenta de oírlo.

—Voy a correr una pequeña aventura hoy. ¿Te apetece unirte? —Cameron le explica su plan.

El suspiro de Avery resuena a través del altavoz.

—No puedo, me toca trabajar en la tienda. Pero podríamos hacer algo cualquier otro día, hacia finales de esta semana.

—Claro. A finales de la semana.

—Lo digo en serio —añade ella con entusiasmo—. Podemos ir a remar. Miraré qué día estoy libre.

Él se despide de Avery y deja el teléfono en el guardabarros de la autocaravana, donde apoya los pies, sentado en una de las sillas de terraza de Ethan. El tiempo era terrible y lluvioso cuando llegó, pero ahora es perfecto. Todos los colores parecen tremendamente vivos, desde el amplio azul del cielo hasta el verde de los frondosos árboles. No guarda el menor parecido con ese horno opresivo y polvoriento que es Modesto durante el verano. Estira la mano derecha, se observa los dedos, luego flexiona el brazo y suelta un puñetazo contra ese cielo impoluto.

La vida le sonríe por fin.

En primer lugar: está Avery. Nunca ha conseguido llamar la atención de una chica como ella, y de alguna manera esas extrañas evasivas solo sirven para contribuir a su atractivo.

En segundo lugar: está a punto de tener un cara a cara con su posible padre.

Y en tercero: lleva semanas conservando un empleo de verdad. Ni siquiera lo odia. ¿Quién lo habría dicho? Cortar tripas de peces. ¡Y limpiar! No tiene el menor glamur, pero le gusta la soledad que se respira allí, sobre todo por las noches. Durante la mitad de su jornada, mientras limpia, es la única persona en el acuario. Esas noches, le arrea varios golpes a la máquina de *vending* hasta que esta suelta algo, un paquete de galletas o un aperitivo rancio que nadie quiere comprar de todos modos; se pone los cascos y se evade mientras friega los suelos. Durante la otra mitad del tiempo, aparece aquella señora rara. Tova.

Sigue dejándose caer por el acuario a pesar de que se supone que está de baja médica. Cameron le prometió que no se chivaría. No le importa tenerla por ahí. Su obsesión por el pulpo es extraña, y no puede decirse que él haya hecho grandes progresos en su amistad con Marcellus, pero estar con ella le resulta extrañamente agradable.

Tras él suena el ruido de una puerta. Un segundo más tarde Ethan aparece por detrás de la autocaravana. Lleva una desgastada camiseta de Led Zeppelin que le queda un poco estrecha en el pectoral. Mira a Cameron de reojo.

—Una mañana espléndida, ¿no crees?

—Sí. ¿Y sabes una cosa? —Cameron le relata su hallazgo sobre Simon Brinks y la subsiguiente conversación con Avery. Ethan asiente.

—Vale. Pues vayamos. Iremos en la furgoneta.

Cameron inclina la cabeza.

—¿Qué?

—¿No te has lavado las orejas, chaval? ¡He dicho que iremos en la furgoneta!

—¿Quieres acompañarme?

—¡Por supuesto! ¿Crees que voy a dejar que zurres a ese capullo tú solo? —Su cara está radiante—. Tiene pinta de ser divertido, creo yo.

—De acuerdo —accede Cameron despacio—. Iremos juntos.

—Es un camino precioso, por cierto, sobre todo en esta época del año. Será una aventura, ¿eh? Yo te serviré de guía turístico.

¿De guía turístico?

—De hecho —prosigue Ethan—, hay un gran sitio para comer *fish and chips* en este lado de la autopista.

¿*Fish and chips*? ¿A qué viene ahora eso?

—Vale. Pero primero vamos a buscar a Brinks.

Ethan se ríe.

—Primero la extorsión, luego la comida.

Cameron aún no ha conseguido hacerse una idea de la forma que presenta el mar aquí. Es como si un monstruo con cientos de dedos largos se aferrara al borde del continente, zarcillos de un intenso color azul abriendo canales entre el paisaje verde oscuro de las formas más imprevistas. Se sorprende a todas horas de la presencia del agua en el lado izquierdo del coche, y de que, poco después, tras doblar un recodo, aparezca al otro lado. Eso sin contar el gran número de puentes (¿cuántas veces puede cruzar uno el mismo cuerpo de agua?) que se hallan en la interminable carretera de dos carriles por la que conduce Ethan, cuyos márgenes están salpicados de tiendas de anzuelos, gasolineras y pequeños restaurantes desvencijados que no inspiran demasiada confianza para el plan del *fish and chips*.

—Ya no falta mucho —vocifera Ethan, un desafío directo al mapita que tiene en el móvil, donde consta que el tiempo de llegada es aún de una hora. Lleva el codo moreno apoyado en la ventanilla, como una salchicha pecosa, después de insistir en dejar las ventanas bajadas con el pretexto de que hacía un día precioso para un viaje así. El viento veloz y el acento de Ethan complican que se le entienda.

Con el anillo de graduación en la mano sudada, Cameron esboza la logística de ese encuentro inminente por enésima vez.

Las cosas podrían salir así. Y quizá sea el mejor resultado. Simon Brinks se sorprenderá al verlo. Se quedará con la boca abierta cuando reconozca a Cameron de inmediato. Aunque podría ser de esa clase de capullos que intenta negarlo, Cameron llevará la prueba fotográfica en el bolsillo. Y entonces Brinks se avendrá a todo.

La posibilidad no tan ideal implica a Brinks mirándolo con mala cara. Sacando a colación la intervención de abogados y la necesidad de pruebas de ADN. Sin decir una palabra hasta que todo quede probado.

Pero ¿y si se demuestra todo y Brinks quiere que se establezca una relación entre ellos? Es lo que Elizabeth le sigue repitiendo cada vez que la llama. Elizabeth parece convencida de que Simon posee una especie de instinto paternal latente que despertará ante la presencia de su hijo perdido. Como en las películas. Pero la vida no es como un cursi guion de Hollywood.

La tía Jeanne tampoco para de insistir en el tema de la relación, aunque Cameron sospecha que, en el fondo, ella no termina de creerse que alguien como Simon Brinks saliera con su hermana. Pero la última vez que hablaron, cuando Cameron mencionó que tomaría el primer avión de regreso a casa si conseguía que Simon le extendiese un buen cheque, ella había soltado un suspiro de desaprobación. «Quédate ahí todo el tiempo que necesites», había dicho. «Ya que te has comprado esa ridícula autocaravana, al menos sácale algún provecho. Además, la vida de por allí parece sentarte bien».

Bueno, esa parte es verdad.

Pero Cameron no desea entablar una relación filial con un posible padre. Lo que quiere son los dieciocho años de pensión de alimentación que ese gilipollas nunca pagó. Dios, Cameron aceptaría un pago completo. ¿Diez de los grandes? ¿Veinte? Puede enviárselo directamente a la tía Jeanne. Cameron ha contraído una deuda con ella por todo lo que ha tenido que pasar por su culpa durante todos estos años, sin contar con el dinero que le prestó para la autocaravana. Ya ha abonado casi la mitad, pero sigue faltando una pasta gansa.

—¡Eh, mira! —Ethan frena un poco al tiempo que señala un camino de tierra que sale de la autopista—. Si alguna vez quieres ir a ver ballenas, ahí hay un lugar privilegiado. Llevé a una amiga en una ocasión. Vimos orcas jugando como si fueran gatitos. Impresionante. Ah, esa noche hicimos el amor como...

—Ejem..., gracias —le interrumpe Cameron. ¿Qué les pasa a los viejos con el sexo?—. Lo tendré en cuenta.

—Bueno, era solo una idea. Sé que andas con esa chica.

—No creo que a Avery le apetezca conducir hasta tan lejos para ver ballenas.

—Eso nunca se sabe, ¿eh? Son unas criaturas majestuosas.

—Ethan le guiña un ojo y la furgoneta se desplaza hacia el centro de la vía justo cuando un coche que viene en dirección contraria aparece detrás de una curva. Da un volantazo y vuelve al carril correcto—. ¡Inútil! A ver si miramos la carretera. En fin, también hay una bonita extensión de arena, fantástica para encontrar estrellas de mar y galletas de mar.

—Si quisiera mostrarle estrellas y galletas de mar a Avery solo tendría que llevármela al acuario —apunta Cameron bruscamente—. Contamos con la mayor colección de equinodermos del estado. O eso dice Tova, vaya.

Ethan vuelve la cabeza y su mirada se clava en Cameron durante un alarmante periodo de tiempo. Le tiembla la barba, como si se estuviera mordiendo el labio inferior. Cameron se descubre agarrado al borde del asiento. ¿Qué ha sido del consejo de mirar la carretera?

Por fin la atención del otro vuelve a centrarse en el salpicadero. Prosiguen el viaje en silencio hasta que, minutos después, en voz baja, Ethan pregunta:

—¿Conoces a Tova Sullivan?

Mierda. El secreto. Se supone que nadie debe enterarse de las visitas de Tova al acuario. No por vez primera Cameron se pregunta si no estarán exagerando. Tras meditarlo durante un minuto, decide que no es tan importante. La gente mayor tiene cosas raras a veces. Y en cualquier caso ¿a Ethan qué más le da? Lo piensa un poco aún y contesta:

—Sí, Tova se pasa de vez en cuando para echarme una mano.

—Creía que estaba de baja.

—Y lo está. Olvida que lo he contado.

—¿Se encuentra bien? —Hay una nota de reverencia en la voz de Ethan.

—Está muy bien. Creo que el pie se le está curando.

—Me alegro mucho de oírlo —murmura Ethan. Sus mejillas rubicundas están más sonrojadas que nunca.

Una sonrisa se expande por la cara de Cameron.

—Por el amor de Dios. Te gusta.

—Bueno, ¿y a quién no?

—Chorradas. Lo llevas escrito en la cara.

Ahora Ethan tiene rojas incluso las orejas.

—Es una dama encantadora.

—Es una dama encantadora —repite Cameron imitando el acento escocés. Le da a Ethan una ligera palmada en el hombro—. Venga, tío. Cuéntamelo. ¿Habéis tenido una historia o qué?

—¿Una historia? —Los labios de Ethan se cierran en un rictus serio—. No soy de los que van detrás de mujeres casadas. Y la señora Sullivan lo estaba, hasta hace poco.

—Oh. —Cameron hunde los hombros—. No lo sabía.

—Sí. Su marido era un tipo majo. Murió de cáncer de páncreas hace un par de años.

Cameron apoya las manos en su regazo y las observa. Por alguna razón, enterarse de esto sobre Tova le escuece un poco. Que ella no se haya preocupado de darle esa información básica.

—Ha tenido una vida dura —continúa Ethan—. Con todo lo de su hijo.

—¿De qué hablas?

—¿No lo sabes? Bueno, supongo que no tienes por qué. Aquí lo sabemos todos, pero tú llegaste hace poco. Y la gente ya no saca el tema con tanta facilidad.

Con un escalofrío, Cameron recuerda el comentario de Tova: «A la gente de Sowell Bay le gusta hablar».

—Ignoraba que tuviera un hijo —murmura Cameron.

—No me corresponde a mí contártelo, pero supongo que da igual que lo oigas de mi boca que de la de cualquier otro. —Ethan respira hondo—. Allá en los ochenta, su hijo trabajaba en el ferry. Se llamaba Erik. Un chaval brillante. El delegado de su clase. Bueno en los deportes, capitán del equipo de vela. Ya te haces una idea.

—Sí, claro —dice Cameron. Cada instituto tiene a su propio Erik.

—En fin, era... Oh, mierda. ¿Me he saltado el desvío? —Ethan agarra el móvil y mira la pantalla—. Oye, Rhonda, ¿por qué no me has avisado?

Cameron enarca una ceja.

—¿Rhonda?

—Así llamo a la voz de mujer que da las indicaciones. Y esta vez se ha despistado. —El teléfono acaba estampado en un hueco del coche—. La casa de tu viejo está a dos kilómetros de distancia en esa dirección —dice, señalando con el pulgar hacia atrás.

—¿Y qué hay de la historia? ¿Lo del hijo de Tova? —A Cameron se le ponen los nudillos blancos de la fuerza con que se agarra a la manija de la puerta cuando la furgoneta da un giro completo, absolutamente ilegal.

—Ah, déjalo.

—¡Venga!

—No debería haber sacado el tema. Es muy triste. —Las ruedas zumban cuando la furgoneta gana velocidad, ahora en dirección al sur. Entre las densas copas de los árboles se perciben astillas de agua de un azul pálido—. Su hijo murió. Ahogado. Con dieciocho años.

—Oh, Dios mío. —Cameron suelta el aliento—. Eso es horrible.

—Ya —dice Ethan en voz baja—. Bueno, ya hemos llegado.

Dirige la furgoneta hacia una carretera secundaria sin asfaltar, levantando una enorme nube de polvo que los hace toser a ambos.

Cameron sube la ventanilla y mira el camino con escepticismo. Está lleno de arbustos.

—¿Estás seguro?

Ethan levanta el teléfono y revisa la dirección.

—Pues sí. Sin duda.

Y una mierda sin duda. Este no es el lugar.

Podría ser una buena ubicación para la casa de veraneo de un billonario. El terreno vacío presenta vistas al azul marino del océano por sus tres lados. Pero no hay ni rastro de una villa con aires toscanos, ni de la piscina donde ese potencial padre rico bebe en copas de oro. Solo una extensión oscura y llena de tierra que hace pensar a Cameron en el escenario de una película, de esas en las que un par de críos están enrollándose en un coche antes de ser acuchillados por un asesino en serie.

—Mierda —rezonga al tiempo que propina una patada a una piña seca. Esta rueda hacia el borde y cae por el acantilado.

—Pues no es aquí —dice Ethan innecesariamente.

—Está claro que no.

Quizá la habilidad investigadora de Cameron en las redes no sea tan impresionante como él creía. Se vuelven hacia la furgoneta e inician el pedregoso camino de regreso a la autopista.

Al pasar por un bache enorme, Ethan frena cuando debería haber acelerado. La típica reacción de los novatos. Pero se quedan atascados ahí. Las ruedas giran inútilmente mientras Ethan intenta dar gas a tope.

—Eh, tranquilo. Has pillado un mal hueco —explica Cameron en tono paciente. Sí, el camino es bastante abrupto, pero perfectamente practicable. Un juego de niños comparado con los que él y Katie solían tomar en el desierto de California con el viejo Jeep antes de que lo perdiera.

—Maldita sea —rezonga Ethan al tiempo que pisa el acelerador con más ímpetu. La transmisión de la furgoneta gime y gruñe, como si también estuviera harta de esta aventura.

Cameron suspira.

—¿Me dejas probar?

—¿A ti? —Ethan frunce el ceño, pero en sus ojos se aprecia la curiosidad, quizá también un atisbo de esperanza—. Supongo que sí.

Apaga el motor y le pasa las llaves.

—De acuerdo. Venga, salgamos.

—¿Salir?

—Sí, fuera. —Cameron intenta matizar la impaciencia de su voz mientras se apea de la cabina—. Debemos comprobar qué pasa ahí abajo. A lo mejor hay que apuntalar la tracción trasera. ¿Tienes algo que podamos usar de cuña?

Contempla la carretera, que se pierde en un bosque denso y oscuro. Nada como el ancho desierto. Pero en un lado hay una roca que podría servir. La señala con la cabeza y ordena:

—Coge esa piedra de ahí.

Ethan parece sorprendido. Incluso impresionado. Cameron se permite esbozar una leve sonrisa.

—Tuve mis aventuras por el desierto hace ya tiempo.

—Ya.

Con un asentimiento de cabeza, Ethan va hacia la roca. Cuando vuelve con ella, Cameron ya ha dispuesto un montículo de tierra seca delante de las ruedas traseras y está mirando por debajo del chasis, usando los bordes de las manos para palpar los ángulos.

Cameron explica lo que va a hacer.

—Primero hay que empujar la furgo hacia delante, aunque sean solo un par o tres de centímetros, y apuntalar la rueda trasera con esa roca. Luego damos un volantazo a la izquierda, y cuando las ruedas traseras empiecen a rodar, otro a la derecha.

—¿A la izquierda? —Ethan mira en esa dirección, hacia el muro de árboles. No debe de haber más de cuatro metros entre el borde del parachoques delantero y la primera fila de troncos gruesos—. Yo diría que no.

—Funcionará. No es más que física.

Cameron recuerda tantas conversaciones como esa con sus colegas de viajes en coche. No eran capaces de verlo como hacía él, de comprender las fuerzas que lanzaban al vehículo hacia un lado y hacia otro, incluso cuando parecía imposible. Se limitaban a sentarse y a hacer girar las ruedas mientras sus engranajes mentales giraban igual de inútilmente. Mirando con confianza la dubitativa cara de Ethan, añade:

—Confía en mí.

—Ya. Sea.

A la izquierda, luego con decisión a la derecha; un puñado de barro lleno de grava en el retrovisor, y, con un quejido que le sale de las tripas y que alarma incluso a Cameron, la furgoneta retoma el camino. En cuanto salen del bache, suelta una carcajada. Había olvidado lo divertido que era esto, y aunque esta furgoneta no sea un Jeep, tampoco se queda tan corta. Se vuelve hacia Ethan, quien parece estar a punto de expulsar una piedra renal. Una sonrisa maliciosa se dibuja en los labios de Cameron cuando, deliberadamente, hunde las ruedas delanteras en un desnivel provocando que ambos den un salto.

—¿Quieres un poco más de diversión?

En el asiento del copiloto, Ethan lleva la cabeza atrás y suelta un aullido extraño, casi canino.

—¡Adelante!

Cameron pisa el acelerador. Esto es mucho más divertido que el puto *fish and chips*.

Día 1.341 de cautiverio

Las criaturas marinas son las reinas del engaño. Estoy seguro de que habéis oído hablar del rape, que se agazapa en las aguas oscuras detrás de un halo luminiscente que atrae a su presa directamente a sus fauces. Aquí no hay rapes (y no puedo decir que lo lamente), pero hubo un tiempo en que colgaron un cartel explicativo fascinante en el vestíbulo.

Todos mentimos para obtener lo que necesitamos. El caballito de mar se disfraza de alga. El blenio es un falso limpiador que se toma su tiempo antes de pegarle un mordisco a su amable anfitrión. Incluso mi habilidad para cambiar de color, mi camuflaje, es en el fondo una especie de falsedad. Un embuste que está en sus últimos días, me temo, ya que cada día me cuesta más fundirme con mis alrededores.

Los humanos son los únicos seres que subvierten la verdad para entretenerse. Lo llaman chistes. A veces juegos de palabras. Dicen una cosa cuando quieren decir otra. Se ríen, o fingen reír por educación.

Yo no sé reír.

Pero hoy escuché un chiste que me pareció inteligente y atemporal. Debería advertiros que tiene un punto de humor negro.

La joven familia se había detenido delante de mi tanque, y el padre (porque suele ser siempre el padre el que tiende a ha-

233

cerse el gracioso) se volvió a su hijito y le preguntó: «¿Qué dijo el tigre cuando se pilló la cola en la cortadora de césped?».

(No me preguntéis qué hacía un felino salvaje ante un cacharro para mantener el jardín. Los chistes suelen ser así de absurdos).

El niño, al que ya se le escapaba la risa, dijo: «No lo sé. ¿Qué?».

Y el padre respondió: «Algo me está cortando el rollo».

Me habría reído si eso fuera posible.

«Algo me está cortando el rollo». Es verdad. Siento que cada vez queda menos, que mis células luchan para seguir desempeñando sus funciones típicas. Mañana empieza un nuevo mes, y quizá sea la última vez que vea a Terry pasar la página del calendario. El final inevitable se acerca.

UNA VERDAD DESPUÉS
DE TRES MARTINIS

La comida de despedida de Mary Ann Minetti comienza a mediodía de un caluroso día de agosto. Tova llega al Elland Chophouse diez minutos antes. El sol inclemente le ataca los ojos y los entrecierra mientras se dispone a subir los escalones de la fachada del restaurante, ubicado en la zona más pija del distrito costero de Elland. Aún le duele un poco el tobillo y lo nota débil por las tres semanas que ha pasado metido en la bota.

—¡Señora Sullivan! —Oye una voz conocida al tiempo que alguien la coge con firmeza del codo.

—Laura, querida. ¿Cómo estás? —Tova saluda con un gesto a la hija de Mary Ann, una mujer delgada de unos cuarenta y pico, y acepta su ayuda para terminar de subir las escaleras.

Según Mary Ann, Laura había llegado la semana pasada para ayudar a su madre con los preparativos. Y fue Laura quien organizó esta comida y quien escogió un restaurante tan refinado. Tova no está segura de que Mary Ann no hubiese preferido un café en su casa, aunque tal vez eso no sea posible ahora que están cerrándola con el fin de dejarla lista para su venta.

—Bien, bien —responde Laura mientras sostiene abierta la puerta del restaurante para que entre antes que ella—. Y me alegra ver que usted está mejor. Mamá me habló de su caída. —Mira el pie de Tova con una ceja enarcada.

—Fue solo un esguince.

—Lo sé, pero a su edad…

El alegre saludo de la joven encargada del local le ahorra a Tova el tener que responder. Con un montón de cartas en la mano, las guía a través del restaurante hasta una mesa larga, situada junto a un ventanal que da hacia el estrecho. La vista, al menos, es maravillosa.

—El camarero las atenderá en un par de minutos. ¿Puedo traerles algo de beber mientras tanto? —sugiere la encargada mientras va dejando una carta en cada uno de los servicios de la mesa. Debe de haber al menos treinta comensales. ¿A cuánta gente ha invitado Laura?

—Mira, sí, un gin-tonic, por favor. —Laura deja el bolso en la mesa y suspira—. Llevo toda la mañana ayudando a mi madre a vaciar la casa donde ha vivido durante medio siglo. Tráemelo doble.

—Por supuesto, señora.

Tova se acomoda en una silla cercana al extremo de la mesa e imagina la cantidad de figuritas de porcelana y de cruces que siempre han vivido en los estantes de la cocina de Mary Ann envueltas en papel y guardadas en una caja de cartón, donde probablemente pasarán años hasta que a algún desgraciado miembro más joven de la familia le corresponda decidir cómo librarse de ellas. Se obliga a sonreír a la encargada, que al parecer sigue esperando que le pida algo de beber.

—Café, por favor. Solo.

La encargada asiente y desaparece, dejando a las dos mujeres sumidas en esa clase de silencio que a Tova le hace desear haber traído la costura. Por fin, pregunta:

—¿Cómo están las chicas?

La hija de Laura, Tatum, y su nietecita, Isabelle, viven con Laura en Spokane. Ahora Mary Ann, bisabuela con solo setenta años, vivirá también con ellas. Es obvio que el tema de Tatum y de su hija no estuvo planeado, pero Tova no puede dejar de admirarse ante cómo se ha desarrollado todo. Cuatro generaciones de mujeres bajo un mismo techo.

Laura asiente.

—Las chicas están bien. Genial. Isabelle ya anda.

—Fantástico —dice Tova.

—Sí. —Laura sonríe, pero no da más explicaciones; no es la primera que se corta al hablar de niños delante de Tova, lo cual a veces es una bendición y otras no tanto.

El incómodo silencio se apodera de ellas de nuevo, de manera que Tova hace otra pregunta:

—¿Qué tal el trabajo?

—Bueno…, es trabajo. —Laura suelta una carcajada auténtica antes de lanzarse a una perorata sobre los avances tecnológicos que se prevén para el verano en la universidad estatal, donde ella da clases de psicología. Tova asiente. La verdad es que parece una pesadilla. Laura lanza un suspiro resignado y luego prosigue—: Por eso insistimos en que mamá se mudara tan deprisa. Antes del inicio del trimestre de otoño. Me siento fatal porque no habéis tenido mucho tiempo para despediros. Sé lo unidas que habéis estado. Durante décadas.

—Siempre nos queda el teléfono.

—Tenemos que enseñar a mamá a usar una tablet. ¡Así podrá asistir virtualmente a las reuniones de las Jefas del Ganchillo! —Laura se ve radiante, complacida consigo misma por haber encontrado esta solución, signifique lo que signifique—. ¿Y qué me cuenta usted? ¿Cuándo volverá a trabajar en el acuario?

Tova se yergue y le relata a Laura su última conversación con Terry. Este accedió a dejarla volver para «ayudar al chico nuevo», así lo expresó. Tova se quedó encantada con este acuerdo, que le permite enseñarle la manera correcta de hacer las cosas. Algo para lo cual dispondrá de mucho tiempo antes de mudarse a Charter Village a finales de mes. No comenta que también le apetece pasar más tiempo con el chico.

—¡Mamá! ¡Aquí! —grita Laura al ver a Mary Ann entrando en el restaurante, seguida por Barb Vanderhoof y Janice y Peter Kim.

—¡Hola! —Barb se acerca a la mesa saludando con ambas manos. Lleva una camiseta de lentejuelas demasiado ajustada—. ¡Mira qué sitio! ¡Qué lujo!

Da un fuerte abrazo a Laura.

Janice ocupa la silla contigua a la de Tova.

—¿Cómo va, Tova?

—¿Qué tal ese tobillo? —Peter Kim se sienta al lado de su mujer.

—Muy bien, gracias —responde Tova, con la esperanza de que su lesión no sea el tema de conversación de la comida.

—Excelente noticia. Pero ¿qué te ha pasado en el brazo?

Tova se baja la manga en un intento por tapar las marcas de ventosas más recientes.

—No es nada. Debe de ser del sol.

Peter frunce el ceño, y Tova adivina que se está poniendo la bata de médico y que piensa insistir, pero por suerte la invitada de honor le interrumpe.

—¡Oh, gracias a todos por venir!

Mary Ann suelta una risita infantil y ocupa el lugar de honor en el centro de la mesa mientras va llegando más gente. Tova reconoce a algunos parroquianos de la iglesia de St. Ann, donde Mary Ann colaboró durante años, junto con varios vecinos. En cuestión de minutos todas las sillas quedan ocupadas, aunque quedan libres las dos que están al lado de Tova. Aliviada de no tener más compañeros de mesa, Tova deja el bolso encima de la que tiene más cerca.

—¡Vaya, esto sí que es una mesa animada! —Un joven de piel oscura y ojos brillantes se acerca cargado con dos jarras de agua. Según la plaquita, se llama Omar—. ¡Suerte que me he puesto las zapatillas, porque estoy seguro de que no me vais a dejar parar!

Los invitados se ríen en señal de aprobación.

—¡Esto es una fiesta! —grita Barb Vanderhoof.

Omar la apunta con los dedos imitando a una pistola.

—¡Ese es el espíritu!

—Nuestra querida amiga Mary Ann nos deja. —Barb señala a su amiga y esta se sonroja—. Se marcha a Spokane.

—¡Uf! ¡Spokane! Lo siento. —Omar pone cara de estar comiéndose un limón, pero el brillo de sus ojos se mantiene.

—¡Eh, qué pasa! Yo vivo en Spokane. —Riéndose, Laura levanta el vaso del gin-tonic, ya vacío.

Por fin llega el café de Tova, en manos de un chico con aspecto agobiado. Ella observa el líquido negro antes de probarlo. Está caliente y fuerte. Coge la carta para leerla, chasqueando la lengua ante las descripciones, cosas como «espuma de crema de perejil» o «reducción de perlas de nabo». ¿Dónde están las sopas y las ensaladas? Una taza de crema de maíz sería perfecta.

—¿Están ocupadas?

Una voz profunda, no del todo desconocida, le interrumpe la lectura de la carta. Alza la vista y se topa con un hombre alto. No se le ve tan raro sin el culote de ciclismo y aquellas gafas de sol galácticas y el casco, pero sin duda es Adam Wright, el tipo que la ayudó con el crucigrama en Hamilton Park hará unas semanas.

—¡Oh, hola!

Él le sonríe, también la reconoce.

—Me alegro de volver a verte —dice Tova al tiempo que retira el bolso de la silla. Adam viene acompañado de una mujer bajita de pelo cobrizo y rizado.

—Sandy Hewitt —dice él dando a su compañera un apretón en el brazo mientras se sientan—. Sandy, ella es Tova Sullivan.

—¿Cómo estás? —dice Tova.

Regresa el mismo chico que le trajo el café, esta vez con dos martinis que deja, con cuidado, delante de la pareja de recién llegados.

Adam da un generoso sorbo, y Tova recuerda el día del parque en que se bebió toda su botella de agua.

—Laura y yo hicimos juntos la catequesis en St. Ann —explica él—. Se enteró de que yo había vuelto y me lio para ayudar a su madre en la mudanza. Y ahora yo he liado también a mi media naranja. —Guiña un ojo en dirección a Sandy.

—Tienen suerte de contar con él. —Ella sonríe y aprieta el bíceps de Adam—. Y a mí me encanta echar una mano, aunque lo de cargar peso no sea lo mío. Laura tuvo la amabilidad de incluirme en la comida. Estoy encantada de conocer a tanta gente de Sowell Bay de una sola vez.

—Sí, Laura ha sido un encanto al invitar a tanta gente, ¿verdad? —Tova bebe un sorbo de café.

—Eso parece. —Sandy inclina la cabeza hacia ella—. ¿Y de qué se conocen usted y Adam?

Tova carraspea y luego dice en voz baja:

—Adam era amigo de mi hijo.

Adam esboza una sonrisa forzada. Luego se vuelve hacia Sandy, y aunque gran parte de la explicación es en forma de un susurro que Tova apenas puede oír, capta las palabras «ese chico que...».

Sandy abre mucho los ojos y brinda a Tova una mirada de simpatía antes de concentrarse en la carta con un interés inusitado. Se alisa el pelo, se coloca bien en la silla y cierra las manos.

—Bueno —dice en voz alta, dirigiéndose a toda la mesa—. ¿Ya habéis decidido qué vais a tomar? ¡Me han dicho que el filete está de muerte!

Al final la crema de maíz no se encuentra en el menú del Elland Chophouse. Pero Omar le recomienda una crema de calabaza al curri que, para sorpresa de Tova, está deliciosa. Se toma hasta la última gota acompañada de un excelente pan de masa madre mientras Adam Wright y Peter Kim se quejan de los últimos resultados de los Mariners, sin incluir a Tova y a Janice en la conversación. Un tema que, de hecho, a Tova no le interesa en lo más mínimo.

—Béisbol. ¿A quién le importa? —dice Janice.

Tova sonríe, luego se seca los labios con la servilleta.

—Lo único peor que verlo es hablar de ello.

Peter Kim le da un apretón cariñoso a su esposa en el hombro.

—Siento aburrirte, cariño.

—Eh, quizá es culpa mía. —Adam Wright se ríe—. Me vuelvo a la ciudad y empiezan a perder. Debería haberme quedado en Chicago.

Apura el martini y mira a Sandy mientras arranca una enorme aceituna verde de la lanza de plástico con forma de espada y le ofrece a ella la otra, extendiendo el brazo por la parte trasera de su silla.

Janice se vuelve hacia Sandy.

—¿Alguna novedad en la búsqueda de casa?

—¡Oh, sí! —Sandy está radiante—. Nos hemos decidido por una de esas de nueva construcción. En la zona que se encuentra al sur de la ciudad.

—Perfecto. Así podéis terminarla a vuestro gusto.

—¡Exactamente! Adam planea construir un santuario masculino en el sótano. Solo para ver el béisbol.

Peter Kim se anima al oír eso.

—¡Excelente! Pienso ir a verte cuando haya partido.

Los cuatro se ríen.

Sandy se vuelve hacia Tova.

—¿Y qué hay de lo suyo, señora Sullivan?

—¿A qué te refieres? —pregunta Tova, extrañada.

—A su casa. ¿Ha recibido ya alguna oferta?

Janice suelta el tenedor y se gira hacia Tova.

—Jessica Snell lo comentó el otro día cuando firmamos la

compra. Que su casa acababa de salir a la venta. A nosotros no nos conviene, claro. Necesitábamos al menos cinco dormitorios para cuando vengan a vernos los nietos.

—Futuros nietos —le corrige Adam—. Teóricos nietos.

Tova retuerce la servilleta sobre el regazo.

—¡Pero es una casa preciosa! —prosigue Sandy—. Jessica dijo que no duraría mucho a la venta. Alguien se la quedará enseguida.

—Sí, supongo que sí —dice Tova en voz baja.

—Tova. —El tono de Janice es severo—. ¿De qué está hablando?

—Oh, no me diga que... ¿De verdad no lo sabían? —Las mejillas de Sandy se enrojecen como el pimentón.

—No pasa nada. —Tova carraspea—. Sandy tiene razón. Voy a vender la casa. He solicitado una suite en Charter Village, en Bellingham.

Un gran silencio cae sobre la mesa.

—¿Qué? —pregunta Mary Ann, boquiabierta.

—¿Por qué no nos habías dicho nada? —inquiere Barb.

—¿Y qué hay de la casa? —Janice se inclina hacia delante.

—¡Esa casa tan bonita! ¡La casa de tu padre!

—¡Y todas tus cosas, Tova!

—¡Con la de maravillas que tienes en esa casa! ¿No irás a librarte de todas?

—¿Adónde irán a parar?

—¡Cuánto trabajo!

—En la buhardilla no te caben...

—Los baúles de tu madre, esos de madera de cedro. ¡Qué lástima!

—Soy perfectamente capaz de ocuparme de mis pertenencias —dice Tova con voz cortante.

Eso frena en seco la avalancha de comentarios. ¿Cómo se atreven las Jefas del Ganchillo a juzgar sus posesiones? Mary Ann y todas esas figuritas, y la casa de Janice, con una habitación dedicada a trastos informáticos que, en su mayoría, no parecen servir para nada. Y, por alguna razón inexplicada, Barb lleva coleccionando elefantes desde que iba al colegio. ¡Por el amor de Dios! Todo su cuarto de invitados está lleno de estatuillas de elefantes. ¿Cómo se atreven a tirar la primera piedra?

Janice apoya una mano en el hombro de Tova.

—No tienes por qué hacer esto, ya lo sabes. Peter y yo siempre hemos dicho que podrías venir a vivir con nosotros, que podrías...

—De ninguna manera. No voy a ser una carga para vosotros.

Janice menea la cabeza.

—Tú nunca serías una carga, Tova.

Mientras se retiran los platos, Mary Ann da una vuelta alrededor de la mesa para agradecer a todo el mundo su presencia. Janice y Peter Kim se despiden, aduciendo que no quieren llegar tarde a su clase de cerámica. Barb Vanderhoof y sus ajustadas lentejuelas se deslizan hacia la puerta porque es el día de su cita semanal con su terapeuta. Omar le lleva la cuenta a Laura y bromea sobre el lío que va a montar Mary Ann en Spokane. Adam Wright se bebe los restos del tercer martini y abraza a Mary Ann.

—¡Gracias por invitarnos a venir!

—¡Ha sido una comida encantadora! —añade Sandy en tono animado. Parece haberse olvidado de la bomba que soltó hace un rato.

Por suerte, el resto de la mesa también parece ajena a ello, aunque Tova ha pillado a Janice y Barb cuchicheando sobre hacerla cambiar de opinión.

Mary Ann muestra una sonrisa tensa cuando se apoya en la silla vacía que está a continuación de la de Tova.

—Te veré antes de que me vaya este fin de semana, ¿verdad?

—Desde luego. Pasaré por tu casa.

—Me encantará. —La voz de Mary Ann se quiebra un poco. Laura se apresura a correr junto a su madre y le echa un brazo por los hombros.

—Es fantástico que te lleves a tu madre a vivir contigo. —Adam se vuelve hacia Mary Ann y a la vez se repantiga en la silla—. La verdad es que doy gracias por haber tenido hijos, aunque eso signifique que nunca me libraré de mi exmujer. Sería un horror envejecer solo. ¿No es por eso por lo que todo el mundo los tiene?

Sandy le da un codazo.

—No seas ridículo, cielo.

Laura le lanza una mirada severa, y no le ofrece otra respuesta que cogerle el vaso de martini, aún medio lleno, que tiene en la mesa y entregárselo a un camarero que pasa cerca.

—Soy un imbécil. —Adam levanta la mano y luego la baja—. Tova, lo siento. No quería decir eso. No envejecerás sola. Ni siquiera aunque falte Erik.

—No pasa nada —contesta Tova en voz baja—. Fue hace mucho tiempo.

—Lo recuerdo como si fuera ayer. —La voz de Adam suena ahora más clara.

Mary Ann se lleva una mano a la boca, y Laura coloca los brazos en jarras, con una mirada en los ojos que podría partir una roca. Pero Tova se vuelve hacia Adam, consciente de que el corazón le late a toda prisa.

—Los recuerdos siempre son bienvenidos.

Él se pasa una mano por la cara.

—Bueno, seguro que no hay nada que no sepas. Recuerdo la última vez que lo vi. Nos comimos unos nachos esa misma tarde antes de que entrara a trabajar. Planeábamos ir a la cabaña de mis padres al día siguiente. Él os iba a hurtar unas cuantas cervezas de la nevera. —Da un respingo—. Lo siento.

Tova sacude una mano.

—No importa.

—En fin —prosigue Adam—, él quería impresionar a esa chica, no recuerdo su nombre. Iba a llevarla a la cabaña.

Tova suelta una carcajada seca. ¿Robarles cerveza de la nevera? Eso le parecía muy propio de su hijo. Pero todo lo demás... Menea la cabeza.

—No recuerdo que Erik tuviera novia en esa época.

—No sé si lo era técnicamente, pero estaban juntos. —Adam frunce el ceño con cara pensativa—. Joder, ¿cómo se llamaba?

Laura apoya una mano en el hombro de Tova.

—¿Estás bien?

—¿Tova? ¿Querida? —pregunta Mary Ann.

—Estoy perfectamente bien.

La voz de Tova parece salir del interior de una cueva. Se levanta y da las gracias a Laura por la comida y se despide de Mary Ann con un breve abrazo. Luego se oye decir adiós a Adam Wright y Sandy Hewitt.

Clac, clac. Clac, clac. El ruido de las sandalias en el suelo de madera del restaurante parece impulsarla lejos de la mesa. Afuera, el sol de media tarde la asalta de nuevo, y ella se cubre la cara con la mano mientras camina por el aparcamiento del Elland Chophouse en dirección a su coche. Solo cuando está sentada al volante con el motor encendido y la radio en marcha, se percata de que ha estado conteniendo la respiración. El aire sale ahora, rápido y caliente, y le empaña las gafas.

Así que Will siempre tuvo razón.

Había una chica.

LA SOMBRA DEL MUELLE

Avery vive en una casa pequeña revestida de vinilo amarillo en una de las salidas de la autopista del condado. Está a un buen trecho de la ciudad; no es de extrañar que Avery se duche en la tienda después de practicar padelsurf. El camino de entrada está lleno de herramientas de jardín y de bolsas de basura, y Cameron apenas encuentra espacio para aparcar la autocaravana.

Ella aparece en la puerta principal con una taza de café en las manos. Lleva unas mallas de running de talle bajo, que revelan una línea de piel tostada entre la cinturilla y la camiseta. Joder. De repente, él se alegra de que ella propusiera encontrarse aquí para salir con las tablas en lugar de en la tienda. Le dijo que era porque no le gustaba acercarse a su lugar de trabajo en días de fiesta, pero quizá tenga otra cosa en mente...

Entornando los ojos por el sol, ella dice:

—¡Has venido!

Cameron baja de la cabina y se guarda las llaves en el bolsillo.

—¿Acaso lo dudabas?

—Para ser sincera, no suelo quedar con chicos más jóvenes. Ya me han dado suficientes plantones —dice ella sonriendo.

—¿Más jóvenes? ¿Cuántos años crees que tengo?

—¿Veinticuatro?

—Mejor prueba con treinta. —Cameron sube de un salto los escalones hasta la casa—. Pero te perdono. Resulta difícil saberlo con este brillo juvenil y esta forma atlética que me caracterizan.

Avery pone los ojos en blanco.

—Deja lo de sacar pecho hasta después de que te subas en la tabla. Ya hablaremos de tu forma atlética cuando estemos ahí.

—Estoy seguro de que se me dará bien. Está en mi naturaleza.

—Ya, ya. —Avery esboza una sonrisa burlona y le señala la puerta abierta—. ¿Entras un momento? Aún no estoy del todo lista.

—Claro. Pero ¿y qué me dices de ti?

Avery se vuelve hacia él con expresión perpleja.

—¿Qué te digo de qué?

—¿Cuántos años tienes? —Una nota de ansiedad se cuela en la voz de Cameron.

—Cumplí treinta y dos el mes pasado. —Se ríe ante la mirada de alivio de Cameron y se agacha a recoger un calcetín del suelo de parquet—. ¿Por qué? ¿Cuántos años me echabas?

—Oh, poco más de veinte, claro.

Ella le pega con el calcetín.

—¡Para!

—Eh, ¿por qué no? —pregunta Cameron con su mejor sonrisa—. Eres…

Lo interrumpe un gruñido prolongado que sale de la habitación contigua. Segundos más tarde, de ella sale un adolescente. Es casi tan alto como Cameron, con el pelo rizado y la misma tez olivácea que Avery. Sin mirar a Cameron, el chico levanta una caja de cereales y protesta.

—¡Mamá! Nos hemos quedado sin Cheerios.

Cameron se queda con la boca abierta. ¿Un hijo? ¿Un hijo adolescente?

Una expresión de sorpresa asoma a la cara de Avery; luego toma aire.

—Cameron, este es Marco. —Se vuelve hacia el chico, que contempla a Cameron con el mismo interés con que uno miraría un zurullo tierno—. Cielo, este es mi amigo Cameron.

—Hola —saluda Cameron con un gesto de la cabeza.

—¿Qué passsa? —Marco proyecta la barbilla.

—Ni caso. Tiene quince años. Y pensaba que había salido a montar en bici hace diez minutos —dice Avery mientras le alborota el pelo, algo que él tolera durante un par de segundos antes de apartarse.

Cameron hace la cuenta tres veces para asegurarse de que no se equivoca. Diecisiete. ¡Avery lo tuvo con diecisiete años!

—Marco, cielo, ¿qué se hace cuando nos quedamos sin Cheerios?

Marco mira al techo.

—La lista.

—Exacto. Lo añadimos a la lista de la compra —dice ella marcando mucho las palabras—. Seguro que encuentras algo de comer mientras tanto.

—Tampoco quedan patatas fritas —rezonga Marco.

—¡Oh, drama humano! —exclama Avery con brusquedad—. Mira, intentaré pasar por el supermercado luego. Cameron y yo salimos al agua. No enredes la casa mientras no estoy, ¿vale?

—¿Pueden venir Kyle y Nate?

—Si me prometes que haréis algo aparte de jugar a videojuegos todo el día, sí. ¡Salid a dar una vuelta en bici! Y el césped necesita un recorte.

—Sí, vale. Yo lo corto.

—Genial. Pasadlo bien. Y mira... —le lanza el calcetín—, esto se perdió de camino al cesto de la ropa sucia.

Estas últimas palabras dejan patidifuso a Cameron. Son exactamente las mismas que solía decirle Katie cuando él dejaba la ropa por el suelo del dormitorio.

—Debería habértelo dicho. —Avery se muerde el labio y mira por la ventanilla de la autocaravana—. Lo siento.

—¡No! ¿Por qué? Es guay. Es muy guay.

Cameron apoya el brazo en el borde de la ventanilla. ¿Es guay? Se sorprende pensando que sí, que tal vez lo sea. Por alguna razón, ver a Avery ejerciendo de madre lo ha impresionado de una manera poco habitual. Abandona la autopista y toma el sinuoso camino que desciende hacia el agua. El cambio automático sufre en la bajada, y aquella maldita correa suelta hace ruido, con lo que él se plantea si acertó cuando insistió en bajar en el coche. Pero su intención era presumir de autocaravana. Estos días le ha puesto mucho cariño: limpió todo el interior con vinagre y limón, e incluso los cristales están impolutos. Hasta ha comprado un colchón, barato pero nuevo.

Ella lo mira de reojo.

—¿Te parece guay que tenga un hijo?

—Bueno, supongo que eso te convierte en una chica fácil —dice él, alzando la voz en la última sílaba. ¿Se habrá pasado con el chiste? Pero Avery se echa a reír y le da una palmada juguetona en el hombro.

—Prepárate para caerte al agua. Yo misma me encargaré de hundirte.

—¡No puedes! No llevo bañador.

Esto es verdad. Todos los bañadores de Cameron acabaron en una bolsa de plástico negra, donde los metió Katie antes de tirarlos por la ventana. A estas alturas deben de estar en el sótano de la casa de Brad y Elizabeth.

Avery lo mira con la incredulidad dibujada en la cara.

—¿Por qué no?

—Ahora mismo no tengo ninguno.

—En mi tienda hay, ¿sabes?

—Demasiado caros para mí. ¿Cuánto crees que me pagan por cortar caballa y fregar luego las tripas del suelo?

—No seas ridículo. ¡Te habría regalado uno!

—No, se acabaron las donaciones. Aunque esa mierda que me diste para el cuello es increíble.

—Me parece justo. —Ella menea la cabeza, sonriente—. Pero espero que te guste mojarte y pasar frío.

Unas olitas acarician la orilla de piedras. Esto no puede ser muy difícil… Sin embargo, Avery le va dando instrucciones detalladas.

—Pon los pies aquí —le dice señalando la parte media de la tabla—. Y agarra el remo así —continúa, mostrándoselo con el suyo.

Cameron asiente. La escucha a medias mientras ella sigue dando alrededor de un millón de indicaciones más.

—Y el último consejo es… —exclama ella mientras desliza su tabla con delicadeza sobre el agua—, ¡no te caigas!

Una brisa le acaricia el pantaloncito corto y eso le distrae.

—No lo haré —promete él. Yace tumbado boca abajo, tal y como le ha dicho, y avanza con la tabla desde la orilla. Pero en cuanto apoya una rodilla para levantarse, empieza a oscilar. Su pie acaba en el agua con un chapoteo humillante y se hunde unos cuantos centímetros—. ¡La madre que me parió! —exclama. El agua helada le corta la respiración. Está sorprendentemente fría.

—Cinco segundos. —Avery mira por encima del hombro, enarcando una ceja—. Todo un récord.

—Solo quería probar el agua.

—Intenta separar los pies.

De alguna manera Cameron consigue apoyar ambos pies en la tabla. Y Avery tiene razón: cuanto más separados, mejor. Cuando ella le dice en tono condescendiente que lo lleva por la ruta típica de los principiantes, él no se da por aludido. El agua está helada.

La sigue a través de un embarcadero largo y curvo. En la

roca más prominente, una gaviota inclina la cabeza, mirándolos con un enfado casi cómico. Fijarse en aquel pajarraco casi le hace perder el equilibrio otra vez, pero en esta ocasión evita la caída. Se siente más seguro con cada golpe de remo.

Ya están en la mitad del muelle cuando Avery suelta el remo y se sienta sobre la tabla con las piernas cruzadas. Cameron abre mucho los ojos. ¿Eso también tiene que hacerlo?

Ella se ríe.

—No cuesta tanto como parece. Mantén el equilibrio mientras te agachas.

Aguantando la respiración, Cameron obedece sus órdenes y se encuentra sentado, mecido por las olas.

—Es chulo —dice él.

—¿Verdad que sí? —Avery se recuesta en la tabla, apoyando los codos en ella. La camiseta se le levanta y revela un ombligo perfecto—. Sowell Bay tiene las aguas más tranquilas de todo el estrecho de Puget. En parte por eso me vine aquí.

—¿Cuándo fue?

—¿Cinco años…? Sí, exactamente. Marco tenía diez. Nos mudamos aquí desde Seattle.

—Debió de ser duro.

—A él no le costó demasiado. Su padre aceptó un trabajo en Anacortes, y Sowell Bay estaba a medio camino. —Ella mete la mano en el agua—. Además, yo siempre había querido montar una tienda de esto, y en Seattle no me lo podría haber permitido en la vida.

—¿Antes qué hacías?

—Trabajos varios, pero mientras Marco fue pequeño me dediqué básicamente a ser madre. Su padre es marinero en un barco de pesca, así que trabaja muchas horas. —Ella contempla la bahía—. No ve mucho a Marco en verano. Pero no es un mal tipo.

—¿Acaso los ex no son todos malos? —Cameron adelanta una pierna hacia el borde de la tabla y sumerge un pie en el agua. Sigue estando fría, pero aquí el sol es tan inclemente que casi sienta bien.

Avery sonríe.

—En realidad, Josh y yo somos buenos amigos. Ni siquiera llegamos a salir juntos. Nos acostamos una vez cuando yo iba al instituto y ¡bum! Hay un niño que nos une de por vida.

—¡Bum! ¿Así definirías el parto?

—No quieres saber lo que es un parto, créeme. —Avery se tumba boca abajo y apoya la barbilla en las manos—. Siento que Marco fuera tan burro contigo antes. La verdad es que no suelo llevar hombres a casa, y las veces que lo he hecho no ha salido demasiado bien...

—No pasa nada. Tiene quince años. Podría llevarse el Oscar al Malhumor, con cubo de basura y todo.

—¿Cubo de basura? ¡Su habitación tiene pinta de vertedero! Ni siquiera me atrevo a entrar ya.

—Eso es lo mejor que puedes hacer, créeme —dice Cameron riéndose.

Una barca rápida zumba a lo lejos, y unos instantes después la tabla de él golpea ligeramente la de Avery, impulsada por una serie de leves corrientes. Ya han recorrido casi todo el camino hacia el muelle. Al final de la estructura de madera hay unos chavales haciendo el tonto. Algunos avanzan por la barandilla como si fuera una cuerda floja. Avery entrecierra los ojos al verlos.

—Al menos a Marco no le da por hacer idioteces como esa. —Menea la cabeza—. Hay una distancia de doce metros, dependiendo de la marea. Y abajo un montón de rocas enormes y afiladas. Pilotes viejos. Una mala caída y te jode la vida.

—Cierto. —Cameron no es nada fan de las alturas.

Avery rema hacia la sombra del muelle, donde el agua se vuelve oscura, y Cameron la sigue. Se respira un olor frío y aceitoso. Las algas que se adhieren a los pilotes por debajo de la superficie del agua se tiñen de bonitos tonos de color sepia.

—Una vez frené a alguien que iba a saltar —dice Avery de repente.

—¿Saltar?

—Una mujer. Desde este muelle. —Toca un pilote cubierto de percebes con el remo.

—¡Vaya! ¿Cómo lo hiciste?

—Dejé la tabla y subí a ayudarla. Hablé con ella. —Avery se estremece—. La convencí.

—No sabría ni por dónde empezar.

—Bueno, en realidad sobre todo me dediqué a escuchar. —Avery se encoge de hombros—. Pero fue muy raro. No la había visto nunca. Sowell Bay es tan pequeño que cualquier recién llegado supone un acontecimiento.

—No me digas. —Cameron no puede evitar pensar en Tova y esas chifladas cotillas del ganchillo o como se llamen. Y en lo mucho que a Ethan le gusta cotillear sobre los dramas domésticos cuando llega de la tienda—. ¿Y qué hiciste cuando ya la habías convencido?

—La acompañé a su coche. Supongo que podría haber llamado a la poli, pero... —Exhala un largo suspiro y luego esboza una sonrisa forzada—. En fin, no sé por qué te cuento esto. Lo que quería decirte es que Marco estaría castigado de por vida si lo pillara enredando ahí arriba.

—Tiene suerte de contar con una madre tan buena.

—Sí, bueno, mi madre no me aguantaba ninguna tontería. Supongo que me educaron así.

—Ojalá lo hubieran hecho conmigo. —Con la mirada puesta en el agua, Cameron le cuenta a Avery la historia: que su madre lo dejó en casa de la tía Jeanne y nunca volvió.

—Dios, lo siento, Cameron.

Ella levanta el remo y lo apoya en la punta de la tabla de él, luego lo usa para acercarse. Después del levísimo choque, ella apoya una mano sobre su rodilla.

Se oyen pasos en el muelle, por encima de sus cabezas, que

resuenan a través de la madera. Uno de los chavales suelta un grito y por un segundo Cameron teme ver caer un cuerpo rebosante de testosterona al agua. Pero solo le sigue el estruendo de unas carcajadas.

Siente un escalofrío.

—A veces me pregunto si tan siquiera sigue viva. —Se le corta la voz—. Pero luego pienso qué es peor. Que haya estado tantos años por ahí sin demostrar el menor interés en mí...

—¿Tu tía tampoco ha tenido noticias suyas?

—No.

Avery desliza el dedo por el borde de su tabla, dejando un rastro de gotitas de agua.

—Tuvo que ser muy duro para tu madre.

—¿Para ella?

—Me refiero al hecho de irse. Y dejarte con alguien que podía hacerlo mejor.

Cameron suelta un bufido, y está a punto de dar una réplica irónica, pero no llega a dar con las palabras justas. No es la primera vez que escucha esa argumentación: hay gente que le ha dicho ya que el abandono de su madre en casa de la tía Jeanne fue una bendición disfrazada. Incluso un acto de compasión. La misma tía Jeanne solía decirlo. Esos comentarios siempre se le antojaron mierda clase prémium, peroratas vacías pensadas para consolarlo. Pero de algún modo, al oírlas en boca de Avery, las palabras parecen reales y sólidas.

Cuando era más joven, imaginaba cómo habría sido la vida con su madre, pero la figura materna era siempre..., bueno, la típica madre. Una especie de versión de la madre de Elizabeth, con los vídeos de aeróbic y su famosa receta de las galletas de mantequilla. Como es lógico, echar de menos eso dolía muchísimo. Pero quizá Avery tenga razón. Eso nunca habría existido.

—Yo también tuve que aguantar de todo cuando me quedé embarazada de Marco —continúa Avery—. Había que tomar decisiones, ya sabes. Y cada una de las personas que conforman mi enorme y tozuda familia tenía una opinión sobre el tema. Todos creían que iba a arruinar mi vida hiciera lo que hiciese.

—La gente y sus opiniones suelen dar asco —dice Cameron—. Y, para que conste en acta, te has montado una vida genial.

—Bueno, sí..., creo que sí, ¿no? —Una medio sonrisa de modestia le anima la cara antes de que se vuelva a poner seria—. Pero en aquel entonces tenía diecisiete años. No tenía ni la menor idea de lo que estaba haciendo. Decidí seguir adelante con el embarazo, pero hubo momentos en que pensé que lo mejor, para Marco al menos, sería dejarlo en manos de otra persona.

—Te planteaste darlo en adopción.

—Casi lo hice. —Se abraza las rodillas contra el pecho—. En mi familia decían que sería lo mejor para todos. Y en mi caso se equivocaban, ¿sabes? Pero entendí sus argumentos. Puede ser la mejor decisión.

Cameron evoca el momento en que Avery revolvió el pelo de su hijo con gesto firme. Cuando le tiró el calcetín que había en el suelo. Él apenas ha conseguido reunir ahorros para comprar una autocaravana de mierda y ha tenido que recurrir a un préstamo de su generosa tía, y entretanto Avery ha criado a todo un ser humano, se ha comprado una casa y abierto un negocio, y no le dolieron prendas a la hora de regalarle un tarro de veinte dólares de vaselina orgánica a un desgraciado como él. Desde luego que le van las criaturas heridas.

—Elizabeth y Brad, unos amigos míos, van a tener un hijo —dice él sin saber muy por qué, ya que no viene mucho a cuento—. Son mis mejores amigos, en realidad. Lo hemos sido desde hace años.

—Eso es magnífico —dice Avery.

—Sí. Es increíble. —Cameron asiente con la cabeza, despacio—. No creo que sepan dónde se meten, pero supongo que ya se las apañarán.

—Seguro que sí. Billones de personas lo han hecho.

Cameron sonríe.

—Tú eres como ellos. Bueno, Brad es un capullo pero es un tío en condiciones. Y creo que Elizabeth y tú os llevaríais bien.

—Introduce una mano en las frías aguas oscuras—. Ojalá pudieras conocerlos. Algún día, quiero decir. —Se frota la nuca, porque de repente la nota caliente, sonrojada.

—Claro, me encantaría. —Avery se pone de rodillas y coge el remo—. Tendríamos que ir volviendo. Aquí hace frío.

Una hora más tarde, mientras reman de vuelta junto al embarcadero, la misma gaviota agresiva vuelve a lanzarles otra mirada adusta.

—Anímate, colega —dice Cameron, riéndose para sus adentros. Se le está pegando de Ethan.

La gaviota retrocede, abre el pico y lanza el graznido más alto y airado que ha soltado nunca un ave.

Su pie solo tiene que retroceder un par de centímetros para desequilibrar el peso: con un enorme ruido, Cameron cae al agua. Otra vez.

—Mierda, aún está fría —se queja con un suspiro en cuanto sale a la superficie.

¿Adónde ha ido Avery? Manoteando en el agua, gira la cabeza hacia ambos lados, buscándola. Debe de tener el aspecto de una puta foca. ¿O quizá de un león marino? No recuerda cuál es el animal oriundo del noroeste del Pacífico. ¿Acaso el frío le está mermando las facultades mentales? ¿Será hipotermia?

—¿Te echo una mano?

Aquí está, remando hacia él. Está jadeando, pero de risa.

—No hace falta —gruñe él, intentando subirse a la resbaladiza tabla. En cuanto consigue apoyar una rodilla, esta resbala y vuelve a mandarlo al agua.

Cuando emerge de nuevo, Avery le está dando una serie de instrucciones incomprensibles.

—Equilibra el peso, asegura la rodilla, estómago hundido,

no, la otra rodilla, ese codo, apóyate en esa mano, no, la mano derecha, no, la otra mano derecha...

Al final consigue subir a la tabla y está ahí sentado como un imbécil, mojado y jadeante, cuando la gaviota emprende el vuelo y pasa sobre ellos.

—Capulla con plumas —murmura él amenazándola con el puño.

Avery ha logrado dejar de reírse. Se seca los ojos con el borde de la camiseta.

—¡Si ya estábamos casi en la orilla! Casi lo consigues.

—Eh, gracias por tu confianza en mí. —Una sonrisa asoma a los labios de Cameron—. Bueno, ya que estoy mojado...

Salta de nuevo al agua y nada directamente hacia la tabla de ella. Las advertencias de Avery se interrumpen cuando le da un fuerte vuelco a la tabla que la hace caer. Grita y lo empuja hacia el fondo mientras la tabla rebota hacia la superficie.

Él emerge sonriente.

—¡Ahora estamos los dos mojados!

—Vas a morir. —La voz de Avery es afilada, pero le brillan los ojos.

Él la coge por la cintura y atrae hacia sí ese cuerpo que bajo el agua apenas pesa nada. Ella le abraza las caderas con las piernas. Es un gesto muy sexy, aunque él está paralizado desde los sobacos hacia abajo por culpa del frío.

—No has traído una muda de ropa —dice él; le castañetean los dientes—. No te he visto coger nada. —Sus labios están a un suspiro de los de ella.

—Porque nunca me caigo —susurra ella.

—Suerte que tengo mantas en la autocaravana.

Entre risas, ella se aparta un poco.

—Cameron, si se te ocurre decir la frase de que tenemos que quitarnos esta ropa mojada, te juro que...

—Tenemos que hacerlo, ¿o no? —objeta él, fingiéndose ofendido.

—Y si dices una maldita palabra sobre lo mucho que te alegra haber traído la autocaravana hasta aquí porque Marco y sus amigos están en casa…

—¿Qué? ¿A ti no te alegra?

—Sí.

Ella vuelve a acercársele y le da un beso, uno ligero, al principio. Tiene los labios salados y temblorosos, pero cuando abre la boca el interior es cálido, dulce, embriagador. Luego lo aparta de un empujón y se agarra a la tabla brindándole una sonrisa desafiante que casi lo vuelve loco mientras le dice:

—El último en tocar la orilla es un cagón.

HABÍA UNA CHICA

Había una chica.

Cual hiedra venenosa, esa idea se enreda en todos los momentos de la rutina de Tova. Mientras hace la cama por las mañanas: «Había una chica». Esperando a que suba el café: «Había una chica». Cuando limpia los zócalos (porque es miércoles, al fin y al cabo, incluso ahora que el mundo parece andar cabeza abajo): «Una chica, una chica, una chica».

A pesar de que era un chico popular, Erik se mostraba muy selectivo a la hora de salir con alguien. Hubo un puñado de novietas en el instituto, y la policía habló largo y tendido con ellas. No como sospechosas, por supuesto, eso nunca se planteó, pero como personas que habían estado cerca de Erik y que quizá sabían qué pretendía hacer aquella noche, si se trataba de un juego o de un intento de escapar de casa, o...

Estaba Ashley Barrington, la acompañante de Erik en el gran baile de bienvenida de otoño del instituto de Sowell Bay, pero no sabía nada: la noche en que sucedió se hallaba fuera de la ciudad, en un crucero con su familia. Jenny-Lynn Mason, la cita del baile de primavera, tampoco fue de ninguna ayuda pues esa noche había asistido a un evento social en Seattle y se había quedado a dormir allí en casa de una amiga. Luego estaba Stephanie Lee. Cuando la policía preguntó por ella, Tova la identificó como a una compañera de clase que había pasado por su casa para «estudiar» con Erik. Stephanie afirmó que estuvo en su casa, dormida. Al principio el agente enarcó una ceja al oírlo, pero al final llegó a la conclusión de que era la verdad y de que la chica no tenía información alguna que ofrecer.

«Había una chica». ¿Cómo pudo Tova no saberlo? Ahora sus ojos parecen nublarse cuando intenta concentrarse en el crucigrama diario del periódico que tiene ante sí. «Cinco letras: te sientas y se queda con tu dinero». Sabe que la respuesta es «banco», pero el lápiz quiere escribir «chica». O, mejor aún, el nombre de esa chica. ¿Cómo se llamaba? ¿Se trata de un nombre que ella ha enterrado en su memoria? ¿Un nombre que oyó alguna vez sin darle la menor importancia? ¿Y si Adam Wright había logrado recordarlo? ¿Lo estaría intentando por lo menos? Ella había tratado de localizar su número en las páginas amarillas, pero no aparecía en ellas, algo bastante lógico puesto que acababa de mudarse a la ciudad. En realidad, tal vez él ni siquiera recordase la conversación mantenida en el restaurante de Elland. Llevaba varios martinis en el cuerpo.

Esto también inquieta a Tova. ¿Qué sabe nadie realmente de Adam Wright? ¿Quién dice que hay que tomar en serio ese recuerdo alcoholizado de sobremesa? Era compañero de clase de Erik, pero no un amigo íntimo. Él mismo lo admitió.

Arranca un trocito suelto de formica de la mesa de la cocina. Es una costumbre horrible. Lo que debería hacer es pegarlo enseguida. Pero sigue arrancándola. ¿Por qué todo parece estar rompiéndose por las costuras?

Si aquel día no se hubiera llevado el crucigrama a Hamilton Park, si no hubiera existido aquel momento de conexión sobre Debbie Harry de Blondie… Por todos los santos, ¿la habría reconocido él en el Elland Chophouse?

¿Por qué ese hombre recuerda ahora tantos detalles sobre esa noche?

¿Por qué sacó Erik el barco?

¿Por qué Adam no puede recordar el nombre de la chica?

¿Por qué Erik no le dijo nada de esa chica?

¿Por qué surge todo esto ahora?

—¿Por qué? —pregunta a Gato, que está aparcado en un pedazo del suelo donde da el sol. Gato se lame una pierna y vuelve a cerrar los ojos.

Han pasado años desde la última época en que hizo malabares con tantas preguntas relacionadas con Erik. La agotan, hasta el punto de que, después de comer, se tumba en una butaca a echarse la siesta, algo que no ha hecho en mucho tiempo.

El timbre del teléfono la arranca del sueño. Una embotada Tova descuelga, el aparato casi se le cae de la mano, y dice con voz ronca:

—¿Diga?

—¡Tengo grandes noticias! —Es una voz de mujer y por un segundo Tova vuelve a pensar en «una chica». Pero se trata de Jessica Snell, de la agencia inmobiliaria.

—Ah… —Tova se incorpora y se frota la sien.

—Tenemos una oferta. ¡Diez mil más del precio que pedíamos! —Jessica Snell procede a relatar una letanía de detalles sobre los compradores y su oferta, y sobre las instrucciones para los pasos que debe seguir Tova en el caso de que quiera aceptar—. Fíjese, ni siquiera hemos empezado a enseñar la casa, así que no la culpo si prefiere tomárselo con calma…, pero le digo que es una buena oferta. Fuimos agresivos con el precio. Podríamos proponer una contraoferta a cambio de sacarla del mercado. ¿Qué me dice?

—Sí, sí. —Tova coge una hoja de periódico y un bolígrafo, y garabatea los números en el margen junto al crucigrama que ayer dejó a medias. Estos últimos tiempos no ha tenido ganas de acabarlos. Por alguna razón, han perdido parte de su importancia—. Sí, adelante con la contraoferta.

—Genial. Le mandaré el papeleo por e-mail. Veamos, ¿cuál es su dirección? ¿No consta su e-mail en el expediente?

Tova suspira.

—No tengo e-mail.

—Ah, cierto. Me trajo el acuerdo de venta en persona a la oficina —continúa Snell sin inmutarse—. No hay problema, podemos hacerlo así. Le dejaré una copia de la contraoferta en casa esta tarde, ¿de acuerdo?

—Muy bien.

Después de colgar, Tova suelta el aire lentamente. Aceptarán la contraoferta. Firmarán el contrato. La casa se venderá.

En la cocina, se sirve una taza de café y la pone a calentar en el microondas antes de salir por la puerta de atrás. En el porche, Gato sigue tumbado al sol, y a Tova se le escapa un suspiro de amargura al verlo. Cuando se sienta en el banco del huerto, él salta sobre su regazo, le planta las patitas en el pecho y restriega la cabeza contra su barbilla.

—¿Qué vamos a hacer contigo, amiguito? —Tova le acaricia el pelo más blando que tiene detrás de las orejas—. Supongo que ya no puedes volver a vivir en la calle.

Él maúlla a modo de respuesta. Quizá sea este un problema que puede dejarse para otro día.

Había una chica.

La idea de la chica sigue flotando en la conciencia de Tova mientras firma los papeles que le lleva Jessica Snell. Aletea en su cerebro mientras hace la cena. Sobrevuela por encima de ella como una mosca pesada durante el breve trayecto de su casa al acuario. La entrada al aparcamiento aparece de la nada y Tova está a punto de saltársela. Una entrada por la que ha pasado al menos un millar de veces.

Demencia. Así se empieza. Está perdiendo la cordura. Obsesionada por un comentario sin importancia de un tipo que llevaba demasiados martinis encima.

Cameron parece estar en otro mundo esta noche y los dos

trabajan en silencio: ella llena el cubo con agua y vinagre mientras él aclara y escurre el mocho. Por fin, mientras avanzan hacia el lado más occidental del edificio, ella pregunta:

—¿Alguna noticia de tu padre, querido?

—No.

—Lo lamento mucho. —Ella prosigue, elevando la voz hasta alcanzar un tono forzadamente alegre—. Lo encontrarás, seguro, y, cuando lo hagas, él se sentirá conmovido por tus esfuerzos.

—Bueno, tal vez. —Él la adelanta y dobla la esquina.

Ella se para a echar un vistazo al grueso vidrio del tanque de Marcellus. Este sale de detrás de la roca y parpadea para saludar antes de llevar uno de sus tentáculos contra el vidrio. Mientras lo desliza por la superficie lisa, sus ventosas, círculos perfectos, parecen platitos de porcelana en miniatura para un ejército de muñecas diminutas.

De repente a ella se le ocurre una idea. Algo que sacará al chico de esa apatía.

UN TESORO INESPERADO

—¿Y si usamos la otra banqueta?

Cameron observa con escepticismo mientras Tova aparta el taburete roto y lo reemplaza por el nuevo. Alguien debería ocuparse de ese trasto. Tal vez él mismo lo tire al contenedor esta noche, a la salida.

—La última vez se escondió —señala Cameron—. ¿Qué te hace pensar que hoy será distinto?

—Esta noche está de mejor humor.

—Oh, vamos. ¿De mejor humor? —«No me digas que la mujer que susurra a los pulpos es capaz de discernir las emociones de un invertebrado. ¿O sí?».

Cameron mira hacia el interior del tanque. Marcellus está como siempre, flotando como un alien extraño, con ese ojo inquietante que se mueve como si tuviera un cerebro propio. No le extrañaría nada que alguien diseccionara a Marcellus y descubriera que sus tripas son un montón de cables y circuitos. Un robot marino espía, enviado desde una galaxia lejana. ¿No existe una peli que va de eso? Si no la hay, debería haberla. Quizá él podría escribir el guion.

Titubea frente a la banqueta, mirando de reojo hacia el tanque contiguo. Anguilas lobo. En serio, el pez más feo que Cameron ha visto en su vida. Ahora mismo hay dos fuera, aparcadas junto a una roca, con esos dientes terroríficos cerrándose desde sus mandíbulas gemelas.

—¿Y si jugamos con ellas para variar? Se ven igual de simpáticas.

Sin hacer caso al comentario sarcástico, Tova se sube a la banqueta e introduce la mano en el tanque. Cameron contempla cómo Marcellus enreda un brazo en torno a la muñeca de la mujer. Tova le toca la parte superior del manto, y la criatura parece apoyarse contra su mano, de una manera que le recuerda al ridículo perrito de Katie cuando se sentaba en el regazo de su dueña y le pedía mimos.

—Ahora vas a saludar a mi amigo Cameron, y esta vez vas a ser simpático con él —le dice Tova al pulpo.

Luego indica a Cameron que ocupe su lugar en la banqueta. Él pone los ojos en blanco. Sin embargo, el pulpo parece escuchar y le suelta la muñeca antes de fijar su ojo inescrutable en Cameron, como si estuviera a la expectativa mientras flota en el frío tanque azul.

—Vale —murmura él. Se quita su sudadera favorita y la lanza sobre el mostrador antes de encaramarse a la banqueta. Mete la mano en el agua. Está helada. Peor que la del estrecho de Puget, una frialdad en la que Cameron se considera ya un experto después de su excursión con Avery.

La criatura desliza un brazo hacia arriba y le roza la mano.

—¡Uf! —Instintivamente saca la mano del agua, lo cual provoca una carcajada leve de parte de Tova, que lo observa todo desde abajo.

—Es normal que te alarme un poco —dice ella.

—No es eso —rezonga Cameron—. Es que el agua está helada.

—Vuelve a probar —lo anima ella.

Lo hace y esta vez se obliga a mantener la mano en el agua; deja que Marcellus se pasee por las venas del dorso de la mano y explore los nudillos. Luego, en un instante, el pulpo enrolla el extremo del brazo en su muñeca. Cada ventosa parece una criatura única y, antes de que se dé cuenta, Cameron tiene la sensación de que cientos de ellas le suben por el brazo.

Para sorpresa de Tova, él se ríe.

Tova también.

—Es una sensación rara, ¿verdad?

—Sí. —Él mira hacia el agua. Por alguna razón, el ojo de Marcellus brilla, como si estuviera riéndose con ellos. El tentáculo se aprieta con más fuerza y llega ahora hasta su codo. ¿Cuánta fuerza tiene ese bicho?

Cameron está tan preocupado por la circulación de la sangre en el brazo que no nota que otro de los apéndices de la criatura le está rodeando por la espalda hasta que su extremo no le toca el hombro contrario. Él se gira, hacia el lado equivocado, claro. ¿Lo habrá hecho a propósito el pulpo? ¿Como si fuera una broma?

—¡Ah, te ha pillado! —A Tova le brillan los ojos—. Mi hermano solía tomarle el pelo así a su sobrino, mi hijo. El truco más viejo del mundo.

El pulpo se suelta. Mientras Cameron baja de la banqueta, observa las marcas de succión en la parte interna del brazo.

—Se van enseguida —le asegura Tova.

—Las tuyas no lo hicieron —comenta Cameron.

—Mi piel tiene setenta años, querido. La tuya se recuperará mucho más deprisa.

Tampoco le importa. Las marcas tienen una pinta bastante chula, como si fueran un tatuaje. Quizá impresionen a Avery. Coge un rollo de papel de cocina y se seca el brazo. Está a punto de tirarlo a la papelera, en plan tiro de baloncesto, cuando por el rabillo del ojo ve algo en el tanque del pulpo que le llama la atención. Algo brillante que apenas asoma sobre la arena que rodea a la gran roca detrás de la cual la criatura ha vuelto a ocultarse.

—¿Qué es eso? —pregunta a Tova.

Ella lo mira, confundida.

—Eso que brilla. —Se agacha para mirar a través del vidrio y Tova lo imita al tiempo que se coloca bien las gafas.

—Cielos —exclama Tova—. No lo sé.

Como si los escuchase, uno de los brazos del pulpo sale de la guarida rocosa y palpa la arena. A Cameron le recuerda a cuando la tía Jeanne se dormía en el sofá y perdía las gafas, que luego tenía que buscar a tientas, sin ver demasiado, entre los cojines.

—Creo que lo está buscando —dice Cameron sin terminar de creerse las palabras que acaba de pronunciar. ¿Acaso la criatura los estaba escuchando de verdad?

Antes de que Tova pueda responder, el pulpo da con el objeto misterioso y la arena se esparce. Cameron escruta el interior del tanque. Es algo de plata con forma de lágrima, no mayor de un par de centímetros. ¿Un anzuelo? No, un pendiente. Un pendiente de mujer.

Con un ruido seco, el pulpo se lo lleva al interior de su guarida.

Por alguna razón Tova echa la cabeza atrás y prorrumpe en risas.

—¿Dónde está la gracia?

Ella se lleva una mano al pecho.

—Me temo que nuestro Marcellus es una especie de cazador de tesoros.

—¿Un cazador de tesoros?

Mientras Cameron sale con Tova de la sala de bombeo, ella le cuenta una historia sobre la llave perdida de casa que, al parecer, el pulpo sacó del tanque y le devolvió. Cameron asiente con la cabeza, aunque no está del todo convencido. Tova es una señora muy amable, pero a pesar de lo que él ha presenciado esta noche, algunos de sus cuentos del pulpo parecen una auténtica locura. Finalmente retoman su trabajo en un silencio cómodo. Cameron deja que su mente vuelva a divagar, que evoque su noche con Avery, el olor a champú de frutas de su cabello. No piensa volver a mirar el móvil para comprobar si ella le ha devuelto el mensaje. No. Y no pasará por delante de la tienda de camino a casa esta noche incluso aunque sabe que está cerrada. Seguro que no. Se hace todas estas promesas mientras recoge la basura distraídamente y va a buscar una bolsa limpia.

—No te olvides de colocarla bien —le grita Tova desde el otro lado del pasillo.

¿Cómo le habrá visto? ¿Acaso tiene ojos en la nuca? Quizá sea ella el robot espía de una galaxia lejana. Eso sería un gran giro de guion.

Él señala el borde del cubo.

—Está bien puesta. Mira.

—Empújala un poco más. Solo te llevará un segundo.

—¡Ya está bien!

—Resbalará por los lados cuando esté llena.

—Bueno, pues ya lo arreglará alguien cuando pase.

Tova se vuelve hacia él con los brazos cruzados.

—¿Tu madre no te enseñó a hacer las cosas bien a la primera?

Cameron la mira a los ojos.

—No tuve madre.

Tova palidece.

—Ella era…, bueno, tenía problemas. De adicción. No la he visto desde que tenía nueve años.

—Oh, querido… Lo siento, Cameron.

—No pasa nada —rezonga él mientras coloca mejor la bolsa odiando el hecho de que, en realidad, solo le ha llevado un instante. Cuando levanta la vista, Tova está limpiando con vigor una mancha inexistente del vidrio, intentando esquivar su mirada—. En serio, no pasa nada. ¿Cómo ibas a saberlo?

—No ha estado nada bien. Debería tener más cuidado con lo que digo.

—La culpa ha sido mía por llevarte la contraria. Solo estoy cansado. —Cameron suelta un suspiro de agobio—. Terry quería ración extra de bacalao para los tiburones hoy y Mackenzie estaba de baja por enfermedad, así que también tuve que ocuparme del teléfono, que no paraba de sonar... Ha sido un día largo.

—Estás trabajando mucho aquí.

—Supongo que así es. —Las palabras se filtran en su interior, cálidas y lentas como un caldo caliente en un día frío. Quizá sea el mejor cumplido que le haya dirigido nadie en su vida.

—Desde luego. —Tova le sonríe, hace un ligero gesto de asentimiento con la cabeza antes de emprenderla de nuevo con el vidrio.

—La verdad es que, aunque no tuve madre, sí que tuve a la tía Jeanne —dice él, como si quisiera hablar de ella. Coge el mocho y empieza a pasarlo por el suelo—. Ella me crio después de que mi madre se fuera.

Tova levanta la vista.

—Me encantaría saber más cosas de ella.

—Es una de las personas más increíbles del planeta, pero no sé si te caería bien.

—¿Por qué diantre no iba a caerme bien?

Una sonrisa maquiavélica se extiende por la cara de Cameron.

—Estoy bastante seguro de que nunca supo colocar bien una bolsa de basura.

Las carcajadas de Tova resuenan por el pasillo vacío.

Día 1.349 de cautiverio

No lo ven.

Llevan semanas trabajando juntos. ¿Cómo pueden no verlo?

He revisado mi colección de tesoros un montón de veces, intentando encontrar algo que los ayude a llegar a la conclusión correcta. Un esfuerzo inútil. Y ahora mi colección está hecha un lío. Se sale de la guarida, sin orden ni concierto. Eso es peligroso. Si no voy con cuidado, saldrá a la luz en la próxima limpieza del tanque. Aunque temo que, para cuando toque esa limpieza, yo ya no estaré aquí.

Debo perseverar en el intento, por ellos. No soporto dejar esta historia en el aire, como está ahora. Y temo que pueda quedarse así si no intervengo para llevarla a buen puerto.

La gestación humana dura aproximadamente doscientos ochenta días. La concepción debió de producirse muy cerca de la noche en que el chico tuvo ese accidente. Pero la mujer no se entera de que lleva un embrión hasta semanas más tarde. A veces meses, en los casos en que la descendencia no era buscada. He visto escenas así muchas veces a lo largo de mi cautiverio, mientras observo los patrones variables.

Si Tova se enterara de su fecha de nacimiento. De su apellido. ¿Eso bastaría? Debo intentarlo.

¿Por qué me preocupa tanto que ella lo sepa? No lo sé con certeza. Pero mi final se acerca, y también se acerca el momento en que ella se irá de aquí. Si no lo descubren pronto, todos los involucrados se quedarán con…, con un hueco.

Por regla general, me gustan los huecos. El que hay en la parte superior del tanque me da libertad.

Pero no me gusta que ese hueco esté en su corazón. Ella solo tiene uno, no tres, como yo.

El corazón de Tova.

Voy a hacer todo cuanto pueda para que tape ese hueco.

ALGUNOS ÁRBOLES

La montaña de paños de cocina amenaza con derrumbarse cuando Tova le añade uno más. Montones de pilas como esa cubren los suelos de la buhardilla. Por encima, las vigas barnizadas aparecen, al estilo de una catedral, bañadas por la luz de la tarde que entra por el gran ventanal. El humor de Tova, sin embargo, es menos luminoso. No soporta las pilas de cosas.

Will era notorio por lo contrario. Acumulaba recibos, propaganda, revistas que había leído ya dos veces, pedazos de papel donde había anotado algo que a veces ni tan siquiera podía descifrar. Para Will, estas cosas debían guardarse. Cuando Tova se metía con él por el desorden, se limitaba a formar un único montón, colocarlo bien, y trasladarlo al borde de algún estante o superficie vacía, mientras comentaba con satisfacción: «¿Lo ves? Ya está ordenado todo».

Tova esperaba a que se echara una cabezada en la butaca, y entonces, con un suspiro, revisaba todo aquello para llevarlo a su lugar correcto: a veces al archivador, pero con mucha más frecuencia a la basura. Cuando el cáncer de Will generó suficiente papeleo como para rebasar la capacidad del archivador, Tova compró otro de manera que cada hoja de la compañía de seguros, cada factura médica, tuviera su propio lugar. Cuidar de su marido mientras el cáncer le invadía los órganos le ocupó la vida durante un tiempo, pero bajo ningún concepto estaba dispuesta a que los papeles le invadieran la casa.

—Vaya desastre, ¿no crees?

Tova dirige esta pregunta a Gato, que ha asomado la cabeza en la buhardilla. Su cola gris aparece un momento después, dibujando una especie de interrogante en el aire. El felino se desplaza entre los montones con una gracia inaudita hasta llegar a un trozo de suelo iluminado por el sol sin haber movido ni una mota de polvo. Le lanza una mirada de aburrimiento máximo antes de tumbarse de lado y cerrar sus ojos amarillos.

Tova sonríe, y parte de su malhumor se esfuma entonces.

—¿O sea que has subido hasta aquí para dormir mientras trabajo? —Le hace una caricia, a la que él contesta con un ronroneo feliz.

El espacio se divide en tres categorías. Al menos es un comienzo. Un sistema. Mañana, Barb y Janice vendrán con el hijo de esta última, Timothy, y dos o tres amigos suyos. Colaboración voluntaria para encargarse de todo el lío. Tova prometió comprar pizza para todos, aunque le parece un capricho pedir comida hecha mientras tiene la nevera llena de platos preparados. Pero necesita esa ayuda, y siempre es mejor contar con la de gente conocida que dejar que una cuadrilla de extraños toquetee tus recuerdos familiares. Además, Barb y Janice no han parado de llamar ofreciendo su ayuda. Esto las calmará.

La primera categoría de objetos, y sin duda el montón más pequeño, son las cosas que piensa llevarse a Charter Village: un par de cochecitos de juguete de Erik, un puñado de fotos, lo que queda del juego de té de porcelana de su madre, donde le gusta tomar café de vez en cuando. Es una lástima que haya permanecido sin usar durante años. Décadas.

El trozo de papel que había servido para envolver el platillo se convierte en una bola y acaba en la sección de cosas que hay junto a la puerta: para tirar. Entre ellas hay un buen montón de fotografías y otros recuerdos. Aunque descartar todo eso, celosamente guardado durante años, parece raro, ¿dónde podría meterlo? Janice propuso alquilar un trastero, pero ¿a qué fin? No hay nadie que pueda heredarlo.

Luego está la pila más voluminosa: para donar. Un camión procedente de la tienda de segunda mano del pueblo debe realizar la recogida la semana que viene. Allí están la mayoría de los juguetes de Erik; tal vez acaben en manos de los nietos de alguien. Junto a ellos está la vajilla de porcelana china de su madre. Sobrevivió a una travesía por el océano, así que es de suponer que también llegue sana y salva a la tienda de segunda mano. De entrada intentó regalársela a Janice, pero esta adujo que no tenía espacio. Lo mismo que Barb, que, al parecer, lo necesita todo para sus elefantes. Se planteó ofrecérsela a Mackenzie, la chica que trabaja en la recepción del acuario, o incluso a la joven que lleva la tienda de padelsurf que hay al lado de la oficina de Jessica Snell. Pero las jóvenes ya no quieren porcelana china. No tienen el menor interés por los trastos viejos suecos. Lo más probable es que usen platos de Ikea. También suecos, pero nuevos.

En el montón de «para donar» también hay cinco caballos de Dalecarlia de madera, unas figuritas de patas finas delicadamente pintadas en tonos amarillos, azules y rojos. El sexto, el que Erik rompió, falta desde hace años. Ella siempre pensó que tal vez algún día lo encontraría y lo arreglaría, pero ¿qué sentido tiene eso ahora? Coge uno de los caballos para observarlo de cerca. Si se los lleva, acabarán abandonados en Charter Village. Ni siquiera un abogado de dientes apiñados y su detective privado lograrán encontrar a alguien que los quiera.

Aun así, los caballos de Dalecarlia cambian de pila. La acompañarán a su nuevo hogar.

Coge un montón de fundas de almohada amarillentas; su madre había bordado las rosas en el dobladillo. Las sábanas dejan escapar olor a rancio cuando Tova las deja caer en la otra pila: hay que meterlas en la lavadora antes de poder donarlas, por supuesto.

Todas estas cosas se guardaban para que algún día pasaran

a otras manos, recuerdos que se extendieran por las ramas del árbol de familia. Pero dicho árbol dejó de crecer hace tiempo, la copa se redujo y no ha habido ni un solo brote que haya nacido del tronco viejo y podrido. Hay árboles cuyo destino no es florecer sino aguantar con estoicismo en el suelo su propia y silenciosa decadencia.

Despliega el siguiente objeto que debe añadir a la pila: un delantal de hilo, la tela áspera está muy arrugada. Es el que se ponía su madre cuando horneaba. Tova se lo acerca a la cara; desprende un olor amargo, como a harina estropeada. Mientras dobla los deshilachados cordones, intenta apartar el pensamiento que ha estado incordiándola durante toda la tarde: «Había una chica».

Si Erik no hubiera muerto aquella noche, la chica podría haberse convertido en su nuera. La propia Tova podría haberse puesto este delantal mientras enseñaba a la esposa de su hijo a hacer sus galletas de mantequilla favoritas y dejárselo como recuerdo cuando llegara el momento.

Estas divagaciones idiotas tienen que parar. Quienquiera que fuese, a Erik no le había importado lo bastante para mencionarla.

Este último pensamiento es el que suele dolerle más.

La siesta de Gato llega al final cuando un moscardón revolotea por la parte exterior del vidrio, provocando que el gato durmiente emprenda una ansiosa, aunque básicamente absurda, cacería. Tova lo observa saltar hacia la ventana, tocando el vidrio con la pata, mientras la mosca prosigue con su vuelo sin preocupación alguna.

—Sé cómo te sientes —le dice, con un compasivo asentimiento de cabeza. Saber que hay algo ahí y sin embargo ser incapaz de alcanzarlo es ciertamente una tortura. Con un maullido ofendido, Gato se marcha escaleras abajo después de volver a cruzar por el laberinto de objetos apilados.

Tova mira el reloj: son casi las cinco.

—Supongo que debería ir pensando en la cena —murmura para sí.

Levanta sus huesos doloridos de la silla baja y se abre camino entre el caos. No es propio de ella dejar una tarea a medias. Un atisbo de rebeldía se apodera de ella cuando da la espalda a esos montones de cosas y desciende la escalera, apoyando con cuidado el tobillo, aún dolorido.

Un sándwich de ensalada de huevo es el plan de cena para esta noche... una vez más. Lleva toda la semana comiendo ensalada de huevo. (Había una oferta la semana pasada: por una docena de huevos te llevabas otra gratis). Hoy, sin embargo, la idea se le antoja insoportable.

Es verdad que últimamente ha estado haciendo la compra por la mañana. No porque evite a Ethan y su invitación de tomar café. Desde luego que no. Vuelve a mirar el reloj: está bastante segura de que a esta hora él debe de estar trabajando. Se pasa una mano por la cara y la nota tan vieja como las reliquias de la buhardilla, como si el polvo se hubiera sentado en cada una de sus arrugas. Una charla tranquila con el escocés puede ser un buen plan ahora mismo.

—Voy un rato al Shop-Way —le dice a Gato, que ahora se ha acomodado en uno de los brazos del sofá, donde dejará una capa de pelos grises que Tova tendrá que cepillar más tarde. Bueno. El sofá no va a ir con ella a Charter Village, desde luego; es demasiado grande. Y, en cualquier caso, hay cosas peores que un poco de pelo de gato.

Una calima densa y cálida ha caído sobre Sowell Bay, y delante del supermercado hay un puñado de adolescentes con semblantes aburridos, holgazaneando al sol vespertino con las piernas estiradas. Su visión la hace pensar en una colonia de insectos. Chasquea la lengua cuando tiene que pasar por encima de una de esas largas piernas de camino a la puerta.

Su entrada hace que suene la campanilla, y Ethan Mack levanta la vista de la caja.

—Buenas tardes, Tova —le dice con una amplia sonrisa.

Un chorro de aire acondicionado pone el vello de Tova de punta. Debería haberse llevado un suéter.

—Buenas, Ethan.

Por un momento no sabe qué decir, así que se apresura a meterse en la zona de productos frescos. Allí aún hace más frío. Coge una bolsa de preciosas cerezas Rainier y la mete en la cesta; luego, tras un instante de duda, coge una segunda bolsa. La temporada de cerezas es muy corta, y estas tienen un aspecto delicioso.

—¡A tres dólares el medio kilo! Vaya robo.

Tova se vuelve y se encuentra a una mujer que no le es del todo desconocida mordisqueando una cereza. Tarda un poco en caer en la cuenta de que se trata de Sandy, a quien conoció en la comida de despedida de Mary Ann. La amiga de Adam Wright. El Adam Wright que no aparece en el listín de teléfonos.

—Oh, es usted la señora Sullivan, ¿verdad? —Se seca una gota de zumo de los labios y luego le brinda una sonrisa culpable—. Me alegro de volver a verla. Me temo que me ha pillado haciendo lo que no debía.

—No te preocupes. No pienso advertir a las autoridades —dice Tova con una sonrisa—. Es un placer verte, Sandy. Espero que tú y Adam os hayáis instalado ya.

Siente una oleada de culpa al recordar que condujo por el barrio de las casas recién construidas con la esperanza de encontrarse a uno de los dos recogiendo el correo o cortando el césped. La gente merecía gozar de intimidad en su hogar. Especialmente alguien como ella debía abogar por eso. E, incluso si se hubiera cruzado con ellos por azar, ¿quién dice que Adam recordaría algo más sobre la novia de Erik de lo que dejó escapar en la comida? Al fin y al cabo, la noche en cuestión pasó hace treinta años.

Y sin embargo Tova no consigue olvidar aquellas palabras. Nota otro escalofrío.

Sandy coge otra cereza de la bolsa y le quita el rabito.

—Gracias. Sí, empieza a parecer un hogar. La zona es preciosa. Me encanta estar lejos del ajetreo de la ciudad. —Parte la cereza en dos con los dientes antes de sacarle el hueso y emite un sonido gutural de placer, luego se relame las puntas de los dedos—. En serio, debería probar una. Son de otro mundo.

—¡Ah, ustedes! ¡Aquí no hay muestras gratuitas! —Ethan irrumpe en la sección de frutería y avanza hacia ellas, amenazándolas con el dedo índice. Sandy se queda pálida, pero Tova sonríe y menea la cabeza. A Ethan le brillan los ojos.

Él le da una palmadita amistosa a Sandy en el hombro.

—Te estaba tomando el pelo. No me voy a hacer más rico si no te comes un par. Las cerezas están de muerte esta temporada, ¿verdad?

Sandy suelta una risa nerviosa.

—Vaya. Pensé que iban a echarme del único supermercado del pueblo.

—Claro que no. Somos muy acogedores aquí, ¿no es cierto, Tova?

Tova inclina la cabeza.

—Yo diría que sí.

Ethan se ríe y mete los pulgares en las correas del delantal.

—Bueno, os dejo para que compren y prueben el género. Dadme una voz cuando vayáis a la caja. —Y, con un alegre movimiento de cabeza, se da la vuelta y se dispone a recolocar una pila de melones franceses.

—Este pueblo tiene auténticos personajes, ¿no? —murmura Sandy observándolo—. Adam siempre intentó describirme la... singularidad de Sowell Bay. Pero debo admitir que no lo entendí hasta que vine a vivir aquí.

—Sí, bueno. —Tova mira al suelo. Es probable que ella sea uno de los personajes del pueblo.

—Nunca me vi viviendo en un pueblo, ¿sabe? Todo el mundo es muy simpático, pero a la vez…, no sé, están pendientes de todo.

—Preferimos decir que nos preocupamos por los demás.

Una risa cristalina se escapa por los labios pintados de color coral de Sandy mientras coloca una bolsa de cerezas en el plato de la balanza.

—Adam insiste en que me acostumbraré.

—Estoy segura de que tiene razón. —Tova se obliga a sonreír. ¿De qué hablará la gente en Charter Village? ¿Ella también será un personaje allí? Quizá encuentre a alguien que conoció a Lars, aunque no está segura de si eso será bueno o malo.

—Hablando de Adam. —Sandy se acerca a ella y Tova contempla las sandalias de perlas que lleva esa chica que, ahora mismo, da la impresión de que preferiría estar en cualquier otro sitio que no fuera este—. Creo que debo disculparme por su conducta en el restaurante el otro día. ¡No se puede beber tanto a mediodía! Pero ha sufrido tanto estrés con la mudanza, y en el trabajo, que…

—Está bien, querida. No pasa nada —la interrumpe Tova. Y lo dice en serio.

—De acuerdo. —Sandy aún parece profundamente contrita—. Pero hay algo más. Sobre… el tema de la conversación.

Tova espera a que continúe, notando que se le acelera el pulso.

—Al final recordó su nombre. El de la chica que salía con su hijo.

Las montañas de cerezas se transforman en una especie de mar turbulento de color rojo. Tova se apoya en una de las estanterías, intentando sobreponerse a este mareo súbito mientras en su cerebro solo da vueltas una frase: «La chica tiene nombre».

—¿Señora Sullivan? ¿Se encuentra bien?

—Sí —se oye musitar Tova.

—Vale. —Sandy titubea, habla en tono inseguro—. Adam

creía que no debía decirle nada, pero me figuré que si estuviera en su lugar... Quiero decir, que si hubiera perdido a mi hijo y existiera una información que no supe en su momento, aunque fuera un detalle...

«Querrías saberlo». Tova se permite cerrar los ojos en un intento por detener ese mundo que gira a su alrededor.

—En fin, se llamaba Daphne, o eso dijo Adam. No consiguió recordar el apellido, pero sí que iba al instituto.

—Daphne —repite Tova. El nombre se le hace denso y gomoso en la lengua, como si fuera un chicle masticado.

Pasa un largo instante. Por fin, Sandy murmura:

—Bueno, pues supongo que ahora ya lo sabe.

Tova la ve coger la cesta de la compra. Nota la piel tensa en torno a los ojos, y lágrimas que pugnan por salir de ellos.

—Gracias, Sandy.

Con un leve asentimiento de cabeza y un suave roce en el brazo de Tova, Sandy se dirige a la caja. Por el rabillo del ojo, Tova ve que Ethan la está mirando.

Él recorre la distancia que los separa, con un melón francés en cada mano.

—¿Qué te estaba diciendo esa tal Sandy Hewitt?

Tova frunce el ceño, sintiéndose de repente como una flor bajo un cielo frío y oscuro. Se cierra.

—Nada.

—Dijo un nombre.

—Tonterías del pasado.

—Dijo Daphne, ¿no es verdad?

Tova coge las bolsas de cerezas.

—Creo que ya me marcho. ¿Puedes llevarlas hasta la caja para cobrármelas, por favor?

Esta noche no habrá cena.

Un kilo de cerezas Rainier de temporada, junto con unos

cuantos productos más del supermercado, yacen abandonados en la encimera de la cocina. A su lado está el bolso, justo donde ella lo soltó en lugar de colgarlo en el sitio que le corresponde, junto a la puerta.

En la buhardilla, Tova registra las pilas de sábanas y platos, apenas consciente del desorden. En la estantería que hay junto a la ventana, en el estante inferior, está el libro: «Anuario del instituto de Sowell Bay. Promoción de 1989».

Treinta años atrás ella había pasado horas mirando ese libro, buscando algo. Cualquier cosa. Y tanto ella como Will habían acudido a él a lo largo de los años posteriores, cuando el fino aguijón de la nostalgia horadaba la coraza que se habían construido. Recuerda de memoria todas las fotos en las que aparece Erik.

Pero esta vez Tova no está buscando a Erik.

Nota la boca seca mientras va hacia el índice. La letra es tan pequeña que necesita las gafas; sus dedos temblorosos las encuentran en el bolsillo frontal de la blusa y las colocan sobre su cara. Toma aliento al ver el nombre, y el aire se queda ahí, atrapado en su pecho, mientras recorre con el dedo las columnas de letras, devorando todas las palabras, hasta que llega a la «Z» y consigue soltarlo con un suspiro de alivio. Solo hay una: «Cassmore, Daphne A. Págs. 14, 63 y 148».

LA BANDEJA INVISIBLE

—Haz el favor de no mirarme con esa cara.

En respuesta, y sin dejar de mirar a Cameron, el pulpo mete el extremo de un brazo en el pequeño hueco que hay encima del filtro de agua en la parte trasera del tanque. Una amenaza.

—Sé que me estás oyendo. —Cameron se frota la frente, agotado. ¿Qué diablos está diciendo? Los pulpos no entienden su idioma. Ni ningún otro. ¿Está claro?—. A ver, ¿tienes hambre, colega? ¿Dónde estabas cuando pasé por aquí con un cubo de caballa? ¿O eso no te gusta?

La criatura parpadea, fingiendo la más absoluta inocencia. El brazo, solo el extremo de él, se desliza por el hueco.

—Oh, ni hablar. Nada de escapadas esta noche.

El mocho choca contra el suelo del pasillo curvo cuando Cameron va deprisa hacia la sala de bombeo. Debería arreglar ese estúpido tanque para que no pueda abrirse, diga lo que diga Tova sobre la necesidad de libertad de ese monstruo. Y encima ella no está aquí. Lo cual es extraño. Nunca habría imaginado que es de la clase de personas que hace pellas, pero a medida que avanza la noche queda más y más claro que hoy no va a comparecer.

Quizá por eso aquel bicho marino parece tan nervioso.

—Estate quieto —le ordena mientras coloca en la grieta un trozo de manguera que encontró en la sala y lo ata al poste de apoyo que hay al lado del tanque. El pulpo se mueve hacia el hueco, con la mirada puesta en lo que hace Cameron. Luego clava su único ojo en él durante un momento eterno antes de volverse a su guarida, dejando tras de sí un montón de burbujas.

—Que tengas buena noche tú también —murmura Cameron. No puede evitar un mínimo atisbo de culpa, pero sabe que ha hecho lo correcto. La idea de lidiar con un pulpo suelto sin que esté aquí Tova para ayudarle se le antoja terrorífica. Y quizá por eso da un salto al oír un pitido.

Es su móvil, el nuevo. Aún no se ha acostumbrado a sus sonidos. No pudo aspirar al de gama alta, pero este al menos es decente. Y la batería dura más de diez minutos.

¿Podría ser Avery de nuevo? Se le acelera el pulso solo con pensarlo. Llevan todo el día intercambiándose mensajes picantes. Pero, cuando mira la pantalla, ve que este no es de Avery. Es de Elizabeth y solo dice: «Llámame».

El niño. ¿Cuándo tenía que nacer? Parece que llegó ayer a Sowell Bay pero ya han pasado dos meses. Deja el móvil en el carrito de la limpieza, se pone los auriculares y le devuelve la llamada.

—Eh —es la inmediata respuesta de Elizabeth.

—¿Flor de Liz? ¿Estás bien? —Cameron se percata de que su corazón aún late más deprisa de lo normal. Hay muchas cosas que pueden salir mal en un parto. Pero ella se ríe al notar la preocupación en su tono de voz, lo que probablemente significa que no está desangrándose en una cama de hospital.

—Estoy bien, Cameltropic. Bueno, casi. El médico me ha ordenado guardar cama.

—¿Guardar cama?

—Sí, tuve contracciones. Y quieren que el alien siga cociéndose unas cuantas semanas más.

—Vaya. Bueno, supongo que nadie quiere un alien medio crudo.

—Así que ahora estoy metida en la cama.

—¿Tumbada todo el día? ¿En sentido literal? Suena maravilloso. —Cameron escurre el mocho.

—¡Es horrible! Estoy aburridísima.

—Al menos tienes a Brad a tu lado para todo, ¿no?

—Intentó hacerme un sándwich de queso gratinado y tuvieron que venir los bomberos.

Elizabeth se ríe, y el sonido de esa risa, que le llega a través de los auriculares, se le antoja muy cercano. De repente una sensación de vacío se asienta en el estómago de Cameron.

—En fin —continúa Elizabeth—, el tema es que estaba viendo un programa de viajes el otro día. Porque ahora me dedico a esto. Te juro que paso catorce horas al día viendo cosas absurdas por la tele.

—A mí sigue sonándome fantástico —dice Cameron mientras se agacha a recoger un papelito del suelo.

—Es un asco. Pero yendo al tema: Simon Brinks salía en el programa. Lo entrevistaban sobre las tendencias de compra de casas vacacionales o algún rollo así. No le estaba prestando mucha atención hasta que oí el nombre. Me hizo pensar en ti y pensé en llamarte a ver cómo va todo.

—No es que haya muchos progresos en ese frente, por desgracia. —Cameron le relata sus fracasos.

—¿Al menos te gusta estar ahí? —La pregunta llega acompañada de un gruñido alarmante—. Lo siento, la espalda me está matando. Tenía que darme la vuelta. Imagínate a una ballena intentando rodar sobre la playa.

—Joder, Flor de Liz, esa es toda una imagen. —Se ríe—. Pero sí, me parece que me gusta. —Hace una pausa—. He conocido a una chica.

Elizabeth suelta un grito, y la siguiente fase del fregado de suelos pasa rápido mientras Cameron le proporciona una versión abreviada de su relación incipiente con Avery.

Cuando termina la llamada, él ha fregado el suelo entero y vuelve a estar delante del tanque del pulpo. La criatura está pasando el rato en una esquina del tanque, observándolo mientras sus brazos flotan en el agua.

—Buen chico. Buen pulpo —murmura él.

Oye un ruido de llaves procedente del vestíbulo principal.

¿Tova? Se sorprende de lo contento que se pone al pensarlo.

Pero los pasos que llegan hasta sus oídos son demasiado pesados y demasiado rápidos. Un momento después Terry dobla la esquina. Cameron trata de disimular su decepción.

—Eh, chaval. —El jefe le dedica una sonrisa amplia—. ¿Va todo bien?

—Sí, genial. —Cameron yergue la cabeza, intentando aparentar profesionalidad. Mejor que no le hayan pillado charlando con Elizabeth por teléfono.

—Magnífico. Solo venía a controlar tu trabajo.

Cameron se queda boquiabierto.

—¡Es broma, hombre! Me he dejado algo en el despacho. —Terry se ríe.

—Muy bueno, señor.

—Sigue con lo tuyo, chaval. Pasaré por el otro lado para no pisar el suelo limpio. —Ya está de nuevo en el pasillo cuando se detiene y se vuelve hacia él—. Por cierto, Cameron, tengo que revisar los papeles. ¿Has podido rellenarlos ya?

—Er..., aún no. —Terry ha estado dándole la vara con el cuento de que debe rellenar un formulario específico para el personal de la limpieza desde hace tiempo.

Terry se cruza de brazos.

—Han pasado dos meses.

—Lo sé. Lo siento.

—Que sea tu prioridad —dice Terry—. Ya sé que es un rollo, pero lo he dejado pasar durante demasiado tiempo. Las reglas son las reglas.

—Lo haré esta noche.

—Ah, y si no te importa, hazme otra fotocopia del carnet de conducir, ¿vale? Sé que sacamos una cuando empezaste, pero no consigo encontrarla.

Cameron se palpa el bolsillo trasero. La cartera está ahí.

—Claro. Ningún problema.

—Magnífico —dice Terry—. Déjala en mi mesa antes de irte, ¿vale?

—Así lo haré, señor.

Lidiar con el papeleo no es el punto fuerte de Cameron. Sentado a la mesa del vestíbulo del acuario, con el bolígrafo apoyado en el contrato arrugado, bajo la luz azulada del tanque, Cameron no puede evitar recordar el drama de Merced Valley.

La Universidad Politécnica de Merced Valley quizá no perteneciera a la Ivy League, pero en una ocasión admitieron a Cameron. Incluso le ofrecieron una beca completa. Lo único que tenía que hacer era rellenar unos papeles. Dinero a cambio de unas cuantas firmas.

Cameron revisó el catálogo del curso y escogió sus clases. Tenía mucha ilusión por la de filosofía. Pero los formularios para la beca se quedaron en la mesita, manchándose de aceite y de migas de pizza, y de los rodales de las latas de cerveza.

La tía Jeanne se puso furiosa. Lo acusó de lanzar su futuro por la borda porque sí. ¡Solo tenía que rellenar los formularios! Le habría llevado a lo sumo veinte minutos. «¿Qué problema tienes?», preguntó.

Es una buena pregunta.

Diez minutos más tarde, el contrato del acuario está completado y cuando está dejando el papel en la mesa de Terry recuerda que debe sacar una fotocopia del permiso de conducir. Cuando la pones en marcha, la fotocopiadora polvorienta del despacho de Terry suena como una nave espacial en pleno despegue: un concierto de zumbidos y pitidos. Mientras espera, Cameron se come una bolita de menta de un tarrito que hay en la mesa de Terry.

Cuando la máquina está lista por fin, pone el carnet en el vidrio y presiona el gran botón verde. Lo cual, al parecer, genera toda una serie de pitidos de alarma.

«Papel atascado en la bandeja C», lee Cameron en la diminuta pantalla. Se agacha y mira las bandejas. Solo hay dos: A y B. Imposible.

Toca todos los botones y pestañas que encuentra, pero no consigue dar con la bandeja C ni con la hoja atascada. Vuelve a apretar el botón verde, pero la pantalla se limita a devolverle el mismo mensaje. Apaga la máquina y la vuelve a encender otras tres veces. Esta no deja de insistir en que hay algo atascado en esa bandeja inexistente.

—Esto ha sido diseñado por un imbécil —masculla. Recupera el carnet de conducir y apaga la máquina para siempre.

Encogiéndose de hombros, deja el carnet encima de los formularios en la mesa de Terry. Ya lo recuperará mañana por la noche.

Día 1.352 de cautiverio

Oh, cuánto disfruto poniendo nervioso al chico. No creáis que le deseo ningún mal, por favor. Más bien al contrario. Hay humanos que necesitan desafíos por su propio bien. Yo puedo entenderlo. Mi cerebro es un mecanismo poderoso, pero se encuentra lastrado por las circunstancias, y a él le pasa un poco lo mismo.

Le deseo un final feliz, por supuesto. Y también a Tova. Se trata, llamémoslo así, de mi último deseo.

En fin, vayamos al tema de esta noche; es decir, el papeleo. Los humanos y sus papeles, menuda pérdida de tiempo. Si sus memorias no fueran tan defectuosas, quizá no necesitarían tantos registros por escrito.

Pero esta noche tengo algo que agradecerle al papeleo.

La cuerda que instaló en el tanque no supuso ningún obstáculo. Cuando llegó el momento, después de que terminara de limpiar y se fuera, deshice el nudo y levanté la tapa como hago siempre. ¿Debería tomarme como un insulto esa subestimación de mis habilidades?

La ruta hasta el despacho de Terry estaba repleta de tentaciones, pero, dado que las Consecuencias aparecen cada vez más rápido, renuncié a todos los moluscos que había en mi camino, por apetitosos que fueran. El tanque de almejas del Pacífico tenía un aspecto especialmente suculento esta noche.

Los humanos las llaman almejas generosas y su textura posee una firmeza muy agradable.

Pero nada de almejas generosas hoy. Mis planes eran más importantes. Y, para ser sinceros, debo admitir que estos días tengo poca hambre.

Cuando me deslicé por el lado de la mesa de Terry, encontré el objetivo central de mi misión.

Un carnet de conducir. Exactamente igual que el que tengo en la colección. En él consta el nombre completo de un humano y su fecha de nacimiento.

Mientras pasaban los segundos y las Consecuencias se cernían sobre mí, llevé aquella fina tarjeta de plástico por el pasillo. Para cuando llegué a mi destino, había empezado a sentirme muy débil. Con gran esfuerzo, la escondí debajo de la cola de la estatua del león marino.

Mi viaje de regreso fue lento y proceloso. En más de una ocasión, mientras avanzaba pesadamente sobre el suelo del pasillo, me planteé la posibilidad de que fuera a morir. Allí mismo. No volvería a probar una vieira. No volvería a notar el vidrio frío en las ventosas, ni a rozar a la humana en la parte interna de su muñeca, ni a tocar mi colección de tesoros. ¿Merecía la pena morir por esta misión?

Pues sí.

Tova no ha venido esta noche. Quizá no venga mañana tampoco, pero al final aparecerá. Estoy bastante seguro de que no se irá sin despedirse.

No podrá resistirse a pasar el trapo bajo la cola del león marino. Nunca ha podido evitarlo. Sabe que es la única que se acuerda de hacerlo.

Cuando lo haga, verá lo que le he dejado allí. Y entonces lo sabrá todo.

EL CHEQUE SIN FONDOS

Ethan vierte un chorro de Laphroaig Single Malt sobre dos cubitos de hielo y luego se acomoda en su desvencijado y pequeño sofá. El atardecer va invadiendo el comedor, borrando despacio la luz que entra de la ventana frontal, mientras el whisky desaparece sorbo a sorbo de su vaso bajo.

Cassmore.

Ese apellido ha estado rondándole por la cabeza desde el momento en que Cameron se presentó. No es la primera vez que lo oye, pero ¿de qué le suena? No fue hasta esta mañana, mientras se cepillaba los dientes, cuando el recuerdo surgió súbitamente de la nada.

Un cheque sin fondos.

Era una de las cosas que sucedía con cierta frecuencia en aquellos días, cuando aún se pagaba en el supermercado a través de cheques. Si el cheque no se podía cobrar acababa colgado en el tablón. Debió de ser alrededor de los años noventa.

Ethan recuerda los talones viejos que había pegado allí, en el mostrador, debajo de la caja, cuando compró el Shop-Way. Cheques sin fondos de clientes. Una advertencia. Algunos llevaban años allí, como ese en particular. El nombre de Daphne Cassmore escrito en una esquina del papel. La cantidad era ridícula. Poco más de seis dólares.

Ethan los sacó de allí enseguida. No era su manera de llevar una tienda. Pero tomó nota mental de los nombres.

Había sido relativamente fácil vincular a Daphne con Cameron. Unos cuantos clics en aquella página web de genealogía en la que tenía acceso prémium desde hacía unos meses le llevaron hasta Daphne Cassmore (que después se casó y se convirtió en Daphne Scott) y luego a su hermanastra: una tal Jeanne Baker, de sesenta años, residente en Modesto, California. La fuerte presencia virtual de la señora Baker parecía deberse a su interés en varias comunidades de coleccionistas. Ethan conoce bien a esa gente: convierten en hobby lo de comprar y vender trastos. Cameron se había quejado del síndrome de Diógenes de su tía. Todo encajaba.

Ethan apura el último trago de whisky. Se alegra de que la gente haya dejado de usar cheques. Ver sus nombres expuestos así, en plan escarnio público... Qué crueldad. Y el cheque sin fondos de Daphne Cassmore en concreto siempre le había hecho sentir lástima por la persona que lo firmó. Esa humillación por un importe tan pequeño. ¿Qué miserable compra de seis dólares había precipitado su caída en desgracia a ojos del dueño de la tienda?

No pudo haber sido una caída muy larga.

De los retazos que Cameron le ha contado de su madre, ese parece ser el caso. El chico se vuelve casi mudo cuando habla de ella, pero Ethan ha oído lo suficiente como para deducir que había drogas de por medio. ¿Puede culpar a Cameron por no hablar de ello? Su madre lo abandonó.

El comedor está a oscuras y, de camino a la cocina a por un segundo whisky, Ethan casi tropieza con las zapatillas deportivas que se quitó al entrar. Parte de él cree que debería poner al tanto a Cameron de los cotilleos del pueblo; está seguro de que pronto se extenderá ahora que Sandy Hewitt ha abierto la boca en medio de la sección de frutería del Shop-Way. Más pronto o más tarde se enterará de todos modos: el rumor de que su madre podría saber algo de la desaparición de un adolescente hace treinta años. Algo que nunca contó. ¿La imagen que Cameron tenía de ella podía estropearse más? Está claro que todo eso sucedió años antes de que él naciera.

¿O no?

¿Qué edad tiene Cameron? Ethan no recuerda si la ha mencionado alguna vez, pero no debe de tener más de veinticinco, ¿no?

Y luego está el tema de Tova.

¿Hasta dónde puedes conocer a alguien con solo embolsar lo que compra desde hace años? Lo bastante para asegurar que a estas alturas debe de estar recabando información sobre Daphne Cassmore. No parará hasta encontrar a esta mujer que, según ella, puede explicarle lo inexplicable. Tova nunca se ha tragado la versión oficial que se dio de la muerte de Erik, de eso Ethan está seguro.

¿Y qué pasará entonces?

Debería contarle que Cameron es el hijo de Daphne Cassmore. Tova debería enterarse de eso por boca de un amigo. Son dos personajes curiosos. El hecho de que el chico haya logrado atravesar la coraza de Tova es todo un misterio, sobre todo porque él lleva intentándolo desde hace casi un año. Pero si la madre de Cameron tuvo algún papel en lo que le pasó a su hijo, ¿qué pensará Tova cuando mire a Cameron?

Son más de las diez, pero Tova Sullivan es un ave nocturna. Se arma de valor y descuelga el teléfono. Piensa invitarla a cenar.

LA DESVENTAJA
DE LA COMIDA GRATIS

Tras darle un único mordisco, Cameron tira un melocotón pasado al contenedor de basura que hay al final del embarcadero. Las ofertas caducadas de Ethan pueden ser a la vez una bendición y una tortura. Pero la verdad es que se ha ahorrado una buena pasta en comida a lo largo del verano, y además ha aparcado la autocaravana gratis en el camino de entrada de su casa. Está en deuda con él, eso seguro.

Las estrellas se diseminan en el cielo que cubre el estrecho de Puget, reflejando su brillo plateado sobre el agua negra. El conjunto forma un hermoso contraste de luces que a Cameron le recuerda las pecas oscuras que tiene Avery en el puente de la nariz. Se aparta del agua y se dirige a la autocaravana, donde tiene el teléfono cargándose. Se pregunta, y no por primera vez, cómo sería aparcar en la orilla y despertarse sin más vista que el agua. Ha pensado en probarlo, pero Ethan dice que la patrulla nocturna de Sowell Bay, sobre todo un colega suyo llamado Mike, estaría encantado de avisar a la grúa para remolcar una autocaravana de un lugar público. Le daría al pobre Mike algo que hacer en las tediosas horas del amanecer. Quizá algún día vivirá aquí y tendrá una casa con vistas al agua. Quizá, si lograra encontrar a Simon Brinks.

Pero eso será en un brillante futuro. Esta noche volverá a su lugar en casa de Ethan. Antes de hacerlo, entra en la aplicación de su cuenta bancaria para ver si han ingresado la última paga. Es todo el dinero que le falta para devolverle el préstamo a la tía Jeanne. Un escalofrío lo atraviesa mientras ordena la transferencia, añadiendo un extra a la suma solo por el placer de poder hacerlo. Le envía un mensaje de texto, un emoji de un corazón, pero lo más probable es que esté durmiendo. Son más de las once.

Le quedan un par de cientos de dólares. Debería ahorrarlo todo. Sin duda. Pero entra en una página que conoce bien, una que vende música de grupos indie. Moth Sausage solía aparecer en sus listas, pero no ha entrado por eso. Introduce su propio nombre, por pura curiosidad, pero no sale nada. Bueno, esto tampoco es una sorpresa. Es probable que Brad haya retirado todo lo del grupo. Vaya. En su lugar busca hasta encontrar dos grupos que suenan bastante decentes. Como los Dead, los Phish, o algo del estilo de Ethan, pero nuevo. Cameron Cassmore quizá sea un perdedor y un colgado que vive en una autocaravana apestosa, pero de música sabe. Compra álbumes digitales de ambos grupos e introduce la dirección de e-mail de Ethan para que se los envíen a él.

Es un comienzo.

Las ventanillas de la autocaravana aún se ven negras cuando le vibra el teléfono. Cameron palpa a tientas hasta dar con él. Al ver que se trata del número de la tía Jeanne, el estómago le da un vuelco. La última vez que lo llamó en plena noche fue desde un hospital, cuando se fracturó la cabeza y se rompió la cadera. En su habitación había dos polis intentando desentrañar qué había pasado en el altercado del Dell's.

—¿Sí? —dice sin aliento. Cuando corrió al hospital estaba a veinte minutos de distancia. Ahora prefiere no pensar en cuánto le llevaría el viaje.

—Estoy bien, Cammy —contesta ella, que parece haber notado los nervios en su tono de voz.

—Entonces ¿por qué me llamas a esta hora? —Mira el reloj—. ¿A la una de la madrugada?

—¿Te he despertado?

—Pues sí...

—Pensé que estarías por ahí, en algún bar.

—No. Dormía como un tronco. He trabajado mucho hoy.

—Lo siento. Solo quería hacerte saber que he recibido la transferencia bancaria. Has enviado demasiado.

La tía Jeanne suelta un silbido desentonado. ¿Ha estado bebiendo? Una voz masculina se oye de fondo, y Cameron se pregunta si por casualidad no estará ahí Wally Perkins, con ella en la caravana.

Cameron se sienta en la cama, frotándose los ojos.

—El extra es por los intereses.

No añade que lo había calculado mentalmente basándose en la prima actual y lo que podría haber obtenido ella de los bonos si el dinero hubiera estado invertido en ellos, algo que nunca habría pasado. ¿Acaso eso importa?

—Nunca hablamos de intereses. —Su voz es alegre.

—Pero te los debía. —No añade que le debe muchísimo más.

—No me debes nada. —Arrastra las palabras, eso está claro. Un par de whiskies, sin duda—. Sabes que nunca pensé que fueras a devolvérmelo.

—Claro que iba a hacerlo. —Cameron vacila y se despoja de la manta—. En realidad estaba pensando que, en cuanto aclare las cosas con Simon Brinks, y resolvamos todo lo que me debe, podríamos usar el dinero para la entrada de una casa.

—¿La entrada de una casa?

—Para ti. En la ciudad. Fuera de ese parque de caravanas.

—La verdad es que me gusta vivir aquí.

La voz masculina habla, de fondo:

—¿Qué pasa?

—Wally, ¿tú habías caído en que vivimos en un vertedero?

—¡Nunca he dicho que lo fuera! —exclama Cameron.

—No con esas palabras —dice con brusquedad la tía Jeanne—. Mira, me alegro de que de repente tengas tanto dinero como para poder ir comprando casas para personas que no las necesitan. ¿Por qué no te lo guardas y haces algo de provecho con tu vida?

—¿Y qué crees que intento hacer? No es culpa mía que me dieran unas cartas tan malas.

—No, el reparto de cartas nunca es culpa de nadie. Pero cada uno decide cómo las juega.

Se oye ruido de un líquido que cae sobre unos cubitos de hielo; luego se produce una pausa y se rellena un segundo vaso. Dos copas más.

Cameron abre la puerta trasera de la autocaravana, salta al exterior y empieza a pasear por el camino de entrada de la casa de Ethan. Va descalzo y el cemento aún está caliente después del día de calor.

—He jugado mi mano tan bien como he podido. También podrías haberme contado que provengo de Sowell Bay.

—¿Y de qué habría servido eso? —pregunta la tía Jeanne con un bufido.

—Podría haber encontrado a mi padre antes de cumplir los treinta, por ejemplo.

—Ese hombre no es tu padre.

—¿Cómo puedes estar tan segura?

—Era mi hermana, Cammy. —La tía Jeanne habla ahora con voz débil, casi vencida—. Pese a todos sus defectos, no era ninguna imbécil. Si tu padre hubiera sido un hombre de negocios solvente…, bueno, si hubiera sido un miembro productivo de la sociedad…, en realidad, si hubiera estado vivo… No sé, Cammy. Creo que, si todo hubiera sido tan sencillo, ella no lo habría apartado de tu vida.

—Ella misma se apartó de mi vida. —Cameron da una patada a una piedra—. Diría que apartarse de la gente se le daba bien.

—Dejar a alguien puede ser lo más duro —replica la tía Jeanne con suavidad.

Cameron nota que la cara se le retuerce en una mueca de incredulidad involuntaria. Es básicamente lo mismo que le dijo Avery cuando estuvieron practicando padelsurf en el muelle, pero por alguna razón oírlo ahora en boca de la tía Jeanne le provoca ganas de liarse a puntapiés con el suelo.

—Mira, tengo que colgar —contesta él—. Por la mañana trabajo.

No es verdad. No trabaja hasta el mediodía, pero se le antoja la clase de excusa que daría una persona razonable para colgar el teléfono en mitad de la noche.

La tía Jeanne tapa su auricular durante un segundo, para hablar con Wally Perkins.

—De acuerdo, Cammy. Pero me encantaría verte cuando pasemos por Seattle antes del crucero del mes que viene.

¿Pasemos? ¿En plural?

—Claro —dice Cameron. Lo que sea. Cuelga y cierra de un portazo la autocaravana antes de desplomarse de nuevo sobre el colchón.

ESTO NO ES UNA CITA

El domingo siguiente Tova llega a casa de Ethan a las cinco en punto.

No se trata de una cita.

Nota la botella fría, que lleva apoyada en el codo de la misma forma en que alguien torpe acomodaría a un bebé. Se le antoja más bonito presentar el regalo así que como Barbara se la dio, sosteniendo la botella por el cuello sin ningún miramiento mientras parloteaba sobre que era un Cab Franc de la última temporada comprado en aquella vinoteca de Woodinville, y, por tanto, delicioso y el vino perfecto para llevar a una cita.

Esto no es una cita, había insistido Tova una y otra vez. Un millón de veces, como diría Cameron. No es más que una cena.

Una cena rápida, además. Ella lo había dejado claro cuando aceptó la invitación, y había comentado que necesitaba tiempo para terminar de preparar su mudanza. En realidad, todo su tiempo libre se ha consumido en una búsqueda incansable en todos los tomos que la Biblioteca Pública del Condado de Snohomish le había permitido consultar para dar con alguna información acerca de Daphne Cassmore. Pero la búsqueda se había atascado, sin haber ofrecido grandes resultados. ¿Qué tenía, pues, de malo tomarse una tarde libre para cenar con un amigo?

¿Un amigo? ¿Ethan es amigo suyo?

En cualquier caso, sería de mala educación plantarse en casa de alguien sin un detalle. Tova no es muy aficionada al vino, pero sabe que es lo que la gente suele hacer. Una parte de ella agradece la insistencia de Barb. Sin ella, podría haber cometido el error de llegar con las manos vacías. Tampoco era plan de ir a comprar una al supermercado de Ethan.

Con la cabeza bien alta, recorre el breve camino de entrada del ajado bungalow. Ya tiene el tobillo casi curado, tan solo nota una levísima molestia. Una enorme hortensia de flores azules se extiende por todo el pequeño porche. Tova aparta una rama para pasar y toca el timbre antes de plantearse cambiar de idea.

—Buenas tardes, Tova —dice Ethan al tiempo que da un paso atrás, invitándola a entrar. Su voz es extrañamente sosegada.

Ella le entrega la botella, que él agradece, pero cuando se ofrece a colgarle el bolso en un perchero levemente torcido que hay en el rincón, ella le contesta:

—No, gracias, no me molesta. —Tova mantiene el bolso pegado a la cadera como si se tratara de una bíblica hoja de parra. Como si se sintiera desnuda sin él.

—Como quieras —dice Ethan.

Mientras avanza sobre la alfombra elegante, Tova no puede dejar de fijarse en el rasgo sobresaliente que domina el interior: toda una pared del salón está dedicada a la colección de discos, y en varios estantes el recubrimiento barato de chapa se ha despegado. Si hubiera sido su casa, Will se habría encargado de fijar ese laminado como es debido. Tova tiene que luchar contra la tentación de terminar de arrancarlo, como si fuera una costra medio rascada en la piel: mejor quitarla antes de que se infecte.

Entrar en casa de alguien supone siempre un acto íntimo. Ella busca fotos con la mirada, pero no encuentra ninguna. En cambio, las paredes aparecen decoradas con carteles de conciertos bellamente enmarcados: Grateful Dead, Hendrix, los Rolling Stones. El estilo correspondería más al de la habitación de un adolescente, y sin embargo, en cierto modo, encaja a la perfección también con Ethan.

Lo sigue hasta una cocina minúscula aunque sorprendentemente limpia, que huele a champiñones marinados, mientras charlan de tonterías. A Tova nunca se le han dado muy bien las conversaciones de cortesía, y no es que haya mejorado con el tiempo. Cuando Ethan le sirve una copa llena hasta los bordes del delicioso Cab Franc de Barb, la acepta con gratitud.

—Salud, cielo —dice él.

—Salud —repite Tova acercando la copa a la de él para brindar.

Tras varios instantes y varios sorbos más, ella repara en unas gafas de sol que están en la encimera. Las reconoce, son de Cameron.

—Ha sido muy amable por tu parte abrirle las puertas de tu casa.

Ethan echa un chorrito de vino tinto a la cazuela, y esta responde con una especie de silbido y una enorme nube de vapor.

—Si te digo la verdad, me gusta tener un poco de compañía.

Tova asiente. Sabe a qué se refiere. También le ha gustado tener a Cameron en el acuario.

—Sí, te creo.

—¿Sabías que me crie en una familia de catorce miembros? Éramos once críos. De pequeño siempre me imaginé que de mayor viviría en una casa llena hasta los topes.

Tova se permite esbozar una sonrisa.

—Pensaba que eran los irlandeses los que tenían grandes familias.

—Eh, los escoceses no nos quedamos atrás.

Él le brinda una sonrisa mientras añade la salsa de champiñones a un par de pechugas de pollo, cada una en su plato. Tova nota asombrada que la boca se le hace agua. ¿Cuánto tiempo ha pasado desde que alguien le preparó una comida tan apetitosa?

Están saboreando los últimos trozos cuando oyen la puerta. Un instante más tarde, Cameron entra en la sala con semblante ensombrecido. Su rostro se anima un poco, dando paso a una mueca de perplejidad al encontrar a Tova sentada con Ethan a la mesa de la cocina.

Poco después, el ceño regresa, aunque se dirige exclusivamente a Ethan.

—Oye, ¿puedo hablar contigo un segundo? —Da la impresión de tener apretados los dientes.

—Claro. Dispara —dice Ethan.

—Estaba pasando el rato en la tienda de padelsurf, y llegó Tanner, el chaval que trabaja contigo, acompañado de sus colegas. ¿Sabes lo que comentaban? —El tono de Cameron se ha vuelto frío—. Decían que has estado hablando de mi...

—Vale, vale.

Ethan se levanta de la silla. Mira fijamente a Cameron mientras lo guía hacia el salón. Por encima del hombro se disculpa con Tova e insiste en que siga disfrutando de la cena, de lo que queda de ella, vaya, porque solo será un minuto. Los dos se pierden en la pequeña casa; Tova supone que se han ido a un dormitorio, donde pueden hablar sin que nadie los oiga.

¿Qué le pasará al chico? Un ramalazo de culpa la asedia. Quizá lo sabría si no se hubiera saltado los dos últimos días de limpieza.

El minuto se prolonga y Tova decide que lo mínimo que puede hacer es ponerse a fregar los platos. Al menos le dará algo en que entretenerse. Y la cocina está hecha un desastre, las cosas como son. Con la mente algo más nublada que de costumbre por culpa del vino, busca un estropajo y chasquea la lengua al no encontrar ninguno cerca de la pila. ¿Con qué fregará los platos Ethan? No se ve un estropajo, ni una bayeta, por ninguna parte.

El cajón más próximo al fregadero parece el lugar lógico donde mirar, pero resulta estar lleno de trastos. Abre el siguiente, que también es una mescolanza de papeles, herramientas y cosas varias. Tova suelta un suspiro. ¿Por qué los hombres son así? Si Will se hubiera salido con la suya, habría llenado todos los cajones de casa con un batiburrillo de chismes sin orden ni concierto. Suelta una ligera carcajada al pensar en Marcellus y la colección de tesoros que guarda con celo en su madriguera. Al parecer, esta es una tendencia masculina que trasciende a las especies.

Debería haber algo para lavar los platos debajo de la pila, pero cuando abre la puerta del armario se topa con cajas de cereales y montones de envases de arroz precocinado para microondas. Se queda boquiabierta.

¿Quién tiene la despensa debajo de la pila?

La adrenalina le sube por todo el cuerpo, mareándola. Podría hacer tantas cosas aquí. Reorganizar toda la cocina. Limpiar los armarios y los cajones por dentro. ¿Ethan tiene la menor idea de lo mucho que necesita a alguien como ella?

Cierra los ojos y respira hondo. De momento, debería concentrarse en los platos.

Cuando vuelve a inspeccionar el armario de debajo de la pila, descubre un trapo. Tras observarlo con atención se da cuenta de que es una camiseta vieja, blanca, con una inscripción desteñida. Está claro que es un trapo. Perfecto para limpiar.

Cuando coloca el último plato en el escurridor, usa la camiseta para limpiar la encimera, quitando con ella los restos de Cab Franc que habían terminado allí por culpa del descuidado arte de servir de Ethan. El vino empapa el algodón blando, la mancha se vuelve de un tono violeta cuando lava y escurre el trapo en la pila. Tova se siente llena de orgullo al contemplar la cocina reluciente, y, casi al mismo tiempo, le llegan voces desde la salita de al lado. Los chicos están volviendo. Quizá ya hayan resuelto sus diferencias.

Cameron elude mirarla al salir. Un momento más tarde, el motor de la autocaravana se pone en marcha.

—Tova, querida —dice Ethan con voz tensa.

—¿Va todo bien? —se atreve Tova a preguntar, dando un paso hacia él.

—Hay algo que debería contarte. —Él apoya el peso de su cuerpo en un pie y luego en el otro. Al parecer no se ha dado cuenta de que Tova ha limpiado toda la cocina.

—Bueno, ¿de qué se trata? —insiste Tova, pero en el mismo momento se pregunta si hace bien. De repente solo quiere encontrarse en su casa, sentada en el sofá. Viendo las noticias de la tarde. El parloteo pulcro y previsible de Craig Moreno y Carla Ketchum, y de la meteoróloga Joan Jennison. Deja el viejo trapo-camiseta en la encimera y entrecruza los dedos.

La mirada de Ethan se dirige a lo que acaba de dejar. Parece que los ojos vayan a salirse de sus órbitas.

—¿Qué cojo…? —Cruza la cocina y coge el trapo manchado de vino. Sus mejillas han perdido el color.

Tova se yergue, nerviosa.

—¿Qué has hecho?

—He fregado los platos. —Tova planta las manos en las caderas—. He limpiado la cocina, fregado los platos y repasado la encimera. Iba a ponerme con ese lío que tienes debajo de la pila, pero…

—Oh. —La voz de Ethan es ronca. Deposita el trapo en la mesa y se deja caer en una silla, luego esconde la cabeza entre las manos—. Grateful Dead, Memorial Stadium, 26 de mayo de 1995 —musita.

—¿A qué viene eso?

Él levanta la vista, sus ojos echan chispas.

—Su último concierto en Seattle. Uno de los últimos con Jerry Garcia.

—No sé…, bueno… —A Tova le da vueltas la cabeza. Jerry Garcia fue el cantante de Grateful Dead y falleció en 1995, eso lo sabe. Los redactores de crucigramas lo usan como referencia de vez en cuando y a ella siempre le ha parecido un poco prosaico como guiño a la cultura pop.

—La camiseta. Era de ese concierto. Es un objeto de culto.

—Ethan suelta una larga exhalación al tiempo que se levanta.

—Pero si estaba debajo del fregadero…

Ethan lo señala con los brazos.

—Claro. Estaba guardada en ese armario.

—Eso no es un armario. Es un mueble de cocina.

—¡Los dos tienen puertas y sirven para guardar cosas! ¿Qué diferencia hay?

Tova se cruza de brazos.

—Bueno, la mayoría de la gente tiene las cosas de limpieza debajo del fregadero.

—¿Qué más da lo que hace la gente? —Se pellizca el puente de la nariz—. Manchas de vino tinto. Saldrán, ¿no?

—Quizá se aclaren un poco —dice Tova—. Con lejía.

—Pero eso…

—Sí —admite ella—. La lejía se lo comerá todo.

Ethan no dice nada, solo se mueve con torpeza hasta la encimera y se sirve los últimos restos de Cab Franc en el vaso, que apura luego de un trago. Tova lo observa: de repente se le ha cerrado con fuerza la mandíbula y nota los pies de algún modo enraizados al suelo. ¿Quién deja un objeto de valor en un mueble de cocina? ¿En un estado como ese, además, tremendamente desteñido y gastado?

No, no es que estuviera tremendamente gastado, es que se le había dado mucho cariño.

—Lo siento mucho, Ethan.

Él se encoge de hombros.

—No, no pasa nada, cielo.

—Ahora me marcho —dice Tova, temblorosa—. Gracias por la cena.

—Por favor, espera. Tengo algo importante que contarte.

En realidad, la razón por la que te he invitado a cenar esta noche es que...

Pero Tova ya ha cruzado la casa, con el bolso firmemente
asido contra su cadera. La puerta principal se cierra tras ella sin
hacer ruido.

UN OBJETO DE CULTO

Tova no ha sentido nunca un gran interés por el rock, al menos no por su vertiente más moderna. Cuando era joven disfrutaba con Chuck Berry y Little Richard, por supuesto. Y con Elvis Presley, el rey en persona. De recién casados, Will solía llevarla a bailar al centro los sábados por la noche y terminaban la velada con los pies destrozados. ¿Pero esa música que salía del cuarto de Erik a todo volumen? Eso no era más que puro y simple ruido.

La mezcla de guitarra y batería que suena por el altavoz del ordenador de Janice Kim se sitúa un poco en medio de ambos estilos. Tova no logra entender la mayoría de las cosas que dice el cantante, pero su voz le resulta agradable. La música en sí misma parece una especie de letanía lastimosa. No está mal.

—Espera un momento, deja que baje el volumen —dice Janice mientras se sienta al teclado—. ¿No te ponen de los nervios las páginas que tienen música encriptada que se pone a sonar automáticamente?

—Oh, mucho —responde Tova, aunque no está muy segura de a qué se refiere su amiga. Al otro lado de la habitación, en su mullido puf, Rolo yergue la cabeza. El perrito bosteza, se incorpora y se sacude con fuerza antes de empezar a trotar. Janice se lo sube a su regazo y Tova se acerca a acariciarle la sedosa cabeza.

—Aquí está. Esta es la que buscabas, ¿no?

Janice amplía la foto de un tipo delgado que sostiene en las manos una camiseta blanca desteñida, la misma que Tova arruinó en casa de Ethan la noche anterior. Para cuando llegó a casa, Ethan ya le había dejado un mensaje en el contestador, insistiéndole en que no le diera más vueltas al tema de la camiseta. Y esta mañana volvió a enviarle otro mensaje, esta vez al móvil, disculpándose por cómo había terminado la velada y rogándole que le devolviera la llamada. Ella pensó en hacerlo, pero no sabía muy bien qué decirle, y, en todo caso, recabar la ayuda de Janice se le antojaba algo más urgente.

No era una camiseta cualquiera, sino un recuerdo sentimental. Tova necesita enmendar el error.

—Sí, es esa. —Contempla las demás fotos que aparecen en la página, en las que se ve la prenda por delante y por detrás, tendida sobre una mesa de madera.

—No estoy muy familiarizada con esta página de subastas en particular —dice Janice, mirando de reojo la pantalla—. Sin embargo, tiene pinta de ser segura, así que supongo que lo que venden es auténtico.

—Perfecto. —Tova asiente con la cabeza. Por suerte, Janice no ha hecho demasiadas preguntas acerca de por qué quiere comprar una camiseta de recuerdo de un concierto de Grateful Dead del año 95. Al parecer, las Jefas del Ganchillo que quedan andan con pies de plomo con ella desde que anunció su intención de mudarse a Charter Village.

—Bueno, pues aquí es donde debes introducir los dígitos de la tarjeta de crédito. —Janice clica y pasan a otra pantalla. Frunce el ceño cuando esta termina de cargarse—. No, esto no puede ser.

—¿Qué pasa?

—Dice que la camiseta vale dos mil dólares.

Rolo aúlla, como si compartiera la sorpresa de Janice.

—Vaya. —Tova se muerde la lengua antes de retomar la palabra con tono resuelto—. Bueno, es un objeto de culto.

Janice entorna los ojos.

—¿Desde cuándo coleccionas recuerdos de conciertos? ¿De qué va todo esto, Tova?

—No es nada. —Tova le quita importancia con un gesto—. Solo estoy enmendando un error.

Busca en el bolso y en la cartera hasta dar con la tarjeta de crédito, que solo usa cuando no hay opción de pagar en efectivo.

—Le vas a alegrar el día al tipo que la vende, de eso no me cabe duda —rezonga Janice. Coge la tarjeta de Tova e introduce los dígitos. Antes de apretar el botón verde que finaliza la compra, lanza una última mirada hacia Tova cargada de escepticismo—. ¿Estás segura?

—Sí. Adelante. —Tova no entiende por qué el corazón le late a tanta velocidad. Se trata solo de reemplazar algo que estropeó, y no es que dos mil dólares sean mucho más que un pellizco en su cuenta bancaria.

Un circulito en el centro de la página gira durante unos segundos y luego, mientras aparece un mensaje de agradecimiento, Janice dice:

—De acuerdo, ya está. Te imprimiré el recibo en cuanto me llegue al correo. Por lo que dice, recibirás el producto en unas tres semanas.

—¡Tres semanas! —Tova menea la cabeza—. No, no puedo esperar tanto.

—¿No puedes esperar tres semanas? ¿Para ese trapo sucio y viejo?

—No. —Tova aprieta la mandíbula. Otra cosa en contra de las compras online. ¿Quién quiere esperar tres semanas para recibir algo que ha comprado?

—Bueno, aquí pone que también puedes ir a recogerlo. —Janice baja el cursor por la página y aparecen toda una serie de palabras y gráficos. Mira a Tova con perplejidad—. Tienen el almacén en Tukwila.

Tukwila está al sur de Seattle, cerca del aeropuerto. Al menos tardará tres horas en coche desde Sowell Bay. Quizá más, contando con el tráfico del centro de Seattle.

—Lo prefiero así. ¿Puedes cambiarlo?

Janice se queda boquiabierta.

—¿En serio?

—En serio —repite Tova.

—Como quieras. —Sin ocultar su extrañeza, Janice clica unas cuantas veces más. Instantes más tarde, la impresora empieza a cobrar vida y de ella sale una hoja. Janice deposita a Rolo en el suelo antes de ir a cogerla para dársela a Tova. Muestra un pequeño y difuso mapa con una dirección de Tukwila.

—Muy bien. Gracias por tu ayuda —dice Tova con firmeza mientras dobla la hoja y la guarda en el bolso.

—¿Vas a ir en coche hasta allí?

—Supongo que sí.

—¿Cuándo fue la última vez que fuiste a Seattle en coche? ¡Y por la autopista, Tova!

Tova no responde, pero fue cuando Will pasaba por una de las últimas fases del tratamiento. Veía a un especialista de la Universidad de Washington. El tratamiento experimental no hizo mucho por Will, por desgracia, pero tenían que intentarlo.

—Te acompañaré —afirma Janice—. Y le diré a Peter que venga también. Puede conducir él. Deja que mire mi agenda, escogemos un día y...

—No, gracias —la interrumpe Tova—. Puedo ir sola. Me gustaría dejarlo zanjado hoy mismo.

Janice se cruza de brazos.

—Bueno, seguro que sabes lo que haces. Ten cuidado. ¡Y llévate el móvil!

Los coches están parados en la interestatal como sardinas en lata. Las luces de freno centellean en rojo y rosa a través del parabrisas húmedo mientras los limpiaparabrisas se afanan por aclarar la llovizna, bastante inusual en verano, cuando el tiempo es típicamente cálido y seco. Tenía que romper a llover durante el primer viaje de Tova por la autopista en dos años, ¿cómo no?

El coche avanza un poco. Todos los que, como Tova, van por el carril del centro, parecen saltar al de la derecha. Quizá haya algo a la izquierda que bloquee el carril. Está a punto de poner el intermitente cuando le suena el móvil, que está en uno de los huecos del salpicadero.

Tova toca la pantalla.

—¿Diga? —No se oye nada. Aunque Janice le enseñó a hacerlo funcionar en modo altavoz, ahora mismo no logra recordar cuál de los iconos sirve para eso. Prueba con otro y repite, en voz más alta—: ¿Diga?

—¿Señora Sullivan? —Es una voz masculina.

—Sí —dice Tova—. Soy yo.

—Hola, aquí Patrick. Trabajo en el departamento de admisiones de Charter Village. ¿Cómo está usted hoy?

—Bien, gracias. —Tova lanza otra mirada al retrovisor y contiene la respiración mientras mueve el coche al carril de la derecha. Suelta el aire, y se pregunta si Patrick lo habrá oído.

—Bien. La llamo para asegurarme de que podemos cargar el depósito final.

—Ya —dice Tova.

—Aún no hemos recibido su autorización firmada. ¿Es posible que se haya extraviado en el correo?

—Oh, bueno, ya sabe cómo funciona correos estos días.

Ahora todos los coches de la derecha se esfuerzan por pasar a la izquierda. ¿Por qué la gente no se aclara? Los coches la hacen pensar en un banco de peces irresponsables que intentan esquivar el ataque de un depredador, moviéndose a la vez, sin darse cuenta de que huir del tiburón que tienen a un lado los lleva de cabeza a la morsa que los espera en el otro.

Patrick carraspea.

—La llamo porque necesitamos ese depósito final para confirmar su fecha de traslado, que es…, deje que lo compruebe, el mes que viene.

Tova pisa el freno con un poco más de fuerza de la que pretendía.

—Sí, creo que es así.

—No me extraña que la supervisora llamara la atención sobre esto. Bueno, dadas las circunstancias, puedo aceptar su autorización verbal para proceder al cargo. ¿Le parece bien?

Tova adelanta a un camión pequeño y se vuelve al carril anterior, que ahora avanza con cierta fluidez mientras que el otro sigue parado. Qué raras son estas cosas. Cada minúscula decisión a la hora de escoger en qué carril situarte determina con exactitud cómo y cuándo vas a llegar a tu destino. Cuando Will vivía, solía acompañar a Tova al supermercado de vez en cuando, y siempre escogía la cola de la caja más lenta. Solían bromear sobre que tenía ese don.

Ella y Will habían ido al supermercado la tarde del día en que Erik murió. Tova recuerda que compró una caja de esos pastelillos rellenos de crema que tanto le gustaban. ¿Will se había situado en la cola más lenta ese día también? De haber escogido otra más rápida, habrían llegado a casa a tiempo de ver a Erik antes de que este se fuera a trabajar en el ferry. ¿Le habrían pillado sacando a escondidas cerveza de la nevera? ¿Les habría comentado que salía con una chica? ¿Le habría dicho a Tova que esa chica se llamaba Daphne y que se moría de ganas de invitarla a cenar en casa?

¿Habría cambiado algo?

—¿Oiga? ¿Señora Sullivan? ¿Sigue ahí?

—Sí. —Tova parpadea y mira hacia el móvil—. Sigo aquí.

—¿Se encuentra bien? —Se percibe una nota de preocupación en la voz de Patrick. Tova lo imagina sentado a una de las mesas de la oficina acristalada que vio cuando le enseñaron las instalaciones.

—Adelante —dice ella—. Proceda.

NI SIQUIERA UNA FELICITACIÓN
DE CUMPLEAÑOS

Cameron ha fregado ya la mitad del edificio cuando una sofocada Tova aparece por la puerta principal, casi una hora tarde.

—Lamento el retraso —dice ella.

—Tranquila. Ya hemos dejado claro que puedo apañármelas solo.

Él sonríe, pero no añade que le había desilusionado, una vez más, el hecho de que ella no se hubiera presentado. Que, por raro que parezca, espera con ganas estas noches juntos. Y el día de hoy ha sido un poco solitario. Apenas ha cruzado dos palabras con Ethan desde la discusión. Todo ese montón de cotilleos que Ethan ha ido diseminando por la ciudad..., ni siquiera tienen sentido. Algo sobre un cheque sin fondos. Como si Cameron necesitara que le recordaran que su madre era un desastre.

Tova asiente con la cabeza y luego le habla con tono cómplice:

—Prometo no revisar los cubos de basura esta vez. Confío en ti.

Cameron finge sorpresa.

—¡Confías en mí para sacar la basura correctamente! Guau, no puedo creerlo. —Se echa a reír y Tova ríe con él—. ¿Y dónde te habías metido?

—Oh, bueno, ha sido toda una aventura.

Tova coge un trapo y se pone a limpiar el cristal del expositor de los peces sol mientras le relata una historia casi increíble sobre un recuerdo de un concierto de Grateful Dead, una subasta online y un tipo de un almacén allá en Tukwila que se negaba a entregarle el paquete porque no podía confirmarle la dirección de correo electrónico de Janice, que había usado para el pedido porque ella no tenía una propia. Frota una huella en el vidrio mientras habla. Tiene las mejillas arreboladas, algo muy impropio de ella.

—Cielos —dice ella con una carcajada—. Mírame, hablando como una cotorra.

—No pasa nada. Es una buena historia —contesta Cameron, riéndose a su vez—. Y yo podría ayudarte a abrir una cuenta de correo si quieres. Son gratuitas.

—No tengo ordenador.

—Yo tampoco. El correo me llega al móvil.

—Al móvil —dice ella al tiempo que sacude el trapo con desdén—. Los jóvenes y sus móviles.

—Bueno, pues tener un teléfono inteligente te facilitaría mantener el contacto con tus amigas cuando te traslades.

Al oírlo, Tova cambia el gesto. ¿Le molesta que lo haya sacado a colación?, piensa Cameron. ¿Acaso su partida es una especie de secreto? ¿Cómo iba a serlo? Ethan lo ha mencionado de pasada varias veces. Para él supone una fuente de malestar: la mujer que le gusta se marcha a otra parte del estado.

—Un teléfono inteligente. Tal vez. —Ella sonríe—. Lamento que no pudiéramos saludarnos la otra noche en casa de Ethan.

—Parece que le está leyendo la mente.

—Ethan estaba superemocionado con la cita. ¿Cómo fue?

Tova da un respingo.

—No era una cita.

—Vale…, una cena.

Tova dobla el trapo y se lo guarda en el bolsillo trasero antes de apoyarse en el carro.

—Will y yo llevábamos cuarenta y siete años casados cuando murió. No puedo salir con otros.

—¿Por qué no?

Ella suspira, como si la respuesta no necesitara explicación. Se dedican a limpiar en silencio durante un rato, recorren el pasillo curvo y se detienen delante de la estatua del león marino. Cameron se esfuerza por fregar con esmero, llegando a todos los rincones del espacio, pasando el mocho por debajo de los bancos y detrás del cubo de basura.

Tova limpia la cabeza calva del león con el trapo.

—Asegúrate de fregar debajo de la cola, querido.

—¿Debajo de qué?

—Debajo del rabo de la estatua. Aquí, te lo enseñaré.

Ella coge el trapo y se pone a limpiar debajo de la cola de metal. Cameron se aguanta las ganas de poner los ojos en blanco. ¿Cómo va a ensuciarse eso?

—Lo sé, lo sé. Hay una forma correcta de hacer las cosas —murmura Cameron, pero Tova no le escucha. Está mirando algo que hay en un hueco entre la estatua y el suelo.

Se incorpora, despacio, sin apartar los ojos de lo que sea que tiene en la mano. ¿Es una tarjeta de crédito? Por la expresión de su cara, él espera que diga algo así como «Cielos», o «Dios mío», o «Por el amor de Dios», pero durante un prolongado momento no dice nada.

—¿Es tu carnet de conducir? —murmura ella por fin, levantando el objeto.

Se trata, sí, de su carnet. Había pensado en cogerlo del cubículo, donde Terry dijo que lo dejaría, esta noche al salir. ¿Cómo había llegado hasta allí?

—Sí que lo es. —Extiende la mano para cogerlo, pero ella lo agarra con firmeza, mirándolo más de cerca.

—Cameron —dice Tova despacio—. Sé que estás en Sowell Bay para encontrar a tu padre. Y que no tienes relación con tu madre. Pero ¿cómo se llama ella?

Él frunce el ceño.

—¿Por qué?

Tova aguarda pacientemente.

—Se llama Daphne.

—¿Daphne Cassmore?

—Pues sí... —¿Qué está pasando? Vuelve a estirar el brazo para coger el carnet y esta vez Tova se lo da. Tiene la cara tan pálida y fina como la luz de la luna que entra por la ventana.

—Salían juntos —susurra Tova—. Tu madre es la chica.

Oír la historia de la desaparición de Erik por boca de Tova, en lugar de relatado por Ethan, resulta distinto. Se sientan en el banco, cada uno en un extremo pero mirándose junto a la suave espalda del león. Con una voz tranquila y serena, Tova le cuenta a Cameron que su hijo, tras el último año de instituto, fue a trabajar a la estación del ferry una noche de julio y nunca volvió. Le habla del bote cuya ausencia nadie percibió. De la soga del ancla cortada.

—Nunca lo he creído. —Tova menea la cabeza—. Nunca creí que fuera un suicidio. Cuando descubrí que Erik había estado saliendo con una chica, alguien de quien sus amigos no sabían demasiado...

—Espera. La chica. ¿Cómo sabes que era mi madre?

Tova frota una mancha oscura en el banco. Seguramente la marca del zapato de alguien.

—Por un antiguo compañero de clase. Un recuerdo del pasado.

—¿Y la policía nunca interrogó a ese compañero de clase?

Tova chasquea la lengua.

—Adam no era un amigo íntimo, y la investigación fue muy completa, al principio. Pero sin ningún testigo ni la menor pista..., bueno, supongo que querían cerrar el caso.

—Crees que mi madre podría haber tenido algo que ver con... —Cameron suelta un silbido quedo.

Tova levanta la vista, su cara es inescrutable.

—No lo sé. Pero, al parecer, se veían. Podría haber estado con él aquella noche. Tal vez podría decirme... —Su voz se pierde. Traga saliva antes de añadir—: ¿Sabes cómo podría encontrarla?

Él menea la cabeza.

—No la he visto desde los nueve años.

—¿No has tenido noticias suyas? ¿Ni siquiera una felicitación de cumpleaños?

Las palabras se hunden en sus tripas como si fueran un cuchillo. ¿Cuántas veces ha pensado exactamente lo mismo? La tía Jeanne siempre ha insistido en que su madre le quería. En que si se marchó fue porque era lo mejor para él. En que quizá algún día derrotaría a sus demonios y estaría lista para tener una relación. Pero ¿qué demonio es tan poderoso que te impida comprar una tarjeta de menos de un dólar y plantarle un sello? ¿Cuántas veces se ha convencido de que ella debe de estar muerta, porque eso duele menos que pensar que se preocupa tan poco de él?

—Pues no. Ni siquiera una felicitación de cumpleaños.

Él se levanta y sale de esa zona. Le arden los ojos, los nota cargados de lágrimas y no tiene ganas de que ella lo vea. Un par de parpadeos y las lágrimas desaparecerán.

«Si todo hubiera sido tan sencillo, ella no le habría apartado de tu vida». Las palabras de la tía Jeanne le vuelven a la mente. «Pese a todos sus defectos, no era ninguna imbécil». Si su padre hubiera muerto..., si hubiera muerto en un accidente cuando ambos tenían dieciocho años... Bueno, esa habría sido una razón bastante sólida para que Cameron nunca hubiera sabido nada de él. Cierra los ojos. ¿Podría ser eso? Significaría que Tova es su... No, no puede ser. Es tan menuda, tan rara. Nadie en su familia es así de menudo ni así de raro. Y significaría que su madre no fue tan terrible, que fue no solo una víctima sino tal vez alguien honorable, como una mártir; que no tuvo culpa alguna en su propia desgracia. Eso no le encaja en absoluto, así que desdeña la idea.

Tova se acerca a él. Se encuentran delante del gran tanque del centro. Ven cómo un banco de bacalaos avanza, empujado por la falsa corriente del tanque. Cameron sabe que, si esperan cuatro minutos exactos, volverán a pasar. Menuda vida, sin parar de dar vueltas.

—Lo siento —dice Tova. Apoya una mano en su hombro. No lo acaricia, ni hace la menor presión, solo la deja allí, como si el mero contacto pudiera borrar parte de su dolor. Es la clase de gesto que haría una madre... No, él descarta la idea. Tova se limita a ser amable, porque la verdad es que lo es, y mucho, pese a la coraza que se pone al principio. La contempla, sorprendido de lo fuerte que es esta mujer tan menuda, del dolor que ha soportado ese cuerpecillo de apenas cuarenta kilos. Y ahora está absorbiendo parte del suyo.

¿Cuánto puede soportar una persona?

En el tanque, un gran tiburón gris se acerca, dibujando arcos lentos en la arena con el morro, como si estuviera buscando algo.

—Yo también lamento lo de Erik. Y siento que mi madre pudiera estar involucrada de alguna manera —dice Cameron.

—No es en absoluto culpa tuya, querido. Pero gracias.

El ojo agudo del tiburón se percata de su presencia, y el animal se detiene un segundo antes de proseguir su camino.

En la boca de Tova se dibuja una sonrisa seria.

—Habrá que seguir con los suelos, supongo.

Ethan tiene las luces de casa apagadas cuando Cameron llega de trabajar, lo cual arruina sus planes de aclarar las cosas. Resulta que, al fin y al cabo, los cotilleos incomprensibles de Ethan sí que tenían alguna base. Y, en el fondo de su cabeza, Cameron sospecha que se trata de algo más que de un rumor. Su madre estuvo metida en la mayor tragedia que ha vivido la ciudad.

Sigue esperando que esta información lo haga sentir triste o enojado, como debería ser, pero por mucho que se esfuerza no logra conjurar estas emociones. ¿Qué más da, de todos modos? Que sigan los rumores. Que Daphne Cassmore sea el tema de conversación no puede hacer ningún daño a Cameron. Daphne Cassmore le importa un puto pimiento.

Rebusca en la mininevera de la autocaravana hasta encontrar una de esas bandejas de plástico que contiene queso, fiambre y galletitas saladas. Ethan trajo un montón como esa la semana pasada e insistió en que Cameron se llevara unas cuantas. Estaban caducadas, así que no podía venderlas, le explicó, pero el contenido está tan procesado que en la práctica es casi eterno. Cameron retira el plástico y el pequeño compartimento se llena de olor a salami. Pone un poco encima de una de las galletitas y está a punto de darle un mordisco cuando le llega un mensaje al móvil.

Es de Avery. «¿Estás despierto?».

«Acabo de llegar de trabajar». Luego le escribe todo el relato del lío con su madre, Tova y Erik. La pantalla entera se llena de letras, pero cambia de opinión y lo borra todo. Es demasiado para un mensaje de texto.

Avery vuelve a escribir: «¿Padelsurf esta semana? ¿Qué tal el miércoles por la tarde? Los tienes libres, ¿no?».

En el interior en penumbra de la autocaravana, Cameron sonríe.

«¿A qué hora?», escribe.

«¿A las 4? Quedamos en la tienda. Puedo escaparme un poco antes».

Al menos no ha sugerido al amanecer. Las cuatro de la tarde es algo factible. Le envía un emoticono de acuerdo.

«Trae una muda esta vez. O… no». Avery añade la carita con el guiño.

Algo cálido, parecido a la felicidad, corre por las venas de Cameron cuando se mete en la cama.

¿Y SI...?

Fue hace casi tres años, la tarde en que las Jefas del Ganchillo se enteraron de que Tatum, la nieta adolescente de Mary Ann Minetti, estaba embarazada. Pero el recuerdo regresa a la mente de Tova como si hubiera sido ayer.

Las otras Jefas del Ganchillo estaban tan escandalizadas como era de esperar, pero Tova, para vergüenza propia, solo lograba sentir envidia.

Dieciocho años. Esa era la edad de Tatum, lo que, como es lógico, la enfrentaba a una decisión difícil. Las Jefas del Ganchillo debatieron sobre los pros y los contras del tema mientras Tova solo podía pensar: «¿Y si...?».

¿Y si Erik hubiera estado en la piel de Tatum? En el otro lado del intercambio de material genético, claro, pero ¿y si hubiera sido padre antes de que su vida se truncara? Tova tendría un nieto. Habría sido un enorme regalo.

Tatum acabó teniendo a su hija. Laura, la hija de Mary Ann, la ayudó en la crianza de esta nieta inesperada, y la vida siguió adelante sin más sobresaltos, al menos hasta donde sabía Tova. Las cosas no iban siempre así, por supuesto. La familia de Mary Ann disponía de los medios para ayudar a Tatum, esta quería tener al bebé, y, por lo que Tova ha oído, el padre de la criatura se había mostrado razonablemente involucrado en el tema. Era el final perfecto. Pero existen muchos otros finales posibles para situaciones parecidas, muchas posibilidades.

La fecha de nacimiento que aparecía en el carnet de Cameron sigue impresa en su cerebro. El chico nació en febrero del año siguiente.

Y su madre. Quienquiera que fuese. Salía con Erik. O eso parece.

¿Y si el padre que está buscando Cameron no es su padre? Ella repasa todas las conversaciones mantenidas con el chico, cualquier detalle que haya mencionado acerca del hombre al que busca. Un constructor, el que aparece en los carteles. Dijo algo sobre una foto y un anillo, pero Tova no consigue recordar nada más. En ningún momento los comentarios de Cameron le han hecho pensar en Erik. Y, cualquiera que sea la situación, Cameron está seguro de haber dado con el hombre correcto. Totalmente seguro.

Erik era así de obstinado.

Tova pasa un dedo por el reposabrazos de la silla, rascando la madera con la uña. Una leve brisa nocturna agita los girasoles del jardín, moviendo sus cabezas, como si asintieran a todos y cada uno de sus pensamientos. Pero estos pensamientos no tienen ni pies ni cabeza. Erik no pudo tener un hijo. Daphne Cassmore pudo haber salido con unos cuantos chicos a los dieciocho años. Una edad tan despreocupada… El verano después del último curso del instituto. ¿Quién podría juzgarla por eso?

Sería un golpe de suerte excepcional que le sucediera algo así. Pero en ese caso Daphne Cassmore habría conseguido encontrarla, ¿no? ¿Qué madre privaría a un niño de sus abuelos? Y, de todos modos, Tova no cree en los golpes de suerte.

Gato se estira sobre la baranda y vuelve la cabeza hacia ella. Una vez más, Tova se pregunta qué va a hacer con él. El cierre de la venta de su casa y su traslado a Charter Village son inminentes. Y allí no admiten animales. Llamó para preguntarlo.

Gato parece listo para saltar sobre su regazo, pero en su lugar se hace un ovillo a sus pies.

Como si empezara a guardar las distancias.

UN ESQUELETO INCREÍBLE

Tova está lavando el cuenco de la comida de Gato cuando llama Janice para invitarla a comer. ¿Comer fuera en lunes? ¿A qué viene esto? Janice propone quedar en la cafetería del Shop-Way y parece sorprendida cuando Tova sugiere el mexicano de Elland en su lugar.

—¿En serio? De acuerdo. Te recojo de camino —dice Janice.

Están sentadas en unos cómodos y mullidos asientos frente a una fuente de burritos con salsa cuando Janice se decide por fin a ir al grano.

—Esta semana será tu última reunión con las Jefas del Ganchillo, ¿no?

Tova asiente con la cabeza.

—Supongo que pensabas que, como solo quedamos tres, te librarías de la fiesta de despedida...

—Oh, vamos. No hace falta ninguna fiesta.

—Bueno, Barb dijo que prepararía una tarta. —Janice hunde un nacho en la salsa—. Así que al menos tendremos eso.

—¡Qué detalle por su parte! —dice Tova—. Una idea encantadora.

—Encantadora —repite Janice—. Mira, Tova, disculpa la franqueza, pero ¿puedes dejarte de monsergas y decirme exactamente por qué te ha dado por ahí?

Ah, de manera que se trata de esto.

—¿Disculpa?

—¡Me refiero a tus planes! —Janice mueve las manos, como si el interior del local, con sus decoraciones de macramé en las paredes, fuera el culpable de todo—. ¡Vender tu casa! ¡Marcharte de Sowell Bay! Has vivido aquí toda la vida.

—Charter Village es muy bonito —dice Tova en voz baja.

—Puede que sí, pero estamos en nuestra edad dorada. ¿Por qué quieres pasarla rodeada de un montón de desconocidos? —A Janice le falla la voz—. ¿Y qué pasa con nosotras?

Tova intenta responder, pero las palabras se le atascan en la garganta.

—Y más aún —continúa Janice, levantando un dedo con severidad como si fuera el juez de una de esas series judiciales que tanto le gustan—, ¿qué pasa con Ethan Mack?

—¿Qué pinta él en esto? —pregunta Tova.

—A ver, ese hombre bebe los vientos por ti. ¿Por qué no puedes darle una oportunidad?

—Ethan es un hombre estupendo, pero Will y yo...

—Eh, para. Mira, ya sé que cada una es cada cual, pero Peter y yo lo hemos hablado. Cuando uno de los dos falte, el otro debe rehacer su vida. No somos tan viejos, Tova. Nos quedan bastantes años por delante. Décadas, incluso. ¡Los setenta son los nuevos sesenta!

A su pesar, Tova suelta una carcajada.

—¿Dónde has oído eso? ¿En uno de esos programas de la tele?

—Donde sea. Por favor, Tova, vuelve a pensártelo. Si de verdad es lo que quieres, entonces adelante, vete. Pero no es la única opción.

—Janice, hay algo que tienes que entender. —Tova apoya las manos cruzadas en su regazo—. Yo no soy como tú, como Mary Ann o como Barbara. En mi caso no hay hijos que vengan a cuidarme si sufro una caída. No tengo nietos que pasen a desatascarme el desagüe o a asegurarse de que tomo la medicación. Y no voy a depositar esa carga sobre mis amigos y vecinos.

—Ahí está el problema —dice Janice con voz suave—. En que creas que sería una carga.

—Charter Village quizá no sea la única opción, pero es la mejor. —Tova aprieta la mandíbula—. Además, ya está hecho. El miércoles firmaré los papeles de la venta de la casa.

—¿Y cuándo te instalas en Charter Village?

—La semana que viene, pero quizá me quede unos días en uno de esos hoteles de Everett.

Con la sonrisa de quien se sabe derrotada, Janice dice:

—Supongo que Barb y yo tendremos que ir a visitarte cuando estés instalada. Quizá puedas pedirnos hora para ese spa tan maravilloso que tienen.

—Claro que sí —dice Tova.

Una animada camarera llega instantes más tarde, y, con una sonrisa alegre, les recita una lista de margaritas de distintos sabores. Janice pide un agua con gas; Tova, café solo. La camarera se aleja, pero vuelve poco después para disculparse porque no tienen café preparado a esa hora. Por las tardes no tiene mucha salida. ¿Le importaría a Tova esperar quince minutos a que lo hagan? ¿O quizá preferiría algo del «espresso bar»? ¿Un cappuccino, latte, mocca?

—Un latte pequeño, supongo —dice Tova sin mucho entusiasmo. Espresso bar…, lo que hay que oír.

El martes por la tarde, Tova se prepara para una visita al Shop-Way, la primera desde que tuvo lugar aquel desastre de cena en casa de Ethan.

Y la última, quizá. Solo necesita comprar cuatro cosas básicas. La nevera sigue medio llena y la fecha de su traslado se acerca. Nunca habría pensado que podría pasar tanto tiempo sin ir a comprar comida, pero esas cazuelitas parecen haberse multiplicado. Con tantas patatas, tanta salsa, tantos fideos y tanto queso, las mejillas de Tova se ven más rellenas, algo que descubrió con sorpresa al mirarse en el espejo del cuarto de baño después de ducharse. Una vez vestida, incluso se ha dado un toque de colorete en los pómulos.

Comprueba que la camiseta de Grateful Dead esté en la bolsa al menos cuatro veces antes de salir. Al fin y al cabo, no es que vaya solo a comprar. Al salir por la puerta, se sorprende al ver que el periódico de hoy sigue tirado en la alfombrilla, doblado, expectante. Ha estado tan ocupada durante toda la mañana que ni se había acordado de él. Se suponía que había cancelado la suscripción, y así se lo señaló al joven repartidor el otro día, pero él se limitó a encogerse de hombros y a decir que continuaría dejándole uno mientras ella viviera aquí; siempre le sobran unos cuantos. Tova le había sonreído y le había dado las gracias. Es un buen chico, y ella le dio una generosa propina en Navidad.

En cualquier caso, sus afanes con los crucigramas quedan satisfechos a través de otros canales. La semana pasada, Janice la desafió a una competición a través de un mensaje que apareció en su teléfono móvil, y con solo darle a una tecla se encontró con un montón de ellos por resolver.

Muchísimos crucigramas. Tantos como cualquiera podría desear. Menudo chollo.

Tova ha ganado todas las partidas hasta el momento, claro, pero Janice está mejorando a marchas forzadas.

En el Shop-Way, Ethan está detrás de la barra de la cafetería cuando Tova entra. Con un bolígrafo metido detrás de la oreja, detiene la conversación que mantenía con un cliente a media frase para saludarla.

—Hola, Ethan —responde ella con voz tranquila. Coge una de las cestas de plástico de la pila que hay en la entrada del supermercado.

—Buenas tardes, querida —dice él, lanzándole una mirada llena de resignación antes de volver a centrarse en tomar nota del pedido del grupo al que estaba atendiendo.

Tova compra con cuidado, observando con más atención de la habitual cada uno de los productos que añade al cesto. Las mermeladas están de oferta: segunda unidad gratis. Pero Tova no necesita dos tarros de mermelada. Es posible que ni siquiera necesite uno entero. Es obvio que no le hará falta llevar su propia mermelada a Charter Village, aunque su suite dispone de una cocina pequeña y una nevera. Se decide por un tarro pequeño de mermelada de moras, que podría llevarse si no se lo termina durante esta semana.

Cuando acaba de comprar, se encuentra con que hay dos colas para la caja. Se siente aliviada al ver que Ethan ha dejado su puesto en la cafetería y atiende a la cola de la izquierda. Escoge esa, aunque es más larga. Coloca en la cinta su modesta compra y añade la camiseta, que ha doblado con esmero, al final de todo, entre el cartón de leche y el de zumo de naranja con uvas.

—Felicidades por la venta de la casa. —Ethan carraspea, como si intentara tragarse la incomodidad del momento. Va cobrando el pan, la mermelada, el café, los huevos. Sin levantar la vista, escanea el paquete de galletas y pesa la manzana verde. Por último, coge la camiseta blanca y le da la vuelta dos veces con la mano izquierda mientras sujeta el lector de códigos con la derecha hasta que se percata de lo que es. Se queda con la boca abierta mientras desdobla la prenda—. ¿Dónde diablos la has...? —Su voz parece estar atrapada en una red—. Quiero decir, ¿cómo has encontrado...?

Tova se yergue.

—La compré en internet.

—¿Qué?

—En una de esas páginas de subastas. Janice Kim me ayudó —admite ella.

En un tono súbitamente severo, él pregunta:

—¿Cuánto te has gastado en esto, Tova?

—Bueno, no veo que eso sea asunto tuyo.

Ethan vuelve a doblar la camiseta y la sacude con nerviosismo.

—Estas cosas son carísimas. Miles de dólares.

Tres clientes aguardan su turno detrás de Tova. Dos de ellos se muestran abiertamente pendientes de la escena que se desarrolla en la caja.

—No hace falta ponerse así —susurra ella—. Me limito a sustituir un objeto que malogré.

Ethan se lleva la prenda al pecho.

—No era más que una camiseta —murmura.

—Para ti era importante —dice Tova con voz temblorosa.

—Muchas cosas son importantes para mí.

—Lo siento —susurra Tova.

—No digas eso, cielo. —Sus grandes ojos verdes están llenos de pesar—. Daría un centenar de camisetas como esta con tal de poder repetir la cena en mi casa.

Vuelve a mirar la camiseta, fijándose en la imagen del concierto de Grateful Dead que hay impresa en ella. Sonríe.

—¿De verdad la compraste en internet?

—Así es. Y fui hasta Tukwila a buscarla.

Ethan abre mucho los ojos.

—¿Condujiste sola hasta allí?

—Sí.

—¿Por la autopista?

—Bueno, era la ruta más lógica.

—Eres toda una mujer, Tova. ¿Lo sabías?

Tova no sabe qué decirle, así que se limita a sacar los billetes para pagar la compra. Pero cuando llega a casa, mientras unta una galleta con mantequilla y corta la manzana verde en rodajas, recuerda esas palabras una y otra vez.

Tova se reúne con Jessica Snell en la oficina del notario de Elland el miércoles a las once de la mañana, tal cual estaba previsto, para firmar los papeles de la venta de la casa.

Sin embargo, resulta que dichos papeles no están listos. El

nudo que atenazaba la garganta de Tova se afloja un poco al comprender que no tendrá que dar ese paso hoy. Pero se trata de un problema con la fotocopiadora; una demora de apenas unos minutos. La recepcionista se disculpa profusamente por ello y les ofrece un café; Jessica lo rechaza, pero Tova lo acepta de buen grado. Aunque está bastante aguado y el vasito de plástico le da un sabor raro, ella se lo bebe igual. Mientras esperan en una salita de reuniones, Jessica le da más información a Tova sobre los compradores, algo que ella no le había pedido. Se trata de una familia de Texas con tres hijos pequeños. La empresa del marido lo ha trasladado, y él y su mujer viajaron por la zona este verano en busca de una casa. Se enamoraron de la casa de Tova. De la vista, de la construcción. Habían dicho que, aunque pensaban hacerle muchas reformas, la casa tenía un «esqueleto increíble».

—Mi padre estaría encantado de oírlo —dice Tova educadamente.

Por fin aparecen los papeles. Una mujer vestida con un pantalón y una blusa color melón se sienta al lado de Tova y la va guiando por todas las páginas. El bolígrafo de Tova araña el papel cuando ella estampa su firma.

—Los compradores aprecian su voluntad de cerrar el tema rápidamente —dice Jessica—. Su agente insistió en que se lo transmitiera.

—Claro —dice Tova. Una firma rápida también le convenía a ella. ¿Qué sentido tenía posponerlo? Los texanos también habían sido muy amables y habían postergado la entrega de las llaves un par de días para acomodarla a su fecha de ingreso en Charter Village.

—Y esto quizá le suene un poco raro, pero también destacaron que la casa estaba espléndidamente limpia y ordenada cuando fueron a verla —dice Jessica con una sonrisa auténtica—. Según su agente, la esposa comentó que parecía sacada de una revista. Pensé que le gustaría saberlo.

Tova suelta una carcajada breve.

—Como seguramente sabe, si hay algo que me caracteriza es ser limpia y ordenada.

—Todo el mundo en Sowell Bay lo sabe. La echaremos de menos, Tova.

La señora de la blusa de color melón le da la enhorabuena con una sonrisa y le estrecha la mano. Jessica Snell hace lo mismo. A Tova nunca le han gustado mucho los apretones de manos, bueno, al menos no con las personas. Los pulpos son otro tema. Pero accede.

Y bien, ya está hecho.

Esa misma tarde, Tova sube a la buhardilla, a lo que queda de las pilas de sábanas y fotografías. Ya es hora de zanjar esto.

Las vigas del techo reflejan el sol vespertino. Tova se agacha hasta tumbarse de espaldas en el suelo y contempla las vigas, tal y como hacía cuando era una adolescente. Como si la casa fuera un gran monstruo de madera y ella estuviera observando, desde dentro, su caja torácica. Desde luego que el esqueleto es increíble, y será un buen hogar para alguien. Para esta familia de Texas. Para sus tres pequeños.

¿Usarán los niños la buhardilla como sala de juegos? Tova espera que sí. Se imagina a tres hermanos felices, riéndose bajo las vigas, hablándose con el típico acento texano. Quizá hasta lleguen más hijos, quizá los padres tengan más y así la familia crezca hasta llenar la casa hasta los bordes, como en el hogar de los sueños frustrados de Ethan. Los padres envejecerán en la cima de la dinastía que han edificado, y, aunque partes de esa montaña familiar se resquebrajen de vez en cuando, siempre habrá una base fuerte que los sostenga.

No tendrán que empaquetar paños de cocina solos.

Exhala un largo suspiro y se sienta.

—Ya basta —dice en voz alta. Ya basta de dejar que una

sola noche de verano de 1989 moldee todos los aspectos de su vida. Ya basta de buscar respuestas que no existen. Ya basta de vivir con estos fantasmas, en esta casa. Charter Village será un nuevo comienzo.

Durante las dos horas siguientes empaqueta el resto de los paños y las sábanas que faltaban, y unas cuantas cosas más. En la caja de libros que piensa conservar, solo llena a medias para que sea manejable, deposita el anuario del instituto de Sowell Bay donde encontró la foto de Daphne Cassmore.

Recuerda la foto, la cara sonriente de la joven, ahora metida entre las páginas de ese denso volumen. ¿Había sido una locura intentar encontrarla? Tal vez, pero… ¿cómo no iba a probarlo? Dondequiera que esté y quienquiera que sea, Daphne Cassmore es la última persona que vio vivo a Erik. Tova nunca dejará de clavar la mirada en cualquier cara que vea por la calle que muestre aunque sea una ligera semejanza con la que aparece en ese anuario.

Al otro lado de la ventana, un despejado cielo azul se cierne sobre el agua, cuyas olas brillan con delicadeza cuando una lancha surca la bahía. Qué raro será estar en Charter Village, a tantos kilómetros del mar. Qué raro será levantarse por la mañana y no ver el agua.

—Ojalá pudieras hablarme —le dice a la bahía. Siempre lo deseará. Pero ni siquiera saber lo que pasó esa noche puede traerlo de vuelta. Nada puede lograr eso.

Cierra las tapas de la caja y las sella con cinta adhesiva.

UNA MENTIRA GRANDE Y AUDAZ

Moth Sausage siempre interpretaba la misma secuencia de temas para terminar un concierto. Cameron toca los primeros acordes de la última canción con su Fender, y, pese a que la guitarra no está conectada, el sonido llena el pequeño salón de Ethan, donde Cameron espera, apoltronado en el sofá, a que la ropa termine de secarse. Al fin y al cabo, estamos a miércoles, y Tova siempre dice que los miércoles son los días de hacer la colada. Esto debe de haberse metido en el cerebro de Cameron, porque, sin pararse a pensar mucho en ello, lo primero que ha hecho cuando se ha levantado por la mañana ha sido coger la ropa sucia que tenía amontonada en el suelo de la autocaravana e irse con ella y el detergente a la lavadora que Ethan tiene en el sótano.

Con gesto ampuloso, toca perfectamente uno de los acordes más difíciles. Joder, sí, aún puede. Apenas ha tocado este verano, y el contacto de las rígidas cuerdas de metal contra las yemas de sus dedos se hace sentir. Pero es un dolor agradable.

Bostezando, apoya la guitarra entre dos cojines viejos, come unos cuantos cereales del bol que tiene en la mesita y se limpia los restos de leche de la barbilla con el dorso de la mano; luego se levanta y se dirige a la ventana delantera. Desde ahí la autocaravana se ve bastante sucia, el brillo del sol realza el polvo del parabrisas. Quizá vaya a lavarla esta tarde, antes de ir a recoger a Avery para practicar padelsurf.

El patio delantero de Ethan está adquiriendo un color marrón tostado. La gente no para de hablar del calor y de la sequía. Calor y sequía tienen un significado distinto en Modesto, pero en los últimos tiempos Cameron se ha descubierto asintiendo al oírlo, como si Modesto empezara a desaparecer de su vida. ¿Cuándo empezó a pasar eso?

—Buenos días.

Ethan aparece en el salón, dejando una estela de olor a jabón. Cameron lo sigue hacia la cocina. Lleva la barba húmeda y ha intentado peinarse esos cuatro pelos encrespados que normalmente flotan alrededor de su calva. En lugar de ponerse una camiseta harapienta de algún grupo de rock o una sudadera, se ha vestido con una camisa a rayas de cuello duro. Cameron nunca lo había visto con una prenda tan... normal. La camisa está bien metida en unos pantalones de color caqui que le quedan demasiado cortos debido a la prominente barriga. Un cinturón de cuero trenzado termina el conjunto.

—¿Por qué vas vestido como un extra de *Caddyshack*? —Cameron esboza una media sonrisa burlona—. ¿Tienes otra cita con Tova?

Ethan llena la tetera de agua.

—¿Con Tova? No. —Coloca la tetera en su sitio y pone el agua a hervir—. Bueno, pasaré esta semana a despedirme, claro.

—Ah. Claro. —Cameron desea no haber dicho lo de *Caddyshack*.

—Hoy tengo que hacer una entrevista en la tienda. —Ethan saca una taza de la alacena e introduce en ella una bolsa del habitual English Breakfast—. Debo contratar a un nuevo responsable de día, al menos de manera temporal. Te has enterado de lo que le pasó a Melody Patterson, ¿no? A su hijo pequeño le han diagnosticado una enfermedad grave. Está ingresado en el hospital infantil de Seattle. Ella ha cogido una baja larga para cuidarlo.

—Qué horror —dice Cameron. Y lo es. Melody Patterson es una señora encantadora. Pero son las primeras palabras de Ethan las que le escuecen, atravesando la tragedia de la pobre Melody para herirle de manera personal.

Un encargado. ¿Ethan había pensado en algún momento en Cameron para el puesto? Recuerda su primera noche aquí, borracho de whisky caro, cuando le pidió un empleo en el supermercado.

Ethan se pone a hablar del marido de Melody, y dice algo sobre que el seguro se está portando como el culo con el tema del crío. Detalles que, está claro, no son asunto suyo, pero Ethan no tiene límites a la hora de charlar con sus clientes mientras les cobra la leche o les pesa los tomates.

—Oye —le interrumpe Cameron—, ¿aún se puede solicitar el puesto?

—¿El de encargado? Supongo que sí. ¿Por qué, tienes a alguien en mente?

Cameron nota las orejas tan calientes que teme que brillen.

—Yo, obviamente.

—¿Tú? —Ethan parece sorprendido de verdad—. Bueno…, podría ser. —Luego menea la cabeza—. Hombre, es un puesto de encargado. Normalmente buscaría a alguien con años de experiencia. Alguien que esté familiarizado con todos los temas. Inventario, punto de venta, incluso algo de contabilidad. No es para tomárselo a la ligera.

—¿En serio crees que no podría hacer…? —Cameron se traga las palabras antes de pronunciarlas: ¿en serio crees que no podría hacer tu trabajo? Lo reformula—: Mira, quizá no tenga años de experiencia. Ni tampoco un título ni nada parecido. Pero los dos sabemos que soy listo. —Le tiembla la voz—. Soy muy listo.

Ethan abre mucho los ojos.

—Nunca he dicho que no lo fueses, Cameron.

—Bien, pues entonces puedo aprender.

—Sí, sí, poder podrías. —Ethan apoya el dedo en el borde de la taza—. Si de verdad quieres trabajar en el comercio de ultramarinos, yo te enseñaré lo básico. Nada me complacería más. Pero ahora mismo debo cubrir el puesto con alguien que ya esté... cualificado.

—Vaya, a ver si lo entiendo. —Cameron se dirige a la ventana de la cocina con tanto ímpetu que casi derriba una de las sillas a su paso—. ¿Qué cualificación exacta hace falta para trabajar en el Shop-Way? ¿Saber darle a la lengua todo el rato?

Se vuelve para mirar a Ethan, cuyas mejillas, por lo general sonrojadas, se enrojecen más aún. Cameron es consciente de que debería frenar, pero no puede evitar meter más el dedo en la llaga.

—¿Airear los trapos sucios de toda la ciudad? ¿Cotillear sobre las vidas privadas de la gente? ¿Esparcir rumores sobre mi madre?

—Estaba intentando encontrarla —dice Ethan en voz baja pero firme—. Intentaba ayudar.

—Nunca te pedí ayuda.

—No lo hacía por ti.

Cameron está a punto de responder, aunque de repente procesa de verdad las palabras de Ethan.

—Lo hice por ella —continúa Ethan—. Por Tova. Para ayudarla a... cerrar su tema.

El zumbido del centrifugado indica que la lavadora está a punto de terminar. El sonido atraviesa el suelo de la cocina. Ciclo completado.

—Lo que tú digas —rezonga Cameron mientras se marcha hacia su autocaravana. Ya volverá a por la colada más tarde.

Es una siesta de mierda, inestable y alterada, pero es mejor que nada. La tía Jeanne siempre decía que si las cosas empiezan a torcerse de buena mañana, lo mejor es volverse a la cama y empezar de nuevo el día.

Parece el consejo ideal para hoy.

Pero en algún momento Cameron debe de haberse quedado profundamente dormido porque cuando se despierta debido a un zumbido insistente la mañana ya ha pasado. La luz de la tarde se cuela por las ventanillas de la autocaravana y tiene que entrecerrar los ojos mientras busca el móvil entre las sábanas.

Mierda. Avery. La cita para el padelsurf. ¿Son más de las cuatro? En la caravana hace calor, el que suele hacer después de que esté todo el día dándole el sol. ¿Dónde diablos está el teléfono? ¿Qué ha pasado con la alarma que puso?

Por fin lo encuentra en el suelo, debajo de un calcetín que debió de haberse caído cuando recogió la ropa sucia por la mañana. Está a punto de responder, de soltar toda una serie de excusas que tiene en la punta de la lengua, cuando se percata de que solo son las tres. Entonces se fija en el número. Lleva el prefijo de Seattle, pero no es Avery.

—¿Diga?

Una voz de mujer responde:

—¿Señor Cassmore?

—Eh, sí..., sí, soy yo.

—Perfecto. Me alegro de hablar con usted. Soy Michelle Yates, de Construcciones Brinks.

Cameron se incorpora de golpe.

—Me consta que se ha puesto en contacto con nosotros varias veces con el objetivo de pedir una cita, y le pido disculpas por la demora en la respuesta. El señor Brinks ha estado fuera de la ciudad. Pero ya ha vuelto, y, por casualidad, tiene un hueco en la agenda hoy. Ya sé que se trata de un aviso intempestivo, pero ¿le iría bien reunirse con él?

—¿Reunirme? ¿Con él...? ¿Hoy?

—Hablo con Cameron Cassmore, el constructor, ¿no? —Una nota de duda escala por la voz de Michelle.

Bueno, fue una mentirijilla.

—¿Dejó usted varios mensajes hace un par de semanas, pidiendo una reunión con el señor Brinks de cara a una nueva oportunidad?

Vale, sí: eso fue un invento total.

Cameron carraspea.

—Sí, claro. Soy yo. —No puede creerse que la historia que pergeñó en esos correos haya funcionado. Pero sí. Tras tantas semanas de presentarse en oficinas cerradas y despachos vacíos, lo que ha dado resultado ha sido esto. Una mentira grande y audaz. Haciendo caso omiso al pellizco de culpa que le asalta, añade—: Sí, puedo ir. ¿A qué hora?

Michelle le dice que a las seis y le da una dirección de Seattle, que él escribe en el dorso de un recibo de la gasolinera.

—Deberá coger el ascensor en dirección al sótano —precisa ella, lo cual sorprende a Cameron: ¿un despacho subterráneo?

En cuanto termina la conversación con Michelle, Cameron llama a Terry, que contesta al cuarto timbrazo. Parece distraído.

—Odio tener que pedírselo —dice Cameron—, ¿sería mucho problema si me tomo la tarde libre? Estaría allí para la limpieza por la noche. Tengo… algo que hacer.

Toma aire y luego expone a Terry los detalles de su situación con Simon Brinks en un tono lo más profesional posible.

—Claro, Cameron. —Terry aún parece ausente. ¿Había oído algo de lo que acababa de contarle?

—Gracias, señor. Y…, bueno, tal vez podríamos hablar pronto sobre lo de mi empleo permanente, en la parte de la limpieza. Ya sabe, que deje de ser algo temporal…

—Claro, claro. —Se oye rumor de voces de fondo—. Oye, chico, tengo que dejarte. No te preocupes por esta noche. Tómate el tiempo que necesites, ¿de acuerdo?

—De acuerdo.

Termina la llamada y se sacude de encima el tono extraño de Terry. Lo más probable es que lo haya pillado muy atareado. Luego abre la aplicación de mapas e introduce la dirección de Seattle que le dio Michelle. Son dos horas de coche. Lo que significa que a las cuatro tiene que estar en la carretera. No en una tabla de padelsurf.

Avery lo entenderá. Y él pasará por la tienda de camino para decírselo en persona.

Poco antes de las cuatro, abre la puerta del Padelsurf Sowell Bay.

Una figura emerge de detrás de una montaña de trajes mojados en el extremo más alejado del local. Para sorpresa de Cameron, no es Avery.

Es su hijo, Marco.

El chaval le saluda con un gesto brusco y luego vuelve a agacharse sin decir una palabra.

—Eh, oye —dice Cameron—. ¿Está tu madre por aquí?

—Ha salido a hacer algo. —Marco está de rodillas en el suelo de madera al lado de una caja abierta; en las manos sostiene un artilugio de plástico provisto de un gatillo y de una tira de papel. Una pistola de poner precios.

—Ignoraba que trabajaras aquí —dice Cameron, mirando hacia una exposición de pies de pato de color naranja brillante. No los vio la última vez que estuvo en la tienda. Están dispuestos en perfecto orden de pequeño a mayor. Da la impresión de que alguien les robó los pies a una familia de patos y los ha colgado en la pared.

—Como si tuviera elección.

Coloca un adhesivo con el precio en la etiqueta de un traje de neopreno y luego sujeta la parte superior del traje a un gancho largo que sale de la pared.

—Ah. Trabajo infantil obligatorio. Un paso hacia la madurez. —Cameron se ríe.

Marco no contesta.

—¿Y tienes idea de cuándo volverá? —Cameron mira hacia la puerta—. Habíamos quedado a las cuatro.

Mira la hora. Faltan cinco minutos.

Marco levanta la vista.

—¿Habíais quedado?

—Sí, íbamos a hacer un poco de padelsurf hoy, pero me ha surgido algo.

Cameron se muerde el labio. Tampoco se trata de contarle toda la historia. No le debe ninguna explicación a un adolescente.

—La estás plantando —dice este con voz neutra.

—Claro que no. Ella lo entenderá.

Marco dispara otra etiqueta.

—Ya.

—Y he venido a decírselo en persona. —Cameron vuelve a mirar la hora. Debe estar en la carretera a las cuatro. Se trata de la reunión más importante de su vida y no puede llegar tarde. Carraspea—. El tema es que tengo que irme. ¿Podrías decirle a tu madre que pasé por aquí? Y que siento mucho tener que cancelar la cita.

—Claro. Se lo diré.

—Gracias, tío.

Cameron sale de la tienda y, a las cuatro en punto, está metido en el coche en dirección a la autopista.

SOB

Seattle es un laberinto vertiginoso de edificios y circunvalaciones, túneles y carreteras secundarias, rascacielos que parecen estar construidos encima de la misma autopista, como sacados de un escenario imposible hecho con piezas del Lego. Hay salidas a la izquierda, salidas a la derecha, viaductos y vías rápidas; los pasos superiores y los subterráneos se entrelazan como si fueran un puñado de espaguetis de asfalto que alguien hubiera colocado contra la colina que se alza, empinada, desde el agua.

Él ya había pasado por allí antes, cuando llegó al aeropuerto, pero ahora el impacto del paisaje es más fuerte. Comparado con Modesto, esto es claramente otro mundo.

Cuando ve que se acerca la salida para Capitol Hill, marca la maniobra de giro. Permanece en la derecha, luego gira a la izquierda, tres manzanas a la derecha. Había memorizado la serie de indicaciones, la ruta que debía seguir una vez abandonada la autopista, solo por si acaso.

Por fin entra en la calle que buscaba y trata de localizar el número, suscitando irritados bocinazos de los otros coches a medida que reduce la velocidad, observando las bulliciosas aceras llenas de cafeterías, bares donde preparan toda clase de zumos y tiendas de ropa de segunda mano con los bienes exhibidos en perchas en plena calle. Faltan diez minutos para las seis y hace una tarde de agosto perfecta: el barrio está a tope, con una mezcla de hípsters y gente más común paseando a sus perros. Repartidores cargados de bolsas que avanzan con decisión.

Esta es la dirección que le había dado Michelle Yates. Lo comprueba de nuevo para asegurarse porque se trata de una simple puerta de color gris. Tras semanas de intentos de conseguir una cita... ¿esto es Construcciones Brinks? Esperaba una flamante torre de oficinas, pero a lo mejor este es el estilo de Seattle. Rodajas de boniato en lugar de salami y edificios con pinta de almacén en lugar de rascacielos de acero.

Por alguna clase de milagro, cuando da la segunda vuelta a la manzana ve un sitio libre para aparcar justo delante.

Apaga el motor y mira el móvil. Sigue sin noticias de Avery. ¿Debería mandarle un mensaje? No, ya la llamará después. Para entonces tendrá una historia sobre su padre que contarle. El portazo de la autocaravana queda sofocado por el ruido intenso de la ciudad. Paga el parquímetro con un par de monedas sucias que llevaba en la guantera.

Para sorpresa de Cameron, la puerta simple y gris está abierta. Se abre hacia un vestíbulo indescriptible que parece el de un inmueble de pisos. En la pared de su izquierda hay una fila de buzones ligeramente maltrechos, una media docena. Anuncios de todo tipo alfombran el suelo.

A la derecha hay una escalera que solo sube. Justo enfrente, en la pared trasera, se encuentra el ascensor, y Cameron ve que en él puede tanto subir como bajar. Michelle había dicho que tomara el ascensor hasta el sótano.

—Hacia la madriguera del conejo —se dice cuando se cierran las puertas.

Al salir percibe un olor raro. Entre dulce y especiado, como la canela, fuera de lugar en mitad del verano. Cameron lo nota en cuanto se abren las puertas del ascensor. Debe de proceder de las velas, que alumbran profusamente el oscuro pasillo; velas que se reflejan en los espejos que hay a ambos lados, provocando la sensación de que hay un millón de llamitas que se extienden hasta el infinito. Al mirarlas mejor descubre que son velas falsas. Eso tiene lógica. ¿Qué regulación permitiría a nadie prender tantas velas en un sótano?

¿Qué cojones es este sitio?

Avanza por una alfombra raída de color gris que lo lleva por el pasillo hasta que se encuentra en lo que debe de ser el pub más diminuto del mundo.

Está vacío. Una barra corta con cinco taburetes. Una luz cálida que se refleja en las placas de latón del techo, confiriéndole un brillo amarillento a todo el espacio.

En la barra hay un papelito cuadrado apoyado sobre un atril. Es una carta de bebidas. «Libaciones de piscardo personalizadas», dice en la parte superior, a lo que sigue una lista de cócteles con nombre ridículos. Parpadea al ver los precios, ya que no está seguro de que los esté leyendo bien. ¿La gente no se da cuenta de que pueden comprarse una caja de seis birras con lo que cuesta una de estas «libaciones»? Se sienta en uno de los taburetes.

Suena un ruido, y Cameron deja de mirar la carta para centrarse en la chica que acaba de entrar en el bar. Tiene el pelo corto y teñido de un verde brillante, que le hace pensar en hierba recién cortada. Lleva una bandeja con vasos en cada mano, y en su cara se percibe una levísima sorpresa antes de empezar a descargar la cristalería en un estante que Cameron no llega a ver.

—Abrimos a las seis —le dice sin mirarlo.

—Tengo una cita. —Cameron se aclara la garganta—. Con el señor Brinks.

La chica del pelo verde levanta la vista. La expresión de su cara es totalmente neutra, como si Cameron fuese el ser menos interesante con que se ha topado en el mundo.

—Lo digo en serio —confirma él—. Michelle lo ha organizado. —Espera que mencionar a Michelle por su nombre de pila no le haga dar mala imagen.

La chica se encoge de hombros.

—Vale —dice mientras se dirige a la puerta—. Ahora se lo digo.

Simon Brinks.

Cameron ha repetido el nombre en su cabeza tantas veces en estos dos últimos meses, ha observado tantas fotos del tipo que aparece en los carteles en tamaño gigante, que cuando ve llegar a ese tipo, despeinado y con una sonrisa cansada, casi no se cree que sean la misma persona.

—Hola —dice Cameron, con voz súbitamente débil y nerviosa—. Soy...

—Sé quién eres, Cameron. —Desde detrás de la barra, la sonrisa de Simon se hace más amplia.

—Ah, ¿sí? —El corazón de Cameron da un vuelco, aunque ignora si es de nervios o de furia. De alguna manera, la idea de chantajear o extorsionar a este individuo se le antoja absurda.

—¿Por qué crees que propuse este lugar de encuentro? —Simon Brinks señala la diminuta sala—. Como supongo que habrás descubierto, poseo montones de despachos y propiedades. Pero este lugar era originalmente para Daphne. Es el sitio perfecto para que nos veamos tú y yo.

A Cameron se le acelera el pulso. ¿Para Daphne? ¿Brinks va a confesar una vida entera de negligencia paternal tan fácilmente?

Simon sonríe.

—Has conocido a Natalie. —Mueve la cabeza hacia la puerta que hay detrás de la barra, a través de la cual desapareció la chica del pelo verde—. Ella sabe toda la historia.

—Toda la historia. —Cameron apenas puede repetir las palabras.

—Bueno, sí. Es mi hija.

Su hija. La cabeza le da vueltas. ¿Ahora tiene un padre y... una hermana? Sin poder evitarlo, su mirada vuelve a ir hacia la puerta. ¿Esa chica del pelo raro podría de verdad ser su hermana?

Simon entrelaza los dedos y se apoya en la barra.

—Tienes los ojos de tu madre, ¿lo sabías?

—Mi madre. —Cameron traga saliva.

—Daphne siempre tuvo unos ojos increíbles.

Cameron se siente súbitamente avergonzado. Sí que tenía los ojos bonitos, ¿no? Se pregunta si se lo está inventando o si de verdad lo recuerda.

—En fin —dice Brinks, acompañando las palabras de un encogimiento de hombros que parece dirigir la charla hacia un tono más informal—. ¿Te pongo una copa?

—¿Una copa?

—Preparo unos *old-fashioned* maravillosos.

—Una cerveza ya me vale. La primera que saques —masculla Cameron. Le arden las orejas. ¿Por qué le molesta? ¿Acaso impresionar al padre es una predisposición genética?

Sin decir una palabra, Brinks se agacha hacia una nevera que hay detrás de la barra y de ella saca dos cervezas. Las botellas se abren con un chasquido.

—Salud —dice, ofreciéndole una.

—Salud —corea Cameron. ¿Cuán rara sonará esta historia cuando se la cuente a Avery y a Elizabeth?

—Así que tienes preguntas sobre tu madre, claro —dice Brinks después de dar un buen trago.

Cameron se yergue. Se acabaron las tonterías. Habla con voz firme cuando dice:

—Tengo preguntas sobre ti.

—¿Oh? —Simon parece perplejo—. Bueno, claro. Todo el mundo me considera una especie de enigma, pero para ti soy un libro abierto. —Sonríe—. Dispara.

—¿Por qué...? —Cameron se interrumpe e intenta respirar hondo antes de volver a intentarlo—. Me refiero a que... ¿cómo pudiste...?

Un sollozo se le aloja en la garganta. ¿Por qué no trazó un plan alternativo por si le fallaban las palabras?

—¿Cómo pude qué? —Simon Brinks se rasca el mentón—. ¿Dejar que se fuera? Bueno, yo me preocupé por ella.

A Cameron se le endurecen las facciones y su voz es ácido puro cuando suelta:

—Pero nunca te preocupaste por mí.

—¿Por ti? Claro que lo hice. Eres su hijo. Pero ¿qué podía hacer, después de que ella...?

—¡También soy hijo tuyo! —exclama Cameron con voz quebrada.

Simon Brinks da un paso atrás para recuperarse.

—Lo lamento, Cameron, no lo eres —dice en voz baja.

—Soy hijo tuyo —repite Cameron.

Brinks menea la cabeza.

—Las cosas nunca fueron así entre Daphne y yo.

—Pero tuvieron que serlo. —Para horror de Cameron, la barbilla empieza a temblarle. Sabía que esto podía pasar, ¿no? Que todo fuera un callejón sin salida. Se preparó para esto, o al menos intentó hacerlo. Entonces ¿cómo es que está a punto de perder la calma?

—Como te he dicho, no me sorprende que estés aquí, Cameron, pero...

—¿Por qué le regalaste el anillo de graduación?

Cameron lo saca del bolsillo y lo deja en la barra. Simon lo coge y una fugaz sonrisa le aparece en la cara mientras lo observa de cerca. Cuando le da la vuelta para mirar la parte interior, la sonrisa se esfuma.

—Esto no es mío —dice con calma.

—Oh, vamos. He visto la foto.

Brinks deja el anillo en la barra con cuidado.

—Daphne era mi mejor amiga. Mira, sé cómo suena eso, pero la verdad es que éramos solo eso. Grandes amigos.

Cameron está a punto de responder. Pero entonces recuerda las pullas constantes de la tía Jeanne sobre él y Elizabeth. De repente se siente como un globo deshinchado. No está más cerca de encontrar a su padre de lo que lo estaba hace dos meses.

—¿Nunca... te acostaste con ella? —Cameron odia lo brusca que suena la pregunta.

—No, nunca. —Brinks sonríe de nuevo, pero luego su rostro se ensombrece de nuevo—. Mira, estoy dispuesto a hacerme todos los análisis que quieras. De esto no tengo ninguna duda. —Coge el anillo y le da una vez más la vuelta antes de posarlo de nuevo sobre la barra—. Espera un momento, ahora vuelvo.

Regresa cinco minutos más tarde con un viejo y ajado libro y algo guardado en la mano. El libro suelta una nube de polvo cuando lo deposita sobre la barra. La cubierta dice: «INSTITUTO DE SOWELL BAY, PROMOCIÓN DE 1989». Es de suponer que contiene todas las fotos que alguien luego escaneó y colgó, incluida la de Simon y Daphne en el embarcadero. Luego Brinks extiende la mano.

—Este es el mío, míralo.

Cameron coge el anillo y lo sostiene en la mano izquierda mientras hace lo mismo con el otro en la derecha. Parecen pesar lo mismo. Ha estado tan cerca..., pero no.

Brinks señala con la cabeza la parte trasera de la barra.

—Hay un espacio sin arreglar ahí atrás. Lo uso de almacén. Pero supongo que tiene su lógica que todo este material del instituto esté metido allí. Al fin y al cabo, este tenía que ser nuestro lugar.

«¿Nuestro lugar? ¿Qué diantre significa eso?». Cameron le da vueltas al anillo, esperando ver la inscripción EELS, pero, para su sorpresa, lo que hay grabado ahí es SOB.

—¿Qué es SOB? —pregunta.

Brinks se ríe.

—Son mis iniciales. Me llamo Simon Orville Brinks. Ya te adelanto que no suelo contarlo por ahí porque las bromas se hacen prácticamente solas. Maldito hijo de puta,* ¿eh?

Cameron contempla los dos anillos de oro posados sobre la barra.

---

* SOB son también las iniciales de «Son of a bitch», literalmente «hijo de puta». (N. del T.).

—¿Grabaste en él tus iniciales? ¿Era lo que hacía todo el mundo?

—La mayoría, sí. —Brinks se encoge de hombros—. Algunos querían ponerse estupendos a la hora de personalizarlos. Un puñado de los típicos chicos de grupo parroquial se hicieron grabar DIOS. Y estoy seguro de que más de un chaval se hizo poner CULO en el anillo. Yo lo pensé, pero mi madre me habría dado para el pelo.

—¿Recuerdas algo de este? —Cameron coge el anillo que reza EELS. Esa palabra..., «anguilas», en inglés. Quienquiera que fuese debía de ser un gran fan de la vida marina. O del sushi.

Brinks menea la cabeza.

—Ojalá pudiera ayudarte.

—¿No conoces a EELS?

—Yo tampoco conocí a mi padre —añade Brinks con voz tranquila.

—Ya, y mira por dónde has acabado siendo millonario. —Cameron hunde los hombros.

—He trabajado mucho —dice Brinks, y su tono no es tan suave ahora—. Mira, yo también vengo de Sowell Bay. ¿Sabes cómo nos conocimos tu madre y yo? ¿Cómo nos hicimos amigos?

—Pues... no. —Lo cierto era que Cameron no había pensado en ello. Incluso cuando estaba seguro de que salían juntos, había supuesto que se habían conocido en el instituto, como solía pasar.

—Vivíamos en el mismo edificio ruinoso; ella pasó allí un tiempo durante los años del instituto. En el lado malo de la autopista.

—No sabía que hubiera un lado malo de la autopista en Sowell Bay.

Brinks suelta una sonora carcajada.

—Bueno, en esos días, todo el pueblo era una especie de lado malo, pero ha evolucionado mucho. —Su tono cambia y adquiere un cariz profesional—. Se ha producido una etapa de gran desarrollo en los últimos años. Yo mismo tengo un proyecto de viviendas unifamiliares en la costa. Unas casas preciosas.

Cameron asiente con la cabeza. Por un fugaz segundo se pregunta si Brinks le contrataría para trabajar en el proyecto. Pero lo más probable sería que pidiese referencias y entonces..., bueno, iba a ser que no. Incluso para el hijo de su amiga del alma.

—En fin. —Brinks apoya los codos en la barra—. Te pedí que vinieras aquí en lugar de a mi oficina porque pensé que te gustaría ver esto. —Coge la carta de cócteles y dice, sin dejar de mirarla—: Como te comentaba, este sitio tenía que ser para ella.

Cameron contempla el salón diminuto, ahora absolutamente empañado. Un bar de tamaño ridículo en el sótano de un edificio de pisos horrible de Capitol Hill... ¿Eso iba a ser para su madre?

—Una vez hablamos de algo así, cuando ya éramos un poco mayores. A ver, esto se remonta a los ochenta, cuando los barecitos íntimos no eran un cliché hípster total. —Brinks pone los ojos en blanco—. Ni siquiera sé cómo se nos ocurrió a un par de niñatos, pero pasamos horas hablando de ello. —Se le ensombrecen las facciones—. Por supuesto, todo esto fue antes de sus... problemas.

—Problemas —murmura Cameron.

Brinks sigue estudiando la carta que tiene en las manos.

—Ella incluso escogió el nombre del lugar, por raro que sea. —Levanta la vista y sonríe a medias—. Piscardo. Es un...

—Es un pez pequeño —le interrumpe Cameron—. Viven en ríos y lugares de agua dulce. Pueden sobrevivir en condiciones difíciles. Temperaturas extremas, sin apenas oxígeno en el agua. De manera que suelen ser los últimos supervivientes cuando las cosas se ponen feas. Son como las cucarachas del mundo marino. Pero su nombre es mucho más guay.

—¿Cómo diablos sabes todo eso? —pregunta Brinks sorprendido.

Cameron se encoge de hombros y explica que lo leyó alguna vez en alguna parte.

—Retengo datos al azar. No puedo evitarlo.

Brinks se echa a reír.

—Eres igual que tu madre, ¿lo sabías?

Cameron se queda boquiabierto.

—Ah, ¿sí?

—¡Sin duda! Daphne quería presentarse a *Jeopardy!* cuando nos graduásemos. —Se aclara la voz—. Su familia nunca la comprendió. Creo que se escondía de ellos. Incluso de su hermana.

Unas lágrimas grandes y calientes asoman a los ojos de Cameron. Nota que sus labios están apretados en una mueca avergonzada e involuntaria.

—Esta es justo la cara que ponía ella cuando topaba con algo desagradable —dice Brinks.

Cameron se pasa el puño por los labios cerrados.

—Supongo que siempre había asumido que la memoria fotográfica me venía de mi padre.

—Bueno, tal vez él también la tuviera —dice Brinks—. Daphne nunca me contó quién era.

—Ya somos dos —responde Cameron con un bufido.

—Daphne era muy reservada a veces. Estábamos realmente unidos, pero sé que existen partes de su vida que nunca compartió conmigo. Esta es una de ellas. Y estoy seguro de que tenía sus razones.

—Ya, bueno, por culpa de esas razones yo he crecido sin padres. Estoy seguro de que también tuvo buenas razones para abandonarme.

—No me cabe duda —dice Brinks sin una pizca de sarcasmo—. Ella te quería, Cameron. Más que a nada en el mundo. Eso lo sé. Todo lo que hizo fue guiada por el amor.

Algo resuena de improviso, probablemente desde detrás de la puerta que hay en la barra. ¿Está escuchándolos la chica del pelo verde? ¿Cómo se llamaba? ¿Natalie? Una oleada de náuseas se le aposenta en el vientre. Ella sabe toda la historia. La inteligente amiga de su padre que se quedó embarazada y perdió la cabeza, y el hijo que algún día podía venir a preguntar por ella. Como de costumbre, Cameron es el último en enterarse.

Brinks suspira.

—Ojalá pudiera contarte más. Me sabe fatal que hayas venido hasta aquí esperando una cosa… y encontrando otra.

—¿Sabes dónde está? —Cameron se frota las manos, que tiene apoyadas en su regazo. ¿De verdad acaba de hacer esta pregunta? ¿Acaso quiere saberlo?

Se siente medio aliviado cuando Simon menea la cabeza y dice:

—No, ya no. No la he visto desde hace varios años.

—¿Qué…? Quiero decir, ¿dónde…?

—Creo que por aquel entonces vivía en algún lugar al este de Washington. Se presentó en mi casa. Necesitaba dinero. Y se lo di, claro. Pero era evidente que aún estaba luchando con su adicción, Cameron. Seguía metida en eso. —Frunce el ceño—. Quizá no debí darle ese dinero. No sé… Una parte de mí quería meterla en casa, encerrarla en el cuarto de invitados. Arreglarla. Pero ya tenía suficiente trabajo con Natalie. Y…, bueno, no se puede arreglar a alguien que está decidido a permanecer roto.

—Cierto. —Cameron falsea una sonrisa—. Supongo que, de tal palo, tal astilla.

—No te subestimes, Cameron.

—Ni siquiera sé cambiar las bolsas de los cubos de basura.

Brinks le lanza una mirada de incomprensión.

—En el acuario. He estado trabajando allí, cortando pescado y limpiando. Y los cubos de basura… Oh, no importa.

Cameron interrumpe esa perorata absurda. Simon Brinks, célebre constructor y propietario de este bar, surgido del lado malo de la autopista pero catapultado hacia el éxito más brutal, no tiene por qué oír la letanía de un conserje.

Tras una larga pausa, Brinks dice:

—Daphne habría estado orgullosa de ti, Cameron.

—Sí, seguro. —Cameron estampa un billete de cinco dólares en la barra, con la esperanza de que con eso pueda pagar una cerveza en el Piscardo. O casi.

Brinks empuja el dinero hacia él, pero Cameron ya está casi en la puerta.

UNA NUEVA RUTA

De vuelta en la cabina de la autocaravana, Cameron da un manotazo al volante. Revisa el móvil, esperando encontrar un mensaje de Avery que le dé una excusa para llamarla y descargar los acontecimientos de la última hora en un oído empático, pero no hay nada. Bueno, ¿y ahora qué? Tamborilea con los dedos sobre el salpicadero y contempla el flujo firme del tráfico de Capitol Hill. Gente que va a cenar, a la lavandería o que simplemente mira escaparates. Todos con sus vidas normales y felices.

Que los jodan.

¿Cuánto tiempo pasa sentado así hasta que suena el teléfono? Da un salto al oírlo. Es un mensaje de texto, aunque no de Avery, sino de Brad. Una foto. Cameron la amplía. Un bebé diminuto le mira de reojo, con su carita roja y arrugada envuelta en una mantita azul celeste. Parece una cría de alien, pero de los monos. En la foto aparece solo un trozo del rostro de Elizabeth, pero Cameron puede jurar que está radiante. No morir en un parto prematuro es una de las ventajas de vivir en el siglo XXI.

Cameron cierra los ojos y respira hondo. Le responde: «Hermano, ¡ya eres papá!». Brad contesta unos segundos después con el emoji de la cabeza que explota.

Ya que está enviando mensajes decide escribirle uno a Avery: «Hola, ¿podemos hablar?». Lo manda al vacío de la red, pone en marcha el vehículo y sale del aparcamiento.

El tráfico de salida de Seattle es terrible, pero Cameron no habría sabido decir si lleva en el atasco diez minutos o tres horas. La autocaravana avanza, y las luces de freno de ese mar de coches se mezclan conformando una especie de neblina roja. En el asiento del copiloto, el teléfono vuelve a sonar para indicar la llegada de otro mensaje; mientras está parado le echa un vistazo pensando que podría ser de Avery, pero vuelve a ser Brad. Más fotos del bebé. Mete el móvil debajo de una bolsa de comida que estaba tirada sobre el asiento. Ojos que no ven, corazón que no siente.

Pero su mente tiene ideas propias. Y no piensa acallarlas. Desde algún rincón recóndito del cerebro una voz le pincha. «Nada de esto fue real nunca», le suelta. «Demasiado bueno para ser cierto. Esta no es tu vida. Este no es tu hogar. Él no era tu padre. Ella no es tu novia».

Al menos tiene un trabajo que no odia. ¿Cuántas veces le ha asegurado Tova que Terry está decidido a ofrecerle un contrato permanente? ¿Y que se lo merece? Incluso Cameron debe admitir que su habilidad en la limpieza de cristales ha mejorado muchísimo. Consigue sacarles brillo a esos cabrones. Y ya mueve el mocho con destreza, llegando hasta los rincones más difíciles, y dejándolo todo limpio en menos de una hora.

«Pero, en ese caso —le dice la voz insidiosa—, ¿por qué no te ha ofrecido ya el empleo?». Sobre todo teniendo en cuenta que él se lo preguntó esta misma tarde.

«No eres tan bueno como crees —rezonga la voz—. Ni siquiera lo bastante para llevar un supermercado de pueblo».

—Cierra el pico —murmura Cameron para sus adentros mientras se pasa al carril izquierdo y acelera un poco.

Por fin el tráfico se relaja, y en algún momento se le enciende la luz de la reserva. Cameron parpadea. Está a unos cuarenta kilómetros de Sowell Bay. Podría llegar. A eso se le llama vivir al borde. Pero toma la siguiente salida para repostar.

El tipo de la gasolinera le brinda una sonrisa amable cuando le cobra la bolsa de patatas y el refresco. La cena. Cameron no le devuelve la sonrisa. Es como si no recordara cómo hacerlo. Su cara está congelada en una expresión neutra mientras oye que el hombre le pregunta cómo le va la noche en tono afable.

Hace caso omiso a la pregunta y en su lugar le pide que añada un paquete de cigarrillos.

Mientras la gasolina entra en el depósito, revisa el teléfono; es un acto puramente reflejo, como si sus ojos vieran las palabras y fotos que van pasando pero su cerebro no procesara nada. Hasta que una foto le llama la atención.

Katie.

¿Le ha desbloqueado? Teclea su nombre y aparece el perfil. Ahí está, con su sonrisa autosuficiente. Como si hubiera inventado el mundo y fuera lo bastante magnánima como para dejarlo vivir en él.

Ha colgado un millón de fotos durante el verano. Cameron va mirándolas una tras otra. En la mitad de las fotos, un idiota la rodea con el brazo, siempre provisto de unas enormes gafas de sol que a Cameron no le permiten ver su estúpida cara.

¿Ya se ha instalado con ella? Es probable que él sí se haya acordado de incluir su nombre en el contrato. Trabaja en una oficina mediocre. Conduce un cuatro por cuatro nuevo y nunca ha necesitado usar la tracción integral. Usa cepillo de dientes eléctrico. Seguro que cenan con los padres de él los fines de semana.

A la mierda con toda esta gente de vidas normales y felices. Cameron nunca será uno de ellos, da igual lo mucho que lo intente. Ni siquiera aquí, en Washington.

Abre la aplicación de mapas. Introduce una nueva ruta. De Sowell Bay a Modesto.

Quince horas.

UNA LLEGADA PREMATURA

Las puertas están abiertas de par en par cuando Tova llega el miércoles por la tarde. Es un poco más temprano de lo habitual, pero Terry le había parecido tan preocupado cuando llamó que dejó el plato de la cena sin lavar y le echó un poco de pienso a Gato antes de salir pitando hacia el acuario.

¿Será por esa puerta abierta? Le da un vuelco el estómago al recordar lo que pasó cuando Cameron se dejó la puerta de atrás abierta y Marcellus intentó escapar. Pero, un momento después, aparece Terry luciendo una amplia sonrisa y saludándola con la mano.

—¿Qué está pasando aquí? —pregunta ella mientras se acerca hacia él.

—Una gran noche. Y no lo digo solo porque sea tu penúltimo día aquí.

Tova inclina la cabeza.

—Estamos esperando una entrega —continúa Terry. Se lo ve ansioso—. Nunca creí que pasaría antes de que te fueras. Y te he llamado porque he pensado que te gustaría estar aquí para recibirlo. —Se ríe—. ¡Recibirlo! No aprendo. Recibirla, en todo caso. Pensé que te gustaría conocerla.

¿Quién diablos es esa ella?

Antes de que Tova pueda preguntar, un camión entra en el aparcamiento. Acompañado de una serie de intensos pitidos, da marcha atrás hacia las puertas. Un individuo de aspecto rudo carga un contenedor de madera del recinto refrigerado en una máquina elevadora. Al principio, el hombre parece dispuesto a depositar la gran caja allí mismo, pero Terry lo convence para que le ayude a transportarla hasta el interior. Agarrando el bolso, Tova sigue a los dos hombres mientras estos conducen el gran contenedor a través de las puertas abiertas y a lo largo del pasillo curvo, lo cual parece ser toda una tarea.

Entra tras ellos en la sala de bombeo, donde por fin dejan la carga. Esta chapotea ostensiblemente al tocar el suelo. Un segundo después, el repartidor y la máquina elevadora se han esfumado.

—Vigílala durante un minuto, ¿vale, Tova? —dice Terry—. Tengo que ir a firmar los papeles. —Sale corriendo en pos del repartidor.

Tova mira el contenedor más de cerca. En un lado, con letras grandes y rojas dice: LADO SUPERIOR. En el otro, PULPO VIVO.

—Que la vigile... ¿Qué significa eso? —pregunta Tova a Marcellus mientras atisba por el fino panel de vidrio de la parte trasera del tanque. El contenedor con un PULPO VIVO se mantiene inmóvil en el centro de la sala, tanto que Tova se pregunta si de verdad hay algo vivo dentro. ¿Qué se supone que debe vigilar?

Marcellus mueve un brazo, un gesto que expresa ignorancia. Él tampoco lo sabe.

—Supongo que ya lo veremos, ¿no? —murmura Tova—. En cualquier caso, parece que vas a tener un nuevo vecino.

Un par de tanques más allá del de Marcellus, hay uno que ahora está vacío. Antes había en él unas estrellas marinas del Pacífico. ¿Adónde habrán ido a parar? El tanque se ve demasiado limpio, el agua demasiado clara. Tova asoma la cabeza hacia el pasillo; no hay ni rastro de Terry. Rápidamente, saca el taburete escalera y levanta la tapa del tanque del pulpo. Marcellus saca el extremo de un brazo fuera del agua y Tova baja la mano. Enreda el brazo en la muñeca de ella en un gesto que ya es del todo familiar y en el que se aprecia algo instintivo: como se aferraría un recién nacido al dedo de su madre.

Pero Marcellus no es ningún bebé. En el mundo de los pulpos es un anciano. Y ahora ha llegado su sustituto. Se oyen pasos que proceden del pasillo y Tova saca la mano del agua, baja del taburete y vuelve a esconderlo debajo del tanque. Se está secando el borde de la camisa cuando Terry entra, con un martillo en la mano.

—¿Qué te parece? ¿La abrimos?

—Tu nuevo pulpo —dice Tova, casi afirmándolo.

—¡Sí! Ha llegado un poco antes de lo previsto, en realidad. Pero la rescataron en Alaska después de que se quedara atrapada en una trampa para cangrejos y se lastimara intentando huir. No podía decir que no. —Terry golpea un borde del contenedor con el martillo.

Tova se cruza de brazos.

—¿Antes de lo previsto?

Terry suspira.

—Marcellus es... Bueno, Tova, seguro que lo has notado. Ya es muy mayor para un pulpo gigante del Pacífico. —Eleva la tapa del contenedor, jadeando—. Pero está hecho todo un luchador, ¿no crees? Está decidido a superar su esperanza de vida. La doctora Santiago y yo no estamos seguros de cuánto tiempo le queda. Esta mañana se le veía con tan mal aspecto..., podría ser cuestión de semanas o incluso de días.

—Ya —dice Tova. Mira de reojo el tanque de Marcellus, pero este debe de haberse escondido en su madriguera porque no hay ni rastro de él.

—Es increíble el tiempo que ha vivido. —Terry dirige a Tova una mirada de curiosidad—. ¿Sabías que también fue una criatura rescatada?

Tova enarca la ceja, sorprendida.

—No, no lo sabía.

—Estaba fatal cuando lo trajeron. Le faltaba medio brazo y tenía todo el cuerpo magullado. No pensamos que llegara a vivir ni un año. Y sin embargo aquí estamos, cuatro años después... —Terry sonríe y menea la cabeza—. Ha sido un buen chico. Excepto cuando le da por escaparse por el edificio durante la noche.

A Tova se le acelera el pulso. Después de todo este tiempo... ahora le llegará la bronca por hacerlo posible. Por tirar aquella horrible abrazadera.

Al ver la expresión de su cara, Terry dice:

—No pasa nada, Tova. En realidad no tengo claro que ninguna medida de seguridad hubiera funcionado. —Vuelve a menear la cabeza—. La nueva será más educada. Espero.

Dentro del contenedor de madera hay un barril de acero con una malla encima en la parte superior. Algo chapotea en el interior.

—Bueno, echemos un vistazo, ¿no te parece? Ojalá pudiéramos ponerle nombre, pero le prometí a Addie que se encargaría ella de eso y se ha pasado media noche pensando y haciendo listas.

Terry sonríe al mencionar a su hija. Tova sabe que Addie tenía cuatro años cuando bautizó a Marcellus, de manera que ahora debe de tener ocho, y aun así sigue disfrutando del placer de ponerle nombre a un pulpo. Se le antoja algo muy tierno.

—Se le ocurrirá uno maravilloso, no me cabe duda —dice Tova.

La tapa del barril salta con facilidad y Tova no puede evitar un bufido. Marcellus nunca hubiera soportado un viaje por la costa en un recinto tan poco seguro. Se habría esfumado en algún punto de la costa de la Columbia Británica.

—Ahí está —dice Terry en voz baja.

Tova mira hacia el interior. El pulpo está acurrucado al fondo del barril, lo cual tiene sentido porque no hay ningún lugar donde esconderse. Tova se sorprende al ver el color rosa salmón del animal, tan distinto del naranja oxidado de Marcellus.

—¿Vas a meterla en el tanque ahora?

—Esta noche no. Necesito esperar a la doctora Santiago. Llegará a primera hora de la mañana.

Tova observa que el nuevo pulpo extiende un tentáculo, sacándolo con cautela de la bola en que se ha convertido su cuerpo para luego replegarlo enseguida.

—¿Crees que le gustará su nuevo hogar?

—Con sinceridad, no lo sé, Tova.

Las cejas de ella se enarcan, conmovida por su honestidad. Ella solo lo había dicho por hablar de algo, en realidad.

—No me malinterpretes, lo hacemos lo mejor que podemos —continúa Terry—. Pero mira a Marcellus. Le salvamos la vida cuando lo cogimos, pero nunca ha sido feliz viviendo metido en un tanque.

—Está bastante aburrido —coincide Tova.

Terry se ríe.

—La vida en el Acuario de Sowell Bay nunca le ha satisfecho.

Tova se inclina sobre una silla para aliviar el dolor de espalda y vuelve la cabeza hacia el contenedor.

—Friego a su alrededor, ¿de acuerdo?

—No tienes por qué limpiar aquí atrás, Tova. Ya lo sabes.

Terry vuelve a cerrar el contenedor con cuidado.

—No me importa. Así tengo algo que hacer.

—Bueno, Cameron te ayudará; no creo que tarde. Avisó de que llegaría un poco tarde esta noche. —Terry mira el reloj, y, después de darle una palmada al contenedor, se marcha, murmurando para sus adentros algo sobre la temperatura del agua y el equilibrio de los ácidos.

Tova se queda sola en la sala de bombeo, con dos pulpos y la extraña sensación de que algo no va bien.

—Bueno —musita para sí misma al tiempo que coge el bolso—. Supongo que será mejor que me ponga con los suelos.

De camino al armario de mantenimiento, asoma la cabeza por la puerta principal con la esperanza de ver la vieja autocaravana de Cameron aparcada junto a su coche. Pero no está.

Una hora después, Tova se para delante de la puerta del despacho de Terry, con la tarjeta de acceso entre los dedos. Terry aún está trabajando. Se alegra de haberlo pillado aquí.

—¿Te la dejo en la mesa mañana cuando hayamos terminado? —pregunta ella refiriéndose a la tarjeta.

—Sí, de acuerdo. —Terry tamborilea los dedos sobre la mesa. Todavía sigue vibrando de emoción—. Acabo de hablar con la doctora Santiago. Vendrá mañana a echarle un vistazo a nuestra nueva huésped. Cree que quizá sea mejor que la dejemos en el barril un poco más de tiempo.

—Ah —dice Tova, intentando elevar el tono neutro de su voz. ¿Cómo puede explicarle a Terry que a ella el nuevo pulpo le interesa más bien poco? ¿Que, por lo que a ella se refiere, nunca habrá otro Marcellus?

Terry sigue hablando.

—Parece que la trasladaremos directamente al lugar de Marcellus cuando…, bueno, cuando esté libre.

Tova traga saliva.

—¿Y Cameron no ha aparecido al final? —Terry se levanta y empieza a recoger sus cosas, y a poner un poco de orden en sus papeles.

—No —dice Tova, dubitativa.

—Qué raro. Espero que esté bien. —Terry cierra la cremallera de la funda del portátil—. Siento que hayas tenido que limpiarlo todo tú sola.

—No me importa en absoluto. —Tova sonríe—. Siempre recordaré con mucho cariño limpiar este lugar.

Terry menea la cabeza.

—Eres verdaderamente única, Tova. Te echaremos mucho de menos.

Él está ya en el pasillo cuando Tova lo llama.

—¿Terry? Una cosa más. Gracias.

—¿Por qué? —pregunta él volviéndose hacia ella.

—Por darme este empleo.

—No es que tuviera muchas más opciones —dice Terry.

—¿A qué te refieres?

—A cuando te contraté. No me quedó ninguna opción. Supe que no aceptarías un no por respuesta. —Sonríe—. Eres una mujer muy fuerte, Tova. ¿Lo sabes?

Tova observa el suelo reluciente. Su zapatilla deja una huella fugaz cuando ella apoya el peso en el otro pie.

—Bueno, siempre sienta bien mantenerse activa.

Terry la mira con intención.

—No hablaba de fortaleza en el sentido de poder manejar un mocho con más destreza que nadie. Aunque eso sea verdad. —Él vuelve a sonreír, esta vez con más ternura—. Mira, cuando yo era un niño, allá en Jamaica, mi bisabuela solía decir que ella era vieja pero no pelleja. Vivió hasta casi los cien. Hasta sus últimos días estuvo en la cocina, haciéndonos bollos de pasas. A ella también le gustaba mantenerse activa.

—Parece que fue todo un carácter.

—Como tú. —Terry da un apretón cariñoso al pequeño hombro de Tova con su manaza—. Si alguna vez cambias de opinión, que sepas que siempre habrá un lugar para ti en el Acuario de Sowell Bay.

—Te lo agradezco.

Terry se aleja, intentando no pisar mucho el suelo recién fregado.

DEJAR PLANTADO

Cuando oye el clic de la puerta principal, Tova acaba de dejar el carrito en el armario de la limpieza. ¿Terry se ha olvidado algo y ha vuelto a recogerlo?

Pero es a Cameron a quien se encuentra en el pasillo. Camina hacia la sala de descanso, con el ceño fruncido en ademán furioso. Se para en seco cuando la ve, y la tormenta de su cara se repliega un momento sustituida por una expresión de sorpresa.

—Pensaba que ya no te encontraría aquí —le dice.

Tova se planta las manos en las caderas.

—¿Dónde has estado?

—¿Acaso importa?

—Claro que importa. Este es tu trabajo y deberías estar aquí desde hace horas. —Tova aprieta los labios—. Esto no es llegar un poco más tarde. Y que sepas que te has perdido una gran noche aquí. Tenemos pulpo nuevo.

Cameron no responde. Algo en la pose del chico hace pensar a Tova en un muelle comprimido. La rigidez de los hombros, el paso brusco con el que camina, la manera de esquivarle la mirada. Ella apoya una mano en su hombro.

—¿Estás bien? ¿Ha pasado algo?

Él se zafa del contacto y empieza a andar de un lado al otro.

—¿Que si ha pasado algo? A ver… Ethan es un capullo cotilla incapaz de ocuparse de sus asuntos que, además, tiene cero confianza en mí. Amistad terminada. ¿Mis otros únicos amigos? Acaban de ser padres, y el grupo se ha acabado. Hablando de Modesto, ¿he mencionado al desastre de mi madre? ¿La que me abandonó? Ha sido toda una carga durante..., bueno, toda mi vida. Mi tía intentó hacer de madre, e hizo lo que pudo, pero no debería verse obligada a seguir cuidándome. Pensé que tenía una novia aquí, pero ella pasa de mí por completo. Supongo que está cabreada porque falté a una cita, a pesar de que fui en persona a decirle que tenía que irme porque había surgido algo que era, digamos, el encuentro más importante de mi patética vida. O eso pensaba yo. —Se para y vuelve a tomar aliento—. Ah, ¿y mi equipaje? Desde que llegó mi vuelo han pasado ¿qué? ¿Dos meses? Al parecer sigue prolongando sus vacaciones en Italia. Tampoco es que lo vaya a necesitar ya.

Tova se da cuenta de que se ha apoyado en el tanque que tenía a su espalda, como si todas aquellas palabras hubieran sido un vendaval abrumador. Se yergue y se retoca el pelo, como si ese viento también lo hubiera alborotado. Lo cierto es que no le sigue el discurso, pero asiente como si lo hiciera.

—Y con todo eso aún falta lo mejor. —Cameron rebusca en el bolsillo y de él saca un viejo anillo. Es un anillo de graduación, o eso parece, aunque Tova solo puede verlo durante un momento antes de que la mano se lo trague al cerrarse cuando Cameron aprieta el puño. No para de moverse de un lado a otro. La amargura se le cuela en la voz, como si fuera electricidad estática, en cuanto sigue hablando—: Lo mejor es que todo esto ha sido absolutamente inútil. Ni siquiera era él.

—¿Quién no era quién, querido? —Tova lleva de nuevo la mano a su hombro, pero él vuelve a apartarse.

—No era mi padre. El motivo que me trajo a Sowell Bay. El individuo al que he buscado durante tanto tiempo. Era solo un viejo amigo de mi madre. Ni siquiera el anillo es suyo.

—¿Entonces de quién es?

—Supongo que no llegaré a saberlo nunca.

Tova se queda casi sin palabras. Por fin se limita a decir:

—Lo lamento tanto, Cameron.

—Yo también. —Él se traga el disgusto—. Sobre todo porque todo esto ha supuesto una enorme pérdida de tiempo.

—Es normal sentirse abatido cuando pierdes a alguien —dice Tova en voz baja.

Cameron murmura algo que Tova no llega a oír antes de dirigirse bruscamente hacia la entrada principal. Ella lo sigue, intentando mantener el ritmo de sus pasos. ¿Se está marchando de veras?

Para su sorpresa, en lugar de salir por la puerta, él se encamina hacia la sala de bombeo. Lo contempla, atónita, mientras pasa por delante del contenedor con el PULPO VIVO que sigue en medio del cuarto, levanta la tapa del tanque donde están las anguilas lobo y echa allí el anillo de graduación. Este se hunde en silencio hasta llegar al fondo del tanque y desaparecer envuelto en una nube de arena.

—Anguilas... Esto os pertenece —musita con amargura.

Tova contempla el tanque. ¿A qué diablos viene eso? Una de las anguilas le devuelve la mirada, su afilado diente brilla en la luz azulada.

Ella carraspea.

—¿Te apetece sentarte a tomar una taza de café, querido? Ya he terminado el trabajo de esta noche, obviamente, pero podríamos hablar de lo que pasará mañana. Es mi último día. Asegurarnos de que el traspaso se produce sin problemas.

—¿Café? —Cameron lo dice como si estuviera pronunciando una palabra extranjera. Durante un momento parece agotado, como una manga de viento caída. Da un ligero meneo de cabeza, y tras ese gesto la tormenta se desata de nuevo—. No. Solo he pasado a buscar la sudadera que dejé en la sala de descanso.

Sale de la sala de bombeo y Tova va tras él.

—¿Y qué pasa con lo de mañana?

—No hay ningún mañana —dice él sin volverse—. Terry no ha llegado a ofrecerme el empleo. ¿Por qué debería quedarme? ¿Soy tan incompetente que no puede darme un trabajo que consiste en vaciar papeleras y fregar suelos? Bueno..., no te ofendas.

—Oh, estoy segura de que se trata de un malentendido. Terry ha estado muy distraído; el pulpo nuevo...

—Ya estoy harto de malentendidos. —Se mete en la sala de descanso y sale de ella al instante con la sudadera bajo el brazo—. En cualquier caso, me largo.

—¿Qué quieres decir?

—Me vuelvo a California. —Cameron elude mirarla a la cara. En su rostro se dibuja una sonrisa triste e irónica—. Hora de viajar.

—¿Te marchas ahora?

—Sí. —El tono de Cameron es cortante—. Ya estaría de camino, pero, como soy un imbécil, me dejé casi todos mis trastos en casa de Ethan. La ropa limpia. Incluso la guitarra. He vuelto para recogerlos. —Levanta la sudadera que llevaba bajo el brazo—. Pensé que, ya puestos, podía pasar a por esto también.

—¿Te marchas sin decírselo a Terry?

—Ya se lo imaginará.

—¿Y qué crees que pasará cuando no te presentes mañana?

—¿Que me despedirá?

—¿Y quién preparará la comida para nuestros... amigos?

—No es problema mío. Tampoco es que sea física cuántica. Tova lo mira con dureza.

—Esta no es la manera en que una persona abandona un empleo.

Cameron se encoge de hombros.

—¿Y cómo voy a saberlo? Nunca he tenido la oportunidad de dejar un curro. Siempre me echan. —Irrumpe en el despacho de Terry. Ella lo sigue y lo ve coger una hoja de papel de la bandeja de la impresora y garabatear una nota, que luego doblia y deposita en la mesa de Terry.

—Ya está. ¿Te parece mejor?

Ella coge la nota y se la devuelve.

—Dejar plantado a tu jefe sin avisar… Tú eres demasiado bueno para eso.

—No, no es verdad. —Le falla la voz. Vuelve a tirar la hoja de papel sobre la mesa—. No lo soy.

Día 1.361 de caut... Oh, dejémonos de chorradas, ¿vale? Tenemos un anillo que recuperar.

Los humanos no se cortan cuando se trata de las anguilas lobo. Si me dieran una almeja por cada vez que he oído a alguien llamarlas feas o monstruosas, sería un pulpo muy rollizo.

Esas opiniones no van erradas. Hablando objetivamente, las anguilas lobo son grotescas. El suyo es uno de los recintos en el que nunca he entrado a explorar, aunque eso no tiene nada que ver con su desgraciado aspecto.

Viene de hace mucho tiempo, antes de que fuera capturado y encarcelado. Yo era joven, ingenuo, y buscaba un lugar donde estar tranquilo, como diríais los humanos, en mar abierto. La guarida rocosa me atrajo; habría sido un hogar perfecto para mí. De lo que no me di cuenta es de que ya estaba ocupado.

Dada mi vasta inteligencia, debería haber sido más cauto. En cuanto me asomé por el hueco entre las rocas, me encontré con la sorpresa. El diente afilado y las fauces carnosas de las anguilas no son solo feos, sino también fuertes. Pagué por mi error tres veces.

En primer lugar, lo pagué en mi orgullo.

En segundo, con uno de mis brazos. Empezó a crecer de nuevo al día siguiente, pero para entonces ya era demasiado tarde.

En tercero, con mi libertad. Si mi insensatez no me hubiera

llevado a sufrir esas heridas, quizá habría evadido eso que llaman mi rescate.

Con inmensa paciencia espero a que Tova se marche. Desatornillar la bomba de agua se ha vuelto más difícil en los últimos tiempos, pero con esfuerzo consigo sacarla. Sin haber terminado de salir por el pequeño hueco ya empiezo a notar las Consecuencias, ya que estas aparecen antes estos días.

No me queda mucho tiempo.

Hablo con las anguilas lobo en tono amable cuando entro en su recinto. El macho grande me observa, asomando su anciana cabeza por la boca de la madriguera; un momento después su pareja hembra se une a él.

«Estáis los dos muy guapos hoy», les digo, pegándome al vidrio del lado opuesto del tanque. Las criaturas parpadean. Mi corazón orgánico late con fuerza.

«No tengo ninguna intención de quedarme aquí», les prometo mientras me sumerjo hasta el fondo.

El fondo del tanque está cubierto de arena, mientras que en el mío hay piedrecitas más ásperas, y me sorprende la suavidad que siento mientras lo recorro, buscando. La pareja me mira: ahora han salido algo más de la guarida, sus mandíbulas se abren y se cierran robóticamente, como siempre. Su fina espina dorsal está erizada como si estuviera hecha a base de lazos, pero no se acercan.

Barro la arena en la base de la planta, y por fin las ventosas del extremo de mi brazo notan algo frío y duro. Agarro el dichoso anillo y lo coloco en la parte más gruesa y musculosa del brazo, donde sé que estará seguro. Miro de reojo a las anguilas lobo, que siguen atentas a todos y cada uno de mis movimientos. «Espero que no os moleste que me lo lleve».

Incluso el corto trayecto de retorno a mi tanque me agota las fuerzas. Estoy cada día más débil. Aún con el pesado anillo a cuestas, me deslizo hacia el interior de mi guarida y descanso, para reponer fuerzas de cara a mi próximo viaje. El último.

UN PUTO GENIO

Cameron descubre que la correa serpentina del coche lleva el nombre adecuado. Esa cosa se despliega bajo el capó de la autocaravana como si fuera una larga serpiente. El aire seco huele a polvo y a pastillas de freno quemadas, y el sol matutino es inmisericorde. Cada pocos segundos, con un largo bufido, una ráfaga de viento le atiza en un lado de la cabeza: otra camioneta que circula por la autopista, uniéndose a esa especie de desfile de escarabajos, burlándose con sus amenazadoras rejillas mientras él está parado en el arcén delante del capó abierto de la autocaravana. Con una mano sujeta la correa rota. En la otra sostiene la nueva que llevaba en la guantera.

—¿Qué coño...? —murmura para sus adentros mientras observa las tripas del vehículo. Reconoce la mayoría de sus componentes. La parte del motor, el radiador, la batería, la varilla. Ese cajoncito donde se guarda el líquido azul que limpia el parabrisas.

La correa nueva ha estado allí todo el tiempo, en la guantera. ¿Por qué no la cambió antes? Aquel ruido quejicoso no iba a arreglarse solo.

Desde luego no se fue durante las últimas doce horas de conducción.

Bueno, eso no es del todo cierto. Los quejidos desaparecieron... junto con la bomba de dirección, en esta sección yerma de la interestatal, a las afueras de Redding, a unos ciento sesenta kilómetros al sur de la frontera entre Oregón y California. ¿Hay algo que Cameron se libre de joder? Su intento de huir después de un fracaso humillante es, en sí mismo, un fracaso humillante.

Todo muy meta.

—Vale, esto sé hacerlo. —Exhala con fuerza y luego vuelve a mirar el vídeo que está reproduciendo el móvil, situado encima de la capota. No hay otra opción. Si sigue conduciendo, no pasará mucho tiempo hasta que el motor se sobrecaliente y se vaya a la mierda. Bueno, el vídeo no lo describía exactamente así, pero... bonito no era.

Además, cambiar una correa no puede ser tan difícil, sobre todo para alguien como Cameron Cassmore, que es un puto genio.

Ya es hora de que empiece a actuar como tal.

EL ANILLO

El jueves por la tarde, el último día de trabajo de Tova, Janice Kim y Barb Vanderhoof aparecen en su porche provistas de una caja rectangular.

—¿Queréis pasar? —dice Tova—. Disculpad por el estado de la casa. Todas las cajas... —Señala el montón de cajas con el brazo—. Pondré a hacer café.

Es una de las cosas que aún no ha sido empaquetada: la cafetera. Será lo último.

Coge la caja de manos de Janice, convencida de que es alguna cazuela con comida, pero pesa demasiado poco para ser eso. La deja en la encimera de la cocina y, al abrir la tapa, se encuentra con una tarta pequeña con forma de pez. «Feliz jubilación», dice el glaseado.

—¡No teníais por qué hacerlo! —Tova se ríe—. Pero es exacto. En realidad me estoy jubilando.

—Por fin —dice Janice mientras saca del bolso un paquete de platos de plástico y otro de servilletas de papel.

—Estoy segura de que los convencerás para que te contraten como limpiadora en Charter Village —añade Barb al tiempo que se deja caer en una de las sillas de la cocina.

—Mira, no lo descarto —dice Tova, sonriendo. La cafetera silba cuando sube el café y Tova se detiene para acariciar el lomo de Gato cuando el animal entra en la cocina.

Janice mira a Gato con ojos escépticos.

—¿Y qué va a ser de este chico?

—Bueno, conmigo no puede venir —dice Tova—. Supongo que volverá a vivir en la calle todo el tiempo… a menos que una de vosotras tenga ganas de adoptar una mascota.

Janice levanta la mano.

—Peter es alérgico. Además, a Rolo lo aterran los gatos.

Gato salta encima del regazo de Barb, con cuidado, y maúlla con fuerza mientras se yergue para acercar su cabecita peluda a su barbilla.

—Yo soy más de perros —dice Barb. Rasca a Gato detrás de las orejas—. Mira que eres suave, ¿eh, gatito? ¿Os he contado lo del gato que las hijas de Andie se encontraron el año pasado? Ahora vive en sus dormitorios, duerme con ellas dentro de sus camas. Le dije a Andie que debía asegurarse de que el bicho no tuviera pulgas, porque con los animales recogidos nunca se sabe… En fin, pues ella me dijo…

—Mira, Barb, se ha enamorado de ti. —Janice se ríe. Gato está lamiéndole el dorso de la mano, como si estuviera cortejándola, sin dejar de emitir un maullido quedo que recuerda al zumbido de una sierra.

—Y te aseguro que está libre de pulgas —apunta Tova.

Barb mira a Janice y luego a Tova.

—¡Pero yo soy de perros!

Tova se ríe.

—Las personas cambian, Barbara.

—Incluso a nuestra edad —añade Janice.

—Oh, de acuerdo. Lo pensaré —murmura Barb, pero ahora está acariciando su barriga gris. El animal yace con los ojos cerrados, como un bendito.

Tova sirve café para todas.

—¿Habéis cenado? Puedo calentar algo…

—Oh, no te molestes —dice Janice descartando la idea con un gesto—. Con la que tienes liada aquí.

Una sonrisa golosa se dibuja en los labios de Tova.

—Tomemos tarta para cenar.

Tova limpia sola en su última noche en el acuario. La última vez que fregará el pasillo circular. El repaso final a todos los vidrios. Cuando termina, se toma la molestia de volver a limpiar por última vez debajo de la cola del león de piedra. ¿Quién sabe cuándo volverán a limpiarlo?

Es gracioso que, cuando empezó en este trabajo, estar acompañada solo de criaturas marinas fue lo que más le gustaba de todo. Era algo que hacer, una manera de mantenerse ocupada ella sola sin necesidad de meterse en la vida de nadie. Pero ahora limpiar sola se le antoja algo extraño. Cameron debería estar aquí, sin duda. La certeza de este sentimiento la sorprende.

A estas horas ya debe de estar en California.

Después de terminar, recorre el pasillo oscuro por última vez. Se despide de los peces sol:

—Adiós, queridos.

Los siguientes son los cangrejos japoneses.

—Hasta la vista, amores. Cuídate —le dice al charrasco de nariz afilada—. Hasta pronto, amigas —a las anguilas lobo.

En la puerta siguiente, el tanque de Marcellus parece estar en calma. Tova se inclina hacia él, buscando algún rastro del pulpo en la guarida de roca, pero no hay nada. No lo ha visto en toda la noche.

Vuelve a la sala de bombeo, pero tampoco puede verlo desde la parte de atrás, ni desde encima, mirando hacia abajo. Devuelve el taburete a su sitio y se acerca al barril, donde a través de la malla distingue a la nueva dama pulpo aún hecha un ovillo, compacta, en el fondo, rodeada por una serie de conchas de mejillón vacías.

—¿Has visto algo? ¿Se ha ido? —Se lleva una mano a la boca—. ¿Acaso ha...? —Un sollozo le roba la palabra.

El pulpo nuevo se repliega más aún.

Tova vuelve al pasillo y apoya la mano en el vidrio frío del tanque de Marcellus. No tiene ningún sentido decir adiós al agua y a las rocas. La lágrima solitaria que asoma a su ojo acaba cayendo por su arrugada mejilla, le resbala por la barbilla y se precipita al suelo recién fregado.

La mesa de Terry está hecha un desastre cuando Tova entra para dejar la tarjeta de acceso, tal y como había prometido. Con un suspiro derrotado, la deposita encima del montón de papeles que hay allí.

Las zapatillas crujen sobre el suelo cuando ella atraviesa el vestíbulo. Piensa tirarlas en cuanto termine esta noche. Están destrozadas después de años de limpiar aquí; ni siquiera las querrían en la tienda de segunda mano.

Cuando está ya muy cerca de la puerta, se para en seco. Hay algo arrugado en el suelo, justo delante de la puerta, como si le cerrara el paso. Intenta identificar qué es bajo aquella débil luz azul. ¿Una bolsa de papel? ¿Cómo puede ser que se le haya pasado por alto al entrar?

Un tentáculo se mueve.

—¡Marcellus! —exclama Tova. Se apresura a correr hacia él y a ponerse de rodillas en el duro suelo de baldosas. La espalda le cruje, pero ella apenas se da cuenta. El viejo pulpo está pálido, e incluso su brillante ojo parece apagado, como un mármol empañado. Apoya con suavidad una mano sobre su manto, de la misma manera con que tocaría la frente de un niño con fiebre. Tiene la piel seca y pegajosa. Le levanta un brazo y se lo enrolla en la muñeca, justo encima de la marca que parece un dólar de plata, que ahora apenas es un anillo. Él parpadea, le da un breve apretón—. ¿Qué estás haciendo aquí fuera? —le regaña ella con cariño—. Vamos a devolverte a tu tanque.

Se desenrolla el tentáculo de la muñeca y se pone de pie,

luego intenta izarlo, pero la espalda se le resiente: un dolor lacerante le asalta la parte baja de la columna.

—Quédate aquí —le ordena. Luego va hacia el armario de la limpieza con toda la rapidez que le permite el cuerpo. Unos minutos más tarde regresa, provista del cubo amarillo de fregar. Dentro hay varios litros de agua que ha sacado del tanque de Marcellus con la jarra para la leche que Tova guarda en ese armario. La cara se le inunda de alivio cuando lo ve parpadear. Sigue vivo. Empapa el trapo en el agua del tanque y lo escurre sobre él, mojándole la piel. Marcellus emite uno de esos suspiros extraños, casi humanos.

Esto le revive lo suficiente como para moverse, o eso parece. Con esfuerzo, levanta un brazo. Tova coloca el cubo a su lado y le da una palmada al culo (o al menos a lo que parecer ser su culo) para empujarlo cuando él asciende por el cubo hasta el borde. Con esa ayuda, Marcellus termina de caer dentro del cubo de agua fría.

—¿Qué estás haciendo aquí? —vuelve a preguntar. Entonces lo ve.

Algo de metal dorado brilla en el suelo, justo donde yacía el pobre Marcellus. Ella se agacha a recogerlo. INSTITUTO DE SOWELL BAY, PROMOCIÓN DE 1989. Ya le había parecido un anillo de graduación el día anterior, cuando Cameron lo lanzó misteriosamente dentro del tanque de las anguilas lobo.

¿Cómo lo habrá sacado Marcellus de ahí? ¿Y por qué?

¿Sowell Bay, promoción del 89? ¿Es el anillo de Daphne Cassmore? Pero es un anillo de hombre. Cameron creía que pertenecía a su padre...

Lo tiene en la palma de la mano, es frío y pesa. Como los recuerdos. Erik tenía uno igual. Ella estaba tan orgullosa, como todos los padres, de lo que simbolizaba... Siempre pensó que lo llevaba puesto aquella noche. Un anillo que también se tragó el mar.

Le da la vuelta, intentando ver la inscripción de la parte

interna. El corazón empieza a latirle con fuerza. Se seca el anillo en la blusa y lee de nuevo.

No puede ser.

Pero es.

EELS

Erik Ernest Lindgren Sullivan.

LA MAREA BAJA

Los distintos fragmentos que tenía dándole vueltas por la cabeza se unen unos con otros, enlazándose.

Había una chica.

Erik… y la chica.

Erik engendró un hijo.

Un niño que creció lejos, sin que nadie supiera de él. No puede creer que no lo notase antes en tantos de los rasgos de Cameron. En el hoyuelo con forma de corazón de la mejilla izquierda, ese que ella siempre admiró, aunque nunca supo decir por qué.

—Tú lo sabías, ¿verdad? —le dice a Marcellus, que está en el cubo—. Por supuesto que sí. —Se inclina a tocarle el manto de nuevo—. Eres mucho más inteligente de lo que los humanos pensamos.

Marcellus roza el dorso de su mano con la punta de uno de los tentáculos.

Tova se agacha hacia el suelo de nuevo, esta vez apoyando los codos en el borde del cubo. En cuanto surgen las primeras lágrimas, calientes y rápidas, es incapaz de detenerlas. Caen dentro del agua del cubo mientras sus frágiles hombros se hunden, los sollozos crecen y las lágrimas fluyen cada vez más deprisa. No hay nadie aquí. Nadie la mira. Ignorando toda cautela, se deja embargar por el dolor. Finalmente, las lágrimas se reducen, convirtiéndose en un hilo salpicado de hipidos. Nota los ojos calientes e hinchados.

¿Cuánto tiempo permanece en este estado de desolación absoluta? Tal vez minutos, tal vez una hora. Cuando por fin levanta la cabeza, le duelen los hombros.

—¿Qué voy a hacer sin ti? —dice ella, ahogando un hipido, y él parpadea con su ojo caleidoscópico, que ahora está más legañoso que nunca. «Podría ser cuestión de semanas o incluso de días», según Terry. Ella se sienta, se seca las lágrimas con el dorso de la mano—. Bueno, pensándolo mejor, ¿qué voy a hacer contigo?

Ella se incorpora y cuadra los hombros para estirar la espalda dolorida.

—Venga, amigo. Vamos a llevarte a casa.

Si en el paseo marítimo de Sowell Bay hubiera habido algún marinero rezagado o algún paseante nocturno, se habrían encontrado con todo un espectáculo: una mujer de setenta años, de apenas cuarenta kilos, cargando con un cubo amarillo donde lleva un pulpo gigante del Pacífico que pesa casi treinta, dirigiéndose al embarcadero por la pasarela. Esta noche, sin embargo, los únicos testigos son las gaviotas, que se dispersan de entre los cubos de basura emitiendo graznidos de indignación hacia Tova mientras ella arrastra a Marcellus. No es un trayecto corto en absoluto, pero Marcellus saca un brazo por cada uno de los dos lados del cubo como si estuviera montado en un coche con las ventanillas bajadas.

Tova se ríe.

—Hace una brisa agradable, ¿no?

La marea está baja. Tova apenas logra oír el sonido de las olas contra las rocas; se hallan tan alejadas que parece que estén a dos kilómetros de distancia del paseo marítimo. La luna brilla en un centenar de charcos pequeños, dispersos por la playa desnuda como si fueran grandes monedas de plata.

—Esto se va a poner movidito —le advierte Tova.

El embarcadero, un espigón artificial hecho a base de rocas y piedras, se extiende sobre la playa hasta llegar al agua, curvándose con estilo, como el brazo de una bailarina. En las tardes de verano se llena de amantes de la playa y de personas que buscan un lugar pintoresco para merendar o tomarse un helado. Ahora tan solo hay una gaviota, situada justo al extremo.

Mover el cubo por la pasarela del embarcadero, plana pero salpicada de piedras, no es tarea fácil. Luego le dolerá la espalda. Pero, por fin, Tova y Marcellus consiguen llegar al final, donde el agua tiene al menos unos tres metros de profundidad. Desde el extremo del embarcadero, a un brazo de distancia, la gaviota solitaria los contempla y después suelta un graznido atrozmente alto.

—Oh, tú, cállate —la regaña Tova, y el ave se marcha.

Se sienta en una roca humedecida por el agua del mar. Con una mano apoyada en el cubo, carraspea antes de pronunciar el discurso breve que ha estado ensayando mentalmente durante todo el camino hasta la playa.

—Debo darte las gracias —empieza, y él se aferra a su muñeca por última vez—. Terry comentó que te habían rescatado. Sospecho que habrías preferido que no te salvaran, pero yo me alegro de que lo hicieran.

Parpadea para sofocar las lágrimas. ¡Otra vez no!

—Tú me has llevado hasta él. Hasta mi nieto. —La voz se le quiebra al decir las dos últimas palabras, pero al mismo tiempo se siente embargada por una sensación de calidez. Si Will estuviera aquí para conocerlo... Y si Modesto no se hallara a más de mil kilómetros de distancia...—. Robaste su carnet de conducir, ¡chico malo! —Tova se echa a reír, y él le aprieta la mano mientras ella menea la cabeza—. Intentabas decírmelo, pero yo no estaba atenta.

En algún punto del cielo nocturno, pasa un avión y el rugido remoto del motor resuena en la serena bahía.

—No es justo que hayas pasado la vida en un tanque. Y te

prometo que haré todo lo que esté en mi mano para que tu sustituta sea la criatura más mimada y la más estimulada intelectualmente de...

El peso de sus palabras cae sobre ella. Ya no va a ir a Charter Village. No puede.

Respira hondo y continúa:

—Debemos despedirnos aquí, amigo. Pero me alegro de que Terry te salvara, porque tú me has salvado a mí.

Muy despacio, ella vuelca el cubo. Hay cerca de un metro de distancia hasta el agua. Por un instante, que parece eterno, antes de que la gravedad siga su curso, el brazo de Marcellus sigue enrollado en torno a su mano mientras su extraño cuerpo de aspecto casi sobrenatural cuelga en el aire. Su ojo está clavado en ella. Y justo cuando ella está a punto de caer tras él, Marcellus la suelta y con un sonoro chapoteo se sumerge en las aguas negras.

TODO PODRÍA
HABER SIDO DISTINTO

—Mi niño… —dice Tova, sentada en el banco de siempre que hay al lado del acuario. Bajo la luna plateada, el agua centellea.

Los acontecimientos de las últimas dos horas apenas parecen reales, eso sin mencionar los de los últimos dos meses. Marcellus ya no está. Cameron, su nieto, tampoco. Y mañana su casa también dejará de ser su casa. Pero no se instalará en Charter Village.

Tova no se va a marchar.

¿Qué hará? No tiene ni idea, de manera que permanece sentada contemplando el agua durante un rato que es amorfo, inmune a las leyes ordinarias que rigen el mundo, como un gran pulpo que adapta el cuerpo para introducirse en una grieta diminuta. En algún momento, mira el reloj. Debe de ser muy tarde. Faltan quince minutos para la medianoche.

Es casi un nuevo día. Su primer día como abuela.

Erik no llegó a saber que había engendrado un hijo. ¿Cómo pudo poner fin a su vida con un niño en camino? No podría haberlo hecho. Y no lo hizo. Ella se aferra a esta teoría al tiempo que sus dedos finos se agarran al banco. Tuvo que ser un accidente. Chavales borrachos. Insensatez juvenil.

Habría sido un padre estupendo. Sí, solo tenía dieciocho años, pero mira a Tatum, la nieta de Mary Ann. Se las apañaba bien. Erik habría amado a Cameron con todo su corazón. Y todo, hasta la más pequeña cosa, podría haber sido distinto.

—¿Perdone? ¿Hola? —Una voz de mujer suena en el muelle, sacando a Tova de su estado absorto. ¿Quién más anda por aquí a estas horas?

Alguien que lleva unos pantalones cortos de deporte y un suéter de color fucsia corre por el muelle con paso ligero. Tova la reconoce: es la chica de la tienda de padelsurf que está al final del paseo, junto a la inmobiliaria.

—Hola. —Tova se seca los ojos y se pone bien las gafas, luego se levanta del banco—. ¿Va todo bien, querida? Es muy tarde para salir a correr.

La joven aminora el paso al acercarse al banco, llega sin aliento.

—Usted es Tova.

—Sí.

—Soy Avery —dice jadeando—. Y no es que haya salido a correr. Estaba terminando de poner en orden unos papeles en la tienda y vi las luces encendidas, me imaginé que había alguien en el acuario.

Hay una tranquila desesperación en sus ojos que Tova conoce bien. La de alguien que intenta mantener la calma.

Sigue la mirada de Avery hacia el edificio del acuario, donde es cierto que las luces siguen encendidas. El cubo amarillo está en el armario. Tova tenía previsto volver a apagar luces y cerrarlo todo a la salida, fuera cuando fuese.

Avery traga saliva.

—En fin, pensaba que tal vez...

—¿Cameron?

—Sí. —Una expresión de alivio le ilumina la cara—. ¿Está aquí?

—Me temo que no.

—¿Sabe dónde puede estar? Llevo llamándolo toda la tarde, pero no contesta.

Tova menea la cabeza.

—Se ha ido. Ha vuelto a California.

—¿Qué? —Avery se queda boquiabierta—. ¿Por qué?

—Esa es una pregunta muy complicada. —Tova usa un tono medido. Se vuelve a sentar y la chica hace lo mismo, con las piernas dobladas encima del banco. Tova continúa—: Si me pongo en su lugar, creo que ha sido por una sucesión de malentendidos.

Avery frunce el ceño.

—¿Malentendidos?

—Esas fueron exactamente sus palabras. —Enarca una ceja al mirar a la chica—. Estoy bastante segura de que cree que tú…, oh, ¿cómo lo dijo? Que pasas de él.

—¿Qué? —Avery se levanta de un salto—. ¡Si fue él quien me dejó plantada! Y luego se lio a enviarme mensajes diciendo que teníamos que hablar. ¿Cuándo ha significado eso algo bueno? —Se apoya en la barandilla—. Soy yo quien debería estar cabreada. Solo vine hasta aquí porque estaba preocupada por él.

Tova recuerda la diatriba de Cameron en el pasillo del acuario, y se siente tentada de hablarle de todo eso a Avery, pero duda. No debería meterse en sus asuntos. Pero, al fin y al cabo, él es ahora parte de su familia… ¿y no es eso lo que hacen las familias? La idea casi hace que se eche a reír. Sin estar del todo convencida, termina diciendo:

—Creo que intentó comunicarte que faltaría a vuestra cita.

—No.

—Me dijo que pasó por tu tienda. —Tova menea la cabeza—. Otro malentendido, supongo.

Avery se apoya en la barandilla y deja caer la frente sobre su puño.

—Marco —murmura.

—¿Disculpa?

—Mi hijo. Tiene quince años. Se quedó a cargo de la tienda

mientras yo iba al banco. Le pregunté si Cameron había llamado o había pasado por ahí, y me dijo que no. Debería haber intuido que tramaba algo cuando vi su sonrisa maliciosa de reojo. —Avery da una palmada de frustración contra la barandilla—. Lo hago lo mejor que puedo, lo juro por Dios, pero hay veces en que el chaval es un pequeño capullo.

—Todos los críos son horribles de vez en cuando. —Tova se levanta para acercarse a la chica—. Quizá tu hijo solo intentaba protegerte.

—No necesito que me protejan —replica Avery con un resoplido—. Y debería haberme dado cuenta.

—No te culpes, querida. La maternidad no está hecha para los débiles de corazón.

Tras una larga pausa, Avery dice:

—De manera que Cameron se ha ido a California por mi culpa.

—Bueno, no ha sido solo por eso. También está el gran malentendido. El de su supuesto padre.

—Mierda…, el encuentro. No fue como él esperaba. —Ella vuelve a resoplar—. Debería haberle llamado ayer. Pero tuve mucho follón en la tienda, y estaba enfadada… —Saca el móvil del bolsillo de sus pantalones cortos—. Tengo que hablar con él.

Tova la observa mientras hace la llamada. Esta va directa al buzón de voz.

—Se ha ido de verdad, ¿no? —susurra Avery.

—Quizá sí.

Las dos mujeres contemplan el agua bañada por la luna en silencio durante lo que se les antoja un buen rato. Por fin, Avery dice:

—Se está tranquila aquí. Ya apenas vengo al muelle.

—Es mi lugar favorito —dice Tova en voz baja.

Avery baja la vista a las negras aguas.

—Una vez hablé con alguien desde esta misma repisa. Impedí que… Ya me entiende.

—¡Cielos!

Con la voz tomada por la emoción, Avery prosigue:

—Era una mujer. Aquí, en este mismo lugar. Fue hace unos años. Yo iba sobre la tabla a primera hora de la mañana y ella estaba sentada en la barandilla. Hablaba con alguien. Consigo misma, creo. Se la veía mal. Como si estuviera puesta de algo.

—Ya veo —dice Tova con voz débil.

—No paraba de hablar de una noche horrible. De un accidente. De una botavara.

Una botavara.

Tova asiente ligeramente porque se siente incapaz de articular palabra.

—Pensé que deliraba. O que debía de haber estado en un naufragio, o algo.

Una botavara.

Tova cierra los ojos, imaginando cuán fácilmente pudo pasar. Algo golpea la proa, una ráfaga de viento azota la vela recién desplegada en el peor momento. La botavara se mueve de un lado a otro con fuerza. Le da en la cabeza. Lo tira por la borda.

Un accidente. Podría haber sucedido así o de mil otras formas. Capitán del equipo de remo, un marino experto, pero también una cerveza robada. Una chica.

—A veces me pregunto qué fue de ella —dice Avery—. Si aún estará viva. Si el hecho de que yo la salvase ha importado algo.

Tras respirar hondo, Tova mira a Avery a los ojos.

—Importa. Me alegro de que la salvaras —le dice. Y habla en serio.

VÍCTIMA DE LUJO DE LA CARRETERA

En el marcador del kilómetro 682, Cameron deja de obsesionarse con el indicador de la temperatura del motor. Ha funcionado. Lo arregló de verdad. La autocaravana no estallará en medio de la interestatal.

En la salida 747, suelta una carcajada. ¡La ciudad de Weed! ¡Marihuana! Pone los intermitentes y se detiene en el arcén con la intención de sacar una foto para enviársela a Brad. Porque Weed, California, siempre ha estado asociada a juerga. Pero no encuentra el teléfono en su lugar de siempre. Qué raro. A lo mejor lo dejó en la parte trasera de la caravana. Sigue conduciendo.

En el marcador del kilómetro 780 cae en la cuenta de dónde está el teléfono. Cuando estaba cambiando la correa se lo dejó en la parte superior del coche. Puede verlo allí con absoluta nitidez. Lo que significa que, a estas alturas, será una víctima de lujo de la carretera. Suelta una carcajada salvaje. Lleva al menos treinta horas sin dormir.

En un área de descanso cercano al valle de Rogue River, toma la sabia decisión de aparcar y echar una cabezada de seis horas. Cuando despierta, se lava la cara con agua fría en los servicios y pide un café solo, para llevar. De camino al vehículo, tira a la papelera el paquete casi entero de cigarrillos.

En las salidas 119, 142 y 238, recuerda su estúpida nota de despedida del trabajo. En la 295 empieza a componer una disculpa mentalmente.

En un puente que cruza sobre el río Columbia, vuelve a entrar en el estado de Washington. Dirección norte, por supuesto: hace rato que va hacia el norte. Vuelve para hacer las cosas bien.

EL CABALLO DE DALECARLIA

Por última vez, Tova hierve el agua para el café en la cocina. La superficie de esta, de un color verde aguacate que destaca contra los fuegos negros, que limpió la noche pasada, se ve reluciente. Impoluta. ¿Acaso importa ya? Con toda seguridad, acabarán cambiándola: la reemplazarán por una más moderna. Nadie quiere ya electrodomésticos con décadas de uso, ni siquiera aunque funcionen a la perfección.

La gente de Charter Village había aprobado su ingreso acelerado, algo en lo que ella había estado insistiendo durante semanas. Su suite de primera clase estaría disponible la semana que viene. Les ha dejado un mensaje en el contestador esta mañana, a pesar de lo temprano de la hora en que se ha despertado…, eso si es que llegó a dormirse la noche anterior. No lo tiene nada claro. Aún no ha recibido respuesta de Charter Village, pero lo más probable es que sea porque todavía no han abierto las oficinas. Son poco más de las siete.

Pese a todo, Tova no abriga la menor intención de irse allí.

Ha tenido una mañana atareada. Ha limpiado todos los zócalos y las ventanas. Ha sacado brillo a los cacharros de la alacena y a las manillas de las puertas. Debería estar agotada, y en cambio nunca en toda su vida se ha sentido provista de tanta energía. Sin las cortinas ni los muebles, cada paso que da resuena contra los suelos y las paredes desnudas, e incluso el ruidito del espray de limpieza parece sonar demasiado alto.

Pero le sienta bien mantenerse ocupada. Limpiar nunca está de más. Y le da algo que hacer.

¿Adónde irá? Debería abandonar la casa a mediodía. Los que se llevaron ayer la mayor parte de los muebles ya han sido avisados de que habrá un cambio de destino. Gracias a Dios, hay quien sí se pone al teléfono al amanecer. Pero ¿cuál será ese destino? ¿Un trastero, tal vez?

Por lo que se refiere a ella misma y a sus efectos personales, tanto Janice como Barbara tienen habitaciones libres en sus casas. A una hora decente, llamará a Janice en primer lugar. Quizá pueda ir alternando ambas casas hasta llegar a un arreglo más permanente. La maleta estampada de flores, la misma que usó en su luna de miel con Will, está lista. La idea de pasar la noche en una cama que no es la suya la emociona y la aterra al mismo tiempo.

Da un respingo al oír un ruido en el porche. Deja la taza en la mesa.

No puede tratarse de Gato. Barbara le envió anoche una foto de él. Se está adaptando bastante bien, aunque al principio Barb se había empeñado en que no saliera de casa y esto lo puso bastante nervioso. Ahora ya entra y sale a su gusto. Tova no está segura de cómo responder a las fotos que recibe en el móvil, pero ver la cara peluda de Gato, sus ojos amarillos con esa mirada típica de ligero desdén, la ha hecho sonreír.

Entonces suena el timbre.

Cuando abre la puerta no puede creerse lo que ven sus ojos.

Las cejas de Cameron están juntas, en un rictus de ansiedad, exactamente igual que las de Erik cuando tenía un examen. Por un instante, una oleada de nostalgia le asciende por la garganta al pensar en cuántas veces deseó que Erik apareciera en la puerta así. Los ojos se le llenan de lágrimas.

—Hola —dice Cameron, claramente intranquilo.

Lo único que Tova logra articular es:

—Hola, querido.

—Eh, siento haberme comportado como un capullo la otra noche. Tenías toda la razón. No debería haberme marchado. —Cameron se mete las manos en los bolsillos—. Y perdona por presentarme así, tan temprano. Habría llamado, pero..., bueno, es una larga historia.

—No pasa nada. —Tova mantiene la puerta abierta con un brazo que parece ser el de otra persona. Como si estuviera fuera de su cuerpo.

—Sé que no tengo el menor derecho a pedirte nada. —La voz de Cameron recuerda a un cable de alta tensión. Vibrante—. Pero ¿podrías decirme a qué hora suele llegar Terry? Quiero hablar con él. En persona.

—Sobre las diez, si no me equivoco.

—Las diez. De acuerdo. —Cameron deja escapar una larga exhalación—. ¿Crees que estará muy enfadado conmigo ahora mismo?

—Estoy segura de que no lo está en absoluto.

Cameron le dirige una mirada cargada de perplejidad.

Tova cruza el vestíbulo para ir a coger el bolso, que es lo único que hay colgado en la percha, y de él saca un papel doblado. Una sonrisa cómplice le invade la cara cuando se lo da.

—¿Es esa mi nota? —pregunta él boquiabierto—. ¿Te la llevaste?

Ella inclina la cabeza.

—Mira, sé que no debería haberlo hecho. Pero lo hice.

—Pero... ¿por qué?

—Supongo que una parte de mí se resistía a creerte, por mucho que dijeras que eras la clase de persona que deja un trabajo a las bravas.

—Así que... ¿Terry no sabe que me he ido?

—Creo que no tiene ni la menor idea.

A Cameron se le enrojecen las mejillas.

—No sé cómo darte las gracias. Y tampoco sé por qué tienes tanta confianza en mí. Ni que me la hubiera ganado...

Hay algo más que ella debe mostrarle, por supuesto. Algo de mucha más trascendencia. ¿Y qué ha sido de sus buenos modales?

—Entra, por favor. —Ella lo insta a pasar del vestíbulo—. Te invitaría a sentarte, pero... —Muestra el espacio vacío con la mano.

—Vaya. Es una casa preciosa.

Tova sonríe.

—Me alegra que lo pienses. —Siente un pellizco de remordimiento. El bisabuelo de este chico construyó esta casa, y esta será la única vez que la pisará—. Espera aquí un momento. Tengo otra cosa para ti —continúa, antes de ir al dormitorio donde está la maleta.

Vuelve un minuto más tarde. Estira el brazo hacia él y lo deja caer en su mano. Él le da vueltas y la confusión vuelve a hacerle fruncir el ceño. Esa inscripción grabada, la que le extrañó. ¿Por qué alguien iba a poner eso en un anillo de graduación? Tova disimula una sonrisa al pensarlo. Incluso las mentes más brillantes se equivocan a veces.

—Su nombre completo —le dice— era Erik Ernest Lindgren Sullivan.

Los labios de Cameron se abren, pero su boca no emite el menor ruido. Tova aguarda. Casi puede ver cómo dan vueltas los engranajes de su cerebro. Erik era igual, su cara dejaba traslucir que tenía las neuronas en pleno funcionamiento, algo que sucedía a todas horas. Hay tanto de Erik en Cameron... Pero no todo: los ojos no son los suyos. En eso debe de haber salido a su madre. A Daphne.

Son unos ojos preciosos.

Tova nunca ha sido muy propensa a los abrazos, pero cuando la expresión de la cara de Cameron empieza a descomponerse, se descubre atraída hacia él como si fuera un imán. Le echa los brazos al cuello, lo estrecha contra su pecho. Durante lo que parece un largo periodo de tiempo, ella apoya la mejilla sobre su esternón, que se le antoja cálido. No puede evitar notar que lleva la camiseta manchada y que huele ligeramente a aceite de motor. ¿Será también algo deliberado? Tova ya está escarmentada: no volverá a prejuzgar nada en una camiseta.

Él apoya la espalda en el respaldo y dice, con una sonrisa boba:

—Ahora tengo una abuela.

—Y bien, ¿qué te parece? —Ella se ríe, y es como si en su interior se hubiera liberado una válvula—. Y yo, un nieto.

—Pues sí, eso parece.

—¿Qué ha pasado con California?

Él se encoge de hombros.

—Cambié de opinión. Tenías razón en lo de que no dejase el empleo. No soy así. —Pasea la mirada por el espacio y asiente con la cabeza—. De veras que es una casa chula. La arquitectura…

—Tu bisabuelo la construyó.

—¡No jodas! —Una mirada de asombro se apodera de la cara de Cameron. Se dirige a la repisa de la chimenea, aquella que antaño contenía las fotografías enmarcadas de su padre, y la acaricia con ternura, casi como si no se atreviera a hacerlo, como si rozase el lomo de un animal dormido.

Tova lo sigue.

—He tenido la suerte de disfrutarla durante más de sesenta años. —Levanta la muñeca para mirar la hora—. Y unas tres horas y media más.

—Mierda. Es verdad. La has vendido.

—Está bien. Necesito soltar lastre. Demasiados fantasmas.

Tova no está segura de creerse sus palabras, pero al menos se ha acostumbrado a ellas.

Cameron observa sus propias zapatillas.

—Supongo que me alegro de haberte pillado aquí aún. Antes de que te instales en la residencia.

—Oh —dice Tova, sacudiendo el aire como si así despejara las palabras—. No pienso irme allí.

—¿No?

—Cielos, no.

—¿Y adónde piensas ir?

Una carcajada espontánea se escapa del pecho de Tova.

—¿Sabes una cosa? No lo sé. A casa de Barbara. O a la de Janice. Por un tiempo. Hasta que decida el siguiente paso.

—Buen plan —contesta Cameron—. Claro que eso te lo dice un tipo que vive en una autocaravana.

Sonríe, y al hacerlo se forma el hoyuelo con forma de corazón de su mejilla; por un momento parece de verdad un nieto travieso. Tova baja la vista para asegurarse de que sus zapatillas aún tocan el suelo, porque se siente como si flotase, como si estuviera en el aire y ascendiera hacia el techo con una elegancia natural, exactamente igual que Marcellus en su tanque. Tiene el corazón lleno de helio, y este la lleva hacia el cielo.

Se ríe.

—Pues supongo que somos un par de personas sin techo. —Señala el pasillo—. ¿Te gustaría ver dónde se crio tu padre?

La antigua habitación de Erik había sido la que le había costado más limpiar. Durante tres décadas permaneció vacía. Tova barría el suelo regularmente, e incluso le cambiaba las sábanas de vez en cuando, pero después de que los hombres de la tienda de segunda mano se llevaran los muebles, descubrió que no podía deshacerse de los peluches dispersos por los rincones. Como si alguno de ellos pudiera contener todavía algún rastro de él.

El parquet de madera donde antaño estaba la alfombra se ve descolorido. El sol penetra por la ventana. Una brisa suave mece con gentileza las ramas de un viejo pino y la luz dibuja una sombra espectral en la pared de enfrente. En una ocasión, una noche de luna llena en la que el niño Erik se olvidó de correr las cortinas, descubrió esa sombra y corrió hasta el dormitorio de sus padres para meterse en su cama, convencido de que había un fantasma. Tova lo abrazó hasta que se durmió, y lo siguió abrazando durante el resto de la noche.

Los ojos de Cameron recorren todos los rincones del cuarto. Quizá intente fijarlo en su memoria, escanearlo como hace el ordenador de Janice Kim. Tova se dispone a salir, para concederle un poco de intimidad, cuando él dice:

—Ojalá lo hubiera conocido.

Ella retrocede, lo coge con amabilidad del brazo.

—Sí, ojalá hubieras podido conocerlo.

—¿Cómo saliste adelante? —La mira y respira hondo—. Quiero decir que desapareció de un día para otro. ¿Cómo se recupera uno de algo así?

Tova titubea.

—No te recuperas. No del todo. Pero al final sigues adelante. No queda otro remedio.

Cameron contempla el suelo donde antaño estuvo la cama de Erik y se muerde el labio inferior, en señal de concentración. De repente, cruza la habitación y toca una de las tablas de madera del suelo con la punta de su zapatilla.

—¿Qué pasó aquí?

Tova inclina la cabeza.

—¿A qué te refieres?

—El suelo de toda la casa es de roble rojo. Pero este trozo es de un tono blanco ceniza.

—No tengo ni idea de lo que me estás diciendo. —Tova se coloca bien las gafas y observa con atención el suelo. No parece que haya nada destacable en él.

—Mira, las líneas de la madera son distintas. Y la terminación… casi encaja, pero no del todo.

Cameron saca del bolsillo un manojo de llaves, se arrodilla y empieza a introducir el llavero, que es también un abrebotellas, en las juntas de las tablas de madera. Instantes más tarde, para sorpresa de Tova, la tabla salta, revelando un espacio hueco debajo.

—¡Lo sabía! —Cameron escudriña el interior.

—Cielos. ¿Quién haría algo así?

Cameron se ríe.

—¿Todos los adolescentes del universo?

—Pero ¿qué iba a esconder ahí?

—Oh..., bueno, mi amigo Brad solía robar las revistas de su padre, y...

—¡Oh! —Tova se sonroja—. Oh, cielos.

—Pero creo que esto no es lo que hay aquí.

Cameron extrae un paquete pequeño. El envoltorio de plástico cruje cuando se lo entrega a Tova, y ella lo deja caer al ver su contenido: pastelillos. O lo que alguna vez lo fue. Ahora están duros y grises como piedras.

—Eh, Creamzies. Hace años que no los veía. —Cameron lo recoge del suelo y se pone a observarlo—. ¿Sabes que una vez vi un programa sobre ellos en un canal de ciencias? La leyenda urbana dice que sobrevivirán a un holocausto nuclear, pero no es cierto, porque los diglicéridos que usan como estabilizantes no...

—Cameron —le interrumpe ella en voz baja—. Hay algo más ahí.

—¿Aquí? —Sostiene en el aire los pastelitos petrificados.

—No, allí adentro. —Tova tiene la mirada fija en el hueco de debajo del suelo.

Es uno de los antiguos paños bordados de su madre, que envuelve algo del tamaño de una baraja de cartas.

Cameron lo saca y se lo da a Tova. Los dedos de ella tiemblan mientras despliega el paño. En su interior hay un caballo de madera pintado.

—Mi caballo de Dalecarlia. —Su susurro es ronco. Pasa un dedo por la espalda suave de la figurita. Está completamente reparada: todos los fragmentos que se astillaron están ahora pegados con esmero. Incluso la pintura está perfecta.

El sexto caballo. Erik lo había recompuesto.

Cameron se inclina hacia delante para ver mejor de qué se trata.

—¿Qué es un caballo de Dalecarlia?

Tova chasquea la lengua. Este chico tiene el cerebro lleno de datos al azar, tanto sobre suelos de madera como acerca de los estabilizadores de los pastelillos, o de Shakespeare, pero sabe muy poco de sus orígenes.

Le entrega el caballo de Dalecarlia.

Él lo coge, y ella ve cómo recorre con la mirada sus delicadas curvas. Un momento después, él levanta la vista.

—¿Cómo recuperaste el anillo de graduación?

Ella sonríe.

—Marcellus.

Día 1 de libertad

Al principio me hundo como un pedazo de carne fría. No me funcionan los brazos. Soy un desecho arrojado al mar que realiza un viaje comatoso hacia las profundidades marinas.

Luego, con un espasmo, mis miembros despiertan y vuelvo a estar vivo.

No lo digo para daros falsas esperanzas. La muerte es inminente. Pero aún no estoy muerto. Me queda tiempo para disfrutar de la inmensidad del mar. Un día o dos, tal vez, para refocilarme en la oscuridad. En la negritud del fondo del mar.

La oscuridad me sienta bien.

Después de la liberación, me aparté rápidamente de las rocas. Enseguida llegó el descenso. Bajé, bajé, bajé. Hasta las profundidades, las tripas del mar, donde no alcanza la luz. Donde una vez, cuando era joven, encontré una llave. Adonde regreso ahora, para yacer con los huesos desintegrados de un hijo querido.

Seré sincero: no es así como esperaba que terminase nuestro tiempo juntos. Durante casi cuatro años estuve cautivo, y no pasó un solo día sin que pensara en mi muerte, convencido de que expiraría entre las cuatro paredes de vidrio del tanque. Nunca imaginé que volvería a experimentar la libertad del mar.

Os preguntaréis cómo me siento. Pues es cómodo. Es mi hogar. He tenido suerte. Estoy agradecido.

Pero ¿qué será de mi sustituto? Terry no tardará en limpiar y remodelar mi tanque. No se esforzará por ocultar dichas actividades del público; el cartel que colgará en el vidrio rezará: «EN CONSTRUCCIÓN. ¡NUEVA EXHIBICIÓN PRONTO!».

Me paré junto al barril cuando salía. Me encaramé hasta el borde para mirarla. Es joven y está malherida. Y aterrada, claro. Pero el nuevo pulpo contará con una amiga. Una que yo no tuve hasta casi el final. Tova se asegurará de que sea feliz, y yo a ella le confiaría mi vida. De hecho, se la confié en más de una ocasión. Igual que confié en ella para mi muerte.

Humanos... La mayoría de vosotros sois insulsos y torpes. Pero, de vez en cuando, podéis ser unas criaturas luminosas.

DESPUÉS DE TODO

Un mes más tarde, cuando terminan las obras, un camión de mudanza con matrícula de Texas aparece en Sowell Bay. Tova ni se entera. Se está preparando para la batalla.

—Vas a perder —dice ella mientras extiende el tablero y las fichas con las letras. Fuera, un viento brusco de otoño agita el agua. Esa espuma blanca azotando unas aguas grises, que se funden con el color del cielo, es un heraldo del invierno.

—¿Qué dices? Si estoy a punto de ganarte.

Cameron sale de la lujosa cocina de la casa nueva de Tova provisto de una bandeja con lonchas de queso cheddar y galletitas saladas. Tova frunce el ceño. Lleva tiempo insistiendo en que coma *lutefisk* con galletas marineras, como haría un buen sueco. Pero, según le dijo Cameron, las galletitas saladas estaban de oferta en el Shop-Way. Dos cajas por el precio de una. Ella no puede enfadarse por eso.

Tova sabe que a Terry le habría encantado conservar a Cameron en el acuario, pero las horas y el sueldo no llegaban a ser suficientes. Cameron permaneció en su puesto para enseñar a su sustituto. Ahora trabaja, y mucho, para el contratista que está edificando las casas nuevas en el barrio donde residen Adam Wright y Sandy Hewitt. También habla de ir a la Universidad de Elland el próximo enero, para hacer un curso preliminar a los estudios de ingeniería. Insiste en pagar lo suyo a pesar de las objeciones de Tova, algo que ella tiene en mente corregir.

—Tú primero —dice Tova mientras ordena sus letras.

—No, adelante. La edad tiene sus privilegios —bromea Cameron al tiempo que revisa las que le han tocado en suerte y juega distraídamente con el anillo de su padre, que lleva puesto en la mano derecha.

—Tengo cincuenta años de experiencia diaria en crucigramas —se burla ella, tocándose la sien.

Cameron sonríe.

—Yo no sé una mierda, pero la verdad es que se me dan bien estas cosas.

«Mierda, vaya por Dios». Es el nuevo lenguaje que se ha bordado a la tapicería de su vida, y a ella le gusta. Empieza con «TOCADISCOS» (un montón de puntos, todo un golpe de suerte). A su vez, Cameron saca «CAL», unos cuantos menos.

—Me alegra que estés aquí —dice ella en voz baja.

—¿Bromeas? ¿Dónde iba a estar si no?

—Con tu tía Jeanne.

Cameron mira al techo.

—Lo está pasando de puta madre, créeme. ¿Te he hablado de Wally Perkins y su...?

Tova lo frena con una mano alzada.

—Sí.

—Esto es fantástico. La tía Jeanne seguro que vendrá de visita. Ya está hablando de intentar encontrar a su hermana en algún lugar del este del estado de Washington. Yo le deseo suerte..., quién sabe con qué lío se puede encontrar. —Las facciones de Cameron se tensan, pero solo de modo pasajero—. Y Elizabeth ya está pensando en traer al bebé en primavera. Bueno, Brad también, pero creo que le da pánico meter al pequeño Henry en un avión: por los gérmenes o algo así. Elizabeth lo convencerá, y el tío Cam la ayudará a conseguirlo. —Se echa a reír.

Tova también se ríe. Un bebé en la familia. Aunque aún no conoce a Elizabeth ni a Brad, Cameron ha logrado convencerla de que son también sus nietos. Mira por la ventana. Es verdaderamente imponente. Un vidrio a prueba de huracanes va de suelo a techo por toda la pared del salón, cortado solo por unas puertas que llevan a una terraza. Cuando sube la marea, a Tova le gusta tomar el café allí y escuchar cómo el agua golpea las tablas de madera.

Cuando llega el día de Acción de Gracias, Tova y Cameron ponen la mesa para tres.

Deberían haber sido cuatro, pero Avery se excusó en el último momento, aunque prometió pasar más tarde con una tarta. Al parecer ha decidido mantener la tienda abierta, pero no quería hacer trabajar a ningún empleado. Es ridículo que alguien empiece sus vacaciones comprando en una tienda. Pero Avery siempre dice que el negocio va tan bien este año que para ella, y para todo Sowell Bay, es una época de vacas gordas. Es probable que no quisiera perderse las ventas de ese día. Cameron dijo que lo entendía, y la verdad es que se ven a todas horas.

Marco iba a venir con Avery hoy. Cameron se había puesto serio cuando se lo explicó a Tova. Había comprado un balón de fútbol americano Nerf de color verde hacía pocos días con la idea de que quizá a Marco le apeteciera jugar en la playa. Quizá. Si no le apetecía, no pasaba nada.

Ethan ocupa su asiento: llega media hora antes de que se sirva el pavo. A veces da la impresión de que pasa todo su tiempo libre en la casa de Tova. A ella no le importa. La mayoría de las veces él se sienta en el salón, en la butaca situada junto al estante donde ella tiene los caballos de Dalecarlia. A Ethan le encanta escuchar discos en el viejo aparato de Will, al que trata con un respeto casi religioso. Aunque Tova nunca deseó educarse en el tema del rock, ahora está aprendiendo mucho. Es agradable tener a Ethan por casa.

Cuando Ethan se está quitando la chaqueta, Cameron grita:

—¿De dónde has sacado eso?

—¿Esto? —A Ethan le brillan los ojos. Se lleva una mano a la barriga, que apenas cabe bajo una camiseta amarilla que le va claramente un poco pequeña. Unas letras en la pechera componen las palabras MOTH SAUSAGE.

«Cielos, ¿qué será eso?».

Cameron sigue con los ojos como platos.

—¡Es mía! No la había visto en... ¡Joder! ¿Significa esto que por fin llegó mi equipaje?

—¿Ese macuto mugriento de color verde es tu equipaje? —Ethan le hace un guiño—. Pensé que había tenido suerte cuando me lo encontré en el porche esta mañana.

—Por fin —se ríe Cameron—. Esa bolsa ha dado la vuelta al mundo. Apuesto a que tiene mucho que contar.

Después de haber degustado el pavo con salsa, Ethan, Cameron y Tova dejan en el fregadero una escandalosa montaña de platos sucios y se abrigan para ir a caminar por el paseo marítimo, donde las aguas del estrecho de Puget tiemblan como un gran fantasma gris. La vieja taquilla con la ventana rota se ve solitaria bajo una manta de nubes.

Se paran delante del acuario para admirar la nueva instalación. Una estatua de bronce con ocho brazos y un manto de aspecto pesado. Y unos ojos redondos e inescrutables a cada uno de los lados de la cabeza.

El acuario había protestado por su generosa donación, pero Tova insistió. Demasiado dinero sin usar en la cuenta del banco. Ahora, pasa delante de la nueva estatua tres veces por semana, cuando llega para desempeñar su trabajo como voluntaria, repartiendo folletos y situándose delante del tanque donde vive el pulpo gigante del Pacífico, donde ayuda a los visitantes a comprender mejor a la criatura. Pippa Grippa sigue siendo muy tímida y, durante las horas en que el acuario está abierto al público, se convierte en una especie de masa de color rosa pegada al cristal en uno de los rincones del tanque. Pero no pasa nada. Cuando hay poca gente, Tova le habla mientras, sin poder evitarlo, limpia las huellas de dedos del vidrio.

Un par de tanques más abajo, la población de pepinos de mar permanece ahora estable. Para alivio de Terry, Pippa no parece en absoluto interesada por rondar por los pasillos ni por recoger objetos perdidos.

Esto regocija a Tova en secreto. Le confirma que Marcellus fue, de hecho, un pulpo excepcional.

Siguen andando por el paseo, más allá del embarcadero. El de Marcellus. La marea alta se aferra al espigón como si quisiera taparlo con una manta en una fría noche de invierno. Unas olas suaves juegan con las piedras forradas de moluscos que conforman el muro. Cameron y Ethan llevan media hora hablando de fútbol americano, así que Tova ha desconectado de la conversación.

Si siguen subiendo por la orilla, terminarán pasando por debajo de su antigua casa, ubicada en la colina. A veces Tova pasea por aquí al atardecer y, a menudo, cuando ve su casa, distingue un brillo dorado en la ventana de la buhardilla. Está segura de que una vez vio una fila de muñecas de papel pegadas a la ventana.

Ha vuelto a esa casa en solo una ocasión. Una mujer con acento texano la llamó al móvil. Ethan le había dado el número. Al parecer, la mujer había pasado por la caja del Shop-Way cargada con un montón de latas de pienso para gatos, y mencionó que había un gato gris que se negaba a abandonar el patio. Ahora, Gato disfruta cazando cangrejos de roca en la playa debajo de la terraza de Tova cuando baja la marea. Prefiere estar fuera, como si no terminase de confiar en que esa nueva casa es su hogar, y Tova no lo culpa. Es un cambio complicado. Pero a medida que el tiempo se vuelve frío, se lo ve más y más resignado a pasar tiempo en el interior, tumbado en el porche o sentado delante de la ventana, con sus ojos amarillos clavados en las gaviotas que surcan los cielos.

Cuando regresan al muelle, Tova se separa y se queda junto a la barandilla, sola. Y, dirigiéndose a la oscura bahía que se llevó a un hijo adorado y a un pulpo excepcional, murmura:

—Os echo de menos. A los dos.

Se lleva una mano al corazón. Luego se da la vuelta y se reúne con los otros. Es hora de volver a casa.

Avery debe de estar a punto de llegar con la tarta. Y, después de todo, también tiene una partida de Scrabble que ganar.

AGRADECIMIENTOS

Mi abuela coleccionaba búhos. La alacena de la porcelana colocada encima de la alfombra roja de su comedor estaba abarrotada de ellos. De niña pasé mucho tiempo en esa alfombra. Vivía en la puerta de al lado y tenía toda la libertad de cruzar el patio trasero que compartíamos y colarme en la cocina, donde siempre había galletas caseras y nadie me reñía si patinaba en calcetines por el suelo.

Esto fue en los ochenta, y los búhos eran antiguos, en absoluto parecidos a las aves de color pastel que ahora decoran los cuartos de los niños. Las figuritas de mi abuela tenían los ojos serios y los picos afilados. Como los de verdad, eran bastante inexpresivos.

Nunca supe por qué le gustaban tanto, pero año tras año, hasta que falleció, envolví regalos para ella relacionados con los búhos: broches, servicios de té... En cierto sentido, Tova es un reflejo de mi abuela Anna. Los acontecimientos de la vida de Tova pertenecen a la ficción, pero tanto ella como la abuela Anna son dos suecas estoicas. Imperturbables. Infinitamente amables, pero emocionalmente inescrutables. Aptas para asentarse en una rama solitaria y permanecer allí, como hacen los búhos. Como descendiente de esta cultura, a veces me cuesta comunicar mis sentimientos. Pero voy a intentarlo porque guardo un sincero agradecimiento a muchas personas que han ayudado a que este libro esté en vuestras manos.

Primero, un gracias inmenso a Helen Atsma, mi maravillosa editora en Ecco, cuya experta visión sobre esta historia dio en el clavo desde nuestra primera reunión. Helen, tienes un gran ojo para podar las partes más flojas y así dejar que la narración brille más. Estoy muy agradecida por tus consejos. Asimismo, muchas gracias a Miriam Parker, Sonya Cheuse, TJ Calhoun, Vivian Rowe, Rachel Sargent, Meghan Deans y a toda la gente de Ecco por vuestra inteligencia, amabilidad y paciencia.

Igualmente, gracias a Emma Herdman y al equipo de Bloomsbuy UK: vuestro entusiasmo ha sido inspirador, y me siento honrada de trabajar con un equipo tan maravilloso al otro lado del charco.

Un caudal de gracias a mi agente, Kristin Nelson, que cambió mi vida con un e-mail en el otoño de 2020. Gracias, Kristin, por tener sentido del humor cuando, durante nuestra primera videollamada, mi hijo de cuatro años se empeñó en interrumpirnos para quejarse de que quería un zumo. Aún no me creo la suerte que he tenido de estar entre tus representados. Mi gratitud se extiende a todos los que componen la Nelson Literary Agency, con mención especial para Maria Heater, que fue quien recibió mi primera carta, se percató de que el narrador era un pulpo y escribió en el margen: «Esto puede ser brillante o un absoluto desastre».

Estoy emocionada de contar en el equipo con Jenny Meyer y Heidi Gall, de la Meyer Literary Agency, para las ventas internacionales. Han hecho un trabajo espectacular para llevar esta historia a lectores de todo el mundo.

Cuando escribí el primer borrador de la escena que abre el libro, hace años, lo hice en respuesta a una tarea de un taller de escritura que me pedía tomar un narrador inesperado. Había visto hacía poco un vídeo en YouTube en el que un pulpo cautivo abría una caja cerrada que contenía un premio, y mi mente se fue hacia allí. Inventé así este pulpo cascarrabias que estaba aburrido y desesperado con los humanos. Por aquel entonces no sabía nada sobre pulpos, y sigo sin ser una experta. Pero estoy segura de que son las criaturas más fascinantes del planeta.

Al pulpo del vídeo, gracias. A los pulpos en general, gracias por dejarnos entrar, aunque sea ocasionalmente, en vuestro mundo. Le estoy muy agradecida a Sy Montgomery por escribir el fabuloso ensayo *The Soul of an Octopus*, que relata su increíble (conmovedora y muchas veces hilarante) experiencia como observadora de los cuidadores de pulpos del Acuario de Nueva Inglaterra. Gracias también al Alaska Sealife Center y al Point Defiance Zoo and Aquarium por contestar a mis preguntas sobre los cefalópodos, y sobre todo, por la gran labor de conservación y rescate que lleváis a cabo.

Siempre le estaré agradecida a Linda Clopton, la profesora del taller que he mencionado más arriba, y la persona que me ayudó durante mis primeros esbozos de escritura creativa. Se enamoró de esta historia desde sus primeras palabras.

El taller también me puso en contacto con un puñado de escritores que se han convertido en la base de mi grupo de lectores beta, incluso a día de hoy. Deena Short, Jenny Ling, Brenda Lowder, Jill Cobb y Terra Weiss: vuestros consejos son valiosísimos, y veros a todas por Zoom regularmente ha sido siempre un gran placer, sobre todo durante la pandemia.

Gracias especiales a Terra, que aguanta mis textos diarios y que siempre se las apaña para arañar unas horas a su ocupada vida para que mantengamos la reunión semanal donde critica mis escritos. Todo ello fue imprescindible para que completara el libro. Terra, cada página de esta historia lleva tu marca. Nunca lo habría terminado sin tu infinita paciencia para discutir los giros de la trama y tus amables recordatorios de que mantuviera la psicología de los personajes.

Al club de escritura online, *Write Around the Block*, y en particular al grupo de apoyo, gracias por vuestras opiniones y vuestro entusiasmo: Becky Grenfell, Trey Dowell, Alex Otto, Haley Hwang, Jeremy Mitchell, Kim Hart, Mark Kramarzewski, Rachael Clarke, Janna Miller, Sean Fallon y Lydia Collins. A Kirsten Baltz, gracias por prestarme tus conocimientos de biología marina. A Jayne Hunter, Roni Schienvar y Lin Morris, gracias por estar siempre ahí.

A los compañeros del taller de escritura del College of DuPage, y a la instructora Mardelle Fortier, fue un placer trabajar partes de este libro con vosotros. A Grace Wynter por su atinado comentario sobre mis primeros capítulos, y a Gwynne Jackson por ayudarme a pergeñar la trama. A mis maravillosas amigas Gesina Pedersen y Diana Moroney, gracias por escucharme siempre y por animarme cuando lo necesité.

Sobre todo, gracias a mi familia.

A mi madre Meridith Ellis, por mostrarme cuán fuerte puede ser una persona. Es cariñosa, amable y dura como el acero. Creo que aún podría vencerme en el gimnasio o en una carrera, pero sé que siempre estará allí con un abrazo y una buena charla en torno a una copa de vino.

A mi padre, Dan Johnson, que me enseñó a leer cuando iba al parvulario. A él le debo mi amor por los libros. Siempre ha sido mi héroe, y doy gracias por tener un padre como él.

A mis maravillosos hijos, Annika y Axel, que son seguramente demasiado pequeños para recordar mucho del año rarísimo en que nos quedamos todos encerrados en casa debido a una pandemia mundial, y en el que mamá decidió, un poco ingenuamente, que era el año perfecto para terminar su libro. Gracias por entreteneros jugando tranquilamente (la mayor parte del tiempo) mientras yo me ponía los cascos y me dedicaba a escribir. Gracias por vuestras tonterías y vuestra imaginación desatada, que me reportaba momentos dulces de ligereza cuando la vida se puso difícil. Gracias a Netflix, y a la supresión de los límites de visionado que se reguló en 2020. Gracias a los aperitivos. Tantos aperitivos. ¡Gracias a los zumos!

Por último, gracias a mi marido, Drew, que me ha animado durante todos y cada uno de los días que ha durado este viaje de transformar en una profesión mi afición a escribir. Es mi lector beta más exigente, pero en el mejor sentido posible, y siempre está dispuesto a echar un vistazo a cualquier cosa rara que escriba y a darme su opinión sobre ella. Eres el mejor compañero de vida. Te quiero.

Queremos compartir
más momentos contigo.

Únete a la comunidad de Penguin Libros
y encuentra tu siguiente lectura.

¡Únete hoy!

Penguin
Random House
Grupo Editorial